KB165315

노래
항아리

노래
항아리 1

유익서

장편소설

나무옆의자

차례

세 그루 나무의 걱정

나무 세 그루가 이야기를 나누고 있다.

한 그루는 미끈한 회갈색 몸통에 가지가 촘촘한 멋쟁이 느티나무다. 잎이 무성한 느티나무는 언제 봐도 무슨 이야기를 중얼거리고 있는 품이다. 그의 그늘을 찾는 사람들의 발길이 잦은 까닭은 구수한 이야기 매력도 한몫하고 있는 것인가.

다른 한 그루는 키가 훌쩍 큰 은행나무다. 그는 가을이면 유난히 빛난다. 햇살 속에서 우아하게 바람 무늬를 짓고 흔들리며 반짝이는 황금빛 잎은 보는 사람의 마음을 절로 풍요롭게 한다. 작은 돌하나에서 산의 웅대한 속내를 읽어내는 혜안을 지닌 사람이라면 은행나무의 몸짓에서 지구의 내력을 다 헤아려 안다고 한다. 이슬한 방울에서 만물의 내밀한 인연을 두루 읽어내는 예지를 지닌 사람이라면 은행 알 하나에서 지구의 영원한 미래를 환히 꿰뚫어 알수 있다는 것이다.

또 다른 한 그루는 몸집이 통통한 오동나무다. 마치 세마치장단에 맞춰 늘 맵시 있게 너울거리고 있는 모습의 널따란 심장형 잎때문인가, 몸통 속에 여러 틀의 거문고라도 품고 있는 듯하다. 잠시만 쳐다보고 있어도 곧 유현하고 고아한 가락으로 세상의 모든귀를 황홀하게 매료시킬 것 같다.

뿌리를 내리고 늘 한곳에 서 있지만 나무들은 잠시도 심심하지않다. 하루 종일 쉴 새 없이 옆을 오가는 것들을 보기 때문이다. 오가는 것들을 관찰하는 것으로써 나무들은, 움직여서 다른 것들과만나는 동물들에 못지않은 지혜를 얻는다.

가서 만나 아는 것과 서서 만나 아는 것에 무슨 차이가 있으랴,나무들은 그렇게 믿고 있다. 그리고 늘 같은 자리에서 사철의 들고남을 겪는 것이 움직이며 절기의 변화를 맞이하는 동물보다 한결그 느낌이 적실하리라 자부한다.

동물은 움직임으로써 변화를 깜빡 놓칠 수도 있지만 항상 제자리를 지켜야 하는 나무들은 사철의 들고 남을 서서 고스란히 다 겪는다. 시시로 형상을 달리하는 구름이야 말할 나위 없고 봄, 여름,가을, 겨울, 계절마다 각기 모습을 달리하는 이웃들을 지켜보고 있으면 자기도 모르는 사이 상념이 깊어진다.

상념은 변화에 민감하다. 변화를 만나면 상념은 마음속 제자리를 떠나 새로운 날개를 펴고 날아오르기 마련이다. 그 때문인가,나무들은 가끔 우주의 철리를 꿰뚫어 알고 있다는 자부심에 키를 높이고는 한다. 그리고 꼭 그러려고 한 적은 없으나 가끔 몸이 사색적 자태를 짓고 흔들릴 때도 있다. 그리고 나무들은 명상하는 것처럼 보일 때도 없지 않은 것이다.

'장에서 노래를 팔다 관가에 불려 간 솔이 어미는 어찌 될까?'

느티나무가 근심스러운 얼굴로 고개를 좌우로 젓는다.

'어찌 되기는 항아리 하기 나름이겠지.'

은행나무가 어두운 얼굴로 대꾸한다.

'그럼 항아리가 노래를 그쳐서는 안 되겠군.'

오동나무가 한숨을 내쉰다.

나무들이 말을 할 까닭이 없다. 입이 있는 것도 아니고, 다른 나무들처럼 말없이도 세상을 살아가는 데 아무 불편을 느끼지 않는 존재들이다. 그러나 어떤 나무들은 사람보다 더 많은 이야기를 서로 나눈다.

'하지만, 항아리로서도 어쩔 수 없는 일 아니겠어. 큰일이군!'

은행나무가 걱정스러운 듯 고개를 흔든다. 잠시 앙증한 부채꼴 황금빛 잎이 우아하게 흔들린다.

'어쨌든, 솔이와 노래항아리가 다시 만날 수는 있을까.'

오동나무가 느티나무를 쳐다본다.

'운명이잖아.'

핀잔이라도 하듯 느티나무의 대답이 통명스럽다.

노래하는 항아리라니

'어허, 항아리가 노래를 부르다니?'

세상에 존재하는 물산(物産) 가운데 모르는 것이 없으리라고 이 조정랑 박두익은 자부하여왔다. 인심, 천심은 물론 우주의 운행 법칙까지 두루 터득하고 있다고 스스로 자부하고 있었다. 산림 초목, 강해 산물 가운데 자신이 모르는 게 있으리라고는 한 번도 생각해보지 않았다. 세상의 모든 이치와 통하는 책을 평생의 벗으로 삼아왔고, 입에서 입으로 전해오는 설화나 민담에도 밝은 편이었다. 고을 서원(書院)을 거쳐 한양 성균관(成均館)에서 수학하고 대과에 급제할 때까지 그가 읽은 책을 쌓아놓으면 키 여남은 길은 훌쩍 넘을 것이었다.

어렸을 적 할머니나 어머니로부터 들은 옛날이야기 또한 얼마나 많았던가. 서책이 그에게 세상 이치를 밝혀주고 마음과 행실을 바르게 닦도록 하였다면, 할머니와 어머니로부터 들어온 구수한 옛날이야기는 그에게 미지의 신비한 세계를 향한 동경과 모험심을 길러주었다. 그리고 인정의 중요성과 정신의 광활함을 깨닫게 하였다. 거기에다 스스로 겪어 터득한 사물의 성질이며 사람의 성품과 행동에 관한 이치를 깨달아 아는 것 또한 남에게 뒤지지 않으리라 자부하여왔다. 그런 박 정랑이었지만 세상에 노래하는 항아리가 있다는 말은 아직 들어본 적이 없었다. 대여섯 곡 노래를 듣고 난 박 정랑은, 믿어지지 않는 사실을 앞에 두고 계속 속으로 도리질을 하면서도 마음을 고스란히 거기에 빼앗기고 있었다.

사람의 수명은 백 년도 안 되는데
　항상 천 년의 근심이 떠나지 않는구나
　다툼은 잦고 고통은 길기만 하니
　학이 길을 내는 하늘이 마냥 아득하구나

　노래 내용 또한 범상치 않았다. 박 정랑은 속으로 무릎을 쳤다. 그렇다. 수명은 백 년도 안 되는데, 천 년의 근심을 떠안고 전전긍 궁하는 것이 우리네 삶 아니던가. 조정은 정쟁으로 하루도 평안한 날이 없었다. 윗자리로 벼슬이 오른 이의 환한 모습은 별로 기억에 남아 있지 않았다. 벼슬 잃고 비통해하거나 죄 짓고 귀양 가는 이의 참담한 모습은 오래 기억에 남았다. 탐욕은 왜 끝이 없고 시기와 미움은 왜 그리 기승을 부리는지. 그리고 시비곡직의 다툼은 왜 그리 빈번히 이어지는지. 번뇌 망상이 가실 날 없는 인간살이를 비웃기라도 하듯 유유히 하늘을 가로질러 날아가는 고고한 학을 쳐다보고 있으면 어찌 심란해지지 않을 수 있겠는가. 마치 자신의 심정을 적실히 그려 노래하는 것 같아 마음이 여간 스산하지 않았다.
　"사또, 그대야말로 천복을 누리고 있구려. 고을 어디를 가나 격양가 소리 드높고, 인심 후하고 수려한 경관에 귀한 산물이 넘치도록 풍부한 데다, 이런 신비한 노래까지 즐길 수 있다니 이게 하늘이 베푼 홍복 아니면 무엇이겠소."
　"박 정랑 말씀이 과한 것 같소. 이런 한미한 고을 원이라는 것이 왜적의 발호를 막아내고 백성들 편하게 지내도록 보살피면 소임을 다한 것이 되지만, 정랑이야말로 막중한 나라의 전랑권(詮郎權:

인사권)을 한 손에 쥐고 있는 고귀한 신분 아니시오. 한미한 고을 원이 복을 누린다 한들 어찌 정랑의 것에 견줄 수 있겠소."

"모르는 말씀 마시오. 아름다운 달을 쳐다보며 마음을 가다듬고, 고운 노래에 흠뻑 취할 수 있는 것이 행복이지, 어찌 적은 높임에 비해 잦은 원망과 미움 속에 하루도 영일이 없는 나 같은 벼슬아치 삶에서 행복을 논할 수 있겠소. 마음은 외직(外職)으로 떠돌며 풍류로 소일하고 싶으나 지근에서 금상을 보필하는 임무를 맡아 있으니 그럴 수도 없고, 그렇다고 무엇 하나 내 마음대로 할 수 있는 것이 없으니 답답하기 이를 데 없다오. 장차 때가 이르러 나도 사또처럼 큰 복을 누릴 수 있게 되기를 바랄 뿐이오."

사또 이겸은 아무리 생각해도 신기하고 흐뭇하고 자랑스러웠다. 아무렴 세상에 노래 부르는 항아리가 다 있다니, 놀랍고 기가 막힐 노릇이었다. 저런 신묘한 물건을 박 정랑 앞에 내놓고 노래를 들려주다니, 하늘이 돕지 않았다면 무엇이 도왔다 하겠는가.

이조(吏曹) 정랑이 어떤 벼슬인가. 비록 위로 판서, 참판, 참의를 모시고 있다 할지라도 중앙은 물론 지방관의 인사권을 한 손아귀에 쥐고 있는 막강한 직위 아닌가. 모든 문관 벼슬아치가 그의 손을 거쳐 선발되고 조동(調動: 행정적인 인사 조치)되며 나아가 능력까지 평가하여 윗자리에 품의하는 직책으로서, 곧 사또 이겸의 명운도 그의 손아귀에 쥐여 있다 할 수 있었다.

박 정랑이 문중의 기제사를 마치고 한양으로 올라가는 길에 잠시 들렀다고 둘러댔지만, 기실 무슨 중책을 띠고 암행을 나선지도 모를 일이었다. 말로는, 성균관에서 동문수학한 동접이 이 대현 고을에 사또로 부임해 있는데 그냥 지나쳐 올라갈 수는 없는 일 아니냐고 가볍게 인사치레를 했지만, 같은 품계라도 당자는 중앙 핵심의 노른자위에 앉아 있고 이쪽은 보잘것없는 지방관에 지나지 않았다. 그에게 잘 보여 손해는 없겠지만, 만약 못 보여 눈 밖에 나는 날에는 동문수학한 동무가 무슨 소용 있겠는가. 어찌 됐든 그의 눈에 들어놓는다는 것은 장래를 위해 봄밭에 씨앗을 뿌려놓는 셈은 되리라.

"그런데, 사또."

박 정랑은 얼굴색을 고쳐 가다듬고 사또를 불렀다. 지금까지 저렇듯 친근한 목소리로 그를 부른 적이 없었다. 눈을 읽으면 마음을 다 알 수 있다고 하는데, 지금 박 정랑의 눈은 물론 얼굴 가득 친밀감이 넘실거리고 있었다.

"다름 아니라, 저런 귀물을 사또 혼자 차지하고 즐길 생각이시오?"

거리감이 느껴지던 예사 어투가 아니었다. 얼굴에 친근한 미소를 띠고, 무엇인가 간청이라도 할 것처럼 은근한 말투였다.

"무슨 말씀인지요?"

사또 이겸은 눈에 힘을 모아 정색을 하고 박 정랑을 쳐다보았다.

"저런 귀물을 상감께 바치면 어떨까, 문득 그런 생각이 들어서 하는 말이외다."

박 정랑이 미처 말을 다 마치기도 전이었다. 상감이라는 소리에 그만 사또 이겸은 혼비백산, 들고 있던 술잔을 탁, 소리 나게 술상에 내려놓았다. 밤볼이 더욱 발그레 상기되고 그렇지 않아도 큰 사또의 눈이 금방이라도 튀어나올 것처럼 동그랗게 키워졌다.

사또는 별안간 벌떡 자리를 박차고 일어났다. 박 정랑에게 가볍게 읍을 하고, 서둘러 전패(殿牌)가 마련되어 있는 정청(正廳)으로 뚜벅뚜벅 걸어갔다. 정청은 객사의 정중앙에 위치해 있었다. 객사에 묵는 벼슬아치가 조석으로 임금님이 계시는 대궐을 향해 예를 올리도록 마련해둔 시설이었다. 전패 앞에 다다른 사또는 향궐망배(向闕望拜), 즉 대궐의 상감을 향하여 공손히 읍례를 올렸다.

"저의 어리석음을 깨우쳐주시어 고맙소. 본관이 박 정랑과 동행하여 저 귀물을 상감께 바치리다."

향궐망배를 마치고 자리로 돌아와 앉은 사또는 맞은편의 박 정랑에게 정중히 목례를 올렸다. 사또의 살집 좋은 얼굴이 아직도 붉게 상기되어 있었다. 술기운 탓만이 아니었다. 상감이라는 말만 들어도 피가 급류하고 풍랑이 지나가듯 가슴속에 격정이 일어나는 건 지방관으로서는 자연스러운 반응이었다. 사또는 흥분을 감추지 못하였다.

"생각 잘하셨소. 아마, 상감께서 크게 기뻐하실 거외다."

"고맙소. 고맙소. 본관은 거기까지 생각이 미치지 못했는데, 적시에 환성시켜주시어 고맙소. 헌데, 상감께서 흔쾌해하실지 걱정이구려?"

"흔쾌해하시다 뿐이겠습니까. 상감께서 문장이며 음률이며 무예며 다 일가를 이루신 분 아니십니까. 뿐만 아니라, 이런 신이(神異)에도 관심이 매우 돈독하십니다."

"어찌 보면 이런 귀물은 태평성대를 예시하는 징험이랄 수도 있

14

겠지요. 예전 태평성대에는 이런 신이 자주 나타났던 것으로 압니다만."

입귀가 찢어질 지경으로 사또의 만면에 득의의 웃음이 번져나갔다.

"그렇다마다요. 태평성대에 이런 신이 출현하는 것이지요. 두고 보세요. 사또는 상감으로부터 큰 포상을 받게 될 것이외다."

"그렇게 되면 본관이 내직(內職)으로 올라갈 수도 있을지 모르겠구려?"

"떼어놓은 당상이겠지요."

"행여 본관이 내직으로 올라가게 되면 박 정랑께서 중앙에서의 본관의 어두운 눈과 귀를 밝혀주시구려."

사또 이겸은 상체를 뒤로 젖히고 의젓한 자세를 취했다. 한껏 감정이 고양된 사또는 이미 사헌부 등 삼사(三司)의 요직에라도 오른 것처럼 온몸에 거만스러운 기운이 넘쳐났다.

"그러지요. 사또의 길잡이나 지팡이 노릇을 어찌 마다하리오."

두 사람은 술잔을 나누며 허, 허, 허 흔쾌히 웃음소리를 높였다.

노래가 어디 갔느냐

시는 꽃술처럼 오묘하기 어렵고,
문장은 경치처럼 자세할 수 없어서,
괴로이 천지의 문리를 궁구하여 헤맨다.

빼어난 시는 떠돌이 가난뱅이에게 있다던,

옛사람의 가르침은 불변의 진리인가.

흔히 목소리를 두고 곱다거나 아름답다고 말하지만 항아리 노래는 말로 표현할 방도가 없었다. 그것이 귀를 즐겁게 하는 것으로 그치는 것이 아니라 가슴속으로 흘러 들어와 묘한 시냇물 소리로 되살아나며 메아리를 일으키는 것 같았다. 박 정랑은 소리꾼들 사이에 가장 으뜸으로 치는 것이 천구성이라고 들었다. 아마 항아리의 노래가 하늘이 낸 바로 그 천구성을 구사하고 있기 때문이 아닌가 싶기도 했다. 그런데, 이게 어찌 된 일인가?

"왜 노래가 그쳤느냐? 어서 계속하여라."

기녀가 따라주는 술잔을 비운 사또가 유쾌한 음성으로 노래를 재촉하였다. 한미한 시골 원 앞에 상감에게로 가 닿을 수 있는 눈부신 비단길을 펼쳐놓은 신비한 항아리의 노래는 아무리 들어도 물리지가 않았다. 자신이 맞이할 눈부신 미래를 거듭 확인해보고 싶은 충동이 사또를 사로잡고 있었다.

넋을 놓고 있던 솔의 어미는 사또의 재촉에 화들짝 놀랐다.

항아리 뚜껑은 열려 있었다. 그런데 노래가 그쳐 있었다. 언제 노래가 그친 것일까. 두 벼슬아치가 나누고 있는 대화에 넋이 팔려 있는 사이 항아리가 노래를 그친 것도 몰랐던 것이다. 어찌 된 영문인가. 어미는 황급히 항아리 뚜껑을 닫았다. 한 호흡 쉰 다음 조심스럽게 뚜껑을 열었다. 항아리 안에 손을 넣어 휘저어 올렸다. 으레 손을 따라 올라오고는 했던 노래가 응대가 없었다. 항아리가 벙어리라도 된 것인가. 다시 손을 넣고 휘저어 올렸다. 갇혔던 새가 튀어나오듯 노래가 날개를 펴고 공중으로 날아오르고는 했는데 웬일인지 노래가 날아오르지 않았다. 이게 어찌 된 조화인가? 다시 황급히 뚜껑을 닫았다. 눈을 질끈 감았다. 무녀가 신령님께 비난수하듯 노래를 살려달라고 간절히 빌었다. 뜸을 들인 후 어미는 조마조마한 마음으로 뚜껑을 열었다. 조심스레 손을 넣어 휘저어 올렸다. 어미의 절박한 심정과 조바심에도 불구하고 노래는 날아오르지 않았다.

"뭘 꾸물거리고 있는 게냐?"

몇 번 재촉에도 노랫소리가 들리지 않자 사또는 벌컥 역정을 냈다.

"예, 항아리가, 항아리가……."

당황한 나머지 어미는 말을 잇지 못했다. 숨이 막히고 가슴이 조여들었다.

"항아리가 어찌 되었단 것이냐?"

퉁방울눈을 부릅뜨고 사박스레 쏘아보는 사또의 추궁이 서릿발 같았다.

어미는 어찌할 바를 몰랐다. 항아리 뚜껑 여닫기를 되풀이하며 노래를 불러내려고 애를 태우지만 소용없었다. 이제 죽었구나! 넋이 나간 어미는 얼굴이 파랗게 질렸다. 어미는 말할 것도 없고 어미의 하는 양을 지켜보고 있는 이방도 어미에 못지않게 파랗게 질려 있었다.

"항아리가, 항아리가 벙어리가 된 모양입니다."

이방이 떨리는 목소리로 아뢰었다. 저승사자에게 덜미라도 잡힌 듯 죽을상을 짓고 있는 이방을 쏘아보는 사또의 야멸친 시선에 불길이 확 솟구쳤다. 다리에 힘이 쪽 빠진 이방은 그만 털썩 주저앉아 머리를 조아렸다.

"벙어리가 되다니?"

사또는 벌떡 자리를 박차고 일어났다. 뚜벅뚜벅 항아리를 향해 걸어왔다. 항아리를 들여다보던 사또의 살집 좋은 밤볼이 부르르 떨렸다. 곧 안색이 하얗게 바랬다.

"항아리가, 비어 있지 않느냐?"

사또는 항아리 안에 무슨 기이한 것이라도 들어 있어 그것이 노래를 부르고 있는 줄 알았다는 투였다. 쏘아보는 눈이 마치 매 발톱으로 할퀴는 것 같았다. 어미는 그 매서운 눈빛에 이제 죽었구나 생각했다.

"이런 빈 항아리로 본관을 농락하다니, 죽기로 작정한 게로구나!"

사또 이겸은 외직으로 돈 것이 벌써 십여 년이 넘었다. 연로한 부모를 모시거나 피치 못할 사정이 있어 고을 수령 자리를 걸군(乞郡)하여 외직에 취임하였다면 왜 자신의 직임에 불만을 품고 내직으로 올라가지 못해 애면글면 속을 태워왔겠는가. 노론(老論)의 끄나풀이나마 꼭 붙잡고 있으니 고을 원이라도 하고 있는 주제에, 분수도 모르고 내직으로 올라가기 위해 요로에 사람을 넣고 상납을 하며 은밀히 운동해오기를 벌써 몇 해째였던가. 두고 보자는 대답은 수없이 들어왔으나 동서남북 어느 곳에서도 해가 쉬이 뜰 것 같지 않았다. 그렇듯 나날이 어두운 하늘을 이고 지내는 사또 이겸에게 박 정랑의 왕림은 천재일우의 기회가 아닐 수 없었다. 그의 환심을 사기 위해서라면 그의 발이라도 가슴에 품을 각오를 하고 있던 터에 노래하는 항아리가 등장하여, 사또의 수고를 덜어주었을 뿐만 아니라 박 정랑의 입에서 상감 알현의 말까지 듣게 되었으니, 실로 황감하지 않을 수 없었다. 그런데 앞길을 환히 열어주리라 믿었던 항아리가 노래를 그치다니 이런 낭패가 어디 있단 말인가.

박 정랑은 사또와는 달리 담담한 표정이었다. 함께 술을 마시며 항아리의 노래를 즐겼던 것이 아니라 마치 다른 감정의 영역에서 방금 돌아온 사람 같았다. 아무런 감정의 변화도 보이지 않는 담담한 박 정랑의 얼굴에 사또는 잠시 당황하였다. 이런 낭패라니! 상감을 알현하고 삼사의 내직으로 올라갈 꿈이 수포로 돌아간 것도 분하고 허망한 일이지만, 박 정랑 앞에서 이게 무슨 창피란 말인가. 그렇지만 박 정랑 눈앞에서야 어찌 있는 대로 성질을 다 드러내며 화풀이를 할 수 있겠는가.

"이 일은 이방이 자초한 것이니, 이방이 알아서 처분하고 보고하시게."

사또는 쥐어박듯 퉁명스럽게 쏘아붙였다.

항아리의 저주

이방이 아무리 혹독하게 을러대며 다그친들 무슨 소용이랴. 무슨 재주로 어미가 항아리로 하여금 다시 노래 부를 수 있게 하겠는가.

노래를 살려내지 못해 속을 태우며 애면글면하던 어미는 경황 중에 형방으로 끌려갔다. 형리들이 어미를 형틀에 묶고 주리를 틀었고 이방은 노래를 살려내라고 그악스럽게 닦달하였다. 다음 날도 그다음 날도 이방의 닦달을 받으며 어미는 항아리를 앞에 두고 노래를 저어 올렸지만 마냥 헛손질에 그쳤다.

항아리와 만난 것이 우환이었다. 우선 항아리의 소종래나 노래 부르는 신비한 능력을 지니게 된 내력이라도 알면 무슨 변통이라도 내볼 수 있으련만, 그걸 어디 가서 알아낸단 말인가.

다만 장독대에서 된장을 푸다 우연히 발견한 것 외에 달리 아는 것이 없었다.

아무리 돌이켜 생각해보아도 그날 아침 이상하다거나 유별난 것은 없었다. 정신을 가다듬고 살피니, 씨아손을 돌리다 가락에 이마를 박고 깜박 잠이 들었던 모양이었다. 아직도 오른손은 꼭지마리를 잡고 있고, 왼손에는 목화송이가 들려 있었다. 씨아 가운데 장가락 단가락 사이에는 씨를 뱉어내다 만 목화가 물려 있었다. 새벽 무렵, 등잔불이 사윈 후에도 어림짐작으로 꼭지마리를 돌리던 기억이 어렴풋이 떠올랐다. 등잔에 기름을 붓고 심지를 돋아 불을 밝힌 후 씨아를 돌려야 하리라는 마음 재촉을, 일어나 몸을 움직이는 것이 귀찮아 미적거리며 어둠을 무릅쓰고 씨아손을 계속 돌리다 그만 잠의 나락으로 꼴깍 떨어진 모양이라 스스로 짐작하였다. 오래전부터 손에 익어서 그런 불상사는 일어날 리 없겠지만, 어둠

속에서 씨아를 돌린다는 것은 절대 삼가야 할 일이었다. 자칫 손가락이 씨아귀 사이로 물려 들어갈 위험이 따랐던 것이다.

왼손이 멀쩡한 것에 안도한 어미는 윗목에 길게 뻗어 있는 솔을 밉살스러운 눈길로 쏘아보았다. 그러나 이내 쯧쯧 혀를 찼다. 저년도 등잔불이 살아 있을 동안에는 씨아 앞에 붙어 앉아 조는지 마는지 씨아손을 쉬지 않고 돌리고 있었다. 아마 잠이 들었다 해도 내가 깜박 정신의 끈을 놓쳤던 그 어느 어림이었을 것이다. 자기 씨아 앞이나 마찬가지로 솔의 씨아 앞에도 씨를 바른 하얀 솜 뭉텅이가 뭉게구름처럼 소복이 쌓여 있는 걸 보고 어미는 생각을 바꾸었다.

무릎 아래 깔려 있는 면화를 밀어내고 어미는 기직자리에 손을 짚고 몸을 일으켰다. 무릎 관절이 팍팍했다. 눈앞에 불똥이 어지럽게 민들레 씨앗처럼 뿌려졌다. 어찔한 순간, 자칫 모로 쓰러지려는 몸을 가까스로 중심을 잡아 바로 세웠다. 구렁이라도 감겨 있는 듯 허리가 묵직했다. 나무토막처럼 굳어 있는 다리를 끌듯이 움직여 솔이 쪽으로 두어 걸음 떼어놓던 어미는 다시 마음을 고쳐먹었다. 해가 산 위에 불쑥 솟아오른 지가 언젠데 아직도 자빠져 자고 있다니. 어서 아침 차리지 못해. 한술 뜨고 무명 따러 가야지. 고함을 냅다 지르며 발로 걷어차 깨우려던 어미는 생청스러운 성질을 눌러 껐다. 정녕 저년도 피곤하고 잠도 모자랄 테지. 잠시 솔을 흘겨보던 어미는 몸을 돌려 지게문을 밀고 신방돌로 내려섰다.

장승산 허리까지 동살이 내려와 있었다. 손바닥만 한 마당이 이슬에 젖어 있고, 이슬을 머금은 마당 끝 채마밭의 배추와 무도 초록빛이 싱그러웠다. 지난 며칠 사이 해가 짧아지고 살갗을 스치는 바람이 가슬가슬하다 싶더니, 달라진 절후의 손길이 유독 감나무에 오래 머물다 갔는지 어제 아침보다 감의 주황빛이 한결 더 선명해진 느낌이었다. 멀지 않은 숲 속 어딘가에서 산비둘기가 구굴구굴 청승스럽게 울고 있었다.

응당 아침은 밝고 신선해야 할 것임에도 신역이 고달픈 요즘은 그렇지가 못했다. 목화밭의 무명도 어서 따야 하고 서리 내리기 전에 들깨도 거두어야 했다. 고구마도 마냥 밭에 저대로 둘 수 없었다. 그러나 무엇보다 목화가 문제였다. 들깨나 고구마는 거둬들이는 데 품이 그다지 들지 않는 데다 간섭할 이도 없지만 목화를 따서 말려 씨를 발라내고 솜을 털어 고치를 짓고 실을 뽑아 베를 짜 피륙을 만들려면 품이 여간 많이 들지 않고 기간도 오래 걸렸다. 기일에 맞추어 피륙을 갖다 바치지 않으면 도지를 내준 김 진사 댁 재촉이 불같을 것이 뻔했다.

부엌 바닥에는 아직도 어둠이 깔려 있었다. 거적문을 들치자 밖에서 서성거리고 있던 빛이 부엌으로 한꺼번에 와락 뛰어 들어왔다. 바가지를 들고 작은 두멍에서 물을 떠 목을 축이고 나자 정신이 한결 개운해졌다. 어미는 천장에 걸린 대소쿠리 가장자리를 잡고 눈앞으로 기울여 안을 들여다보았다. 조와 수수로 지은 밥이 대소쿠리 바닥에 깔려 있었다. 두 입 몫은 됨 직하였다. 밥 짓는 수고는 덜었다는 생각에 마음이 약간 눅어진 어미는 흙벽에 걸린 시렁 위의 접시와 종지를 열어보았다. 접시에는 무채김치가 조금 남아 있고 종지에는 간장이 밑자리에 깔려 있었다. 눈을 두리번거리며 찾았으나 구미를 당길 만한 다른 반찬은 더 보이지 않았다.

이즈음처럼 반찬거리가 흔할 때도 없었다. 채마밭에는 남새가 지천이고 아욱이나 머위 철은 아니지만, 돌미나리나 씀바귀는 개울가나 들판에 나가면 손쉽게 캘 수 있는 철이었다. 콩잎도 쪄서 양념간장에 절여놓으면 밥술깨나 뜰 수 있고, 감자나 무를 쫑쫑 썰어 간장에 볶거나 국을 끓여도 고소하고 시원하였다. 방 쪽을 흘낏 쏘아보며 어미는 혀를 끌끌 찼다. 저년이 조금만 바지런했더라면 부엌이 이렇게 썰렁하지는 않았을 것이다.

그러나 밤낮없이 목화 따고 씨아 돌리느라 정신없이 지낸 지난 며칠을 돌이켜보며, 성질을 다독였다. 마침 두멍 옆 대소쿠리에 담겨 있는 무청 말린 것이 눈에 띄었다. 된장을 풀고 저것을 넣어 푹 삶으면 구수한 맛이 우러나리라. 입맛을 쩝 다신 어미는 오지그릇과 숟가락을 찾아 들고 된장 항아리를 찾아 두리번거렸다. 부엌에는 작은 감항아리도 하나 보이지 않았다. 장독대라고 따로 있는 것도 아니어서 간장과 된장은 작은 단지에 담아 부뚜막에 간수해왔는데 다 어디로 치운 것일까. 그러고 보니 솔에게 살림을 맡기고 난 후 처음 부엌에 들어온 사실을 어미는 비로소 깨달았다. 지지난해 여름, 열넷이면 살림을 알아야 할 나이가 되고도 남았으리라는 생각에 부엌과 뒤주서껀 살림살이 일습을 다 솔에게 맡겼던 일이 뒤늦게 떠올랐던 것이다.

뒷문으로 나가자 뒤란 감나무 아래에 크고 작은 항아리들이 옹기종기 앉아 있었다. 항아리를 몇 개 사주기는 했지만, 저렇듯 장독대 모양을 갖출 만큼 어럿을 사준 것 같지는 않은데, 독이 두 개에 소래기 덮은 중두리 두 개, 아담한 오지항아리 두 개, 감항아리

하나, 그렇게 조촐하나마 장독대 구색을 갖추고 있는 것이 대견하였다. 어미의 입귀에 웃음이 배시시 피어올랐다.

그래, 저년이 시집가면 살림 하나는 손때 맵게 잘 살겠군!

장독대로 다가간 어미는 맨 앞에 있는 중두리를 열었다. 간장에 풋고추를 절여 둔 항아리였다. 옆의 항아리를 열었다. 간장이 담겨 있었다. 그 옆의 오지항아리를 연 어미는 응당 된장 항아리려니 짐작하고 숟가락을 넣고 휘둘렀다. 그런데 아무것도 걸리는 것이 없었다. 빈 숟가락을 들어 올리고 안을 들여다보려던 순간 어미는 소스라치게 놀라 부리나케 뒷걸음질 쳤다.

> 가냘프게 미소 짓는 옥련화
> 청정한 마하지에 피어 있다
> 오히려 봄의 뜻을 알리기에
> 한 송이 꺾어 그대에게 바치노라

항아리에서 노래가 솟아올랐던 것이다. 마하지에 피어 있는 성스러운 연꽃은 신앙적 숭배의 대상이지만 꺾어 연인에게 바칠 때는 춘정 넘치는 요염한 전언이 되는 것이다. 임을 향한 정이 짙게 묻어 있는 시에 가락을 입힌 고운 노래가 그 항아리에서 흘러나왔던 것이다.

눈앞에서 재롱을 부리던 강아지가 문득 예쁜 아이로 변해 말을 걸어온다면 어떤 기분이 될까. 뜰의 감나무에 앉아 있던 까치가 갑자기 두루마기에 갓을 쓴 선비로 변해 앞으로 걸어오는 것을 본다면 그 기분이 또한 어떨까. 울타리 옆에 서 있던 오동나무가 땅에 박혀 있던 발을 빼내 밖으로 뚜벅뚜벅 걸어 나가는 모습을 본다면 또 얼마나 놀랄까. 어미는 경황없이 들고 있던 항아리 뚜껑을 놓치고 말았다. 뚜껑이 닫히자 노래가 뚝 그쳤다.

미처 잠이 덜 깬 것인가. 고개를 저으며 손등으로 눈을 비볐다. 이미 돋을볕이 건너편 장승산 중턱까지 내려와 있었다. 건넛집 감나무에 앉아 있던 까치가 어미 눈치를 알아차렸던지 까츠츠 까츠츠 한 소식 알렸다. 정신을 가다듬은 다음 다시 항아리의 뚜껑을 열었다. 기다려도 노래가 나오지 않았다. 노래가 나오기는커녕 아무 기척도 없었다. 그러면 그렇지, 안을 들여다보니 먼지 하나 없는 빈 항아리였다. 그래, 내가 잘못 들은 것이었어. 나이가 들면 헛것이 보인다더니, 헛것을 듣기도 하는 것인가. 그렇듯 망령이 들어 잘못 들은 것이겠거니 생각하며 뚜껑을 닫으려다 문득 손을 멈추었다. 아무러하든 조금 전 그 노랫소리가 아직도 귓전을 감돌고 있는 느낌이 생생했다. 노랫말도 어렴풋이 기억에 남아 있었다. 헛것을 들었다고 흘려버리기에는 아무래도 아쉬움이 남았다. 아까처럼 항아리에 숟가락을 넣고 된장 퍼 올리는 시늉을 해보았다.

하늘의 견우직녀 아침저녁 만나건만
사람이 제멋대로 지어 일 년에 한 번만이라네
영원히 헤어지지 않을 인연이니 무슨 근심이랴
인간 세상 기약 없는 봉별에 어찌 견줄까

이번에도 손끝에 노래가 딸려 나왔다. 견우직녀는 일 년에 한 번씩 만나도 헤어지지 않을 인연이니 무슨 근심인가. 게다가 견우직녀가 긴 이별 끝에 일 년에 한 번씩 만난다는 것도 사람이 지어서 그렇게 된 것이지 짐짓 그들은 아침저녁으로 만난다는 것 아닌가. 만남이란 길고 영원할수록 좋은 것이고, 이별이란 없거나 짧을수록 좋은 것 아니던가. 인간 세상의 이별은 다시 만날 기약도 막연한데, 이런 부침이 심한 인간 세상의 기약을 하늘의 견우직녀와 견주어 부른 애절한 내용의 노래였다. 아무리 놀라운 것이라도 다시 보면 놀라움의 정도가 처음보다는 덜하기 마련이었다. 그러나 놀라움이 덜어지기는커녕 더 키워졌다. 도저히 믿어지지가 않아 살을 꼬집어보았다. 꼬집힌 살에 아픔이 생생히 피어났다. 아무렴 어찌 항아리에서 노래가 나올 수 있다는 것인가. 놀라움을 감당할 수가 없어 얼른 항아리 뚜껑을 닫았다.

어미는 며칠 동안 일이 손에 잘 잡히지 않았다. 건성으로 씨아를 돌리고, 시늉으로 시위를 당겨 솜을 타던 어미는 마침내 고을 장날 이른 새벽 집을 나섰다. 새벽 동틀 무렵에 집을 나서서 허위허위 길을 서둘렀으나 사십 리가 넘는 거리가 좀처럼 줄어들지 않았다. 멜빵을 하여 등에다 진 항아리가 무겁지는 않으나 등짐이 서투른 탓인지 걸음이 재바르지 못했다. 시내를 건너고 재를 두어 개 넘어야 고을에 당도할 수 있었다.

고을 장은 닷새에 한 번씩 길청거리에 섰다. 삼십 년도 더 전에 새로 성을 쌓고 동헌과 함께 길청도 성안으로 들어가고 없었으나 옛 길청이 있던 자리에서 고을 남쪽으로 길게 난 길을 두고 길청거리라 일렀다. 그곳에 장이 섰으므로 장터거리라고 부르는 사람도 있었다. 어미는 그 장터거리에서 두 파수 동안 노래 파는 재미를 누리다가 세 파수째에 이방에게 끌려 동헌으로 들어갔던 것이다.

사람의 재주로는 부릴 수 없는 이 항아리가 어찌 장독대에 놓여 있었는지 그 소종래라도 알면 무슨 궁리가 서련만, 그것을 어찌 알아내겠는가. 아무리 궁리해도 무슨 뾰족한 방법이 나서지 않았다. 노래라면 사족을 못 쓰고, 아무리 혹독하게 매질을 해대며 부르지 못하게 윽박질러도 노래를 입에 달고 살던 솔이 년의 모습이 잠시 스쳐가기는 했다. 그러나 솔인들 어찌 노래항아리의 소종래를 알고 있겠는가. 장에 나가 노래를 팔아보라며 부추기던 여주댁이 이르기를 이 물건은 검 것이라 하지 않았던가. 검 것의 내력이나 부리는 방법을 어떤 사람이 알고 있겠는가. 이방의 추궁도 추궁이려니와 어미 스스로 더 답답해 죽을 지경이었다.

항아리가 노래 부르는 것을 눈으로 보았고 귀로 직접 노래를 들었으므로 사또나 이방이 어미에게 자신들을 농락했다고 죄를 추궁하는 것은 도리가 아닐 터였다. 그러나 항아리가 노래를 그쳐 사또를 난처하게 만들었고, 이방 또한 곤경에 빠뜨린 것이 문제였다. 항아리가 다시 노래를 회복한다면 모르려니와 그렇지 못한다면 사또의 격분은 영영 가라앉지 않을 것이고, 이방의 구실 또한 붙어나지 못할 것이 자명한 일이었다.

이방 또한 답답하기는 마찬가지였다.

아낙은 항아리의 내력은 물론 기능을 되살릴 방법 또한 알 도리가 없다는 것이었다. 자기 집 장독대에서 된장을 푸려다 발견했다는 한결같은 대답만을 되풀이할 뿐이었다. 초조하고 답답한 이방의 기대와 바람을 채워주지 못하니, 추궁 끝에 이어지는 것은 매질과 주리뿐이었다.

어미는 혹독한 매질에 피투성이가 되어 마침내 숨을 거두고 말았다.

네가 노래 임자라니?

"네가 항아리 임자란 말이냐?"

지난 며칠 원근 고을 장터를 돌며 어미 소식을 더듬어 수소문하고 다니느라 솔은 지칠 대로 지치고 행색이 게저분했다. 흙먼지가 짙게 앉은 얼굴은 핼쑥하고 때 절고 구겨진 치마저고리는 구지레하기 짝이 없었다. 다만 작은 눈만 살아 있는 듯 쉴 새 없이 깜박이며 주위를 두리번거렸다. 행방을 알 수 없는 어미와 항아리의 안위가 걱정되어 한동안 눈 한번 제대로 붙이지 못하고 불안감에서 놓여난 적이 없던 솔은 입술도 가뭄의 논바닥처럼 갈라져 있었다.

"예, 그렇습니다. 어미가 항아리를 지고 나간 후 소식이 없어 찾아 나선 것입니다."

솔의 대답에 이방의 얼굴이 한결 밝아졌다. 항아리로 인해 어지러이 번차례로 극락과 지옥을 오르내렸던 쓰라린 기억이 생생한 터, 이제 그 실패를 만회할 기회를 다시 잡을 수 있을 것인가. 비록 계집아이의 얼굴이 초췌하고 행색이 구저분했으나 이방은 솔을 데리고 온 진문(鎭門)지기로부터 들은 말 몇 마디에 벌써 마음이 들떠 있었다.

"네가 항아리 임자라는 걸 어찌 알 수 있다는 것이냐?"

이방은 아낙의 행색과 항아리의 생김새에 대해 꼼꼼히 따져 물었다. 아낙의 용자며 차림새와 항아리 형상에 관한 아이의 대답이 시원시원했다. 미네골 뒤 장승산 긴미[長山]의 생김새며 마을 세도가인 김 진사 댁에 대해서도 대답이 막힘없고 자세하였다. 긴미의 생김새야 그 부근에 사는 사람이라면 누구나 대답이 활달하겠지만, 김 진사 댁에 대한 대답에도 막힘이 없자 일단 미더웠다. 모녀가 오랫동안 진사 댁 전답을 배메기하며 연명해온 터, 그 댁 안팎 사정을 웬만큼은 꿰고 지냈다. 솔의 대답에 이방은 가까스로 안도감을 느꼈다. 아낙이 입에 노래를 달고 사는 딸이 있다는 말을 얼핏 비치기도 했었다. 그 아낙의 딸이 틀림없어 보였다. 이방은 운(運)이 웃으며 자기에게로 한 걸음 성큼 다가온 것으로 생각되었다. 그러나 돌다리라도 칸칸을 짚어 나가지 않을 수 없는 처지였다. 사또 앞에서 또 허물을 지을 수는 없는 일이었다. 이방은 아이더러 항아리의 내력을 먼저 아뢰도록 하였다.

아이의 대답이 기이했다. 노래 부르는 귀신이라도 붙은 듯 아이는 늘 노래를 입에 달고 살다시피 했는데, 어미는 노래하는 것만 보면 팔자 사나워진다고 못 부르게 윽박지르고, 윽박질러 되지 않으니 매질이 그치지 않아 하루도 종아리 성할 날 없이 지냈다는 것이다. 그러던 어느 날, 까마귀 깃을 꽂은 통영갓에 녹색 두루마기 차림의 손님이 나타나 마음 놓고 노래 부를 수 있게 해주겠다고 꾀어 그 꼬임을 좇아 항아리를 얻게 되었다는 것이다.

항아리를 얻게 된 내력을 다 듣고 난 이방은 눈을 슴벅이며 생각에 잠겼다. 세상에 곧이들을 것이 따로 있지 저 말을 사또가 곧이듣겠는가. 기대에 부풀었던 이방은 다시 풀이 죽고 말았다.

이방은 잠시 뜸을 들이며, 계집아이가 한 말의 진위를 깊이 궁리하고 따지기를 거듭하였다. 항아리는, 비록 눈앞에 있을지라도 현실적인 존재라 할 수 없었다. 현실적인 존재는 사람의 손씀에 따라 어떤 형태로든 조응하기 마련이었다. 세우면 서고 눕히면 누웠다. 깎으면 깎이고 담으면 담겼다. 물건이 가진 성질대로 가볍기도 하고 또는 무겁기도 했다. 타고난 성질이나 기능 외에 사람이 작용하여 다른 성질이나 기능을 새로 갖게 되는 경우도 없지 않았다. 그렇지만 그것은 사람의 조작에 의한 물리적 변화를 겪고 난 다음의 일이었다. 그러나 항아리는 사람의 작용을 허락하지 않고, 인식의 영역도 벗어나 있는 신비한 능력을 스스로 발휘하는 존재였다. 아무리 따져 살펴도 현실적인 이해의 영역을 벗어나 있는 검 것이었다. 꿈속이나 귀신들이 횡행한다는 형체 없는 물외(物外)의 영역에나 있을 법한 존재인 것이었다. 그렇다면 계집아이의 입에서 나온 항아리에 관한 내력이 반드시 자신이 이해할 수 있는 그런 현실적인 것일 리가 없지 않겠는가. 계집아이의 대답이 현실적인 것이 아니라는 사실에 화를 내고 서운해할 것이 아니라는 사실을 이방은 뒤늦게 깨닫고 질문의 방향을 돌렸다.

계집아이는 이방이 묻는 말에 또박또박 대답이 거침없다. 항아리의 생김새를 다시 확인하고, 아낙의 행색이며, 노래의 내용 등에 관한 대답이 일일이 아귀가 맞고 빈틈이 없자 이방은 가까스로 다시 미간을 폈다. 항아리를 얻은 내력은 미덥지 않았으나 항아리의 생김새와 아낙의 행색은 틀림없이 사실에 부합하였던 것이다. 더구나 그 항아리를 마땅히 보관할 데가 없어 주저하던 끝에 장독대에 보관해왔다는 것과 아낙이 된장을 뜨러 장독대에 나갔다가 항아리를 발견했다는 대답이 일치한 것에 이방은 겨우 안도하였다.

항아리가 네 것이라고 왜 돌려달라 하지 않았느냐는 이방의 추궁에 공연히 매를 벌지 않고서도 언젠가 그것을 빼내 감출 수 있으려니 여기고 그 기회를 호시탐탐 노렸다고 솔은 대답했다. 그러나 어미가 항아리를 어찌나 애지중지하는지 그 겨를이 쉽게 오지 않았다. 어미가 장에 나가 노래를 파는 눈치더니 그때부터는 아예 항아리를 품에 껴안고 살다시피 했다. 심지어 뒷간에 갈 때도 항아리를 안고 갈 정도였다. 밤낮 항아리를 빼돌리지 못해 벙어리 냉가슴 앓듯 속을 끓였다는 말도 틀리지 않아 보였다.

이방은 사저로 가 사또에게 항아리의 임자가 나타났다는 사실을 아뢰었다.

항아리가 다시 노래 부를 수 있게 되었다는 이방의 말에 귀가 번쩍 뜨인 사또는 한달음에 동헌으로 달려 나왔다. 사또는 눈을 부라리고 솔을 뜯어보며 항아리가 노래 부르게 할 수 있다는 말이 사실이냐고 덤벼들듯이 따져 물었다. 소녀가 노래를 불러 항아리에 담아놓았다가 불러내면 항아리가 노래를 부른다고 대답하자, 사또는 미덥지 않다는 듯 미간을 찌푸렸다. 그렇게 간난히 해결될 문제가 아니지 않느냐는 눈치였다.

그동안 사또는 항아리의 노래를 다시 듣기 위해 백방으로 수소 문해 알아보았다. 비록 외양은 흔해빠진 오지항아리에 불과했지 만 노래 부르는 신비한 재주를 지닌 항아리였다. 그 노래를 직접 듣고 감흥을 느끼지 않았던가. 그 기억이 아직도 생생했다. 항아리의 노래를 다시 듣고 싶은 유혹을 뿌리칠 길이 없었다.

　고을 대유(大儒)를 초청, 항아리를 보여주며 원래 노래 부르는 항아리였는데 갑자기 노래를 그쳐 그 기능을 다시 회복하고 싶은데 무슨 방법이 없겠느냐고 정중하게 자문을 구했다. 사또의 말에 웬 귀신 씻나락 까먹는 소리냐는 듯 귀를 후비고 털던 대유는 큼, 큼 헛기침을 몇 번 하더니 일언반구도 없이 고개를 절레절레 저으며 돌아가버렸다. 고을의 이름난 무녀를 불러 사흘 밤낮 노래 회복을 위한 치성을 드리기도 했다. 육방관속을 다 동원, 원근의 재주 있는 현사를 일일이 찾아 모셔 오게 하여 항아리의 노래를 회복하기 위한 방법을 모색했다. 각각 의견은 구구했으나 노래를 회복시킬 재주를 지닌 현사는 한 명도 찾아볼 수 없었다. 평생 산속에서 풀뿌리로 연명하며 도를 닦았다는 도사도 모셔 왔으나 허사였다. 오로지 덕을 좋는 고결한 방외인(方外人)의 재주도 항아리의 노래를 다시 회복시키지 못했다.

　그런데 구저분하고 조그만 계집아이가 나타나 항아리 노래를 되살려놓을 수 있다고 태연히 주장하다니, 아무래도 미덥지가 않았다. 그러나 항아리의 노래를 듣고 싶은 미련은 떨쳐버릴 수가 없었다. 내키지 않았으나 사또는 항아리의 내력을 이르라고 분부하였다.

겁에 질린 얼굴로 눈을 깜박이며 사또를 쳐다보고 있던 솔은 침을 한 번 꿀꺽 삼킨 다음 목소리를 가다듬고 다소곳이 아뢰어 나갔다.

'또 노래 부르다 들켰군, 쯧쯧!'

아침마다 동쪽 하늘에 다시 얼굴을 내미는 것에 싫증도 나지 않는 것일까. 해는 왜 아침마다 세상을 찾아오는 것일까. 밤이 되기를 그토록 애타게 기다리던 별들도 그렇지, 왜 밤마다 같은 노래만 영원히 불러댈까. 왜 세상의 모든 산은 같은 자리만 지키고 있어야 할까. 바다의 숭어는 왜 육지로 올라와 지팡이를 짚고 걸어 다니면 안 되는 것일까. 어떤 그릇에 얼마만큼의 시간이 채워져야 존재의 반전이 이루어져 지루한 반복에 종지부를 찍게 될까. 그런데…… 사람의 힘으로는 영원히 바꿔놓을 수 없는 반복에 쉼표를 찍듯 소리 없이 손님이 찾아왔다.

왜 그런 생각이 드는지 모르지만, 녹색 두루마기에 몸을 감싸고, 까마귀 깃을 꽂은 테 넓은 통영갓을 쓴 그 손님이 마치 바다를 걸어 나와 지팡이를 짚고 육지를 걸어 다니는 민어나 대구의 화신처럼 느껴지고는 했다. 왜 그런 신이한 느낌이 드는 것일까. 소리도 형체의 움직임도 없이 그림자가 현현하듯 나타났기 때문일까. 그는 방문을 여는 수고를 하지 않았다. 발에 겯 고운 미투리를 신고 있었으나 그 미투리에 흙먼지 하나 묻어 있지 않아 먼 길을 걸어온 것 같지도 않았다. 어딘가 벽이나 방 안의 어떤 사물, 고리짝 같은 데 은밀히 내재해 있다 모습을 드러낸 것으로 생각되었다. 녹색 두루마기 때문인가, 몸에서 대나무 숲 향기가 솔솔 풍겨나는 것 같았다. 몸에서 바람 소리 같은 것이 들렸다. 몸 어딘가에서 노래가 흘러나오는 것 같았다. 순간, 그는 몸을 낮추어 솔의 종아리를 살펴보았다.

종아리의 상처를 쓰다듬으며 혀를 끌끌 찼다. 그런데도 그것이 매우 몽환적으로 느껴졌다. 그의 말에는 감정이 씻겨 있고, 시선에는 광채가 없고, 얼굴에는 색깔이 없었다. 기쁨과 슬픔, 환락과 고통, 풍요와 결핍, 삶과 죽음, 사람이 살아가는 동안 끊임없이 번갈아 느끼는 감정, 그런 현실적인 감정이 씻겨 있어서 그럴까, 인생의 궤도를 이탈해 있는 존재 같았다. 인간 세사, 인과의 순환이나 시간의 지배를 벗어나 있는 존재처럼 보였다. 그렇지 않고서야 어찌 저렇듯 무감각한 얼굴이 있을 수 있겠는가. 솔은 불쑥 찾아온 그 손님을 경계하는 빛이 없었다. 몸에 물기가 한 방울도 없는 건조하고 무감각한 존재를 향해 솔은 곱지 않은 눈길을 보냈다. 무엇이 괘씸한지 곱지 않은 눈으로 쏘아보는 솔의 시선에도 아랑곳없이 그가 입을 열려는 찰나, 솔이 가로채 먼저 말했다.

"마음 놓고 노래 부를 수 있는 방법이 있다고 했잖아요?"

솔의 음성에는 비난과 원망이 까맣게 절어 있었다.

"방법이야 있지. 하지만 거기에는…… 혹독한 대가가 따르거든."

사람이 상대방에게 사정을 정확히 알리기 위해서는 표정도 동원하고 목소리에 감정도 싣는 법인데, 그의 얼굴은 화폭의 그림처럼 하나로 고정되어 있고, 음성은 음성이라기보다 무기물의 울림처럼 빛이나 색깔이 없었다.

"내가 할 수 있는 일이라면 무엇이든 하겠다고 했잖아요."

사람의 몸은 감정을 표현하는 여러 가지 수단을 가지고 있다. 솔은 그 수단 가운데서 가장 정교한 얼굴에 결의와 원망을 그려 보였다.

"사람은, 할 수 있는 일보다 할 수 없는 일이 더 많은 것이란다."

능력의 한계를 말하는 것인지, 제도나 윤리적 제한을 뜻하는 것인지, 아니면 또 다른 일의 인유적 표현인지 종잡을 수 없어 솔은 잠시 혼란을 느꼈다.

"목숨을 내놓아도 좋아요!"

짧은 기간이나마 마음 놓고 노래 부를 기회를 허용해준다면, 그 짧은 기간을 누리는 대가로 목숨을 내놓겠다는 절박한 결의를 솔은 다부지게 내보였다.

"목숨 하나로는 모자라."

한 나무토막이 다른 나무토막을 때렸을 때 나는 둔탁한 소리를 방불케 하는 녹색 손님의 음성이 울림도 없이 무감각하게 사라졌다.

"목숨이면 다지. 목숨보다 더 소중한 것이 어디 있어요?"

자신의 결의에 찬 하냥다짐이 무참하게 짓밟히자 솔은 잠시 당황하였다.

"소중하고 소중하지 않은 것이 문제가 아냐. 응분의 고생을 치러야 해."

"고생!"

목숨과 고생의 무게를 잠시 저울질해보았다. 아무리 달아봐도 목숨 쪽이 금방 아래로 쑥 내려갔다. 목숨 쪽은 바닥에 닿고 고생은 반대로 허공으로 치켜져 올라갔다. 솔은 의아한 눈으로 녹색 손님을 쳐다보았다. 고생의 본질을 꿰뚫어 알지 못한 솔은 목숨보다 훨씬 가벼운 고생을 대가로 치르고 노래 부를 수 있는 방법을 구할 수 있다니, 미덥지 않다는 표정이었다.

"목숨이란 단번에 끝낼 수 있지만, 고생이란 어디 그래. 오래오래, 두고두고 치러야 하는 것이거든."

아니나 다르랴, 녹색 손님은 솔의 빗나간 인식에 일침을 놓았다.

"다시 말해, 목숨을 끊는 데도 용기는 필요하지. 하지만 고생을 견디는 데는 용기만으로는 안 되거든. 반드시 불굴의 의지가 따라야 돼!"

용기와 의지? 그 차이가 얼른 분별되지 않았다. 듣고 싶은 것만을 들으려 하기 때문인가, 손님의 말은 시간에 더 값을 먹이는 것으로 들릴 뿐 그것이 지닌 견딜 수 없는 고통은 사상된 채 가볍게 들렸다.

노래가 왜 절로 나오지요

어찌 '고생'을 안겨줄 수 있겠느냐며, 고개를 젓고 미처 옷깃을 부여잡을 겨를도 없이 훌쩍 사라져버린 녹색 손님. 은하수라도 타고 내려온 것처럼 온몸에 별들의 냄새를 은은히 풍기던 그 손님. 솔은 그 녹색 손님을 애타게 기다렸다. 어제도 그제도 그끄제도 애타게 기다렸으나 통영갓에 녹색 두루마기 차림의 그 녹색 손님은 좀처럼 모습을 나타내지 않았다.

"미친년, 또 노래를 부른 모양이구나. 상처가 아물지도 않았는데 또 맞았어?"

영원의 한순간을 붙들어놓기라도 한 듯 정적 속에 잠긴 산 아래 고즈넉한 마을, 뒤로 몇 걸음 물러나 하늘을 향해 키를 세운 산이 보이고, 그 산에서 양팔을 벌리듯 두 갈래로 내려온 능선이 오종종 앉아 있는 다섯 채의 초가를 감싸고 있어 매우 아늑해 보였다. 마을 가운데 펼쳐져 있는 밭에는 기장이며 콩 등 가을의 축복이 고스란히 담겨 있다. 수숫대는 가을볕에 나날이 영글기를 더해가는 이삭의 무게를 견디지 못해 고개를 푹 숙이고 있고, 볕의 흰 부분만 가려서 쩐 듯 하얀 목화가 눈부시게 펼쳐져 있는 목화밭도 탐스러웠다. 이제 사람들의 손이 그 축복을 거둬들이기를 기다리고 있는 밭은 풍성하게 넘실거리며 결실의 절정을 보여주고 있었다. 목화를 따다 잠시 밭둑에 앉아 종아리의 상처를 살피고 있는 솔에게 가까이 다가온 이웃 여주댁이 혀를 끌끌 차며 안쓰러운 표정을 지었다.

"네 어미가 모진지, 네가 모진지 모르겠다. 성한 데 하나 없는 종아리에 매질을 해대는 네 어미도 모질지만, 그만큼 못 부르게 하는 노래를 불러대는 너도 참 못 말릴 아이다. 왜 부르지 말란 노래를 불러, 매를 번단 말이냐."

"모르는 말씀 마세요. 제가 노래를 부르고 싶어서 부르는 줄 아세요. 가만히 있어도 노래가 저절로 나오는 걸 어떻게 해요."

여주댁의 안쓰러워하는 마음을 모르지는 않지만 솔은 곱지 않은 눈으로 쏘아보며 시무룩한 표정으로 항변했다. 그리고 속으로 울먹이며 외쳤다.

"왜 저 산 너머 보이지 않는 곳이 미치도록 그립고 달려가고 싶은 지 모르겠어요. 왜 저 산 너머 어딘가에 파란 행복이 나를 기다리고 있을 것 같은 생각이 자꾸만 드는지, 저는 아무래도 모르겠어요."

"그래도 그렇지. 네 어미 아픈 데를 왜 건드려."

솔의 그 속절없는 아련한 그리움을 여주댁이 알 까닭이 없었다.

순간 솔의 입안에 노래가 감돌았다. 노래가 나오자 여주댁이 깜짝 놀랐다. 황급히 안성댁을 돌아보았다. 저쪽 밭머리에서 노래를 듣지 못한 듯 안성댁은 허리를 굽히고 목화 따는 일에 골몰해 있었다.

"이것아 네가 죽고 싶어 환장했나? 노래 때문에 네 어미가 팔자 망치고 이 고생하고 있다는 거 몰라?"

어미가 이곳 미네골로 흘러 들어온 내력을 솔도 모르지는 않았다. 매질을 할 때마다 한숨 섞어 늘어놓던 푸념과 넋두리를 귀에 못이 박히도록 들어왔었다.

양가집 셋째 딸이었던 어미는 어릴 적부터 노래 부르는 버릇이 입에 붙어 있었다는 것이었다. 어디서 배우지도 않았고 누가 시키지도 않았으나, 앉으나 서나 노래가 저절로 입에서 흘러나오고는 했다. 노랫소리가 들릴 때마다 어른들은 미간을 찌푸렸다. 청승맞은 노래는 집안에 우환을 불러들인다고 엄중히 금했다. 말로 소용이 없자 벌을 세우기도 매질을 하기도 했다. 그러나 아무리 엄하게 금하고 매질을 해대도 노래 부르는 버릇을 남 주지 못했다. 공교롭게도 집안에 우환이 하나둘 겹쳐 일어났다. 그것이 꼭 어미 노래 때문인지 아닌지는 모를 일이었지만, 어른들은 큰 오라버니가 진사시에 낙방한 것도, 조카가 호열자에 걸려 죽어 나간 것도 다 청승맞은 어미 노랫소리 때문이라 여겼다. 궂은일을 몇 번 겪고 난 후 집안 어른들은 노랫소리만 들리면 쫓아와 전에 없이 무섭게 살기를 띠고 다그치며 죽지 않을 만큼 매질을 해댔다. 그래도 노래 부르는 버릇은 고쳐지지 않았다.

둘째 오라비가 또 과거에 낙방하고 작은 조카가 시내서 물놀이 하다 죽어 나가자 집안 분위기가 더욱 흉흉해졌다. 이 우환이 다 어미 노래 때문이리라 여긴 집안 어른들은 의논 끝에 결국 논밭을 얹어 보잘것없는 한미한 집에다 쫓아버리듯 시집을 보내고 말았다.

안성댁의 노래 부르는 버릇은 시집을 가서도 고쳐지지 않았다. 정말 노래가 집안에 재앙을 불러들이는 것일까? 딸 하나를 낳고 나서, 학수고대하던 아들을 낳았으나 백일을 넘기지 못하고 죽어 나갔다. 두 번째 세 번째 아들도 마찬가지였다. 그러자 그 재앙이 모두 안성댁의 청승맞은 노래 때문이라며 시댁 식구들의 핀잔과 원망과 학대가 나날이 더해갔다. 남편은 물론 온 시댁 식구들의 원망과 학대를 견디지 못한 안성댁은 어느 날 밤 어쩔 수 없이 솔 하나를 달랑 업고 야반도주, 이곳 미네골로 숨어 들어와 살게 되었다고 했다.

여주댁의 다급한 경고에 솔은 흥얼거리던 노래를 뚝 그쳤다. 그제야 자신이 노래를 흥얼거리고 있었다는 사실을 뒤늦게 깨닫고 몸서리를 쳤다.

"노래 때문에 네가 명대로 못 살 게다!"

"아주머니, 왜 자꾸만 어딘가 먼 곳이 그립고 가고 싶은 걸까요? 왜 그럴까요?"

슬픈 빛을 띤 목소리와는 달리 표정은 밝았다. 무엇인가 손에 잡히지 않고 막연하기는 하지만 그것을 향해 마음을 송두리째 빼앗기고 있는 아련한 표정이었다.

"탈이 나도 큰 탈이 났구나!"

여주댁은 수건으로 이마를 훔쳤다. 아무리 생각해도 모를 일이었다. 어쩌다 저런 병이 든 것일까. 솔의 아련한 표정이 불안하기만 했다.

글쎄, 솔이 바라는 것은 밥도 아니고 옷도 아니었다. 밭에서 나는 것도, 논에서 나는 것도 아니었다. 산에서 구할 수 있는 것도, 강에서 구할 수 있는 것도 역시 아니었다. 손에 잡히지 않는 종잡을 수 없고 막연한 것을 바라고 있었던 것이다. 그래, 솔의 나이 무렵에는 누구나 어디 낯선 곳으로 멀리 떠나고 싶은 충동에 사로잡히고는 하는 것이다. 작은 나뭇잎 하나 흔들리는 것에도 눈물 흘리고 가슴앓이를 하기 마련인 것이다. 그러면 절로 입에서 노래가 흘러나오는 것이겠지, 쯧쯧!

그래, 노래란 무엇인가. 즐거운 일이 있을 때 무심코 흥얼거려지는 것이 노래 아니겠는가. 슬픔이 마음을 파랗게 적실 때 탄식과 함께 저절로 흘러나오는 것이 노래인 것이다. 그래, 마음과 육신이 고달픔을 겪을 때, 어딘가 멀리 떠나고 싶을 때, 가슴 저 밑바닥으로부터 저도 모르게 일어나 차고 오르는 충동이 노래를 낳는 것이다. 그리운 사람이 보고 싶을 때도, 오래 헤어져 있어야 할 이별 앞에서도,

마음속에 노래가 가득 고인다. 뿐만 아니라, 노래는 사람과 사람의 마음에 다리를 놓아주는 은밀한 구실도 한다. 노래란 사람의 감정을 나타내는 최상급의 표현 수단 아니고 무엇이겠는가.

그러나 당시 사대부 집안에서는 노래를 멀리하였다. 낭랑한 글 읽는 소리라면 반기고 칭송받지만 노래라면 청승맞다고 입에 담지 못하게 금했다. 유교적 덕목과 이념을 삶의 방편으로 삼는 사대부들은 연회를 벌여 따로 즐기기는 하되 직접 노래를 입에 담는 일은 기휘하였다. 연회에 선가(善歌)¹를 불러들여 노래를 듣고 명인(名人)을 불러 거문고, 젓대 등 사죽(絲竹)²을 감상하기는 하였다. 시조를 읊는 것을 선비의 흥취로, 거문고를 뜯는 것을 선비의 고상한 여기로 삼아 즐기기도 했다. 하지만 애이불비(哀而不悲) 낙이불류(樂而不流) 즉, 슬퍼도 그렇지 않은 척 기뻐도 그렇지 않은 척, 사사로이 감정을 겉에 드러내는 걸 소인배의 짓으로 배척하며, 여항의 노래는 천하다고 입에 담기를 경계하였다. 그래, 노래는 설 자리가 별로 없었다.

구곡산으로 가자

녹색 두루마기의 손님이 다시 찾아왔다. 통영갓에 꽂은 까마귀

---

1 가곡을 잘 부르는 사람을 지칭하는 말.
2 실로 줄을 한 가야금, 거문고 등 현악기와 대로 짓는 피리, 통소, 대금 등 관악기.

깃의 검은빛이 지난번보다 한결 영롱했다. 그날도 솔은 노래에 빠져 있다 어미에게 들켜 종아리가 터지도록 매를 맞았다. 홀로 방바닥에 쓰러져 있는 솔을 찾아온 녹색 손님은 늘 그렇듯 얼굴에 표정이 없었다. 이번에도 그는 방문도 열지 않고 소리 없이 나타났다. 벽에 스며 있다 나온 것인지, 천장에 붙어 있다 나비처럼 날아 내린 것인지, 그의 출현은 은밀하고 감쪽같았다. 솔은 녹색 손님을 원망하듯 쏘아보았다. 입술을 질끈 깨문 것이 이번에야말로 결판을 내고 말겠다는 듯 결의를 굳힌 야무진 표정이었다.

"고생이든, 목숨이든, 뭐든 좋아요. 마음 놓고 노래 부를 수만 있게 해주세요."

대나무 냄새를 은은히 풍기며 몸 어딘가에서 노래가 솔솔 흘러나오는 녹색 손님은 대답 없이 솔의 상처를 손으로 쓰다듬었다. 상처를 쓰다듬는 손길이 한없이 자애롭지만 얼굴에는 역시 아무 표정도 없었다.

"아무래도 구곡산을 다녀와야 하겠구나. 하지만 그곳에 들어간 사람은 많아도 살아 돌아온 사람은 드문데, 이를 어쩐담. 요행히 항아리를 얻어 돌아온다 해도 그 대가로 소중한 것을 차례로 잃어가야 하는데, 그리고 또 죽는 날까지 두고두고 혹독하게 고생을 치르지 않으면 안 되는데……!"

녹색 손님의 경고는 위협적이었다. 그러나 구곡산에 있는 항아리 앞에서 노래를 부르면 다른 사람의 귀에는 들리지 않는다는 말에 정신이 쏙 팔려 있던 솔은 그런 경고는 귓등으로 흘려듣고 말았다.

녹색 손님은 사람이 사는 여러 가지 길을 솔에게 일러 제시했다.

부자로 편안하게 사는 길, 벼슬을 하며 영광스럽게 사는 길, 부와 명예와는 거리가 멀지만 세상 사람들에게 위안을 주며 사는 길도 있다 했다. 일신의 영달보다 남의 고통을 돌봐주는 데 바치는 삶, 초야에 묻혀 세상의 이치를 밝히려는 노력으로 일관한 삶, 사람들의 취미와 휴식에 기여하고자 애를 쓰다 마감한 삶, 이런 여러 삶이 각기 다 다르다는 사실도 밝혀 제시했다. 그 가운데 고생과 가장 가까운 데 위치한 삶이 어떤 것이겠느냐. 솔이 네가 걷겠다는 길이 아무래도 고생과 가장 가까운 길임을 모르고 있는 것이 손님은 못내 안타깝다고 말했다. 그러나 솔의 마음속은 이미 구곡산의 항아리로 가득 차 있어 다른 말은 한마디도 귀에 들어오지 않았다.

"이러나저러나 저는 고생밖에 길이 없는 것 같은데. 좋아요, 노래나 실컷 부르다 죽겠어요."

솔의 대답은 야무지고 결의에 차 있었다. 거듭된 솔의 하냥다짐에 녹색 손님은 안타까운 듯 혀를 끌끌 찼다. 혀를 끌끌 차고는 있으나 표정에는 감정이 씻겨 있었다. 시선에는 빛이 없고 얼굴에는 색깔이 없었다. 사랑과 미움, 기쁨과 슬픔, 쾌락과 고통, 안도와 불안, 환희와 공포, 사람이 살아가면서 반드시 느끼게 마련인 이런 감정의 자취가 보이지 않았다. 그리고 언제나 서 있을 뿐 걷거나 앉아본 적이 없는 것 같았다. 그렇듯 인간의 삶과 동떨어진 존재가 어찌 고생 운운하는지 모를 일이었다.

"네 각오가…… 그렇다면 좋다! 지금 길을 나서도록 하자."

"길을 나서다니요?"

"구곡산으로 가자."

"구곡산에요?"

"그래. 가는 길도 험하지만, 구곡산에 가서도 걱정이다. 내가 도울 수 있는 것도 한계가 있는데……. 모든 것을 네 운에 맡길 수밖에 없다."

구곡산은 산을 아흔아홉 등성이나 넘어야 닿을 수 있는 머나먼 곳에 있다고 녹색 손님은 말했다.

"어서 가요."

솔은 녹색 손님의 손을 불끈 쥐었다. 짐짓 허공을 잡고 있지만 마음속에는 실물감이 생생하였다.

가벼움과 무거움!

어딘지는 모르지만 이승이 아닌 것 같았다. 바람이 느껴지지 않았다. 바람이 없으니 나무나 풀이 풍기는 냄새도 없다. 나무도 풀도 심지어는 나뭇가지에 앉아 있는 새도 종이로 오려 붙인 듯 움직임이 없다. 소리도 없다. 하늘소의 나뭇잎 갉는 소리도 새의 지저귐도 없다. 햇볕을 받으면 시냇물은 물론 나뭇잎도 가만있지 못하고 저 나름의 환성을 지르게 마련인데, 이마 위의 나뭇잎도 흔들림이 없고, 바로 앞의 시냇물도 흐르기를 멈추고 소리를 내지 않았다. 시간의 어떤 토막 안에 박제되어 있는 것인가. 지금 눈에 보이는 것은 시간의 한 매듭 안의 풍경이고, 그 시간의 한 매듭은 결빙된 채 영원히 풀어지지 않을 것처럼 강고하였다. 솔은 사람이 죽으면 강을 건너 닿는다는 저승을 연상했다. 저승에서도 가장 끝 어느 언저리, 세상으로는 다시 돌아갈 수 없는 어떤 막다른 곳에 와 있다는 두려움이 솔을 사로잡았다.

"저 안으로 들어가거라."

내심 불안에 싸여 있는 솔에게 녹색 손님이 한 곳을 가리키며 말했다. 녹색 손님이 가리키는 곳을 바라본 순간 솔은 자신의 눈을 의심했다. 조금 전까지 눈앞에 가득 펼쳐져 있던 작은 돌탑들이, 누가 빗자루로 쓸어버리기라도 한 듯 사라지고 없다. 대신 새로운 세상이 펼쳐져 있다. 새로 나타난 세상은 숨을 쉬고 있다. 지워져 있던 움직임과 소리가 되살아난 것이다. 땅이 꿈틀 뒤틀리는가 싶은 순간 지표를 뚫고 무엇인가 솟아오르기 시작했다. 의보주[3]에 이어 복발과 탑신이 드러나고 드디어 아랫도리 기단이 지표 위로 솟아올라 우뚝 자리 잡고 섰다. 이윽고 솔은 녹색 손님이 가리키는 거대한 돌탑과 마주 서 있음을 깨달았다. 그 돌탑 안으로 들어가라고 녹색 손님이 다시 채근했다. 그러나 솔의 눈에는 그것이 입구로 보이지 않았다. 도리어 솔의 출입을 완강히 거부하고 있는 장벽처럼 보였다.

"탑문 저 안에는 내 힘이 미치지 못한다. 거기서부터는 네 힘밖에 용납되지 않는다."

녹색 손님의 말에 어깨가 축 처졌다.

"탑문 안으로 들어가면 북쪽으로 난 길이 보일 것이다. 그 길 끝

---

3 탑의 머리 부분에 쓰이는 양파 모양의 장식물.

에 땅과 하늘을 잇는 대나무가 서 있다. 그 대나무에 당도해야만 항아리를 얻어 올 수 있을 게다. 하지만 가는 길목마다 여러 영령들이 지키고 있는데 그들을 다 물리치고 무사히 대나무까지 갈 수 있을지 걱정이구나. 들어간 사람은 많지만 살아 돌아온 사람은 거의 없다고 내가 그랬지. 그래도 괜찮겠느냐?"

마지막 경고 같았다. 죽으러 가는 것과 다름없으니 지금이라도 단념하는 것이 어떻겠느냐고 떠본 것 같았다. 죽음도 무릅쓰겠다고 결의를 굳힌 바 있으나, 두려움이 새삼 몸을 옥죄었다. 하지만 마음 놓고 노래 부를 수 있는 기회를 어찌 놓칠 수 있겠는가. 새로운 각오가 마침 서 있는 자리에 깊이 뿌리 내리려는 발을 뽑아 올렸다. 다행히 새로운 각오가 두려움을 제치고 발을 떼어놓도록 부추겼다. 뒤에 남아 배웅하는 녹색 손님은 솔의 등에 대고 거듭 용기를 잃지 말라고 당부했다.

이윽고 거대한 두 개의 돌탑 사이로 발을 들여놓았다. 탑을 지나 안으로 들어가자 끝없는 초원이 펼쳐졌다.

그때 쿵, 쿵 지축을 울리는 둔중한 발소리가 들렸다.

머리에 공작처럼 화려한 붉은 벼슬 장식이 달려 있고, 날카롭게 튀어나온 부리가 독수리 같아 보였다. 사람처럼 날렵하게 생긴 몸통에 금빛의 날개를 가진 것도 이상했다. 녹색 손님이 말한, 구곡산을 지키는 조류의 왕 가루라인가. 가루라는 용을 잡아먹고, 황금빛 날개를 펴 해를 가리고, 무서운 발톱을 가진 다리로 한달음에 사해를 건너는 능력을 지녔다고 했다. 모든 악마를 퇴치하고 굴복시키는 권능을 지녔다는 가루라는 그 무기로써 입으로 뿜어내는 불길이 가장 위력적이라고 했다.

눈이 마주친 순간 솔은 어느새 그의 손아귀에 잡혀 있었다.

"네가 욕심으로 가득 차 있구나!"

가루라가 눈살을 찌푸리며 위협적인 눈으로 노려보았다.

"욕심, 내게 욕심 따위는 없다."

"대나무 꽃을 탐내 온 것 아니더냐. 그보다 큰 욕심이 또 있을까."

솔은 말문이 막혔다. 그것이 왜 욕심이란 말인가. 욕심이란 몸을 편안하게 하고 몸을 예쁘게 치장하고 혀를 황홀하게 하는 그런 것과 관련된 어떤 것을 탐하는 것을 두고 하는 말 아니던가. 다만 노래 부르고자 하는 것을 어찌 그런 탐욕과 같다 할 수 있다는 것인가.

"노래 부르고 싶은 걸 욕심이라 하다니, 글쎄? 그것도 욕심이라면 욕심일까. 그렇다면 처분에 맡길 도리밖에 없겠군?"

죽기를 각오한 터 두려울 것이 없었다. 솔의 당돌한 반응이 의외였던지 가루라가 고개를 갸우뚱했다.

"이곳은 가벼움의 영역이다. 그러므로 너는 이곳에 들어올 수 없다."

가벼움은 무엇이고, 무거움은 무엇을 가리키는 것일까?

"이 영역이 가벼움의 세계라면 너는 어찌 지축을 쿵쿵 울리는 그런 육중한 몸을 지녔단 말이냐?"

"가벼움을 지키기 위한 방편이다."

"사람은 누구나 일정한 무게를 지니고 있다. 그렇다면 이곳은 사람이 올 수 없는 곳이란 말이냐?"

"사람의 무게란 몸 때문만이 아니다. 욕심이 몸무게보다 더 나
가는 것이다."

"욕심의 무게?"

"그래 욕심을 다 내려놓은 사람은 거추장스러운 무게 같은 것이
없지."

가루라가 솔을 땅 위에다 내려놓았다. 솔은 자신에게 욕심이 없
다고 말할 수 없는 것 같아 풀이 죽었다.

"나는 가벼움과 무거움 따위는 아는 바 없다. 다만 대나무 항아
리를 얻고 싶을 뿐이다. 세상에 욕심 없는 사람이란 없다. 그렇다
면 대나무 항아리와 사람은 영영 만날 수 없다는 말이냐?"

"대나무 항아리는 가벼움이 피워낸 가장 정화로운 꽃이다. 대나
무 항아리도 그만의 무게가 없을 수 없지. 사람도 그만한 무게만을
지녔다면 왜 못 만나겠어."

"그것도 욕심이라면 욕심이겠지만 나는 노래밖에 좋아하는 게
없다. 그것도 무게가 나갈까?"

"그것은 금방 알아볼 수 있지."

"어떻게?"

"만약 무게가 없다면 나보다 먼저 저 길 끝에 닿을 수 있을 테지.
그렇지 않으면 비호같은 내 발과 번개 같은 내 날개를 어찌 당하겠
어."

솔은 다시 풀이 죽고 말았다. 아무렴 저 길고 튼튼한 다리와 한
번 날갯짓에 수만 리를 난다는 저 가루라를 무슨 수로 당한단 말인

가. 기가 죽은 나머지 한숨이 절로 나왔다. 그렇다고 지금 여기서 단념하고 돌아설 수는 없었다. 속으로 강하게 도리질을 한 다음 솔은 입술을 질끈 깨물었다. 이왕 죽기로 각오하지 않았는가. 한번 시도라도 해볼 수밖에.

"이왕 죽을 바에는, 어디 도전이나 한번 해보겠어."

"그래, 잘 생각했다. 이곳에 들어온 이상 날 이기지 못하면 살아 돌아가지 못해."

가루라와 솔은 북쪽으로 난 길을 향해 나란히 섰다. 내가 저 길 끝에 먼저 닿을 수는 없겠지. 그렇지만 이 경주에서 이겨야만 대나무 항아리를 얻어 올 수 있다는 일념이 몸을 팽팽하게 긴장시켰다.

이윽고 가루라의 출발 신호가 떨어졌다.

솔은 눈을 질끈 감고 죽을힘을 다해 앞으로 내달렸다. 얼마나 달렸을까, 숨이 차 더 뛸 수가 없었다. 자신도 모르게 앞으로 폭 고꾸라졌다. 급히 정신을 차리고 부리나케 주위를 두리번거렸다. 가루라가 보이지 않았다. 이미 길의 끝에 가 있는 것인가. 어쩌겠는가. 가벼운 마음으로 죽음을 각오하였다.

그런데, 죽음은 무겁게 올까, 가볍게 올까?

그런 생각을 하고 있는 사이 갑자기 무엇인가 쿵, 땅을 울리며 옆에 떨어졌다. 가루라였다. 가루라를 쳐다보는 솔의 두 눈에 두려움이 가득 차올랐다. 어떻게 된 일인지 갈피를 잡을 수 없었다. 두려움에 몸이 옥죄어드는 순간 가루라가 고개를 끄덕이며 말했다.

"과연 너는 소리처럼 기볍구나!"

뜻밖에 가루라의 말소리가 상냥하고 은근했다. 고개를 끄덕이는 가루라의 유순해진 태도에도 불구하고 정황을 정확히 알아차리지 못한 솔은 여전히 두려움에 사로잡혀 있었다.

"가벼움의 영역으로 들어갈 수 있는 시험은 두 가지다. 나와의 경주가 하나, 아름다운 노래로 극락정토에 깃들어 있는 가릉빈가를 현현시키는 것이 다른 하나다. 그 두 가지 가운데 한 가지만 통과하면 되는데, 축하한다!"

축하한다니, 그럼 내가 경주에서 이겼단 말인가. 우쭐해진 솔은 곧 자신감을 회복했다.

대나무 꽃 항아리

'그래 내가 해냈어!'

그러나 성취의 기쁨보다 낯선 안도감에 한숨이 나왔다. 긴 한숨에 이어 파란 그늘의 슬픔과 남기 빛 그리움이 솔의 온몸을 물들였다. 근원 모를 파란 그늘의 슬픔과 남기 빛 그리움이 출렁이자 마음이 부풀어 올랐다. 한껏 부풀어 오른 마음이 점점 잦아들며 입으로 긴 소리가 이어져 나왔다. 긴 한숨이 노래가 되어 공중으로 저녁연기처럼 피어 올라갔다.

솔의 노래에 응답이라도 하듯 어디선가 노랫소리가 은은히 들려왔다. 전에 들어보지 못한 곱고 아름다운 노랫소리였다. 귀로 들리는 것이 아니라, 가슴속 맨 위에 가로 쳐진 미세한 비단실을 흔드는 것 같았다. 솔은 노랫소리가 들려오는 방향을 쳐다보았다. 발걸음이 노랫소리를 찾아 저절로 옮겨졌다. 길은 어디에도 보이지 않았다. 그다지 멀지 않은 곳에 대나무 한 그루가 우뚝 솟아 하늘을 떠받치고 있는 모습이 보였다. 아름드리 굵기에 마디가 듬성듬성 져 있었다. 대나무의 마디가 반복적으로 부풀기도 쪼그라들기도 하였다. 대나무가 나를 영접하기 위해 노래를 부르고 있는 것인가. 솔은 마음이 부풀어 올랐다. 몸의 모든 기관이 대나무의 노래를 받아들였다. 노랫소리는 머리카락으로도 손가락 끝 손톱으로도 흘러들었다. 살갗은 노래를 받아들이는 가장 섬세한 기관이 되었다. 솔은 노래로 가득 차 온몸이 노랫소리로 출렁거리기 시작했다. 몸을 가득 채운 대나무의 노래가 저절로 입 밖으로 구성지게 흘러나왔다.

얼마 동안이나 노래에 취해 있었을까, 문득 감고 있던 눈을 뜬 솔은 기겁을 하고 놀랐다. 험상궂게 생긴 거대한 신장(神將)이 노려보고 있었기 때문이다. 한 손에 철퇴를, 다른 한 손에 장검을 꼬나쥐고 금방 내려칠 것처럼 퉁방울눈을 무섭게 부릅뜨고 노려보는 거대한 신장의 모습에 그만 다리에 힘이 쏙 빠지고 말았다.

세상을 다 삼키고도 남을 것 같은 크게 찢어진 입, 수십 마리의 살무사가 칭칭 감겨 있는 어깨며 팔, 코끼리처럼 거대한 다리, 기가 질려 털썩 주저앉았다. 그의 칼을 받을 각오를 굳히며 눈을 질끈 감았다.

"부질없는 짓 그만두어라."

그때 노랫소리에 섞어 장중한 목소리가 들려왔다. 사람의 목소리가 아니었다. 사람의 목소리가 아닌데도 솔의 마음은 그 뜻을 알아들었다.

"이미 무거움을 다 비워버린 아이다. 몸이 없는데 네가 무엇을 상대한단 말이냐. 더구나 가루라가 용인한 아이다. 길을 비키어라."

산처럼 거대하던 신장의 몸이 줄어들기 시작했다. 눈 깜짝할 새 앙증한 목각처럼 작아졌다. 부릅뜬 통방울눈이나 검을 꼬나 쥔 팔이나 험상궂은 얼굴이나, 형상은 그대로인데 키가 두어 자에도 이르지 않는 난쟁이로 줄어들었다. 장중하던 목소리도 새소리처럼 지지배배거리는 정도로 작아졌다. 어깨와 팔에 칭칭 감겨 있던 살무사도 어디로 사라진 것인지 보이지 않았다.

소리 나는 쪽을 돌아보았다. 우아한 부인이 솔을 지켜보고 있었다. 머리에 모란으로 만든 화관을 쓰고, 연지를 바른 듯 발그레한 뺨에 미소를 짓고 있는 모습이 선녀보다 눈부셨다. 그러나 솔은 곧 깜짝 놀랐다. 부인의 몸이 거대한 새의 형상을 하고 있었기 때문이다. 비록 얼굴 가득 자애로운 미소를 짓고 있지만 몸통이 새의 형상을 하고 있으니 역시 괴물이 분명할 터, 그러나 입으로 바람을 불어 내듯 노래를 부르고 있었다. 그 노래는 처음 듣는 것이었지만 귀가 점점 황홀해졌다. 몸이 마치 무지갯빛 구름을 타고 하늘을 둥둥 떠다니는 것처럼 느껴졌다.

솔의 귀에 누군가 저것은 다른 세상의 노래라고 속삭여 알려주었다. 그래, 그러고 보니 그 노래에는 그늘이 없었다. 아름다워 듣고 있는 귀를 황홀하게 도취시키지만 사람의 정서에서 비롯된 노래는 아닌 듯했다. 슬픔이나 죽음 따위 인간이라면 누구나 겪는 고통이 사상되어 그늘이 느껴지지 않았다. 그래, 사람의 노래가 아니다. 사람의 노래는 현실에 그 근원을 두고 있는 것이다. 어떤 형태든 경쟁이나 싸움 없이 잠시도 조용히 지내지 못하고 항상 욕망에 의해 조종되어 다툼이 그칠 새 없는 것이 사람 사는 세상이다. 그런 사람들의 노래에는 슬픔이나 짙은 고통의 그늘이 드리워져 있기 마련이었다. 그런데 부인의 노래는 별과 무지개와 꽃으로만 되어 있는 것 같았다. 가진 것을 모두 다 내주고서도 더 줄 것이 없나 살피는 나무와 사슴과 꽃 들의 낙원에서만 들을 수 있는 노래, 처음 듣는 노래에 정신이 마냥 황홀하게 젖어들었다. 노래에 취한 솔은 자애로운 미소를 띠고 노래 부르고 있는 가릉빈가의 모습에 안도하며 어느새 얼굴 가득 미소가 어렸다.

문득 고개를 쳐드니 거대한 대나무가 눈앞에 우뚝 서 있었다. 몇 아름의 굵기에 우듬지에만 진초록 댓잎이 무성하였다. 솔은 양팔을 활짝 벌리고 대나무를 꽉 끌어안았다. 대나무를 안고 돌면서 거기에 얼굴을 비볐다. 순간 맑고 고운 노랫소리가 들려왔다.

"저 우듬지를 보렴. 구름을 뚫고 하늘에 닿아 있지? 세상에서 노래도 으뜸이고, 하늘의 일도 사람의 일도 다 헤아려 아는 지혜의 눈을 가졌단다."

가릉빈가의 말에 솔은 고개를 끄덕였다. 구름을 뚫고 솟구쳐 하늘을 찌르고 있는 대나무는 일정한 간격으로 마디가 져 있을 뿐 우듬지에 이르기까지 잔가지 하나 보이지 않았다. 맨 꼭대기 우듬지에 하늘을 떠받들듯 잎이 무성한 가시가 촘촘하였다. 그 가지들이 가락에 겨운 듯 너울너울 춤을 추고 있었다.

"이 대나무는 육십 년 혹은 백이십 년 만에 한 번씩 꽃을 피워왔단다. 다른 대나무는 한 번 꽃을 피우고 나면 시들고 말지만, 이 대나무는 꽃 피우기를 벌써 수백 번이나 거듭해왔단다."

다른 대나무들과 달리 꽃 피우기를 수백 번이나 거듭해왔다는 가릉빈가의 말에 솔은 새삼스러운 눈으로 대나무를 쳐다보았다. 태어나 그토록 오래 살았으니 하늘의 일도 세상의 일도 두루 잘 알고 있는 것이겠지. 그뿐이랴, 세상에 다시 견줄 수 없는 아름다운 노래를 부를 수 있는 재주도 그가 견뎌온 오랜 시간으로부터 터득한 것이겠지. 대나무 우듬지에 오르면 하늘에 이를 수 있고 그토록 오래 살 수 있는 것일까. 그리하여 오랜 시간의 마디들이 베푸는 그 귀한 선물들을 받아 올 수 있는 것일까. 나도 올라갈 수 있으면 좋으련만. 그러나 당치 않은 생념이었다. 그런 엄두를 낼 수 없도록 하늘에 이르기까지 대나무에는 발 디딜 데 하나 보이지 않았다. 땅을 딛지 않고서도 살아가는 새들이나, 무게 없이 존재하는 선녀들만이 닿을 수 있는 곳이 하늘이라는 사실을 대나무는 솔에게 속삭여 알려주고 있는 것 같았다.

속으로 아쉬움을 삭이며 위를 쳐다보고 있는 사이 솔의 시야에 낯선 형상이 나타났다. 대나무의 맨 우듬지, 잠시도 쉬지 않고 너울거리며 노래 부르고 있던 무성한 잎을 헤치고 무엇인가 아래로 눈부시게 내려오고 있었다. 그것은 서두르지 않고 노량으로 날아내려 솔의 발 앞에 톡 떨어져 사뿐히 멈추었다. 황록색의 커다란 풀잎 덩이였다. 아래가 통통하고 위는 잎이 여러 갈래로 불꽃처럼 퍼져 올라가 있는 형상이었다. 육십 년 혹은 백이십 년 만에 한 번씩 피운다는 대나무의 꽃인가. 대나무 꽃은 솔의 눈앞에서 기이하게 형상을 바꾸었다. 황록색의 커다란 덩이가 윤택이 흐르는 적갈색의 앙증맞은 오지항아리로 변환하였다. 그 변환하는 순간을 지켜보고 있던 솔은 놀라 벌린 입을 다물지 못했다.

"대나무 혼으로 빚은 꽃이다."

가릉빈가가 일깨우듯 말했다.

솔은 눈을 반짝이며 무릎을 꺾고 앉아 항아리를 살펴보았다. 뚜껑을 열고 안을 들여다보기도 천천히 돌려가며 항아리의 겉 태를 살피기도 하였다. 항아리를 살피는 동안 가릉빈가의 간곡한 당부의 말이 귀에 솔솔 들어왔다. 이미 녹색 손님으로부터 들어 알고 있던 내용들이었다. 귀한 것을 얻어 간직하는 데는 응당 대가를 치르기 마련 아니겠는가, 그렇게 생각하며 가릉빈가의 당부의 말에 새삼 각오를 굳혔다.

가릉빈가는 노래를 퍼 올리는 것이야 아무나 할 수 있지만, 노래를 담는 능력은 오로지 솔이 너 하나에게만 주어진다는 사실을 명심하라고 강조해 다짐을 두었다.

평생 항아리에 봉사해야 할 것이라는 조건이야 어려우랴. 항아리와 네가 동시에 위기를 맞았을 때 너는 마땅히 네 목숨을 희생해 항아리를 지켜야 할 것이라고 가릉빈가는 강조했다.

솔은 침을 한 번 꿀꺽 삼키고 나서 고개를 힘차게 끄덕였다. 가릉빈가는 항아리가 성격이 까다로워 그 보비위에도 장차 골머리를 꽤나 써일 것이라는 경고를 더 보냈다. 이런 신기한 귀물을 소유하고, 간직하는 데 그만한 어려움과 고생이 따르지 않으랴, 하는 마음에 명심하겠다고 선선히 약속했다. 미소를 거둔 가릉빈가는 표정을 가다듬고, 종당에는 네가 지은 새 노래를 불러 담아달라고 할 터인데 그 청을 이행하기가 가장 고생스러울 것이라고 엄숙한 어조로 마지막 통고를 했다. 그러나 새 노래를 지어 담는 일이라면 응당 해야 할 일이므로 그 고생을 어찌 마다하겠으며, 노래라면 자신 있노라고 가볍게 응대했다.

항아리를 안고 나오는 길은 수월했다. 앞을 가로막는 신장도 길을 훼방하는 가루라도 나타나지 않았다. 항아리를 안고 나오자 기다리고 있던 녹색 손님이 팔을 활짝 벌리며 환호했다.

"네가 해낼 줄 알았다……!"

"저 안에, 노래 부르는 대나무가 있었어요. 아마 검님⁴들이 하늘을 오르내리는 사다리 구실을 하고 있는 것 같았어요. 그 대나무의 꽃이에요."

녹색 손님에게 자랑스럽게 항아리를 들어 보였다.

"거기 들어 있는 노래를 잘 익히렴. 너의 길잡이에 부족함이 없을 것이다."

돌아오는 길도 험했다. 험준한 산을 넘고, 너설을 지나고 가시 넝쿨을 헤치고 달렸다. 발이 찢기고 다리를 긁히고 얼굴에 피가 흐르고 온몸에 멍이 들었다. 그런 아픔이 항아리를 얻은 기쁨을 어찌 일모라도 훼손하겠는가. 전혀 개의하지 않고 정신없이 달려왔다. 이윽고 마을 뒤 장승산이 저만치 바라보였다. 저 장승산만 넘으면

---

4 신령을 높여 이르는 말.

집이 곧 나타나려니 싶은 순간, 요란하게 발소리를 쿵, 울리며 집 마당에 당도했다.

"이제 항아리를 잘 간수하는 일만 남았구나!"

마당에 도착하자 녹색 손님은 동쪽 하늘을 바라보았다. 돌아갈 시간이 임박한 때문인지 아니면 항아리 때문인지 걱정스러운 표정을 지었다.

"항아리가 성질이 까다롭다는데 제가 그 보비위를 잘해낼 수 있을지 걱정이네요."

"그러게 고생을 각오했잖아. 내가 도울 수 있는 것도 한계가 있다고 했지. 일이 잘못되면 내가 돕고 싶어도 도울 수 없는 경우가 생겨. 그러니 정신 바짝 차려야 한다!"

녹색 손님은 동쪽 하늘을 자꾸만 쳐다보았다. 불안한 기색이 완연했다.

"알겠어요. 하지만 가끔 찾아와 저를 깨우쳐주세요."

"아, 내가 깜박 잊을 뻔했다. 대나무 노래를 다 익힐 때까지 아무도 항아리를 알아채지 않게 조심해야 한다. 가급적 인적이 없는 곳에서 노래를 익혀야 할 게다. 노래를 불러 담을 때는 아무리 오래 열어놔도 괜찮지만, 노래를 그치게 하려면 반드시 뚜껑을 닫아야 한다. 그리고 항아리는 담아둔 만큼만 노래한다는 사실도 명심해야 하고. 네가 수시로 노래를 불러 채워야 할 것이다."

한꺼번에 너무 많은 당부의 말을 들어 잘 기억할 수 있을지 걱정되었다. 다시 자세히 듣고 싶어 재우쳐 물으려는 순간, 녹색 손님은 바람처럼 사라지고 없었다.

순간 온몸에 선뜩한 한기를 느끼며 눈을 떴다. 긴 꿈속을 헤매다가 잠에서 깨어난 것이다. 순간 잊고 지내던 오래된 기억이 되살아나듯 파르스름한 슬픔이 되살아났다. 어제저녁 어미로부터 맞은 종아리의 통증도 되살아났다. 매를 맞은 후면 으레 분노와 서러움과 더불어 찾아오는, 멀리 도망가고 싶은 충동이 다시 일어났다. 땅 그림자가 지기 시작할 무렵 시작된 매가 별이 돋고 서쪽 하늘에 떠 있던 칼 달이 지기까지 계속되었던 기억이 어렴풋이 떠올랐다. 혼절한 솔을 밤새도록 팽개쳐둔 것으로 미루어보아 어미의 미움의 두께를 알 만했다. 눈물이 주르륵 뺨을 타고 흘러내렸다. 그러던 솔의 눈에 무엇인가 낯선 것이 들어왔다. 순간 깜짝 놀라 벌떡 일어났다.

어쩌면 이럴 수가? 아, 바로 그 '오지항아리' 아닌가!

너의 노래로구나!

계집아이의 행색은 비록 남루하지만 눈에 총기가 번뜩였다. 말에도 조리가 있었다. 그러나 이야기를 다 듣고 난 사또는 꼽장선 쥔 손을 휘휘 내저었다. 눈초리가 양옆으로 치올라가고 벌레 씹은 얼굴이 되었다. 밤을 문 듯 양 볼이 볼록하고 눈에 노기가 일렁거렸다.

"어허! 대중없는 것이 그 어미에 그 여식이로다."

항아리가 노래를 부를 수 있게 하겠다는 말도 또한 저렇듯 허황

하리라. 어떤 방외의 현사도 못 해낸 일을 꾀죄죄한 네가 해낼 수 있다니, 사또는 심기가 이만저만 뒤틀리지 않았다. 박 정랑과의 술자리에서 당한 창피가 돌이켜 상기되며 울컥 울화가 치밀어 올랐다. 좀 심한 비유 같지만, 중앙의 내직이라면 창덕궁지기 참봉도 부러운 처지였다. 하물며 상감을 알현하고 노래하는 항아리를 바친 다음 상감께서 내리는 은상과 더불어 직을 받았다면, 육조(六曹)나 홍문관은 아니라 하더라도 어디 내수사(內需司) 소임 하나쯤은 수월히 받지 않았겠는가. 외직을 벗어나기 위해 요로에 선을 대고 발품을 팔거나 귀물을 상납하며 그동안 얼마나 노심초사해왔던가. 그동안의 노심초사를 항아리 덕에 봄볕에 눈 녹듯 털어버리고 내직으로 영전하여 상감을 지근에서 모실 수 있는 직책을 맡았다면 가문에 그보다 더한 광영이 어디 있겠는가. 승정원이나 육조의 내직에 앉아 떵떵거리는 숙항(叔行)들에게도 면목을 한껏 세울 수 있었을 것이다. 그러나 한양으로 올라가 상감을 알현하기는커녕 박 정랑 앞에서 항아리가 그만 노래를 그쳐버리다니, 이보다 더 창피하고 낭패스러운 일이 또 어디 있단 말인가. 연기처럼 날아가버린 내직에 대한 미련도 쉬이 지워지지 않아 화를 돋우었지만, 그보다 박 정랑 앞에서 잠시나마 별을 따 옷섶에 담은 것처럼 득의만면한 모습을 보였던 것이 중정을 다 드러낸 것 같아 사또는 두고두고 낯 뜨겁기 그지없었다.

"이방! 노래하는 대나무가 어디 있고, 가루라가 어디 있는 짐승이란 밀이오?"

이방은 마주 잡은 손을 턱 밑으로 들어 올리고 급히 허리를 굽혔다. 이어 털썩 무릎을 꿇고 마루에 주저앉아 머리를 조아렸다.

"본관이 그렇게 어수룩해 보이오?"

붉으락푸르락 노기 띤 얼굴로 탑상에서 벌떡 일어나 이방에게
로 성큼 다가서는 사품이 마치 상투라도 틀어잡고 패대기칠 거
친 기세였다. 노래하는 항아리가 세간사에 존재한다는 말을 들
어보지 못했으나 눈으로 직접 보았고, 그 노래도 직접 귀로 들은
터였다. 그렇지만 현실에 없는 물외적 존재를 또 너무 믿었던 것
인가!

"소, 소인은 사또 나리를 도와드리려는 충정으로 그만, 다시 죽
을죄를 짓고 말았습니다……."

"듣기 싫소. 저 아이를 묶어다 하옥시키고, 처분을 기다리시오."

"예, 분부대로 시행하겠습니다."

이방은 지난번 자초한 낭패를 만회하기 위해 아이를 불러들였
으나 사세를 역전시키기는커녕 설상가상 사또의 진노를 더 부추
겨 사태를 악화시켜놓고 말았으니 죽여주십사, 처분에 따를 수밖
에 없었다. 허둥지둥 군노 사령을 불러 사또의 분부를 시행토록 지
시하기에 경황이 없다.

어미가 관아로 불려 갔다는 소문을 듣고 어미 소식도 탐문하고
항아리의 소재도 알아낼 겸 진남문을 지키는 초병에게 매달려 통
사정 끝에 겨우 동헌으로 들어오기는 했으나, 어미의 소식도 항아
리의 소재도 알아내지 못하고 옥에 갇혀야 할 몸이 되고 보니 솔은
서러움이 울컥 치밀어 올랐다.

군노 사령을 따라 들어온 형방 군졸[差使]이 덤벼들듯 단박에 오

랏줄로 팔을 뒤로 걸어 단단히 결박 지었다. 상체를 꼼짝없이 오랏
줄로 결박당한 솔은 형방 군졸의 거친 손에 끌려 동헌 문턱을 넘었
다. 이제 속절없이 죽임을 당할 수밖에 없는 것인가. 설움이 차올
라 가슴이 터질 것 같았다. 설움이 복받쳐 오르자 그만 긴 탄식이
터져 나왔다.

언덕 위 나무는 하늘이 내린 전령이라네
천지 기심(機心) 알아보는 눈 어디 흔하겠는가
노래 구하는 마음, 진실 희구하는 마음
세상 진리 다 펼쳐놓아도 알아듣는 귀 드물다네

가락에 얹어 길게 이어지는 탄식 소리가 형방 군졸의 귀에 들어
갈 리 없었다. 도리어 와락 오랏줄을 사정없이 당겨 걸음을 재촉했
다. 그 서슬에 솔은 그만 댓돌에서 앞으로 꼬꾸라지고 말았다. 얼
른 몸을 외로 틀어 코를 찧지 않고 얼굴도 다친 데는 없어 다행이
었다. 가까스로 일어나 형방 군졸의 서두르는 보조에 맞춰 따라가
려고 몸을 가누었다. 그때 뒤에서 이방의 다급한 목소리가 크게 들
려왔다.

"거기, 섰거라. 그 아이를 다시 이리로 데려오너라."

이방의 부름에 군노 사령과 형방 군졸이 걸음을 멈추었다. 사또
가 어느새 동헌 마루 끝에 나와 서서 지켜보고 있었다. 이방의 돌아
오라 재촉하는 손짓이 분주했다. 형방 군졸이 솔을 돌려세워 동헌
으로 다시 몇 걸음 옮겨놓았다.

"조금 전 그 소리, 그것 한번 다시 해보아라."

사또의 분부를 받아 서둘러 하달하는 이방의 목소리가 다급했다. 형방 군졸이 오랏줄을 당겨 솔이 알아들었는지 대답을 다그쳤다.

"조금 전 그 소리, 그것 다시 해보아라."

이번에는 마루 끝에 선 사또가 직접 하명했다. 이방이 사또의 말을 받아 조금 전 솔이 읊조렸던 탄식 소리를 다시 해보라고 채근했다. 사또의 위세에 기가 꺾일 대로 꺾인 데다 관아의 두려운 정황에 혼이 나간 솔은 어쩔 바를 모르고 머뭇거렸다. 이방의 거듭된 재촉에 솔은 힘없이 조금 전 읊조렸던 탄식 조의 소리를 비슷하게 다시 뽑아 올렸다.

"저 소리, 저것, 항아리에서 나오던 것과 같지 않은가?"

솔의 소리를 귀담아듣고 있던 사또가 잠시 생각을 굴리는 눈치더니 자기 생각을 확인하려는 듯 이방을 향해 급히 물었다.

"예, 소인의 귀에도 그렇게 들렸습니다."

사또의 기색을 살피며 이방은 조심스럽게 대답했다. 이방의 대답에 사또는 혼자 고개를 크게 주억거렸다. 생각을 가다듬으며 날카로운 시선으로 솔을 내려다보던 사또는 이윽고 결심이 선 눈치였다. 밭은기침을 한 차례 한 다음 꼽장선 쥔 손을 길게 내뻗어 솔을 가리키며 하문했다.

"네가, 항아리가 다시 노래 부를 수 있게 하겠다는 것이 사실이렸다?"

사또의 추궁에 얼른 대답을 하지 못하고 솔은 겁먹은 기색으로 주위를 두리번거렸다. 이방이 뚫어져라 솔을 쳐다보며 대답을 재촉하였다.

"예, 그렇습니다."

"그 아이를 이리 데려오너라."

사또의 분부를 받은 이방이 형방 군졸에게 오라를 풀게 하였다. 오라에서 풀려난 솔은 사또 앞으로 바투 안내되었다. 노기가 사라진 사또의 밤볼에 자애로운 기운이 감돌고 있었으나 채 가시지 않은 불안감과 체념이 뒤범벅된 복잡한 감정과 처분을 기다리는 막막한 심정으로 솔은 사또 앞에 무릎을 꿇었다.

"너는 노래만 마음껏 부를 수 있다면 죽음도 불사하겠다고 했겠다?"

"예, 소녀는 마음껏 노래 부르는 것밖에 달리 소원이 없습니다."

"그럼 이곳 교방에 머물겠느냐?"

"예?"

"내가 항아리를 돌려줄 터인즉, 교방에 머물며 항아리와 함께 지내도록 하여라."

항아리를 돌려준다는 말에 솔은 얼굴이 환해졌다. 그러나 곧 얼굴에 그늘이 드리웠다. 왜 어미에 대한 말은 없는 것인가.

"항아리를 찾고 노래만 부를 수 있다면 무엇을 마다하겠습니까. 하지만 제 어미를 먼저 만나고 싶습니다."

"네 어미는 이방이 알아서 차차 조처할 것이다."

이방이 알아서 차차 조처할 것이라는 말이 무슨 뜻인지 궁금했으나 사또의 언위에 눌려 따져 물을 수가 없었다.

"그렇다면……, 명을 받들겠습니다."

솔은 마지못해 대답했다. 어미도 없는 집에 돌아간들 무슨 수로 살아갈 것인가.

"이방, 교방 행수를 불러 이 아이를 교방에 머물도록 조처하시게."

곧 교방의 행수가 달려와 사또의 분부를 받들었다.

항아리를 돌려받은 솔은 곧 노래를 불러 항아리에 담았다. 담은 노래를 퍼 올려 들려주자 사또는 입이 귀밑까지 찢어졌다.

흥분을 감추지 못한 사또는 교방 행수 초월에게 항아리는 물론 솔 또한 고을 으뜸 보물이니 목숨처럼 소중히 보살피라 하명했다. 솔의 몸 가꾸기를 행수 자신의 몸 가꾸기 하듯 하라고 단단히 일렀고, 먹이고 입히고 생활하는 데 있어 조금도 불편을 느끼지 않도록 신경 써 보살피라는 지시도 내렸다. 경대 등 화장 도구 일습과 비단 옷감을 특별히 하사하기도 하였다. 그리고 관아 공방에 하명하여 오동나무로 정교하게 궤를 짜 안에 솜을 누빈 비단 보료를 깔고 거기에 항아리를 넣어 보관하도록 조처하였다.

이런 환대에도 불구하고 솔은 하양 마음이 불편했다. 어미 행방을 알 수 없어 나날이 속이 타들어갔다. 차차 이방이 알아서 조처하리라 사또가 말했으나 며칠이 지나도록 아무 조처가 없었다. 이방에게 몇 번이나 물어도 이리저리 핑계를 대며 대답을 회피했다. 행수도 마찬가지였다. 항아리는 찾았으나 어미는 어찌 되었단 말인가.

솔은 시름시름 앓기 시작했다. 음식을 입에 대지 않고 물도 잘 넘기지 않았다. 한 달이 지나지 않아 팔다리가 꼬챙이처럼 야위었다. 이 소식을 전해 들은 이방은 혼비백산, 한달음에 교방으로 달려왔다. 고을의 으뜸 보물이라던 아이가 시들시들 까무러져가는 자태에 놀란 이방은 다급히 의원을 불렀다. 그러나 의원인들 마음의 병을 헤아려 조처할 도리가 있겠는가. 몸을 보하는 약을 지어줄 뿐 다른 처방은 더 내리지 못했다.

어미 소식을 애타게 묻고 눈물짓는 걸 본 이방은 사또에게 이 사실을 아뢰었다. 사또와 이방은 입을 맞추었다. 어미가 장하에 목숨이 끊겨졌다는 사실은 절대 함구하기로 하고 대신, 항아리가 노래를 그치자 하옥되어 옥살이를 견디지 못하고 세상을 떴다고 꾸며 말하기로 한 것이었다.

기연가미연가 짐작으로 헤아리고 있던 변고가 사실로 확인된 것이었다. 한사코 아니기를 바랐으나 이방의 입을 통해 어미의 죽음이 항아리가 단초가 되었음을 확인한 순간 솔은 그만 까무러치고 말았다. 놀란 행수가 급히 손가락을 따고, 팔다리를 주무른다, 꿀물을 타 입에 떠 넣는다, 간병에 수선을 피웠다. 가까스로 정신이 돌아온 솔은 길게 한숨을 토해놓았다. 그리고 하염없이 눈물을 흘렸다.

항아리를 얻어 오는 대신 세상에서 가장 귀한 것을 차례로 잃어갈 것이라고 했다. 몸이 견디기 힘든 고생을 겪기도 하리라고 미리 통고를 받았다. 그래도 항아리를 원하느냐고 녹색 손님이 물었을 때 솔은 선선히 항아리를 원한다고 대답했다. 아무리 그렇다 하더라도, 항아리 때문에 어미를 잃게 될 줄이야 어찌 알았겠는가. 항아리를 얻는 대신 어미를 잃을 줄 알았다면 이 세상의 누가 그러겠다고 하겠는가. 가능하다면 지금이라도 무르고 싶었다. 그러나 이제 어찌 돌이킬 수 있겠는가. 울며불며 며칠을 지새웠지만 어미가 살아올 리 없었다. 어느 날 한숨 섞어 긴 넋두리를 풀어놓았다.

"······어미를 잃은 것은 항아리를 얻은 업보인데, 소녀 누굴 원망하겠습니까. 다만 어미가 항아리의 내력과 업보를 알고 있었더라면 감히 욕심을 내 자기 차지로 삼지 않았을 터이고, 목숨을 앞당기는 그런 참담한 불행을 겪지도 않았을 것을, 이럴 줄 알았으면 소녀가 미리 어미에게 귀띔이라도 해두었을 것을. ······소녀가 죽일 년입니다, 소녀가······. 흐으윽······."

어미의 시신을 수습해 무덤을 짓고 제를 올리는 것으로 작은 위안을 삼는 수밖에 없었다.

교방 식구들

대현 고을은 한양의 턱밑에 위치해 있었다. 삼남 인사가 한양에 올라가거나 한양 인사가 삼남행을 하려면 반드시 거쳐 가야 하는 길목이었다. 그 때문에 한양이나 삼남 손이 불쑥불쑥 원을 찾아들고는 했다. 미리 통지하거나 기약하고 방문하는 경우보다 다른 행차에 지나다 슬며시 들르는 경우가 더 많았다. 그렇게 예고 없이 찾아드는 손님들 가운데는 소홀히 접대할 수 없는 중한 손님들이 더러 있었다. 사또는 그런 중한 손님들에게 술자리를 마련하고 교방 아이들의 노래와 춤과 서화의 재주로 흥을 돋우고는 했다. 오래 전부터 대현 고을에서 장악원(掌樂院)을 본떠 교방을 두고 기녀들에게 기예를 가르쳐온 것은 그에 대비하기 위한 조처였다.

그리고 고을에는 연중 크고 작은 행사가 잇달아 열렸다.

새해를 맞으면 고을 관원과 백성의 안위를 빌고 경사를 축수하는 잔치로 한 해를 열고, 하지 무렵에는 기우제와 풍년을 비는 행사로 농사짓는 고을 백성들을 위무하였다. 늦가을 추수가 끝나면 하늘과 임금께 감사제를 올리고, 고을의 연로한 어른들을 모시고 무병장수를 축원하는 행사도 가졌다. 이런 고을의 크고 작은 행사의 중심 역할이야 관속들의 몫이지만 그에 버금가는 역할 또한 교방 소속 삼십여 명의 기녀들이 해냈다. 교방 기녀들의 노래와 춤이 아니고서는 고을 행사 어느 것 하나 원만히 치러지지 않았다. 그러므로 고을의 원도 이들을 관아의 이방, 공방, 병방 등 육방관속(六房官屬)에 못지않게 중시하였다.

대현 고을 교방에는 심운보라는 음률 선생이 대들보처럼 버티고 있었다.

교방 기녀들의 치장이나 행실서껀 생활 일습은 행수 초월이 맡아 있었고, 기녀들의 음률 교습은 심운보가 전담하고 있었다.

심운보는 장악원 우방(右坊)5의 전율(典律)로 봉직했던 인물이었다. 대현 고을에서 천출로 태어났으나 남다른 음악적 재능으로 전국의 악공들과 경쟁을 치러 당당히 궁중 예인으로 뽑혔고 정칠품

---

5 장악원의 구성 중 향악 전문을 우방, 중국계 아악 전문을 좌방이라 이름.

전율직에 오른 입지전적 인물이었다. 재주는 보통으로 타고났으나 일찍부터 음률을 즐겨 거기에 몰두하기를 몇 해, 마침내 그 물매를 일찍 터득하였고 피리와 젓대 등 필률(觱篥)[6]과 거문고, 가야금 등 현금(玄琴)에 다른 사람의 추종을 허락지 않을 만큼 뛰어난 경지에 이르렀다. 그는 출신 성분에는 어울리지 않게 시, 서, 화에도 두루 웬만큼 실력을 갖추고 있었다. 반상의 신분 차별이란 대처로 나갈수록 엄격해지는 반면 몇 가구 되지 않는 한적한 시골에서는 그 구분이 허물어져 있는 경우가 종종 있었다. 심운보가 어렸을 적 이웃 동무를 따라 서당 행보를 몇 번 하다 글공부에 관심을 갖게 되고, 어미를 졸라 서당에 다니게 된 것도 다 반상의 차별이 심하지 않은 마을 분위기 덕이었다. 그렇듯 서당에서 익힌 문자 속이 발전하여 풍류인으로서의 체모를 제대로 갖추게 되었을 뿐만 아니라 지혜의 속 켜를 알차게 다져 자연 세상을 읽는 눈 또한 밝아졌다. 따라서 음악인으로서 정칠품의 품계에까지 올랐던 것이다. 나이도 차고, 걷잡을 수 없이 치고 올라오는 후생에게 재주가 밀려 어쩔 수 없이 장악원에서 물러나게 된 그는 낙향하지 않을 수 없었다. 늙어 고향으로 돌아온 그는 고을 관아에서 부름을 받자 기꺼이 교방 기녀들에게 음률을 가르치는 직무를 맡게 되었던 것이다.

교방에는 행수 이하 기녀들의 화장이나 단장을 맡은 수모(手母)와 기녀들의 의식주에 관한 업무를 담당하고 있는 하님(下任) 등이 함께 기거하고 있었다.

---

6 대에 숨구멍을 내 소리를 얻는 악기.

음률방에는 심운보로부터 젓대와 거문고를 배우기 위해 그의 시중은 물론 잡무도 마다하지 않고 그의 수족처럼 움직이며 봉사하는 차비노(差備奴)와 유품이나 악기를 관리하며 따라다니는 근수노(跟隨奴) 등이 있었다. 이들도 교방의 한 식구처럼 지냈다. 교방 기녀는 물론 음률방 식구들은 심운보 앞에서는 하나같이 숨도 제대로 쉬지 못하고 죽은 듯 지냈다.

솔이 교방에 들어간 것은 늦가을로 접어들 무렵이었다. 밤, 대추는 이미 다 따 말리거나 갈무리한 지 오래됐고, 까치밥만 남겨두고 감나무의 홍시도 다 땄을 무렵이었다. 버드나무와 밤나무, 느티나무는 옷을 벗은 지 오래였다. 추수가 끝난 빈 들판에는 밤이면 갈기를 세운 바람이 말발굽 소리를 내며 내달리고는 했다. 꿩이 몇 번 울며 건넛산으로 옮겨 앉는가 싶으면 어느 겨를에 해가 지고 어둠이 내렸다. 이렇듯 해가 짧아지고 서리가 내릴 무렵이면 교방은 한가해졌다. 연중행사를 거의 다 치르고 난 터라, 마음이 편안하고 느긋해졌다. 그러나 그것도 잠시, 다른 일로 교방은 다시 긴장감이 감돌았다.

음률방에서는 늦가을부터 이듬해 봄까지 기녀들의 공부가 이어졌다.

기녀들이 갖추어야 할 기예의 기본은 노래와 춤이었다. 노래와 춤만 훌륭하면 어느 행사나 연회에 내놓아도 손색이 없는 것으로 쳤다. 그러나 심 전율은 노래외 춤에 만드시 교양이 더해져야 빛이 난다고 강조하고는 했다. 그래서 시를 짓고 글을 쓰고 그림을 그리는, 즉 시, 서, 화도 함께 익히도록 다그쳤다. 기녀들이 참여하는 행사나 연회가 대개 양반들을 상대로 열리는 것이므로, 양반들이 갖추고 있는 학식에 버금가게 교양을 구비해야만 그 물색을 알고 보비위를 아퀴 맞춰 제대로 할 수 있다고 생각한 것이다. 나아가 재주가 출중할 경우 양반들의 꾐이 두터워 값을 높이게 되므로 기녀들은 수고를 아끼지 않고 그 재주를 익혔던 것이다.

교방 지붕 처마에는 참새들이 집을 짓고 새끼를 낳아 길렀다. 봄부터 가을까지 도리나 서까래는 제비의 보금자리가 되고는 했다. 가끔 감나무나 오동나무에서 날아온 까치가 지붕 위에 앉아 임을 부르는 모습도 볼 수 있었다. 까치가 임을 부를 때 운이 좋으면 지붕 아래의 방에서 당 당 탄력 있는 가야금 소리가 높이 모를 하늘을 향해 하염없이 올라가는 길에 잠시 까치의 연가에 반주가 되어주기도 했다.

세상의 어떤 곳에서도 자기가 머물 마땅한 곳을 찾지 못한 고아한 가야금 소리는 늘 하늘로만 날아올랐다. 하늘로 날아올라 자기 자리를 찾으려는 가야금 소리는 듣는 사람의 상념 또한 현실을 뛰어넘도록 충동하였다. 그 감미로움은 듣는 사람의 가슴속에 가 닿을 수 없는 다른 세계의 아름다운 풍광을 그려놓았다. 가 닿을 수 없기 때문에 더 동경하고 갈망하게 되는 그 아름다운 풍광, 그것은 오랜 소망으로 가슴속에 간직되게 마련이었다.

그 지붕 아래의 방에서는, 깊은 바위 속을 울리다 세상으로 나온 듯 아득한 거문고 소리도 자주 들렸다. 노송의 나이테를 현 삼아 뜯는 듯 고현한 거문고 소리는 듣는 이의 옷깃을 여미게 했다. 소리로써 사람을 겸손하게 만드는 것은 거문고가 아니면 가히 하지 못한다고 했다. 무겁기는 말없이 늘 같은 자리를 지키는 산을 방불케 했고, 그 유장함은 아무리 때가 바뀌어도 변함없이 흐르는 장강을 연상시켰다. 그 무거움과 불변은 가볍고 늘 변화를 도모하는 세상 사람들을 한소끔 끓여 숙연하게 만들고는 했다.

지붕 아래의 방에서는 노랫소리도 자주 흘러나왔다. 노랫소리는 대개 슬픔을 가득 담고 있었다. 다 그런 것은 아니지만 대개 노랫소리는 칼날이 가슴을 저미듯 아프게 느껴질 때가 있었다. 듣는 사람의 가슴을 후벼 파 피를 흘리게 하는 소리의 칼이 실제의 칼보다 더 아프고 예리하다는 사실을 아는 사람은 알았다. 사람이 마침내 돌아가고 싶은 곳은 고향이라고 했다. 세상을 다 감싸고도 남을 어머니의 넉넉한 품속 같은, 세상에 나가 다친 육신과 정신의 상처를 말끔히 치유할 수 있는 유일한 곳, 잃어버린 사랑도 회복할 수 있는 영원히 안온한 집, 고향이 아니고서는 찾아볼 수 없는 것들이다. 모든 노래는 고향으로 돌아가고자 하는 사람들의 갈망에 다름 아니라는 것이다. 사랑의 갈망도 그리움과 동경의 변주도 다 궁극적으로는 자기가 나온 자궁, 그보다 더 안온할 수 없는 자궁으로 회귀하고자 하는 본능의 작용이라는 것이다. 그러나 어찌 그것이 가능한 일이겠는가. 사람의 성대를 타고 나오는 노래는 그래서 슬프지 않은 것이 없다는 것이다.

교방 위채는 심 전율의 거처와 음률방으로 쓰였고 아래채는 기녀들이 거처하고 있었다. 심 전율이 수족과 다름없는 근수노 성진과 교방의 잡무를 도맡아 하는 차비노 범우는 심 전율 수하이므로 심 전율과 함께 위채에 기거하였고, 솔이 이하 열댓 명의 기녀들은 행수 초월의 관장하에 아래채에서 생활했다. 아래채 식구들 가운데 수모와 하님도 기녀들에게는 행수 초월에 버금가는 무서운 존재였다. 서른이 넘는 대현 고을 기녀들 가운데 절반가량이 외거기 (外居妓)로서, 행사가 있을 때만 관아에 들어와 기예를 뽐내고 나면 각기 제집으로 돌아가고는 했다.

낮이면 위채가 활기를 띠었고, 밤이면 아래채가 부산스러웠다.

낮이면 기녀들 모두가 위채로 올라가 기예를 연마하였다. 소리며 가야금, 거문고, 춤 등 기예를 연마하는 것은 물론 서화를 익히기도 하였다. 저녁에 각자의 방으로 돌아가서도 스스로 반복적으로 연습을 계속하는 기녀도 있었다.

일정한 때에 맞추어 심 전율은 기녀들의 기예 진척 정도를 점검하고는 했다.

심 전율의 회초리

심 전율의 평가는 엄혹하였다. 장악원에서 익힌 까다로운 눈높이를 아이들의 솜씨를 품평하는 데에도 그대로 적용하였다. 소리는 물론 가야금이나 거문고도 장악원 악공들의 솜씨라도 평가하듯 엄중하였다. 필생의 업으로 음률을 연마하는 악공들과 꽃에 향기를 보태듯 타고난 몸에 치장하듯 기예를 익히고 있는 교방 기생들이 어찌 그 수준이 같겠는가. 그러함에도 불구하고 음률이란 차별이 있을 리 없다면서 그 익히는 자세나 공부란 똑같아야 한다고 심 전율은 강조하였다. 악공들에 비해 성심이 덜하고 게으를 수밖에 없는 기녀들은 그 때문에 심 전율로부터 호되게 담금질을 당하였다.

점검이 있는 매달 그믐께가 가까워오면 기녀들은 가슴앓이 몸살부터 시작하였다. 수검 끝에 심 전율로부터 떨어질 벌이 무서워 몸이 제물에 움츠러들었다. 그 가슴앓이 몸살은 심 전율의 방을 다녀와야 가까스로 잦아들고는 했다. 품신하러 갈 때 기녀들은 반드시 회초리를 마련해 들고 가야 했다. 들고 간 회초리로 벌이 모자라면 열흘간 물 긷기나 땔나무를 해 오는 벌이 보태지기도 했다. 대개가 회초리가 부러지도록 매를 맞거나 몇몇에게는 물 긷기나 땔나무 해 오는 노역의 벌이 보태지기도 했다. 어쩌다 하님을 불러 하루 이틀 밥을 굶기도록 조처하는 벌도 내려졌다. 기녀들은 밥 굶기는 벌을 가장 두려워했다. 심 전율의 수검을 받고 온 기녀들 중 종아리에 피를 흘리지 않은 아이가 없었다. 며칠씩 다리를 절기도 했다. 기녀들은 가슴앓이보다 종아리의 아픔을 훨씬 가볍게 여겼다.

솔도 예외가 아니었다. 가급적 가냘프고 낭창낭창한 회초리를 마련해 가면 날벼락이 떨어졌다. 당장 근수 성진을 불러들이고, 굵은 회초리를 대령토록 불호령을 내렸다. 그런 날의 회초리 맛은 훨씬 혹독했다.

"어허, 저년이 건너편 언덕에 핀 자운영 구경하고 있네. 가야금을 탈 때는 가야금에 온 정신을 쏟아야지. 너 지금 정신이 어디 마실 나가 있는 게냐?"

　가진 정성을 다 쏟아 가야금을 타면 자기도 모르는 사이 콧등에 땀이 솟아났다. 솔은 콧등뿐만 아니라 이마에도 땀방울이 송골송골 맺혔다. 숨도 쉴 틈 없이 휘몰아가는 손가락은 자신의 눈에도 보이지 않았다. 이미 손가락은 제가 스스로 익힌 길을 오고갈 뿐이었다. 손가락은 의식의 통제권을 벗어나 자유자재로 바람처럼 날아다니고 있었다. 그런 솔에게 정신을 어디 두고 있느냐고 날벼락이 떨어진 것이다. 그날 종아리가 터지도록 회초리를 맞았으나 솔은 종아리의 아픔을 이기고도 남음이 있는 감정의 고양을 느꼈다. 선생으로부터 꾸중을 듣고도 자부심이 지워지지 않았는데, 그 자부심은 자신이 가 닿고자 하는, 자신이 얻고자 하는 소리를 얻은 데서 오는 자족감이었다. 다른 사람은 감지하지 못해도 솔은 자신의 진경을 분명히 인식할 수 있었다. 게다가 언제 심 전율이 한 번이라도 칭찬을 하는 사람이던가.

　"너 지금 어느 바닷속에 가라앉아 있는 게냐. 거문고 소리는 어디 두고 헛것만 짓까불고 있는 게냐?"

　가야금 품신 끝에 종아리를 맞은 후 한 달쯤 지났을까, 거문고를 들고 방으로 들어가 심 전율 앞에 앉아 탄주를 시작했다. 중모리 들머리에 이르자 심 전율은 담뱃대로 재떨이를 탕탕 쳤다. 미간에 내 천 자를 그리고 새치름한 눈으로 노려보았다. 턱 밑 수염이 파르르 떨렸다. 품신할 때마다 겪는 일이었다. 솔은 아랑곳하지 않고 눈을 감았다. 눈을 감아도 술대는 제 현을 탔고 왼손은 정확히 짚을 데를 짚어 소리의 장단과 고저를 맞추었다. 눈을 감고도, 적

당히 흔들어대는 농현도 잘 구사되었다. 거문고를 마친 날도 준비
해 들고 간 회초리가 부러지도록 종아리를 맞고 방으로 돌아왔다.
물에 담근 쑥을 종아리의 터진 곳에 붙여 동여매면서, 솔은 아픔을
느끼기는커녕 자부심을 느꼈다. 지금까지 자신이 탄 거문고 가락
중 그날 탄 가락이 가장 마음에 들었기 때문이었다.

"노래란 상, 중, 하로 가르는 것인데 그 여운이 하늘에 구름과 함
께 오래 머물러 있는 것이 상이요, 사람의 가슴속에 오래 시냇물
소리를 내며 흐르게 하면 중이요, 다만 귀만 달콤하게 하는 것이
하이다. 넌 지금 귀도 달콤하게 해주지 못하니, 그걸 어디 노래라
고나 할 수 있겠느냐!"

솔의 노래에 대한 평가 또한 가혹하였다. 사또를 비롯한 육방관
속은 말할 것도 없고 행수나 수모나 하님도 한결같이 솔이처럼 노
래 잘하는 아이는 처음 본다고 칭찬이 자자했다. 그러나 심 전율은
하급에도 미치지 못한다고 한마디로 폄하해 단정 지었다. 물론 음
률의 경지란 무궁무진하여 사람의 재주로는 가 닿을 수 없는 경지
가 있다고 들었다. 거문고 탄주로 계절을 바꿔 겨울에도 따스한 봄
바람을 불어오게 하기도, 여름에도 연못에 얼음을 얼리는 재주가
있다는 말을 들은 적이 있었다. 한 가객이 슬프게 탄식하며 노래하
고 지나간 마을의 집집마다 상기둥이 사흘 동안이나 이이잉 울었
다는 이야기도 들은 바 있었다. 그러므로 심 전율의 지적이 틀렸다
고 할 수만은 없을지 몰랐다. 그렇다 하더라도 하급에도 이르지 못
하다니, 여간 속이 상하지 않았다. 종아리를 맞고 방으로 놀아온
솔은 이불을 뒤집어쓰고 오래오래 훌쩍였다.

솔의 연주를 듣고 있으면 심 전율은 까닭 모르게 마음이 가을바람 쐬듯 스산했다. 아이의 재주는 심 전율 자신의 비재를 돌아보게 했다. 따라서 자신이 치른 혹독한 기예 연마 과정이 연상되고는 했다. 그런데 이 아이는 그런 혹독한 연마 과정을 거치지 않은 것에 틀림없어 보이는데 타고난 것인가, 유난히 소릿귀가 밝았다. 한번 들으면 그대로 연주해내고는 했다.

교방 아이들 중 대부분은 기예를 닦을 만한 재목이 아니었다. 타고난 가난 때문에 어쩔 수 없이 집으로부터 내쳐져 고생을 하고 있었다. 대개 재능도 모자라고 음률에 흥미도 느끼지 못하였다. 아이들은 강압에 못 이겨 교습을 받고 있는 셈이었다. 그러므로 아이들은 몇 달씩 가르쳐도 줄 고르는 기본조차 제대로 습득하지 못했다. 한 해가 지나도록 교습을 받은 아이도 도드리 한 곡 제대로 뜯지 못했다. 매달 그믐께에 품고를 하러 온 아이들의 솜씨를 보면 혀를 차지 않을 수 없었다. 잔재주를 피울 요령마저 없었다. 몇 소절 듣지 않아 심 전율은 벌컥 울화부터 치밀어 올랐다. 저도 모르게 휘두른 회초리가 현을 뜯는 아이의 손등을 갈기고는 했다. 다급히 피하지만 이미 아이의 손등에 피멍 자국이 선명했다. 두 아이, 세 아이 차례로 살펴나갔으나 하나 신통한 아이가 없었다. 손등이 터진 아이도 있고, 종아리가 터져 피를 흘리는 아이도 생겼다. 회초리가 다 부러지고 나면 손찌검으로 회초리를 대신하기도 했다.

그러나 새로 온 아이는 다른 아이들과 달랐다. 그 아이는 영오했다. 가르쳐주지 않은 것도 스스로의 노력으로 터득하였다. 자기가 빚어놓고도 태 고운 놈이 보일 때 느끼는 도공의 만족감, 솔의 기예에 심 전율은 늘 그런 흐뭇함을 느꼈다. 하늘로부터 재주를 타고난 것인가, 거기에다 음률을 즐기는 성품까지 타고났다. 그 즐기는 성품이 남달라 더 많이 노력하고 그 노력이 아마 재주로 승화되는 모양이었다. 그 아이의 가야금이나 거문고는 성진이 놈에게 결코 뒤지지 않았다.

성진이 놈의 거문고는 장악원 악공의 솜씨에 버금가는 수준이었다. 오래 솜씨를 연마한 선가의 거문고 탄주를 듣고 있으면 문향 같은 것이 온몸으로 젖어드는 느낌이 든다고 했다. 명인의 거문고 소리를 듣고 있으면 붓이 화선지 위를 달리는 것과 같은 유현한 소리가 귀를 적신다고 했다. 거장(巨匠)의 거문고 소리를 듣고 있노라면 한적한 정자 위에 누워 하늘에 걸린 구름에 오언절구를 일필휘지 휘갈겨 내려가고 있는 듯 오연한 느낌을 갖는다고 했다. 아직 선가의 수준에도 이르려면 멀었지만 성진이 놈의 거문고를 듣고 있으면, 온 산에 낙엽이 지고 있는 소리라도 듣고 있는 것 같았다. 그 솜씨라면 몇 해 정도만 더 익히면 능히 선가의 반열에는 들 수 있으리라, 짐작되었다. 그렇다면 칭찬을 해주고 독려해주어야 마땅할 터인데도 그래지지가 않았다. 놈의 기예에 진경이 느껴질 때마다 더 혹독하게 꾸중을 내리고는 했다.

"그게 어디 거문고냐? 소리가 단단해야지 그렇게 물러빠져서야 원!"

심 전율은 성진에게 늘 단단한 소리를 내라고 다그쳤다. 거문고 머리 쪽에 줄을 받치고 있는 현침(絃枕) 가까운 데서 줄을 힘껏 밀어 소리를 얻어야 한다고 엄히 이르고는 했다. 여자아이들이야 줄

을 뜯어 올려 부드러운 소리를 내도 상관하지 않았지만 성진에게
는 부드러운 소리를 허용하지 않았다. 부드러운 소리는 내기가 쉽
고 그것이 정감이 있기는 하지만 허하다는 것이었다. 반면 단단한
소리는 얻기도 힘들지만 그 울림이 깊고 실하다는 것이었다. 아이
들의 재주야 놀이판에 쓰일 것이므로 적당히 익혀도 무방하지만,
성진의 재주는 전문 악공으로 쓰일 것이므로 더욱 단단히 익혀야
한다는 것이 심 전율의 주장이었다. 장구로 박자를 잡아나가다 기
회 있을 때마다 "쉽게 가려 하지 말라"라고 윽박지르거나 날벼락
을 내리고는 했다. 왼손 쓰는 재주를 강조하며 손수 시범을 보여주
기도 하고, 또 현침에 가까운 쪽에서 소리를 내라는 주문과 함께
왼손으로 줄을 꺼잡고 음을 내리는 퇴성법(退聲法)[7]을 교습하기도
했다.

성진이 놈에게 하는 버릇이 옮아온 탓일까, 솔에게도 좀처럼 칭
찬의 말이 나오지 않았다. 오늘은 칭찬을 좀 해주려니 작정하고 마
주 앉은 날도 끝내는 회초리를 들게 되고, 회초리를 들면 종아리에
피가 나도록 혹독한 매질을 하게 되었다. 심 전율은 그러한 자신의
감정의 격랑과 변덕을 알다가도 모를 일이라며 가끔 혼자 고개를
젓고는 했다.

다른 아이들에게는 꾸중을 하고 매질을 할 구실이 분명했다. 대
부분의 아이들은 한 달 전의 품신 때나 두어 달 전의 점검 때와 똑
같은 실수를 되풀이했다. 다스름을 마치고 도드리로, 도드리에서

---

7 어떤 음을 낸 다음 한 율 또는 두 율 낮게 끌어 내리는 연주 기법.

밑도드리 정도 나가는 동안 몇 번 실수야 누구에겐들 없을 수 있겠는가. 대개 다스름은 무사히 넘겼다. 도드리나 밑도드리에서 그만 몇 번 현을 뜯는 손가락이 헛짚었다. 그럴 때면 고요히 흐르던 물에 누군가 툭 돌을 던진 듯 심 전율의 정신에 파탄이 일어났다. 일순 새카만 혼돈이 정신의 시야를 가렸다. 이윽고 혼돈의 표피를 뚫고 정신이 되돌아오면 그다음 들려오는 탄주는 자갈밭을 달리는 차륜의 굉음처럼 어지럽게 들렸다. 그 때문에 번번이 회초리가 바람을 가르고 손등에 피멍을 들여놓았다.

　그러나 새로 온 아이는 실수를 거듭하는 일이 거의 없었다. 한 번 지적하여 꾸중을 들은 대목은 반드시 바로잡았고, 그 한 번의 꾸중을 다른 실수를 예방하기 위한 교훈으로 삼았다. 그 꾸중을 교훈 삼아 혼자 연습을 얼마나 혹독하게 했던지 품신을 할 때마다 심 전율의 기대나 예상을 앞질러 있었다. 그 때문에 솔에게는 매가 필요하지 않았다. 그런데도 웬일인지 공연히 트집을 잡게 되고 마침내 매질을 하게 되고는 했다. 이제 매질은 하지 않아야지, 몇 번이나 작심했는지 몰랐다. 칭찬은 아끼더라도, 아무 탈도 일으키지 않는 아이에게 매질을 하여 종아리에 피를 내다니, 내가 왜 이토록 악독한 놈일까. 내심 그런 후회를 되씹으면서도 태도가 쉽사리 바뀌지 않았다. 매번 가혹한 매질로써 다음에 더 잘하라, 더 잘하라 다그쳤다.

노래는 길에 있다?

'우리 헤어질 때가 되었나봐?'

항아리의 말에 솔이 어이없다는 표정으로 쏘아보았다.

'왜 그래. 네가 약속을 어기고 있잖아. 새 노래를 지어 불러주겠
다고 한 약속 잊었지?'

'내가 언제 약속을 어겼는데. 새 노래를 짓기 위해 들인 공이 얼
만데.'

'언제 공을 들였어?'

솔은 심 전율에게 간청을 넣어 새로 가사, 가곡을 배웠다. 전에
부르던 노랫가락이나 잡가 따위와 노랫말이나 곡조에 차이가 많
아 배우고 익히기가 쉽지 않았다. 고을 잔치나 손님 접대 자리에
서 부르는 민요나 노랫가락 따위가 짤막한 단가였다면 가사와 가
곡은 길게 이어지는 장가였다. 입에 익어 있는 노래는 대개 빠르고
구성지거나 흥겨웠다. 그러나 가사, 가곡은 한없이 느리고 장중하
여 흥취가 나지 않았다. 그러나 배우고 익히는 날이 쌓여감에 따라
느리고 장중한 가사, 가곡 또한 점점 그 깊은 맛과 감칠맛이 느껴
졌다.

얼마 지나지 않아 솔은 가곡에 깊이 매료되었다. 서창인 초삭대
엽, 이삭대엽, 중거, 평거……, 시작은 밋밋하지만 소용(騷聳)이 어
름에 이르면 웃음이 절로 났다. 아무렴 '불 아니 땔지라도 절로 익
는 솥이 어디 있고, 여무죽 아니 먹여도 크고 살찐 말이 어디 있으
며, 술이 샘처럼 솟아나는 주전자가 어디 있겠는가.' 선비들의 숨

은 욕망을 은근히 꼬집고 풍자하는 내용에 배시시 웃음이 났다. 그리고 계락, 우락, 언락……, 뒤로 갈수록 흥이 절로 솟아나 민요나 잡가 따위에서 느끼지 못했던 새로운 깊은 맛을 느끼며 기꺼워하였다.

웬만큼 익숙해지자 솔은 항아리 앞에 앉아 가사, 가곡을 불렀다. 그런데 몇 대목 듣지 않아 항아리는 고개를 저었다. 그것들이 어찌 네 노래냐는 쌀쌀맞은 핀잔에 솔은 대꾸할 말을 잃었다.

'나는 그런 노래를 원하지 않아.'

'그럼 어떤 노래를 원하는데?'

'교방에는 그런 노래가 없어.'

'교방에 없는 노래라니?'

'그 노래는 길에 있어. 길을 나서면 자연히 알게 되어 있어.'

'그 노래는 길에 있어? 길을 나서면 자연히 알게 돼?'

'그래. 항아리에 담아 보낸 노래를 익힌 것도, 교방에서 민요, 잡가를 익힌 것도 다 네가 노래 짓는 데 길잡이 삼을 방편으로 주어진 것들이야. 방편을 익혔으면 이제 새 노래를 지어야지. 그런데 교방 생활이 편하니까 길 나서기가 싫고 두렵지?'

'아냐, 내가 언제 길 나서기가 싫다고 했어.'

'너는 몸과 마음이 다 게을러터졌어. 넌 타락한 거야.'

'아냐, 내가 왜 타락해. 그럴 리 없어.'

'너는, 고생이 무서운 거야.'

'아냐, 그렇지 않아. 나는 고생을 겁내지 않아. 고생을 두려워하면 아무것도 이루거나 얻지 못한다는 경고를 한시도 잊은 적 없어.'

'하지만 용기가 없잖아. 네가 발휘할 수 있는 수단은 용기밖에 없어. 용기만이 구하는 것을 얻도록 해!'

'그래, 나도 알아.'

'그렇다면 어서 교방 생활을 청산해야지.'

'알았어. 준비되는 대로 우리 교방을 뜨자.'

항아리의 요구는 집요했다. 노래를 찾아 길을 나서자는데 반대할 이유가 없었다. 아직 갖출 것을 다 갖추지 못한 것 같아 망설여 왔으나 이제 항아리의 요청을 피할 도리가 없을 것 같았다. 솔은 교방을 뜨기로 항아리와 약조를 하기에 이르렀다. 그러나 교방을 뜨려면 여러 가지 준비가 필요했다. 준비를 하느라, 차일피일 결행이 늦어졌다.

그러던 어느 날 밤 가릉빈가가 솔의 마음을 방문했다.

'너는 항아리를 끔찍이 보살피겠다고 약속했다.'

대나무 꽃 항아리를 얻기 전 가릉빈가와 한 약속이 상기되었다. 약속을 생생히 기억하고 있다고 말하려다 솔은 입을 다물었다.

'항아리를 보살피는 데는 고생이 따르리라는 사실을 미리 통고했다.'

잘 기억하고 있다고 말하려다 입술을 깨물었다.

'항아리를 가지는 대신 응당 소중하고 귀한 것을 잃어가게 되리라는 경고도 했다.'

솔은 항아리로 인해 이미 어미를 잃었고, 앞으로도 많은 것을 잃어가리라 각오하고 있다고 대꾸하려다 그만두었다.

'항아리를 소홀히 하면 작별 인사도 없이 홀연히 떠나버릴 수도

있다는 사실을 명심하라고 당부한 바도 있다.'

아직 한 번도 항아리 보살피기를 소홀히 한 바 없다고 솔은 마음속으로 항변하며 다시 입술을 질끈 깨물었다. 항아리가 새 노래를 담아달라고 하지만 어떤 것을 두고 새 노래라고 하는지 확신이 서지 않는다고 속으로 항변했다.

'항아리가 원하는 노래를 모르다니, 솔이 너답지 않구나. 교방을 떠나 길을 나서야 얻을 수 있다고 항아리가 네게 귀가 따갑도록 강조하지 않았느냐. 항아리가 원하는 노래는 솔이 네가 원하는 노래이기도 하다는 걸 네가 모르지 않을 터이지.'

솔은 항아리가 다른 사람이 한 번도 부른 적 없는, 새로 지은 노래를 불러달라고 청한 사실은 잘 알고 있었다. 자신도 새로운 노래를 지어 부르고 싶은 것은 마찬가지였다. 아무리 그렇다 하더라도 내가 무슨 재주로 다른 사람이 한 번도 부른 적 없는 새 노래를 지어 부를 수 있단 말인가. 길을 나서면 가능하리라고 하지만, 가야 할 곳이 어느 방향인 줄이나 알아야 길을 나서고 말고 할 것 아닌가.

'길에 노래가 있다고 하지 않았느냐. 노래는 높고 깊은 산에도 있고, 수평선 너머 끝없이 펼쳐진 바다에도 있고, 항상 어딘가로 흘러가는 구름이나 강물에도 있고, 사철 옷을 달리 갈아입는 나무들에도 다 있는 것이다. 교방을 떠나 세상을 두루 섭렵하면 자연히 터득하여 스스로 노래를 지어 부를 수 있게 되리라고 항아리가 입이 아프도록 거듭 말하지 않았느냐. 교방의 편안한 생활에 젖어 길 떠나 겪을 고생을 두려워하고 있다니, 그래 항아리의 청을 듣지 않

겠다면 항아리가 너를 떠날 수밖에 다른 도리가 없겠구나?'

항아리가 내게서 떠나다니, 그것만은 안 된다고 소리쳐 항의하고 싶었다. 그렇지만 입술이 얼어붙어 말이 나오지 않았다. 알았으니, 항아리와 헤어지지 않게만 해달라고 마음속으로 다급히 간청했다. 준비를 마치는 대로 곧 노래를 찾아 교방을 떠날 것임을 굳게 다짐했다.

'너는 그동안 학습을 충분히 했다. 이제부터는 스스로 노래를 지어 불러야 할 때에 이른 것이다.'

아직 노래 짓는 법을 배운 적이 없다고 항변하려 했지만 말이 나오지 않았다.

'노래 짓는 법을 배운 적이 없다니. 내가 보낸 노래를 따라 부른 것도 노래 짓는 법을 배운 것이요, 교방에서 민요, 잡가, 타령을 배워 부른 것도 노래 짓는 법을 터득하기 위한 방편이었다. 게다가 심 전율에게서 시, 서, 화를 비롯하여 거문고, 가야금, 가곡, 가사, 시조를 배운 것도 다 노래 짓는 법을 배워 익힌 것에 다름 아니다.'

솔은 믿어지지 않는다는 듯 고개를 갸웃이 기울였다.

'그래, 노래를 짓기 위해서는 남다른 식견과 긴 사유의 기간이 필요하지 않나요. 소녀는 식견도 짧고 재주도 없는데, 당장 노래를 지어 항아리에 담으라면 그것은 곧 죽음으로 내모는 것과 다름없는 가혹한 처사가 아니고 무엇인가요.'

솔의 마음속에 슬픔이 가득 고였다.

'솔이 너답지 않구나. 노래 짓는 법을 누가 가르칠 수 있다는 것이냐. 터득하기 전 네 마음속에 이미 똬리를 틀고 앉아 있는 것인데 어디 다른 데서 구한단 말이냐. 대저 노래란 정신에 미치는 바는 있으나 형상이 있을 수 없고 행위 또한 없는 것이다. 마음으로 전할 수는 있으나 손으로 받을 수는 없다. 체득할 수는 있으나 눈으로 볼 수는 없다. 따라서 노래는 스스로 나타나 스스로 돌봄이 있고, 스스로 뿌리를 뻗고 가지를 치는 것이다. 노래는 천지가 생겨나는 것과 때를 같이해 세상에 나와 면면히 이어져와서, 항상 귀신도 신령스럽게 하고, 하느님도 신령스럽게 하고, 하늘에도 미치고 땅에도 미치는바 모자람이 없는 것이다. 노래는 우주 위에 있어도 높다고 여기지 않고, 수천 길 지하에 있어도 깊다고 여기지 않는다. 노래는 하늘과 땅보다 먼저 존재했어도 오래됐다고 여기지 않고 항상 새롭고자 한다. 태곳적부터 존재했어도 늙었다고 여기지 않고 항상 젊고자 한다. 노래는 항상 새롭고 젊기를 바란다. 이런 점만 헤아린다면 노래가 절로 보일 것이다. 그래 솔이 너 또한 새롭고 젊은 존재이다. 그러므로 노래가 너를 택한 것이다. 택함을 받은 너는 다만 행하기만 하면 되는 것이다.'

가릉빈가의 언변은 여항의 언변이 아니었다. 뜻이 심오하고 비유는 현란하되, 도리어 혼란스럽고 갈피를 잡을 수 없었다. 그런 속에서도 그 의미가 어렴풋이 잡혔다. 배움으로써는 전에 있던 것밖에 터득할 수 없는 것인데, 전에 없던 새 노래를 지어 불러달라는 말을 듣고 배움에 의지하려는 너는 필경 솔이 아닌 모양이구나, 하는 비의적인 질책으로 들렸다. 그 질책이 가슴속을 서늘하게 훑었다.

'어렵게 생각할 것 하나 없다. 네가 생각하는 바대로 행하기만 하면 흡족한 결과를 얻을 수 있을 것이다. 항아리는 네가 지어 부

르는 노래를 바랄 뿐이다.'

담고 있던 노래를 다 비워버리고, 새로 지은 노래를 불러 담을
때까지는 노래하지 않겠다는 항아리의 선언을 누가 엿듣지는 않
았는지 솔은 덜컥 겁이 났다. 이 사실이 사또의 귀에라도 들어가는
날에는 죽은 목숨이나 다름없게 될 터였다. 당장 새 노래를 지어
불러 담을 재주만 있다면 무슨 걱정을 하겠는가. 그렇지만 무슨 재
주로 새 노래를 지어 담는단 말인가. 더구나 일단 길을 나서야 가
능한 일이라 하지 않는가. 어미의 죽음이 떠오르자 머리끝이 곤두
서고 목이 옥죄이는 것 같았다.

그렇지만 항아리가 원하는 새 노래를 어디 가서 찾는단 말인가.
일단 길을 나서라고 하지만, 길 어디에 노래가 있단 말인가.

솔은 길을 나서면 낯선 풍경을 구경하게 되고, 낯선 사람을 만
나게 된다는 사실을 미처 생각하지 못했다. 낯선 풍경은 새로운
상념을 불러일으키고, 낯선 사람을 만나 이야기를 나누면 새로운
지식을 얻어 안목을 넓히게 된다는 사실도 또한 미처 생각하지 못
했던 것이다. 다만 길을 나서 낯선 곳에서 겪을 고생이 먼저 떠올
라 주저하고 망설였다. 그렇지만 이제 주저하고 망설일 여유조차
없었다.

'사람의 노래'여야 한다

한동안 춤과 노래를 배우는 재미로 아무 생각 없이 지냈지만 해

소수를 훌쩍 넘기고 나서도 같은 생활이 반복되자 교방 생활이 심드렁했다. 연회에 나가 노래 부르며 손님의 보비위를 하는 것도 지겨웠다. 게다가 연회에서 부르는 노래는 내용이나 곡조가 모두 비슷비슷한 것들뿐이었다. 대개 사랑이 아니면 이별이 그 내용을 이루고 있었다. 쏜살같이 달아나는 젊음에 대한 탄식이 아니면 어느새 다가온 백발을 두고 인생무상을 읊조리는 것들도 그 내용이 비슷비슷했다. 노래도 진부하여 주니가 났고 몸까지 술자리의 노리개에 지나지 않는 처지라는 자각이 솔을 깊은 슬픔에 빠뜨려놓았다.

그렇지만 세상에 불리던 노래가 아닌 새로 지은 노래를 불러 담아달라니 가당키나 한 청인가. 그러고 싶지만, 내게 무슨 재주가 있다고 그런 무리한 청을 한단 말인가. 어떤 노래를 어떻게 지어 불러야 할지 알지 못한 솔은 어떤 노래를 지어 불러야 하느냐고 몇 번이나 따지고 물었다. 그때마다 항아리는 주저 없이 네가 스스로 지은 '사람의 노래'여야 한다고 선언했다. 그 선언은 단호하고 엄숙했다.

그러나 내게 무슨 식견이 있어 항아리가 원하는 '사람의 노래'를 지어 부를 수 있단 말인가.

스스로 진부하다고 생각했지만 그래도, 연모의 정이 가슴속에 피어날 때 불현듯 찾아오는 그 오묘한 설렘이 그려내는 것이 노래 아니고 무엇이던가. 희로애락이 빚어낸 감정의 움직임이 그려내는 노래보다 더 자연스럽고 사람살이와 방불하는 노래가 달리 어디 있다는 것인가. 그런 자연스러운 감정의 발로를 어찌 사람의 일이 아니라고 단언할 수 있단 말인가. 솔이 자신도 새로운 노래를 배워 부르기를 원했다. 그러나 한사코 항아리가 청하는 '사람의 노래'란 어떤 것을 두고 하는 말인지 헤아릴 길 없어 그 청을 들어줄 수 있을는지 자신이 없었다.

잔치 때마다 객사(客舍)에서 부르는 춘정 가득한 감미로운 연가나 선비의 품격을 애써 갖추는 데 요긴해 보이는 유장한 가사, 시조는 물론 교방 아이들과 노닥거리며 배운 흥겹고 애절한 타령이며 민요, 다른 어떤 노래보다 감성을 깊고 폭넓게 자극하는 여요(麗謠) 등 이런 훌륭한 노래를 다 제쳐두고 내가 어찌 그보다 더 훌륭한 노래를 지어 부를 수 있단 말인가. 그러나 항아리의 재촉이 지엄하니 길을 나서지 않을 수는 없는 일이었다.

솔은 오동나무 궤에 준비한 동아줄을 밤얽이로 친친 동여매고 어깨에 메기 맞춤하도록 멜빵을 지었다.

입고 있던 깁옷을 홀홀 벗어 던지고 미리 마련한 후줄근한 베옷으로 갈아입었다. 품이 넉넉한 저고리가 허리까지 내려와 마음이 조금 놓였다. 바짓가랑이를 여미어 대님을 단단히 조여 맸다. 머리는 이미 올려 상투를 짓고 있던 터, 패랭이를 덮어쓰고 턱 밑에 치렁거리는 끈을 불끈 조여 맨 다음 거울에 위아래 전신을 비춰보았다.

자신의 차림새가 참 명랑하지도 않았다. 무명 바지저고리에 삼끈으로 허리를 불끈 동여매고, 짚신을 신고 종아리에 행전을 치고 있는 모습이 얼핏 보아 한 주먹 하는 불량스러운 놈팡이 같았다.

오동나무 궤를 어깨걸이로 등에 진 솔은 대문을 나서기 전 문득 뒤돌아 살펴보았다. 행수의 방은 물론 하님의 방도, 동무들 방도 다 캄캄했다. 깊이 잠든 교방은 불빛 하나 없었다. 뜰에 큰 날개를 벌리고 서 있는 감나무 가지에 반달이 걸려 홀로 쓸쓸했다. 바라는 바대로 모야무지 교방을 떠나는 솔을 아무도 보지 못하고, 아무도 알지 못했다. 발소리를 죽여 마당을 가로질러 울바자를 외로 돌아 사립문을 나갔다.

교방을 나선 발밑에 마냥 어둠이 밟혔다. 하늘에 별이 총총하지만 마음 탓인지 어디를 둘러보아도 칠흑 어둠뿐이었다. 길섶의 풀은 숨을 죽인 채 어둠을 깊이 머금고 있고 가까운 곳의 키 큰 미루나무도 어둠에 잠긴 채 눈을 감고 있었다. 앞산 능선은 엎드려 웅크리고 있는 검은 짐승 같고, 그 검은 짐승 어느 늑골엔가 깃들어 이승에서 이루지 못할 인연을 한탄하는가, 가슴 찢어대는 소쩍새 울음소리에 마음이 더욱 무겁게 가라앉았다.

대현 고을을 등지고 얼마나 걸었을까, 평탄한 들길이 끝나고 산자락에 이르러 있다. 길은 산등성이를 타고 위로 뻗어 올라가 계속되었다. 밤 안에 재를 넘어야 할 터인데, 어두운 밤에 범이나 두억시니라도 나타나 앞을 가로막는다면 어떻게 하랴. 그러나 두렵다고 망설일 처지가 아니었다. 범이나 두억시니보다 더 무서운 추쇄의 손길을 벗어나 무사하려면 이 밤 안으로 재를 넘어두어야만 조금이나마 불안감을 줄일 수 있을 것이리라. 걸음을 서두르는 솔의 마음이 한없이 무거웠다.

추쇄꾼을 풀어라

다음 날 솔이 코빼기도 보이지 않자 행수 초월이 솔의 방을 기웃
거리며 살폈다. 아무 기척이 없자 살며시 방문을 열고 안을 들여다
보았다. 방이 비어 있었다. 횃대에 옷이 그대로 걸려 있고 침구도
윗목에 그대로 보였다. 그런데 방바닥에 어제 입었던 깁옷이 아무
렇게나 널려 있었다. 정리 정돈이 분명하던 평소 품행과는 달리 방
이 어수선한 것이 미심쩍었다. 그리고 화장대 옆에 곱게 놓여 있던
오동나무 궤가 보이지 않았다. 순간 행수는 간이 덜컥 내려앉았다.
경대의 화장 도구들과 옷장의 옷들은 늘 있던 자리에 그대로 놓여
있었다. 귀한 노리개와 비단신 들도 다 그대로였다. 노래항아리만
보이지 않을 뿐 다른 소지품들은 방에 고스란히 다 있었다.

기연가미연가 하면서도 항아리가 새 노래를 불러달란다고 속상
해하고 애를 태우던 수심 어린 모습을 지켜봐온 터라 어디 은밀한
곳에 숨어 항아리를 달래느라 애쓰고 있는 것인가, 그런 생각이 들
자 혀를 끌끌 찼다. 교방을 등지고 모야무지 도주한 것에는 생각이
미치지 못한 행수는 사흘이나 윗자리에 알리는 것을 망설였다. 그
러나 사흘이 지나도 솔이 여전히 코빼기도 보이지 않자 어쩔 수 없
이 이방에게 그 사실을 통지했다.

행수 초월의 전갈을 받은 이방은 단박 새파랗게 질렸다. 목을 한
번 쓱 쓰다듬고 난 이방은 말을 더듬으며 행수를 다그쳤다. 행수가
솔의 미심쩍은 행동을 주워섬기는 동안 이방은 안절부절못하였
다. 솔이 사흘이나 보이지 않았다니 항아리를 지고 야반도주한 것

이 틀림없는데, 이제 우리는 죽은 목숨이라며 이방은 허물어지듯 주저앉았다.

사또가 대현 고을의 으뜸 자랑거리로 삼아온 것이 무엇이던가. 노래 부르는 항아리 아니었던가. 빈번이 드나드는 귀한 손들에게 술자리를 마련하고 교방 아이들의 노래와 춤과 서화로 흥을 돋우고는 했지만 어디 항아리의 노래에 미치는 것이 있었던가.

거기에다 이조 정랑 박두익에게 사람을 보내 항아리의 노래를 되살려놓은 사실을 통지하고 그 하회를 기다려온 지 실로 오래였다. 곧 기별을 하겠다는 소식을 인편에 전해 듣고 기다리기를 서너 철, 이전의 실망의 기억 때문인가, 이번에도 도중에 노래를 그쳐 낭패당할 일을 염려한 것인가, 쉽사리 연락을 해오지 않아 속을 태우고 있던 터였다. 그런 터에 솔이 항아리와 함께 행방을 감추었다니, 사또는 동헌 마룻바닥이 꺼지라고 굴러대며 노발대발하였다. 당장 고을 인력을 다 동원하여 계집아이를 잡아들이라고 서슬 퍼렇게 불호령을 내렸다.

입지가 위험해진 이방은 사또보다 한술 더 떠 야단법석을 피우며 솔의 행방을 좇아 추쇄꾼을 사방에 풀어 조처했다. 육방관속은 물론 군졸들까지 동원해 추쇄케 하고 솔의 행방을 찾는 데 협조를 구하기 위해 솔의 모색을 자세히 그린 초상과 문서를 지닌 파발을 원근 고을에 급히 띄웠다. 그러고도 마음이 놓이지 않았던지 이방은 직접 길을 나섰다.

기적(妓籍)에 올라 있는 솔은 관노(官奴)와 다름없는, 고을의 자

산이었다. 만약 관적에서 벗어나려면 같은 성, 같은 나이 사람을 대신 그 자리에 넣어 대비정속(代婢定屬)하지 않고서는 그 올가미를 벗어나기가 하늘 아래 불가한 것이었다. 그런데도 감히 야반도주 중인 솔은 추쇄의 손길이 뻗칠 것을 예감하며 전율하였다. 그러나 다행히 엄혹한 추쇄의 손길을 벗어나 자유의 몸이 된다 할지라도 걱정이 조금도 줄 수 없는 처지였다. 낯선 고장을 지향 없이 떠돌아다녀야 할 앞길에 장차 어떤 고난과 장애가 기다리고 있을지 모를 일이었다. 만약 하늘이 돕지 않아 추쇄의 그물을 피하지 못하고 붙들리는 날에는 치도곤 아래 명줄이 끊어질 것은 자명한 일이었다. 항아리가 노래를 그친 터, 사지를 절단하고 살을 저미는 참혹한 능지처참 형을 당하지 말란 보장이 없었다. 되돌아서 등에 진 항아리 궤를 벗어놓고 교방에 들어앉는다면, 항아리가 노래만 계속 불러준다면, 아무 근심 걱정 없이 주위의 굄을 받으며 오래 평안을 누릴 수 있을 것이었다. 호미를 잡지 않아도 먹을 것이 나오고, 베를 짜지 않아도 입을 것이 생겼다. 가야금을 익히고 춤을 배우고 시를 짓고 사군자를 치는 것도 좋았지만 무엇보다 노래를 마음껏 부를 수 있는 생활이 싫지 않았다. 그런 안락하고 행복하던 교방 생활을 등지고 풍찬노숙의 길로 나서다니, 먹을 것이 기다리지도 옷이 생기지도 않을 것은 빤한 이치였다. 노자도 변변히 마련하지 못한 솔은 마음이 천근만근이었다. 길목마다 널려 기다리고 있을 고생을 생각하면 발걸음이 잘 떨어지지 않았다.

무엇보다 자상하고 자별하던 성진과의 메별이 아쉽고 서운했다. 거문고에 있어 이미 선가의 문턱에 들어선 성진은 자신은 함부로 할지언정 솔을 돌보는 데는 지극정성이었다. 솔이 눈에 띄기만 하면 성진의 눈에 광채가 나고 몸에 활기를 띠고는 했다. 무슨 일이나 솔에게 도움이 되거나 이로운 일이라면 물불을 가리지 않으려는 기세를 보였다. 솔의 발이 땅을 딛는 것마저도 마냥 걱정스러운 눈으로 지켜보던 성진이었다. 그런 그가 싫지 않았고 잠시만 보이지 않으면 궁금하기도 했다. 성진과 헤어지는 것이 불안하기도 하고 슬프기도 했다.

그리고 솔에 대한 원의 보살핌 또한 얼마나 자상했던가. 사또의 사랑을 받고 행수의 귀여움을 독차지하며 근심 걱정 없이 지낼 수 있는 편안한 생활을 더 도모할 수가 없게 된 것이 아쉽기도 했다. 그렇지만 지난 몇 달 동안 길을 나서야 한다고 채근하는 항아리의 마지막 경고에 다른 생각을 품을 겨를이 없었다.

"제가 죽기로 작정한 모양일세!"

"고을 관기가 야반도주를 하다니, 잡히는 날에는 매타작에 죽어나갈 수밖에."

"노래항아리 때문에 사또가 방방 뛰고 있는데, 잡히지 않고 배기겠어."

"그래, 제가 날개가 있어 하늘로 날아오르겠나 두더지처럼 땅속으로 숨어들 수 있겠나. 암튼 죽은 목숨에 진배없는 셈일세."

솔의 뒤를 쫓는 추쇄꾼들 가운데, 교방 선생이 특별히 따로 보낸 떠꺼머리총각 성진은 함께 길을 서두르는 군졸들이 나누는 떠들썩한 소리를 들으며 한숨을 쉬었다. 제발 솔이 추쇄의 그물망을 무사히 벗어나기를 속으로 간절히 빌었다.

늘 자상하고 멀리서도 솔의 거동을 그윽이 지켜보던 성진은, 거문고 교습 때마다 심 전율로부터 혼자 도맡아놓고 야단을 맞으면서도 묵묵히 거문고를 타던 그 무던한 총각 성진은 걱정이 태산 같았다.

심 전율은 성진을 원수지간처럼 대했다. 심 전율의 교습 방법이 혹독하기로 소문난 것은 성진을 모질게 다루는 데서 연유하였다. 교방 아이들에게도 심 전율이 가혹하기는 했으나 그 벌이 매질이나 물 긷기 따위였다. 그러나 성진에게는 목침이나 재떨이 등 닥치는 대로 집어 던져 정수리며 얼굴을 깨놓고는 했다. 또래 낭자들 앞에서 종아리를 맞는 성진은 늘 웃음거리가 되었고, 이마에 혹 없는 날이 없는 그의 모색은 추레하기 짝이 없었다.

그러나 솔은 한 번도 성진을 비웃거나 업신여기지 않았다. 거문고를 탈 때의 그의 눈빛을 솔은 잘 알고 있었다. 한 꼭짓점을 향해 날아가고 있는 총기 어린 눈, 벽력에도 꿈쩍하지 않을 듯 음률에만 골똘한 표정, 진지한 손놀림, 그리고 그가 탄주해내는 가락의 고아하고 심현한 맛을 솔은 짚어 알고 있었다. 성진에게 심 전율이 남달리 가혹한 것은 음률의 경지를 한결 높여놓으려는 야심 때문일 것이리라, 솔은 어렴풋이 그렇게 짐작하고 있었다. 성진 또한 그런 심 전율의 내심을 짐작하고 있었던 것일까, 낭자들 앞에서 종아리를 걷고 회초리를 맞을 때도 이마에 흐르는 피를 닦으면서도 불만스러운 표정을 짓는 일은 한 번도 없었다. 비굴한 표정이나 부끄러운 표정도 짓지 않았다. 꾸중을 듣고도 그렇듯 담담한 표정을 짓는 사람이 어디 그렇게 흔하겠는가.

그러나 심 전율 앞에서만 벗어나면 금방 생기가 돌아오고 어엿한 떠꺼머리총각으로 돌변했다. 거문고 교습 때만 풀이 죽어 야단을 도맡아 맞았지, 글 읽고 그림 그릴 때는 자신만만했다. 남달리 허우대가 쭉 뻗어 오른 건장한 체구는 아니었으나 들일이나 나뭇짐은 남 못지않았다. 말도 시원스레 잘하는 편이었다.

"그 아이를 꼭 잡아 오너라. 만약 잡아 올 수 없으면, 네놈도 이곳에 다시는 나타날 생각 말고."

성진은 심 전율의 강다짐을 받고 반드시 잡아오겠다고 자신 있게 대답했다. 그것은 그 자신의 희망이기도 했다.

그동안 성진은 솔을 인식의 촉수에서 한 번도 놓쳐본 일이 없었다. 일부러 애를 쓰지 않아도 마음이 먼저 그쪽으로 달려가 그 움직임을 늘 지켜보고는 했다. 솔이 생활하는 아래채는 시야가 닿지 않아 그 움직임을 눈으로 볼 수 없었지만 의식은 잠시도 그녀를 놓치지 않았다. 가야금을 타거나 거문고를 탄주할 때는 그 가락의 특색이 그녀를 알게 하였고, 노래를 부를 때면 그의 귀가 있는 대로 폭을 넓혀 그 노랫소리를 빨아들였다. 다만 연회에 불려 가 있을 때면 성진의 촉수가 안으로 움츠러들어 솔의 움직임을 더듬어내는 걸 스스로 삼갔다.

한번은 솔이 수청 드는 걸 안 성진이 객사 밖 한데서 하룻밤을 고스란히 지킨 일이 있었다. 추위가 혹독한 엄동설한이었다. 그러나 추위보다 더 견디기 힘든 것이 오래 이어지는 방 안의 침묵이었다. 방에서 새어 나오는 노랫소리와 말소리에는 마음이 쓰이고 강

샘이 일어나기도 했으나 고통스럽지는 않았다. 그러나 쥐죽은 듯 침묵이 길게 이어지면 몸과 마음이 형틀에 묶여 주리라도 틀리고 있는 것처럼 고통스러웠다. 침묵에 따른 번민이 견딜 수 없게 길어진 순간 성진은 충동적으로 돌을 들어 왼손 소지를 찍었다. 피가 솟구쳐 오르고 통증이 극렬했다. 그러나 소지의 극렬한 통증으로도 마음이 겪는 고통과 번민을 다스려내지 못했다. 얼마 안 있어 방 안에서 노랫소리가 다시 들려 나오자 그것을 들은 성진은 소지의 통증도 아랑곳없이 밤하늘을 향해 벌쭉 웃음 지었다.

이튿날 거문고를 뜯는 그에게 심 전율의 불벼락이 떨어진 것은 당연한 일이었다. 현을 켜고 짚는 연주자가 천금처럼 아끼고 조심해야 할 것이 손가락인데, 정신을 어디다 두고 얼마나 소홀했으면 소지를 다쳤겠느냐고 가슴에다 목침을 날렸다. 목침을 피하지 않고 가슴에 그대로 맞은 성진은 소지가 아니라 약지를 깨지 않은 것만도 다행으로 여기며 이를 악물었다.

성진은 마음 같아서는 솔을 열 번 백 번 붙들어 오고 싶었지만 붙들어 온 뒤 따를 죽음의 형벌이 생각나자 그 마음이 싸늘하게 식어 버렸다.

길은 끊어지고

세상 만물은 다 제집이 있다. 해는 서산 너머에 집이 있고, 벌은 제가 지은 집에 살고, 나비는 꽃을 보금자리로 삼는다. 바위는 늘 같은 자리를 지키며 있고, 하늘을 찌를 듯 높이 자란 미루나무는 땅속 깊이 뿌리를 내리고 거침없는 허공에서 숨을 쉬며 산다. 산다는 것은 우선 숨을 이어가는 것을 의미하지만, 먹고 자고 정을 나누는 데 불편함이 없는 자기만의 공간을 소유하는 것을 뜻하기도 한다. 노래의 집은 어디에 있을까. 노래가 먹고 자고 정을 나누며 사는 곳은 어디일까.

볼 때마다 노래 부르는 새들은, 어디서 노래를 배워 부르는 것일까. 동박새는 항상 곱고 귀여운 노래를 그치지 않는다. 꾀꼬리의 노래야 더 말할 나위 없고, 뻐꾹뻐꾹 가락을 뽑는 뻐꾸기의 노래도 투박하기는 하지만 일가를 이루고 있음에 틀림없다. 이들은 모두 어디서 노래를 배운 것일까. 먹따는 소리를 내지르며 날개를 털고 날아올라 자리를 옮기는 꿩은 필경 어디 노래 배울 데를 찾지 못해 고운 노래를 부르지 못하는 것이리라.

산속에 들어가자 문득 길이 끊겨졌다. 어디로 가야 할지 방향을 알 수 없었다. 해가 솟아오르는 방향으로 가도, 해가 지는 방향으로 가도, 길이 나서지 않았다. 추쇄의 올가미를 피하기 위해서는 인가를 피할 수밖에 없었다. 으스스하고 오금이 저리는 공포를 견디며 산속의 밤을 솔은 세 번이나 지샜다. 발이 부르터 진물이 흐르고 가시덩굴에 긁혀 얼굴에 피가 맺히고 허기로 온몸이 시들어갔다. 산을 나가는 길도 찾을 수 없고 그렇다고 새들에게 노래를 가르친다는 노래의 집을 찾을 가망 또한 없었다. 언젠가 심 전율은 모든 길의 끝에 이르면 반드시 흐르는 안개로 빚은 유하주(流霞酒)[8]에 취해 노래 부르는 신선을 만나게 되리라고 했다. 그렇지만 길이 끝난 지점에서 며칠을 방황했는데도 길만 잃었을 뿐 유하주에 취해 노래 부르는 신선은커녕 노래의 집도 보이지 않았다.

지난 며칠 동안 범이나 승냥이, 멧돼지를 만나지 않아 다행이었으나, 소나무를 쪼르르 타고 오르는 청설모에도 기겁을 하고 덩굴 숲 너머에서 고개를 내밀고 이쪽을 살피다 달아나는 고라니에도 놀라 엉덩방아를 찧었다. 딱따구리가 나무를 쪼는 소리에도 간이 떨어지고, 스르륵 발 앞을 지나가는 무자치에도 솔은 혼이 나갔다. 옆에서 별안간 푸드덕 날아오르는 꿩에는 또 얼마나 놀랐던가. 처음 겪는 그런 두려움 속에서도 발걸음은 계속 산속으로만 옮겨졌다. 이제 더 가봐야 노래의 집도 유하주에 취해 노래 부르는 신선도 만나지 못하리라는 깨달음과 함께 솔은 허기와 피로에 지친 나머지 그만 기함하여 쓰러지고 말았다.

저것이 그 노래인가

계속 북받쳐 오르던 설움이 겨우 잦아든 뒤의 낯선 기분이었다. 마음이 차분하게 가라앉는 무류한 노랫소리에 귀가 조금씩 열려 그것을 신중히 헤아려 듣는다. 저것인가! 마침내 저 노래인가? 처음 듣는 노랫소리의 힘에 끌려 충동적으로 벌떡 몸을 일으켰다. 마음뿐 몸은 무엇에 결박이라도 당한 듯 꼼짝도 할 수가 없었다. 물

---

8 신선이 마신다는 선계의 신비한 술.

에 불리기라도 한 듯 온몸이 퉁퉁 부어 있었다. 감발을 벗긴 발에
는 약초를 싼 무명 헝겊이 칭칭 감겨 있었다. 여기가 어디인가. 서
까래가 드러나 있는 보꾹을 쳐다보던 솔은 거친 베를 바른 지게문
으로 눈을 돌렸다. 누런 지게문에 햇볕이 서성거리고 있었다. 한낮
인가. 누워 있는 방바닥에는 갈대 삿자리가 깔려 있었다.

왜 여기 누워 있는 걸까. 눈을 질끈 감고 기억을 더듬어보았다.
산속에서 까무룩 정신을 놓았던가. 뻐꾸기 노래를 듣고 있었던 기
억밖에 떠오르지 않아 답답했다.

저것이 무슨 노래인가. 가느다란 해장죽 속을 빠져나온 듯 가냘
픈 여자 목소리가 아니다. 왕대 속을 가르고 나온 듯 굵은 남자 목
소리다. 낭랑하기가 가슴속에 시원한 바람이 지나가는 듯하고, 애
절하기가 깊은 고뇌를 토로하는 것 같기도 하다. 고달픈 영혼이
위안을 받는 것 같기도 하고, 묵은 서러움을 북돋아 금방이라도
울음이 복받칠 것 같기도 하다. 높낮이가 일정하게 반복되는 것이
틀림없는데, 단조롭지가 않다. 높낮이가 일정하게 반복되는 저 소
리가 왜 단조롭지 않게 느껴지는 것일까. 노래가 아닌 것인가. 일
정한 가락으로 읊어나가는 저것이 노래가 아니라면, 대체 무엇일
까. 가락을 짚어나가는 박도 있다. 박을 잡아나가는 저것이, 혹여
목탁 소리인가! 그래 목탁 소리임에 틀림없다. 목재를 타격하는
둔한 소리가 공명통을 돌아 나오며, 맑고 그윽하게 머릿속을 감돌
며 울린다.

솔은 비로소 절집에 와 있다는 사실을 깨달았다. 천천히 방을 둘
러보았다. 작은 봉창 하나뿐인 토방에 별다른 장식은 없었다. 횃대

에 걸린 먹물 치의(緇衣)[9] 한 벌이 눈에 들어왔다. 목탁으로 박을 잡아나가는 염불 소리가 이어지고 있다. 사람 세상의 일을 저세상의 원력으로 도모하려는 기원(祈願)이 바탕을 이루기에 염불도 간절하기가 기도와 다를 것이 없는 것인가. 그런데, 염불이라 할지라도 저것이 노래가 아니라면 무엇을 두고 노래라 할 것인가. 사람들은 모든 새의 언어를 노래로 듣지 않던가. 노래가 문득 그쳤다.

귀를 활짝 열어두고 노래가 다시 이어지기를 한동안 목마르게 기다렸다. 그러나 어디 먼 곳으로 떠나 다른 세상을 배회하고 있는 것인가, 쉽사리 돌아오지 않았다. 지게문이 한결 더 밝아졌다. 그런 후에도 부질없는 기다림은 계속되었다. 저것이 항아리가 원하는 노래일까. 그렇다면 얼마나 좋으랴. 그러나 순간 소스라치게 놀랐다. 그때까지 항아리의 존재를 까맣게 잊고 있었던 것이다. 급히 머리를 돌려 찾았다. 머리맡에 있는 오동나무 궤를 보고 가슴을 쓸어내렸다. 밤얽이로 묶어둔 매듭이 그대로인 것으로 보아, 항아리가 무탈한 것으로 생각됐던 까닭이었다.

"이제 정신이 좀 드느냐?"

지게문이 벌컥 열리고 빛이 왈칵 무더기로 쏟아져 들어왔다. 부신 눈을 뜨지 못한 채 누군가 방 안으로 들어서는 기척을 감각으로 느꼈다. 눈을 뜨고 자애로운 목소리의 임자를 확인하기 전에 낯선 손이 솔의 이마를 짚었다. 불같이 뜨거웠다. 솔은 이윽고 눈을 뜨고 손의 임자를 쳐다보았다. 이마를 짚은 손이 흙일하다 온 것처럼

---

9 스님이 입는 잿빛 옷. 스님을 달리 이르는 말.

거칠고, 가뭄에 논바닥 터지듯 주름이 깊이 파인 얼굴 또한 비쩍 마르고 거칠었다. 눈에 고여 있는 인자한 기운과 염려하는 기색을 보지 않았더라면 두렵고 겁이 났을 것이다. 몸에 감겨 있는 잿물빛 치의와 목에 걸려 있는 염주가 한결 솔을 안도시켰다.

"저 아래 화전 부치는 김가가 산골짜기에 쓰러져 있는 낭자를 데려왔다. 목숨이 붙어 있는 것도 같고 끊어진 것도 같아 망설이다 짊어지고는 왔는데, 목숨에 관한 것은 자기로서는 감당할 수 없는 일이라며 내게 맡기고 돌아가더구나. 사흘째도 꼼짝하지 않아 나도 이미 가망이 없는가 싶었는데, 낭자에게 부처님의 가피(加被)가 이른 모양이다."

고맙습니다, 겨운 마음은 용솟음쳤지만, 말이 되어 나오지 않았다. 양쪽 눈귀에서 살쩍으로 눈물이 주르륵 흘러내렸다. 눈물을 본 노스님은 측은한 듯 혀를 끌끌 찼다.

"지초 달인 물이다. 입술을 좀 축이자."

잠시 방을 나갔다 다시 돌아온 노스님의 손에 넓적한 목기가 들려 있었다. 나무 숟가락으로 목기의 액체를 떠 입술을 축여주었다. 쌉쌀한 액체가 목으로 넘어가자 잊고 있던 갈증이 벌 떼같이 일어났다. 저도 모르게 입을 크게 벌려 액체를 채근했다. 목기의 액체가 순식간에 다 비고 말았다.

노스님은 속으로 빙그레 웃음 지었다.

"부처님께서 목숨을 돌려주시면 저야 횡재지요. 제발 살려만 주세요."

김가는 늦장가라도 들 기회가 생긴 것 아니겠느냐고 즐거워하였다.

지게문에 빛이 엷어질 무렵, 노스님이 목기를 들고 다시 방으로 들어왔다.

"자, 잣으로 쑨 미음이다. 어서 기운을 회복해야 미색도 되찾을 게 아니냐."

아직 기동이 불편한 솔에게 노스님은 이번에도 나무 숟가락으로 미음을 떠 입안에 흘려 넣어주었다. 미음 그릇도 곧 다 비워냈다. 이튿날 아침과 저녁에도 노스님이 지초 달인 물과 미음을 먹여주었다. 따라서 솔은 차츰 기운을 회복해갔다. 기운을 회복해감에 따라 몸의 요구 또한 늘어났다. 몸의 요구를 들어주려다 급기야 난처한 일을 저지르고 말았다. 몸도 천 근 같고 짓무른 발도 성치 않아 바닥을 딛고 일어서기가 용이치 않았다. 팔 힘으로 엉덩이를 밀며 간신히 문턱을 넘어가기는 했으나 축대에 쓰러진 채 일어나지 못하고 오줌을 싸고 만 것이다. 아랫도리가 민망스럽게도 흥건히 젖고 말았다. 기운을 차리고 다시 방으로 들어오기는 했으나 누가 보았으면 어쩌나, 가슴이 콩닥거리고 얼굴이 발갛게 익어갔다.

노스님께서 오줌 실수를 알아차린 것인지, 알고도 모른 척 눈감고 있는 것인지, 시치미를 떼었다. 지초 달인 물과 미음을 사흘째 누워서 받아먹는 솔을 달리 이상스레 여기는 눈치가 아니었다. 쓰러지기 전 산속을 헤맨 이레 남짓, 속에 넣은 것이 별로 없었던 탓인가. 오줌 실수가 다시 없어 그나마 안도하였다.

그 소리를 딛고 의식이 되돌아왔기 때문인가, 아침저녁 예불 시간에 들려오는 노스님의 염불 소리와 목탁 소리를 들으면 마음이 편안해졌다. 일정한 박자와 높낮이로 경건하게 읊조려나가는 염불 소리가 잊고 있던 오래된 서러움을 불러내고 장차 겪을 고난에 대한 걱정을 미리 당겨 불러오는 것 같지만 그 소리를 듣고 있으면 도리어 마음이 편안하게 가라앉았다. 그윽하기 그지없고 심오하기 이를 데 없는 그 가락에 절로 흠뻑 취하고는 했다. 사람이 저 가락의 끝만 제대로 잡고 살아간다면 갈등도 다툼도 시비도 없는 평온함을 누릴 수 있을 것 같았다. 저렇게 편안하고 경건한 가락이 어디 달리 더 있을까.

"그래 맞다. 번뇌를 씻어내려는 방편이다. 번뇌란 욕심에서 오는 것이므로, 욕심을 씻어내는 방편이기도 하다."

아미타불을 모시는 절의 규모는 소졸한 편이었다. 큰 법당이라야 지붕에 기와는 올렸으되 삼간 맞배지붕의 아담한 정도이고 요사채는 이엉을 얹은 초가였다. 요사채 옆에 솔이 묵고 있는 단칸 초가가 있고 큰 법당 뒤쪽에 조출하게 꾸민 한 칸 반짜리 삼신각이 서 있는 것이 전부였다. 큰 법당 앞의 검은 이끼가 짙게 앉아 있는 탑과 석등은 몇 세기의 법랍(法臘)을 넘긴 오래 묵은 용자였다. 자리에서 일어난 지 사흘이 지나고 나서도 솔은 예불을 올리는 큰 법당에 들어가기를 주저하였다. 절집 예절을 알지 못한 솔은 조신하게 행동하며 무람한 실수를 삼가려 애썼다. 다만 예불 시간을 기다렸다가 법당 주위를 맴돌며 밖에서 염불 소리를 챙겨 듣고 외우기를 부지런히 할 따름이었다. 마침내 스님과 마주 앉아 이야기를 나누게 되었을 때 솔은 주저하며 염불 소리에 대한 자신의 생각을 여쭈었다.

"사람이 평안하면 더 바랄 것이 없을 것입니다. 그렇다면, 세상 사람들이 모두 스님처럼 염불을 외면 세상이 평온해지지 않겠습니까. 그런데 그러지 못한 까닭을 소녀는 잘 모르겠습니다."

"다 욕심 때문이란다. 중생의 삶이란 욕심에 의해 운행되는 것 아니더냐."

구곡산에서 가루라로부터 들은 말이 상기되었다. 가루라의 소임이 무거움의 범접을 경계하는 것이라고 했다. 그리고 세상에 욕심보다 무거운 것은 없다고 했다.

"욕심을 없애면 다툼에 따른 고통 또한 없어지겠군요?"

"욕심을 없앤다면, 곧 그 중생의 삶은 정지된 것이나 다름없는 것이 되고 말 터이지."

"그렇다면……?"

"우리야 중생의 삶을 떠나 부처님께 귀의한 몸 아니냐. 우리의 몸이나 마음속에는 욕심이 들어와 살 만한 집이 없느니라."

노스님의 말을 솔은 가슴속에 새겨 여투어두었다. 욕심을 다 털어버리고 부처님께 귀의하면 그렇듯 경건한 소리를 평안하게 낼 수 있다는 것인가. 대나무가 노래 부르는 구곡산이 머릿속을 가득 채워왔다.

"아까 김 서방 봤지? 네가 괜찮다면, 그의 집에서 함께 지내도 좋다고 했다. 어쩌려느냐?"

부처님의 정토와 구곡산과 노래에 대해 이것저것 마음속에 생각을 굴리느라 한동안 잠자코 있는 솔을 넌지시 건너다보고 있던 노스님이 말을 바꿨다.

"너를 구해준 은인이다. 숯을 굽고 화전을 일궈 이제 살림이 아주 튼실하고 성품도 또한 원만하고 미더운 사람이다."

비로소 노스님의 말뜻을 짐작하고 솔은 얼굴을 붉혔다.

"네가 세상을 피해 깊은 산속으로 숨어 들어온 사연이 무엇인지 내가 알 바 아니다만, 그런 사람이 지내기에는 아주 안성맞춤일 게다."

'사람의 노래'를 찾는다?

처음 데려왔을 때 사내로 생각했으나 살펴보니 낭자였다. 고운 손이며 오동나무 궤를 살핀 스님은 평범한 농투성이 집 낭자는 아닌 것으로 짐작하였다. 옷은 비록 무명으로 지었지만 청결한 새것이었고, 감발 속에 비단을 한 벌 감고 있는 것도 예사로워 보이지 않았다. 등에 지고 온 오동나무 궤도 마름질 솜씨가 정교하고 경첩도 반들반들 빛이 나는 범상치 않은 귀물로 보였다. 게다가 낭자가 남복을 하고 깊은 산속에 쓰러져 있었다니, 변괴 많은 세상을 등질 무슨 말 못 할 사연을 지닌 집 낭자려니 여겼다. 기운을 회복하자 미태도 돌아오고 자태도 의연하였다. 불목하니 행자 하나에 노구 입치레하는 데도 시량이 늘 딸리는 궁벽한 절에 군식구를 들일 형편이 되지 못했다. 병구완이 끝나 몸이 회복되었으므로 그 행처를 정해야 하는 것은 당연한 일이었다.

"노스님께서 소녀를 구해준 은혜, 무엇으로 갚아야 할지 실로 막막하옵니다. 소녀 가진 것이 없어 적은 사례도 올릴 수 없는 것이 안타깝습니다. 하지만, 노스님의 배려에 소녀는 순순히 따를 수가 없습니다. 소녀의 갈 길은 따로 정해져 있습니다."

"갈 길이 따로 정해져 있다?"

"예, 소녀는 한 사내의 아낙으로 안주할 수 있는 편안한 몸이 아닙니다. 몸의 안위를 걱정할 여유 또한 없습니다."

"어허, 그 까닭인즉?"

"소녀, 대현 고을 교방 기녀였습니다. 교방에서 야반도주했으니 추쇄꾼이 원근에 널렸을 것입니다. 하지만 소녀는 추쇄꾼을 겁내는 것에 그치는 안일한 처지 또한 아닙니다."

그랬던가. 자태가 곱고 입성이 깨끗해 평범한 농가 출신은 아니리라 짐작했지만 기녀라니, 뜻밖이었다. 더구나 추쇄꾼의 올가미보다 더 두려운 것이 있다니 그 두려운 것의 정체가 무엇이란 말인가. 노스님의 얼굴에 그늘이 졌다. 낭자가 더 측은해 보인 것이다. 교방 기녀라면 고을에 예속된 노비와 다름없는 신분이었다. 기녀는 고을의 재산이며, 고을 원이 생사여탈권을 쥐고 있는 것이다. 노비가 도망칠 경우 그 주인은 추적하여 잡아들이는 데 인력과 경비를 아끼지 않게 마련이었다. 기녀도 그와 다름없으므로 추쇄꾼을 원근에 뿌려 잡아들이기 위해 혈안이 되어 있을 것이다. 그런데 그런 추쇄꾼의 손에 잡히는 것 따위는 안중에 두지 않는다는 눈치이니 그 까닭이 무엇이란 말인가.

노스님의 묻는 말에 솔은 대답을 망설였다. 볼에 홍조가 엷게 번져나갔다. 사실을 털어놓기가 실로 난감하였기 때문이다. 어떻게 말해야 쉽게 알아들을까. 빤히 쳐다보며 대답을 재촉하는 노스님의 눈길을 더 견디지 못한 솔은 윗목의 나무 궤를 가리켰다.

"저 오동나무 궤 안에 오지항아리가 들어 있습니다."

"그래, 낭자를 데려온 날 나도 봤다."

"아, 그랬군요. 저 항아리 때문입니다."

"항아리가 어쨌다는 게냐?"

노스님은 오동나무 궤를 열고 항아리를 꺼냈다. 앞뒤로 돌려가며 꼼꼼히 살펴보았다. 아래위가 잘록하고 배가 통통한 평범한 오지항아리였다. 금방 칠한 것처럼 짙은 고동색 유약이 반들거리며 윤택이 흐르지만 별다른 특색은 달리 더 찾아볼 수 없었다.

"노래를 받아두었다가 그것을 부르는 노래항아리입니다."

솔의 말이 미덥지 않았던지 노스님의 얼굴에 그늘이 스쳐 지나갔다.

"항아리가 그런 신통한 능력을 지녔다니, 믿기 어렵구나!"

잠시 뜸을 들인 솔은 길을 나선 사실을 자초지종 털어놓았다. 이야기를 골똘히 듣고 난 노스님은 항아리를 이리저리 돌려가며 다시 눈여겨 살펴보았다. 노스님의 눈에 강한 호기심의 기운이 드리우지만, 역시 고개를 저었다.

"믿기 어렵구나. 하지만 항아리의 노래를 한번 들어보고 싶구나."

"조금 전 말씀드렸듯 지금은 항아리가 비어 있습니다. 제가 항아리 마음에 드는 노래를 언제 찾아 담을 수 있을지 모르지만, 노래를 담으면 그때는 들려드릴 수 있을 것입니다."

"그거 아쉽구나. 노승에게도 그런 인연이 닿았으면 좋으련만.
헌데, 노래를 찾는 일도 힘들겠지만, 연약한 낭자의 몸으로 이 항
아리를 온전히 간수나 잘 할 수 있을지 걱정이구나."

"그 점, 저도 걱정이 태산입니다. 하지만 다른 사람이 이 항아리
를 탐내 손에 넣으면 반드시 행티를 부린답니다."

어미의 죽음을 솔은 상기하며 그렇게 말했다.

"행티를 부리다니?"

"동티를 내 목숨을 온전히 보존할 수 없도록 해코지를 한답니
다."

노스님은 얼른 항아리를 밀쳐놓고 바라보며 고개를 갸웃거렸다.

"결국 임자밖에 가질 수 없는 물건이라는 말이로구나!"

믿어지지 않는다는 표정으로 노스님은 고개를 저으며 거듭 항
아리를 쳐다보았다.

"소녀의 어미가 바로 이 항아리 때문에 물고를 당하고 말았습
니다."

"낭자의 어미가?"

노스님은 깜짝 놀랐다. 어미가 물고를 당하기까지의 자초지종
을 솔은 대략 엮어 아뢰었다.

"그래서 이 항아리를 넘보면 목숨을 잃게 된다고 한 것이로구
나!"

"소녀 어미는 이 항아리의 속내를 알지 못했습니다. 항아리가
저에게는 복이고 귀물이지만 다른 사람에게는 화를 불러들이는
마물인 것입니다."

108

노스님은 역시 믿어지지 않는다는 듯 고개를 저었다.

"하기야, 제게도 귀물인지 마물인지 아리송하기는 마찬가지입니다. 왜냐하면 소녀는 평생 이 항아리에 봉사해야 하는 시녀로 점지된 것입니다. 제가 자진해 진 짐이지만 평생 항아리에 순종해야 하는 운명인 것입니다."

솔의 말을 듣고 난 노스님은 김가의 소망이 가당치 않은 것이었음을 뒤늦게 깨닫고 혀를 끌끌 찼다. 아쉬워할 그의 어두운 얼굴이 떠올랐으나 속으로 도리질을 했다. 하늘은 짝이 맞아야 서로 맺어주는 것이야.

"노래를 찾아 나선 것도, 이 항아리의 청 때문이라고 했더냐?"

"예, 시녀로서 명을 거스를 수 없는 일이었습니다."

"항아리가 새로운 노래를 찾아 부르라 명했다?"

"예, 그렇습니다. 어느 날 느닷없이 '사람의 노래'를 찾아 불러달라면서, 자기 청을 들어주지 않으면 이제부터는 노래를 담지 않겠다고 선언하였습니다. 그 고집을 어떻게 꺾겠습니까. 그래서 할 수 없이 노래를 찾아 길을 나선 것입니다."

"사람 사는 노래를 불러달라고 했다?"

"예, 그렇습니다. 하지만 외로움도 슬픔도 그리움도 원망도 반가움도 다 사람이 살아가며 느끼는 일 아닌가요. 사람이 살아가면서 느끼는 그런 감정을 곡조로 아름답게 빚어 부르는 것이 노래인데, 그것을 두고 사람 사는 노래가 아니라고 하니, 소녀는 어찌해야 할지 눈앞이 캄캄할 따름입니다."

"이 노승이야 노래에 관해 청맹과니나 다름없지만, 항아리가 사람 사는 노래를 불러달라고 했다는 것은 어렴풋이나마 짐작이 가는구나. 남녀 간의 사랑을 내용으로 한 흔해빠진 노래가 아니라, 사람이 살아가면서 겪는 여러 생활이나 경험을 두루 노래로 지어 불러달라는 청 같구나. 그래 사람이 어디 사랑만으로 살아가느냐. 목표에 다다르고자 기를 쓰고, 얻고자 밤잠을 설치고, 이루고자 땀과 피를 흘리는 그런 눈물겨운 것이 사람의 삶 아니더냐. 그런 실제적인 삶을 노래의 내용으로 삼아 불러달라는 뜻 같구나."

뜻밖에 노스님의 말이 항아리의 주장과 비슷한 것에 솔은 속으로 적잖이 놀랐다.

"소녀는 아침저녁으로 스님께서 예불을 드릴 때 염불하는 소리를 듣고 그것을 노래로 만들면 항아리가 원하는 노래가 되지 않을까, 그런 생각을 해보았습니다."

"염불은 곧 부처님께 드리는 공양이니라. 어찌 노래가 될 수 있겠느냐."

노래의 속내를 두루 안다고 할 수 없는 노스님은 도울 수 없는 것이 안타까운 표정이었다.

"그래도 그 가락이 사람의 간절한 염원을 담고 있어서 그런지 구성지고 그윽하기 이를 데 없었습니다. 소녀의 귀에는 노래로 들렸습니다."

"낭자의 말이 크게 틀리지는 않을지 모르겠다. 하지만, 항아리가 설마 염불을 노래로 여기지는 않을 것 같구나. 좀 더 두고 깊이 생각해보아라."

솔과 노스님이 그런 말을 주고받은 다음 날이었다. 완전히 회복하여 용태가 바로 돌아오기를 기다리고 있던 김가가 솔을 집으로 맞아들이기 위해 절을 찾아 올라왔다.

김가의 분기탱천

　솔의 사정을 비실히 알게 된 노스님은 아무쪼록 김가를 달래 조용히 돌려보낼 방법이 없나 궁리하느라 바빴다. 김가를 방으로 들어오게 한 노스님은 솔과 나눴던 대화를 바탕으로 두 사람의 인연이 닿지 않음을 일일이 사리를 밝혀가며 설명했다. 여자를 맞이해야 할 처지를 모르지는 않지만 낭자는 낭자대로 피치 못할 사정이 있어 이곳에 머물 수 있는 처지가 아님을 알아듣게 자상히 설명했던 것이다.

　솔의 용자를 보자 마음이 혹한 김가는 노스님의 말이 귀에 들어오지 않았다. 도리어 다른 속셈이 있어 따돌리려는 수작이려니 여기며 속으로 분개하였다. 산속에 혼절해 있는 것을 업고 와 돌보지 않았다면 이미 죽은 목숨일 터인데, 살려놓으니 딴소리를 한다며 결기를 세웠다. 반드시 자기 아내로 맞아들여야 한다고 완강히 고집을 부렸다. 노스님이 평소 알고 있던 다소곳하던 모습과는 너무나 판이했다.

　솔은 속이 탔다. 목숨을 살려준 은혜는 평생 잊지 않겠다고 다짐을 두었다. 언제가 노래를 찾으면 빈드시 돌아와 입은 은혜를 갚겠다고 약속하며 설득하고 달랬다. 그러나 김가는 콧방귀를 뀌었다.

훗날은 기약할 바 아니라며 한사코 지금 솔을 집으로 데려가겠다고 설쳤다.

노스님은 마지못해 궤 안에서 항아리를 꺼내놓고 솔이 산속에서 혼절해 있기까지의 사연을 김가에게 조곤조곤 들려주었다. 낭자는 이 항아리에 매인 몸으로 사람이 달리 어떻게 손을 쓸 수 있는 처지가 아님을 누누이 밝혔다. 그래도 김가는 완강히 고개를 저었다.

"이 따위 항아리가 문제라니, 그게 말이라고 합니까?"

김가는 벽력같이 고함을 지르며 벌떡 자리를 박차고 일어났다. 성큼 항아리로 다가간 그는 발로 항아리를 냅다 걷어찼다. 휘익, 항아리는 노스님의 머리 위를 지나 퍽 소리를 내며 맞은편 벽을 때리고 둔탁한 소리와 함께 바닥에 곤두박질쳤다.

"악!"

솔이 기겁을 하고 비명을 질렀다. 노스님은 눈을 질끈 감았다. 김가는 성난 황소처럼 씩씩 콧김을 뜨겁게 불어냈다.

방 안에 잠시 무거운 정적이 흘렀다. 다른 세상으로 바뀐 것인가, 괴이쩍은 기운이 감돌았다.

방바닥에 곤두박질친 항아리를 본 솔은 눈이 휘둥그레졌다. 산산조각이 나고도 남음이 있었을 저, 저, 항아리가 아무 일 없었다는 듯 방바닥에 대뜸 앉아 있다니, 눈을 의심하지 않을 수 없었다. 정신을 가다듬은 솔은 획 몸을 날려 항아리를 와락 품에 껴안았다. 멀쩡한 항아리에 놀란 노스님 또한 어리둥절한 얼굴이었다. 아직도 성이 채 풀리지 않아 뜨거운 콧김을 불어내고 있던 김가는 얼굴색이 검게 변했다. 퍽, 둔탁한 소리를 내며 벽을 때리고 방바닥에 곤두박질친 항아리가 산산조각이 나기는커녕 멀쩡하게 태연히 앉아 있다니, 저게 어찌 된 조화란 말인가.

김가의 얼굴이 흙빛이 되었다. 덜컥 겁이 났던 것이다. 어찌 된 영문인가. 노스님의 말이 모두 사실이었단 말인가.

항아리를 품에 꼭 껴안은 솔이 김가를 찌르듯이 쏘아보았다.

방 안에 납보다 무거운 침묵이 깔렸다.

김가는 기세가 한풀 꺾인 것이 분명했다. 무슨 생각을 했던지 그는 풀죽은 모습으로 시퉁하게 일어났다. 그는 문을 열고 뒤도 돌아보지 않고 방을 나갔다.

바짓가랑이를 걷고 시냇물을 건너는 도수승처럼 혼자서 무엇인가 계속 꿍얼꿍얼 투덜거리며 그는 집으로 가는 길로 내려갔다.

고생이 제 알아 할 테지

'성진이 딱하게 됐군!'

오늘도 역시 느티나무가 먼저 말문을 튼다.

'그래, 솔을 찾지 못하고 돌아온 저 풀 죽은 꼴이라니!'

은행나무가 혀를 끌끌 찬다.

'석 달 동안 샅샅이 톺아도 못 찾은 걸 어떻게 하나.'

오동나무가 고개를 젓는다.

'그래도 추쇄꾼을 거뒀으니 솔이로서는 다행 아냐.'

느티나무가 콧노래라도 부르듯 말한다.

'그거야 잘된 일이지만……'

은행나무가 시틋하게 받는다.

'아무튼, 솔이 찾아 나선 노래는 어디에 살고 있는 것일까. 항아리 주장대로 길에서 살고 있는 것이 맞을까……?'

오동나무가 의심스럽다는 듯 힘없이 중얼거린다.

'그래, 노래는 길에 있을 수밖에!'

느티나무가 오동나무를 주시하며 단정적으로 말한다.

'길을 나서면 자연 많은 사람들을 만나게 될 테지. 세상에 사연 없는 사람은 하나 없다잖아. 길에서 만나는 사람들로부터 제각각 지니고 있는 구구한 사연을 귀동냥하면 사람과 세상에 대한 이해가 얼마나 깊고 넓어지겠어. 그렇게 견문이 쌓이고 생각이 깊어지면 자연 노래가 솟아나올 테지.'

은행나무가 신중한 음성으로 동의한다.

'하기야, 사람들마다 품고 있는 마음이 다 노래의 집이라는 말도 있기는 하지. 그렇지만……?'

오동나무가 미덥지 않다는 얼굴로 다시 고개를 젓는다.

'그러니까, 노스님께서 솔더러 사람이 많은 한양으로 올라가라고 하셨지.'

느티나무가 밝은 음성으로 오동나무의 말을 가로막는다.

'맞아, 노스님께서 그러셨지. 어디서나 귀만 잘 열고 있으면 여러 노래를 들을 수 있을 것이라고. 사람들뿐만 아니라 움직이는 것은 모두 노래 부르지 않는 것이 없다고도 하셨잖아. 노스님께서는

심지어 시간도 노래 부른다고 하셨으니, 원!'

은행나무가 밝은 음성으로 노래하듯 말한다.

'그래 아무튼 솔이 한양으로 잘 올라왔어. 하지만 정작 고생은 이제부터야.'

느티나무의 말에 은행나무와 오동나무가 거의 동시에 고개를 끄덕인다.

'사람은 몸으로만 되어 있는 것이 아니지. 몸은 정신을 주인으로 모시고 사는 것이잖아. 노래가 몸만을 위한 것이라면 제 구실을 다한다 할 수 없지. 정신에만 치우쳐 있는 것도 또한 당치 않아. 몸과 정신을 함께 어우러지도록 할 때 비로소 노래는 제 값을 지녀. 오래전 한 성현께서, 그런 노래는 이 세상에 있는 가지가지 고생을 다 모아 지은 불가마보다 더 뜨거운 고통 속에서 죽도록 담금질을 받은 다음에야 비로소 얻을 수 있는 것이라고 하셨지!'

느티나무가 다시 사려 깊은 음성으로 말한다.

'그러게, 교방에서 기초를 닦아 노래를 찾을 수 있는 눈은 웬만큼 뜬 셈이지. 소학, 대학도 뗐고, 사군자를 치고, 시 짓는 법도 배우지 않았어. 이제 거기에 고생만 보태면 되겠군!'

은행나무가 알은체를 한다.

'그렇지만 솔이 생각은 다르잖아. 노래를 제대로 지으려면 세상을 속속들이 깊이 있게 이해할 수 있는 안목을 갖추도록 지식을 더 쌓고, 그리고 시를 짓는 데 막힘이 없도록 문장 수련도 더 해야 한다고 믿고 있었잖아. 그런데 그런 준비를 온전히 갖추기 전에 노래를 찾으라고 고생길로 내몰았으니, 안 할 고생까지 하게 되었다고

원망이 깊으니 이를 어쩌나.'

오동나무가 솔을 대신하듯 항변한다.

'지식을 쌓는 것도 중요하지만, 노래를 찾기 위해서는 글공부보다 더 중요한 것이 있다고 항아리가 말했잖아.'

느티나무가 측은하다는 듯 편을 든다.

'그래, 그랬지!'

세 그루의 나무가 거의 동시에 합창하듯 탄식한다.

'이제 길을 나섰으니 낯선 것들에 부대끼고 고생을 하다 보면 스스로 터득하게 될 테지!'

이번에도 오동나무가 걱정스럽다는 투로 말한다.

'당연한 일 아니겠어. 지난번에, 나무는 무엇을 먹고 살까? 바위는 왜 저렇게 늘 같은 자리에 앉아 있을까? 강물은 왜 늘 같은 방향으로만 흘러갈까? 그런 의문에 사로잡혀 있는 걸 봤잖아. 전보다 생각이 깊어진 것은 틀림없어!'

은행나무가 밝은 음성으로 거든다.

'그래도 아직 멀었어. 세상이란 눈에 보이는 형상대로 이루어져 있는 것으로 믿고 있는 정도니까. 정작 세상이란 속을 보여주는 데는 인색한데 말이야. 앞으로 더 많은 질문에 시달려야 해. 그래야 새로운 노래를 불러달라는 항아리의 뜻을 제대로 헤아려 알지!'

느티나무의 걱정에 오동나무가 고개를 끄덕인다.

'한양에 당도했으니 달라지겠지. 고생이 어련히 제 알아서 인도하겠어!'

느티나무가 결론을 내린다. 은행나무와 오동나무는 그 말에 가지를 흔들며 공감을 나타낸다.

이야기 팝니다

　남대문을 거쳐 종루를 지나 운종가를 배회하고 있는 솔은 줄곧 어리둥절한 표정이었다. 눈에 보이는 것마다 낯설고, 신기로웠다. 세상에, 저렇게 크고 많은 집들이 널려 있다니, 눈 닿는 데까지 빈틈없이 다닥다닥 붙어 있는 집들이 경이로웠다.

　길 또한 동서남북 여러 갈래로 뻗어 있고 어찌나 드넓은지 도무지 방향을 종잡을 수 없었다. 세상에 사람이 많아도 이렇게나 많을까. 길에 넘쳐나는 행인들이라니, 마냥 어안이 벙벙할 따름이었다. 쉴 새 없이 내왕하는 우마차와 행인 들을 피하느라 솔은 넋이 나갈 지경이었다. 잠깐이라도 한눈을 팔면 행인과 어깨를 부딪히기 십상이었다. 길치는 길라잡이의 우레 같은 고함 소리에 기겁을 한 사이 사인교가 횡 옆을 스쳐 지나갈 때는 혼이 쏙 빠졌다. 남색 쾌자에 홍색 흉배를 두른 장교가 말을 달려 옆을 스치듯 지나갈 때는 기겁을 하고 까무러칠 뻔했다.

　벼슬아치의 행차를 피해 얼른 골목으로 달아나 숨는 민복들의 민첩한 행동이며 머리에 보퉁이를 인 아녀자의 씩씩한 걸음걸이도 낯설었다. 짐을 실은 우마차와 사람을 태운 가마의 내왕이 끊이지 않고, 행인들의 복색은 하나같이 어찌 그리 화려한지, 한양에는 못사는 사람 하나 없는 모양이었다. 모두 활기차고 여유롭고 당당한 모습들이었다.

전동을 왼쪽으로 두고 운종가로 들어서는 어간에서 솔은 몇 번이나 발걸음을 멈추었다. 비단이며 피륙을 산처럼 쌓아둔 상점이 있는가 하면 인삼과 약재를 쌓아둔 가게도, 모시와 삼베를 쌓아둔 집도, 곡식 가마를 천장에 닿도록 높이 쌓아둔 상점도 있었다. 종이전, 모전, 갓전, 사기전, 두석전, 옥방전(玉房廛) 이런 가게들도 눈길을 사로잡았다. 세상의 귀한 물품이란 물품은 모두 이곳에 모여 있는 것 같았다. 옷감과 쌀 등 물산이 저렇게 흔하다면 세상에 헐벗고 굶주린 사람이 어디 하나나 있으랴 싶었다. 그래서 그런지, 내왕하는 사람들의 얼굴에서는 궁기를 찾아볼 수 없었다. 마주치는 사람마다 귀골에 당당한 모습이었다. 넝마 같은 바지저고리 차림의 자신과는 아주 대조적인 행색에 솔은 계속 주눅이 들었다. 사람들이 너무 붐비는 데다 쳐다보고 있기에 마음 겨운 화려한 상품들이 산처럼 쌓여 있는 저잣거리를 솔은 기가 죽어 서둘러 벗어났다.

모전다리 부근에 이르니 사람들이 어깨를 걸어 울타리를 친 곳이 보였다. 사람들의 어깨를 비집고 너머를 들여다보았다. 한 사내가 손에 보자기를 들고 그것을 펼쳐 보이기도 하고, 털어 보이기도 하더니, 갑자기 크게 기합을 넣으며 왼손을 쳐들어 보이는데, 보자기는 온데간데없고 비둘기 한 마리가 손 위에 올라앉아 날개를 퍼덕이고 있었다. 어찌나 신기했던지, 구경꾼들 사이에서 탄성이 터져 나왔다. 한 거리가 끝나자 초립동이 대접을 들고 구경꾼들 앞을 한 바퀴 돌았다. 대접에 엽전 떨어지는 소리가 심심찮게 들렸다.

다음 거리로 넘어간 얼른재비[10]는 빈손에서 꽃을 피워 올리는 재주를 펼쳐 보였다. 꽃을 한 송이씩 피워 올릴 때마다 구경꾼들 입에서 연이어 탄성이 터졌다. 초립동은 어깨에 덩더꿍 장단을 싣고 신명을 내며 구경꾼들 앞에 대접을 들이밀었다. 대접에 엽전 떨어지는 소리가 더 잦아졌다. 엽전 떨어지는 소리에 솔은 자꾸만 주눅이 들었다. 욕심 같아서는 맨 앞줄로 나가 가까이서 구경하고 싶었지만 엽전을 내며 치고 들어오는 사람들에게 자리를 조금씩 양보하게 되었다. 그렇게 양보하다 보니 어느새 구경꾼의 울타리에서 밀려나 어깨너머 구경도 어렵게 되고 말았다. 돈만 있다면 맨 앞줄을 차지하고 앉아 종일이라도 구경을 하고 싶었으나 그러지 못한 솔은 아쉽고 씁쓸한 기분으로 그곳을 떠났다. 얼른재비가 재주를 부리는 놀이판을 등지고 터덜터덜 걸음을 옮기던 솔은 번화한 운종가를 벗어나 어느 사이 사람들의 왕래가 뜸하고 한적한 수표교 어름에 이르렀다. 어디로 가야 할지 잠시 방향을 가늠하고 있던 솔의 눈이 휘둥그레졌다.

'이야기 팝니다'

담벼락에 친 하얀 차일 끝자락에 '이야기 팝니다'라는 표지가 바람도 없는데 나풀거리고 있었다. 세상에, 이야기 파는 데가 다 있는 것인가? 무슨 이야기를 어떻게 판다는 것일까? 아무래도 짐작이 가지 않았다. 이야기를 파는 데가 있다는 말을 들어본 적이 없는 솔은 호기심에 끌려 차일 쪽으로 저절로 걸음이 옮겨졌다. 조금

---

10 남사당패 은어로 '요술 부리는 사람'.

떨어진 곳에서 걸음을 멈춘 솔은 고개를 빼 늘이고 차일 안을 기웃거렸다. 정자관을 쓰고 턱수염을 기른 사내가 고운 깁옷 차림의 낭자와 마주 앉아 있었다. 깁옷 차림의 낭자는 눈을 반짝이며 정자관의 사내를 쳐다보고 있고 사내는 무엇인가를 계속 지껄이고 있었다. 정자관의 사내가 이야기를 팔고, 앞에 앉아 있는 낭자가 이야기를 산 모양이라고 솔은 짐작하였다.

쉬지 않고 입을 놀려 무엇인가 이야기를 하고 있는 사내와 고개를 빼 늘이고 그것을 듣고 있는 낭자의 모습이 볼수록 기이했다. 사내는 가끔 손짓 몸짓을 보태 실감을 자아내고 앞에 앉은 낭자는 그것을 들으며 웃기도 하고 가끔 눈물을 훔치기도 했다. 전에 듣지도 보지도 못했던 낯선 광경에 솔은 그만 홀딱 반하고 말았다. 더 가까이 다가가고 싶었으나 '이야기를 판다'고 했으니, 돈이 없으므로 용기가 나지 않았다. 겨우 두어 걸음 더 다가간 솔은 정신을 가다듬고 사내의 이야기에 귀를 모았다. 온전히 다 알아들을 수는 없었으나 귀가 제 알아서 구성진 이야기를 이삭 줍듯 대강대강 주워들었다. 그렇게 대강대강 주워들었으나 거기에 짐작을 보태자 줄거리가 이어졌다. 이야기 몇 자락에 그만 넋이 나가고 말았다.

파란만장한 영웅담도 흥미로웠으나 신분 몰락에 따른 슬픈 사랑 이야기나 적몰된 집안을 일으켜나가는 장손의 노력이 눈물겨웠다. 손짓 몸짓 표정을 적절히 구사하며 고저장단의 가락에 실어 이야기를 끌어나가는 이야기꾼의 솜씨가 여간 엇구수하지 않았다.

마땅히 갈 곳이 없는 솔은 다음 날도 그다음 날도 이야기꾼의 차일 부근을 서성거렸다. 이야기꾼은 한곳에만 전을 펴지 않았다. 갓전골이나 모전다리, 사기전골, 탑골, 수표교 어름 등을 오고 가며 차일을 옮겨 치고 손님을 상대로 이야기를 팔았다. 이야기꾼이 자리를 옮길 때마다 솔은 그곳으로 따라가 적당한 거리에 자리 잡고 이야기에 귀를 기울이고는 했다.

동냥밥으로 허기를 겨우 달래는 정도로, 목숨을 위해서는 별로 마음을 쓰지 않았다. 오로지 전기수(傳奇叟)의 이야기에만 정신을 쏙 빼놓았다. 고저장단을 맞춰가며 구성지게 이야기를 엮어나가는 전기수는 목구성이 좋았다. 이야기를 가락에 실어 엮어나갈 때면 쉿소리가 엷게 끼여 있는 그의 음성이 귀성스럽고 맛깔스러웠다. 이야기는 슬픈 내용이 많았다. 귀를 기울이고 있다 보면 어느새 옷섶이 눈물로 흥건히 젖을 때도 있었다.

이야기를 파는 이야기꾼은 한두 사람이 아니었다. 신전뒷골이나 종묘 어름에도 차일을 치고 이야기를 팔고 있는 전기수가 있었다. 관잣골 초입의 한 집에서는 마루에 이야기 전을 펴고 이야기를 팔고 있기도 하였다. 여남은 명의 손님에 둘러싸여 신명을 내고 있는 이야기꾼이 있는가 하면 두셋 귀를 상대로 목청을 높이는 이야기꾼도 있고 혼자 앉아 파리를 날리는 이야기꾼도 있었다. 솔은 그들 가까이 자리 잡고 귀동냥을 게을리하지 않았다. 아무리 들어도 싫증나는 이야기는 없었다.

그러나 이야기꾼마다 솜씨에 차이가 났다. 같은 내용의 이야기라도 단조롭고 싱겁게 엮어내는 전기수가 있는가 하면 원 줄거리에 스스로 곁가지를 보태 실감을 더하고 손짓 발짓 추임새를 넣어가며 구성지게 엮어내는 이야기꾼도 있었다. 다른 이야기에서 비슷한 내용을 끌어와 비교해가며 더욱 풍성하게 줄거리를 엮어내기도 하고 세상에 널리 알려져 있는 이야기에 빗대어 실감을 더욱 북돋우며 구수한 맛을 빚어내기도 했다. 목구성 또한 다만 글 읽는 낭랑한 목소리로 엮어내는 사람이 있는가 하면, 흥취를 자아내기 위해 이야기를 가락에 얹어 장단을 맞춰가며 구성지게 엮어나가는 전기수도 있었다. 이야기를 이끌어가는 재치와 목구성에서 처음 만난 이야기꾼을 당할 사람이 없어 보였다. 여기저기 이야기꾼 차일을 기웃거리던 솔의 발걸음은 처음 만났던 수표교 어름의 이야기꾼에게로 되돌려졌다.

오늘은 좀 더 가까이 다가가 귀동냥을 하리라 작심하고 이야기꾼의 차일 옆에 자리를 잡고 앉았다.

차일 안에 이미 손님의 모습이 보였다. 차일은 위와 앞면만을 가리고 있을 뿐 양옆은 툭 터져 있어 안이 다 들여다보였다. 담벼락을 등지고 정자관의 이야기꾼 사내가 앉아 있고, 그 사내와 마주보고 댕기머리 낭자가 앉아 있었다. 이야기꾼은 입을 부지런히 놀려 이야기를 엮어나가고 그 앞에 앉은 댕기머리 낭자는 고개를 외로 꼬거나 가끔 앞뒤로 주억거리며 이야기를 듣고 있었다. 한 발이라도 더 가까이 가고 싶지만 차마 용기가 나지 않았다. 오늘따라 바람이 이쪽에서 저쪽으로 불어서 그런지 이야기꾼의 이야기 소리가 귀에 잘 들어오지 않아 답답했다.

이윽고 이야기꾼이 이야기를 마친 듯 입을 닫고 싱긋이 웃음 지었다. 등을 보이고 앉아 이야기를 듣느라 고개를 외로 꼬거나 머리를 앞뒤로 주억거리던 댕기머리 낭자가 일어났다. 돌아서 앞모습을 보인 댕기머리 낭자는 곱게 화장을 하고 비단옷을 입고 있었다. 차일을 걷고 나오는 낭자의 얼굴에 은은한 미소가 피어나 있었다. 이야기의 감동이 아직도 여진처럼 마음을 흔들고 있는 것인가. 눈부신 하늘을 한 번 쳐다보고 땅을 내려다보며 그 감동의 여운을 다스리고 있는 모습이었다. 여자 나이는 자태와 눈매를 보면 대강 헤아릴 수 있다 하였다. 자태에는 세상을 살아온 연륜이 스며 있고, 눈매에는 사물을 익혀 길들인 세월이 고여 있다는 것이다. 낭자는 솔과 나이가 같거나 한두 살 위로 보였다. 벌떡 일어난 솔은 무엇에 끌리듯 낭자에게로 다가갔다. 무슨 이야기를 들었기에 낭자의 표정에 저토록 황홀한 파고가 일어나고 있는 것일까. 그 궁금증에 앞뒤 가릴 겨를이 없었다. 솔이 옆으로 다가가자 낭자는 당황하며 금세 얼굴이 굳어졌다.

"무슨 이야기를 들었기에 그렇게 흐뭇하세요?"

낭자는 가까이 온 솔을 경계하며 뒷걸음질 쳤다. 그런 쌀쌀한 태도에 익숙해 있던 솔은 개의치 않았다. 떠돌이라는 것이 그랬다. 낯선 고장에 들어서면 모르는 사람들과 관계를 트지 않고서는 무엇 하나 얻을 수 있는 것이 없었다. 물 한 모금도, 대궁밥 한 술도, 이슬을 피할 잠자리도 구할 수 없었다. 늘 낯선 사람들과 성공적으로 관계를 터야만 구복을 다스릴 수 있었다. 누구나 낯선 사람을 경계하기 마련이었다. 나는 좋은 사람이오, 하는 표지로서 손색이 없는 선량한 인상을 가진 사람이라 할지라도 일단은 접근을 꺼리기 마련이었다. 겉과 속이 똑같은 사람을 찾아보기 힘든 세상 경험이 경계심을 늦추지 않는 것이었다. 이쪽에서 성심성의를 다해 애원하고 간청하여 측은지심을 자극해내기까지 선심은커녕 접근조차 못하게 거리를 두는 것이다. 솔의 위아래를 훑어본 낭자가 눈살을 찌푸리며 기겁을 하고 뒷걸음질 친 것은 응당 자연스러운 반응이었다. 바지저고리에 짚신감발을 한 솔은 갈 데 없는 떠꺼머리 총각 행색이었다. 때가 굳어 검게 반질반질한 옷섶이며, 땀과 먼지가 앉아 구정물이 줄줄 흐르는 얼굴도 가관이 아니었다. 길게 자란 손톱 밑에 검은 때가 끼어 흉측했고 피로가 쌓인 눈도 정기를 잃고 흐릿했다.

"낭자, 놀라지 마세요. 남장을 하고 있지만 저도 낭자와 같은 여자랍니다. 그리고 집을 떠난 지 오래되어 이렇게 추레하답니다."

행색과는 달리 솔의 목소리는 나긋나긋하고 구김살이 없었다. 남장을 한 여자라는 말에 낭자의 눈이 솔의 아래위를 뜯어 살폈다. 듣고 보니 바지저고리가 헐렁하게 겉도는 것 같고 얼굴에도 가녀린 빛이 감돌았다. 그러나 안심이 되지 않았던지, 낭자는 차일 안으로 뛰어 들어갔다.

둘이 나누고 있는 수작을 진작부터 지켜보고 있던 차일 안의 이야기꾼 사내가 낭자를 등 뒤에 두고 앞으로 나서며 접근을 가로막았다. 공들여 손질한 베옷 차림에 정자관을 쓴 이야기꾼 사내는 명색이 양반짜리인 모양이었다. 약관은 이미 넘긴 듯하고 이립의 나이테로 들어선 얼굴이었다. 얼굴에 위엄을 갖추고 솔을 살피는 눈매가 곱지 않았다. 솔은 지지 않고 당돌하게 이야기꾼 사내를 마주 쳐다보았다. 아무리 한양 사람이라지만 이야기꾼 주제에 정자관이라니, 하고 시틋한 생각이 없지 않았다. 양쪽 귀밑으로 흘러내린 구레나룻이 턱에서 보기 좋게 모여 있었다. 안색으로 살림 형편을 헤아리는 관행을 좇아, 이야기꾼의 살림살이 형편이 곤궁함을 읽어냈다. 정자관과 수염이 양반짜리임을 강조하고 있고 그 얼굴에 그려진 터무니없는 오연한 기색도 만만치 않아 보이지만 이야기꾼을 쳐다보는 솔의 시선도 만만치 않게 무람없었다. 더욱이 이야기꾼의 등 뒤에 숨어 고개를 내밀고 훔쳐보는 낭자가 솔은 괘씸하였다.

"아가씨, 제가 뭐 몹쓸 행패라도 부렸나요? 무슨 이야기를 듣고 저토록 황홀해할까, 그게 궁금했을 뿐이에요."

솔은 목소리를 가다듬고 힐난했다. 나긋나긋한 여자 목소리임에는 틀림없지만 당당하기가 남정네 같았다. 이야기꾼은 터무니없이 당당한 항변에 속으로 눈살을 찌푸렸다. 하지만 예기하지 못한 당당함에 오히려 마음이 끌렸다. 저 터무니없는 당당함은 단순한 성정 때문인가, 아니면 다른 숨겨진 무슨 내력이라도 지니고 있는 것인가.

"그래도, 낯선 사람이 접근하니 놀랄 수밖에 없지 않겠습니까."

이야기꾼 사내가 목소리를 가다듬고 점잖게 나섰다.

"왜, 다 똑같은 사람인데, 저를 보고 놀라요?"

"낯선 남자를 내외하지 않을 낭자가 어디 있겠습니까. 놀란 것은 당연한 이치인데 시비를 다투려는 낭자가 도리어 경우에 벗어난 것으로 보입니다."

이야기꾼의 말이 사리에 어긋나지 않았다. 솔은 더 대꾸를 하지 못하고 입을 다물었다. 잠시 침묵이 흘렀다. 솔이 곧 그 침묵을 깼다.

"저는 세상에 이야기를 파는 데가 있다는 걸 처음 알았어요. 이야기를 팔다니, 저는 호기심에 끌려 지난 며칠 동안 계속 아저씨 주변을 맴돌았어요. 이야기를 듣고 싶었거든요. 하지만 돈이 있어야 이야기를 사지요. 할 수 없이 멀찍이 서성거리며 귀동냥했어요. 그러던 중 아가씨와 마주친 거예요. 저를 나쁜 사람으로 여기지 마세요."

"허어, 그래요. 나도 낭자를 며칠 전부터 눈여겨봐왔구려. 하지만 낯선 사람에게 접근하려면 예를 갖추어야 하지 않겠소. 그런데 지금 낭자 차림은, 남장을 한 데다 입성도 후줄근하고 얼굴도 물구경한 지 몇 달이 지났는지 땀과 먼지가 켜를 이루고 앉아 있으니 누가 가까이하려 하겠소. 게다가 등에 이상한 것까지 지고 있으니, 그런 낭자의 괴이쩍은 모습을 보고 놀라지 않을 사람 누가 있겠소."

이야기꾼 사내의 지적에 솔은 자신의 모습을 떠올리며 말문이 막혔다. 사내의 어조나 얼굴 표정이 쌀쌀한 기색만은 아니었다.

"무슨 말씀인지 알겠어요. 아가씨를 놀라게 해 죄송해요. 한양 사람들은 사람을 짐승보다 더 무서워하고 경계하는 것 같네요. 저는 한양은 이번이 처음이에요. 집을 떠난 지가 하도 오래되어 차림도 엉망이고 몸도 엉망이에요."

"그럼 한양 사람이 아니군요."

"그래요. 그냥 떠돌이에요."

"떠돌이라면 오로지 먹고 자는 일에 관심이 있을 뿐일 터, 이야기에 관심이 있다니, 뜻밖이군요?"

그렇게 이야기꾼과 솔이 주고받는 수작을 옆에서 지켜보고 있던 낭자가 앞으로 나섰다. 잠시 솔의 행색을 살피던 낭자가 무슨 생각을 했던지 주머니를 열고 동전 세 닢을 꺼내 이야기꾼에게 건넸다.

"미안해요. 제가 잘못했어요. 지레짐작으로 겁을 먹은 저를 용서하세요."

낭자가 내미는 동전을 이야기꾼이 엉겁결에 받았다.

"아저씨, 이 낭자에게 이야기 좀 부탁해요. 저는 다음에 또 올게요."

고맙다는 치렛말도 미처 하기 전, 낭자는 이미 등을 보이고 나풀나풀 멀어져갔다. 속으로 고맙다는 인사를 하며 솔은 멀어져가고 있는 아가씨를 눈으로 배웅했다.

세상에 행복은 없다!

"저 아가씨, 무슨 허전한 데가 있는 모양이에요."

댕기머리를 나풀나풀 흔들며 멀어져가고 있는 낭자의 뒷모습을 바라보며 솔이 무심코 한마디 던졌다. 그 말에 이야기꾼의 얼굴이 일변했다. 예기치 못했던 신통한 말이라 여겼던지 의외라는 표정을 지었다. 이야기꾼은 솔의 위아래를 다시 훑어보고 얼굴을 살펴보았다. 무릎은 말할 것도 없고 팔꿈치에도 다른 헝겊을 덧대 기운

자국이 더덕더덕했다. 바지는 덜하지만 저고리 앞섶은 먼지 때가 절어 녹슨 구리 색으로 더러워져 있었다. 집을 나선 지 오래라더니, 과연 그러한 모양이라고 이야기꾼은 측은한 생각이 들었다. 등에 덜렁 매달려 있는 나무 궤가 너무 거추장스러워 보였다. 낭자를 압도하고 있는 형국의 나무 궤를 쳐다보며 무슨 생각을 했던지 이야기꾼이 입을 열어 말했다.

"등에 진 것이 낭자의 운명과 무슨 관계가 있는 모양이군요!"

"운명이요?"

"운명과 관련이 없다면 그렇게 이상하고 무거워 보이는 궤를 지고 다닐 까닭이 없지 않겠습니까!"

이야기꾼은 때에 전 초라한 입성과 병약해 보이는 초췌한 얼굴과는 달리 낭자의 눈이 매우 초롱초롱하다고 여겼다. 더욱이 이야기를 듣고 간 아가씨를 두고, 무슨 허전한 데가 있는 모양이라고 한 솔의 남달라 보이는 예민한 추측에 자꾸만 신경이 쓰였다.

솔은 이야기꾼의 말이 그럴듯하다고 생각하며 빙그레 미소 지었다.

"낭자가 웃는 걸 보니 내 짐작이 맞는 모양이군요. 그래 무슨 사연이 있는지 궁금하군요."

"그런 질문을 받고 보니 대답하기 난감합니다. 이 오동나무 궤 때문에 소녀가 정처 없이 떠돌아다니고 있기는 합니다만, 어떻게 말씀드려야 할지 요령부득입니다. 한 번도 소녀는 이것을 운명과 연관 지어 생각해본 적도 없었고⋯⋯."

"아까 이야기를 듣고 간 아가씨와 비슷한 말을 하는군요. 왜 이

야기를 그토록 좋아하느냐고 묻자, 글쎄 자기가 왜 이야기를, 그것
도 남의 이야기를 그렇게 좋아하는지 아직 한 번도 생각해보지 않
았다 하더군요."

"그 아가씨, 겉으로는 행복해 보이지만 마음 허전한 데가 있을
거예요."

또 같은 말을 되뇌었다.

"그건, 어째서?"

"자기 자신의 일로 속이 가득 차 있는 사람은 남 이야기에 관심
을 둘 겨를이 없거든요."

"나로서는, 모를 말이군요!"

이야기꾼은 다음 말을 듣기 위한 배려인 듯 짐짓 한 발 물러섰다.

"노래 좋아하는 사람이나, 그림이나 시에 정신 파는 사람들 한
번 보세요. 그런 사람들, 가만히 살펴보면 어딘가 외로운 데가 꼭
있어요. 출생이 온전하지 않거나, 일찍부터 이별을 안고 살았거나,
사랑을 잃었거나, 갖고 싶은 것을 갖지 못했거나, 뜻하지 않았던
시련을 겪고 있거나, 이런 현세에 이루지 못한 어떤 결핍이나 갈등
때문에 고통받는 사람들이 대부분이에요. 이런 사람들은, 노래로
써 자신을 달래고, 그림이나 시로써 상상의 세계를 펼치며 위안을
받는 것 같아요. 이야기를 좋아하는 사람도 아마 그렇지 않겠어요.
그리고 그런 사람들, 대개 현세에 영달하는 사람은 드물지요?"

이야기꾼은 문득 입을 꾹 다물고 고개를 주억거렸다. 뜻하지 않
았던 예사롭지 않은 대답에 속으로 저으기 놀랐던 것이다. 깊이 생각
하지 않고서는 얻기 힘든 내공이 느껴지는 말이었다. 거기에다 이

야기꾼 자신의 처지를 꼭 집어 말하는 것 같아 서늘한 느낌마저 들었다. 솔을 쳐다보는 눈에 호기심과 친근감이 어우러졌다.

"왜 그런 생각을 하게 되었는지 알고 싶군요."

"소녀가 집 떠난 지 오래됐고, 떠돌이가 되어 길을 헤맨 지도 벌써 여러 달이 됐어요. 떠돌이로 지내다 보면 별의별 생각을 다 하게 되어요."

이 또한 예상하지 못했던 대답이었다. 떠돌이 생활을 하다 보면 보고 듣는 것이 많을 터였다. 그렇게 보고 들은 견문이 한 생각을 이루어 지혜로 영글기도 할 테지. 그러나 이 낭자에게는 그 이상의 무엇이 더 있는 것 같았다. 등에 지고 있는 오동나무 궤가 아무래도 심상한 존재가 아닌 듯했다. 잠시 생각에 잠겨 있던 이야기꾼이 솔을 천막으로 불러들였다.

솔은 이야기꾼 사내의 인상이나 신중한 말투 그리고 자신을 대하는 정중한 태도가 싫지 않았다. 턱까지 이어진 구레나룻이 보기 좋고 사슴처럼 눈에 악의가 없어 보였다. 상대를 억누르거나 물리치기 위해 표정을 꾸미거나 목소리를 높이지도 않았다. 그의 언행에는 행복보다 불행을 더 많이 겪은 사람들이 흔히 지니는 남에 대한 배려와 조심스러움이 배어 있었다.

"등에 지고 있는 그 나무 궤에 자꾸만 마음이 끌리는군요."

이야기꾼이 다시 오동나무 궤에 관심을 보였다. 항아리와 나와의 운명적인 관계? 솔은 잠시 머뭇거렸다. 솔직히 다 털어놓고 말까, 잠시 그런 생각도 해보았다. 그러나 사실대로 말해도 그가 곧이 들어주지 않을 것 같아 망설였다. '소리'를 찾아다닌다고 하면 미쳤다고 할지 몰랐다.

"노래 찾아 길을 나섰어요."

망설임 끝에 꾸며대는 것이 번거롭게 생각되어 곧이듣든 아니 듣든 사실대로 털어놓고 말았다.

"노래를 찾아 길을 나섰다고 했습니까……?"

"예, 등에 지고 있는 나무 궤 안에 항아리가 들어 있어요. 그 항아리가 저를 이 고생시키고 있어요. 새로운 노래를 찾아달라고 하도 보채서……."

조심스럽게 솔은 항아리와 자신의 인연의 자초지종을 털어놓았다. 이야기꾼의 반응을 곁눈질로 살폈다. 지레짐작과는 달리 이야기를 듣는 표정이 진지했다. 이야기를 듣고 있는 동안 눈에 한결 깊은 생각이 고이고 표정이 더욱 진지해졌다. 무엇인가 깊이 느끼며 궁구하고 있는 눈치였다. 터무니없이 허무맹랑한 이야기로 일축해버릴 것으로 짐작했던 예상은 보기 좋게 빗나갔던 것이다.

"고생 많겠군요. 낭자는 장차 반드시 하늘의 보답을 받을 것이오."

허튼수작으로 사람을 기롱하려 든다고 책망하거나 내치기는커녕 깊이 이해하고 염려하는 진지한 표정으로 말했다. 도리어 고생 많겠다고, 그 고생은 장차 반드시 하늘의 보답을 받게 될 것이라고 위로와 격려까지 아끼지 않았다. 예상 밖의 위로와 격려에 솔은 금세 눈을 슴벅거렸다. 이어 눈물이 양 볼을 타고 흘러내렸다. 옆에서 지켜보던 이야기꾼 사내가 솔에게 수건을 내밀었다. 오랜만에 듣는 따뜻한 말에 눈물을 보인 자신이 겸연쩍었으나, 알아주는 사람이 있다는 데에 큰 힘이 솟았다.

"궤를 벗어두고, 저 냇물에 가서 얼굴 좀 씻고 오시오."

눈물을 닦고 나자 이야기꾼 사내가 한결 친근한 표정으로 말
했다.

"나중에, 그러지요."

"아니오. 다른 손님이 들어오다 도망칠까봐 그러지. 저기 앞에
가면 개울이 있으니 거기 가서 씻고 오면 바로 내가 이야기를 들려
주겠소."

다른 손님의 눈치를 봐야 한다는 이야기꾼의 말에 내키지는 않
았으나 솔은 오동나무 궤를 벗어두고 개울로 가서 얼굴을 씻고 돌
아왔다. 이야기꾼의 얼굴에 미소가 번져나갔다. 먼지와 땀을 씻어
낸 솔의 얼굴에 윤기가 흘러 눈이 부셨던 까닭이었다. 얼굴에 살만
좀 오르면 용모가 아까의 낭자보다 못할 것 하나 없어 보였다. 고
운 용모를 먼지와 땀으로 가리고 다니며 남자 행세를 해왔을 행태
를 상상하며 이야기꾼은 미소 지었다.

"낭자를 상대로 이야기를 하자니 좀 쑥스럽군요."

"왜요?"

"내가 아는 것 중에 낭자의 사연보다 더 기구한 이야기는 없거
든요."

"이야기란 자기가 몰랐던 세계를 알고자 하는 것에 다름 아닐
것입니다. 제가 아는 것은 보잘것없는 저 하나에 국한되어 있습니
다. ……세상이 얼마나 넓은데요."

역시 대답이 예사롭지 않았다.

"그렇다면, 이야기를 시작해봅시다. 무슨 이야기를 듣고 싶습니까?"

이야기꾼은 뒤에 걸려 있는 이야기 목록을 가리켜 보였다. 대여섯 자 길이의 무명천에 『장국진전』, 『설공찬전』, 『대관재기몽』, 『진대방전』, 『장화홍련전』, 『최고운전』, 『홍길동전』, 『구운몽』, 『사씨남정기』, 『적벽대전』, 『양산박』 등의 제목이 보였다. 모두 솔이 모르는 것들이었다.

"저는 이야기에 대해 아는 것이 하나도 없어요. 저 많은 것들이 다 이야기예요?"

"그래요. 다 이야기들입니다. 저 중에 아름다운 사랑 이야기, 열녀 이야기, 용감한 장수 이야기, 목숨을 바쳐 임금을 모신 충신 이야기, 나라 간의 전쟁 이야기, 백성의 억울함을 풀어주는 판관 이야기 등 가짓수가 수도 없이 많습니다. 저 가운데 어떤 것으로 할까요?"

"저는 모르니까, 권하고 싶은 것으로 해주세요."

이야기꾼은 목록을 다시 살펴나갔다. 미처 이야기를 시작하기 전 밖에서 인기척이 들렸다. 한 낭자가 차일 안으로 고개를 슬며시 들이밀었다.

"아저씨, 안녕하세요?"

낭자가 방긋 웃었다. 이야기꾼 사내의 얼굴에 반가운 기색이 감돌았다.

"어서 오세요."

그 낭자에 이어 또 다른 낭자가 따라 들어왔다. 그들은 이야기꾼의 탁자 앞에 나란히 앉았다. 머리를 쪽 져 올리고, 비단옷에 깁신을 신은 낭자들의 얼굴에 화장발도 보였다. 차림으로 보아 아마 여염집 낭자들은 아닌 모양이었다.

"한동안 안 보이더니, 바빴던 모양이군요?"

"저희들 사는 게 뭐 별다른 게 있었겠어요. 어쩌다 보니 발길이 뜸했네요."

대답은 심드렁하지만 목소리는 앳되고 나긋나긋했다. 어떤 대갓집 시녀이거나 아니면 주루에서 사내들 시중을 드는 아가씨들인가. 헤픈 웃음이며 자발없는 몸짓으로 보아 그런 짐작이 갔다.

"오늘, 우리 『최고운전』 듣기로 했지?"

뒤에 들어온 낭자가 동의를 구했다.

"그래, 오늘은 아저씨 『최고운전』으로 해주세요."

먼저 들어온 낭자가 그렇게 말하며 주머니 안에서 동전 세 닢을 꺼내 탁자 위에 올려놓았다.

"그럽시다."

이야기꾼은 고개를 끄덕이며 책상 위에 쌓여 있던 책 중에서 『최고운전』을 찾아 펼쳤다. 헛기침을 몇 번 하며 목소리를 가다듬은 이야기꾼은 한쪽에 다소곳이 앉아 있는 솔을 일별했다. 솔은 얼른 고개를 끄덕여 보이고 저도 모르게 다리를 고쳐 앉으며 이야기 들을 자세를 잡았다. 이야기꾼은 책을 펼쳐놓고 아가씨들을 상대로 이야기를 시작하였다.

이야기꾼의 입담은 언제 들어도 구수했다. 이야기의 굴곡에 맞추어 목소리를 높이거나 낮추고, 혹은 우렁찬 목소리로 혹은 구슬픈 목소리로 이야기를 구성지게 엮어나갔다. 그리고 가끔 가락에 얹어 노래 부르듯 이야기를 읊어 혼을 빼놓기도 했다. 처음에는 책을 펴놓고 시작했지만, 곧 책을 덮었다. 책을 보지도 않고 줄거리를 술술 잘도 엮어나갔다.

중국으로 가는 길에 용왕의 둘째 아들 이목을 만나 그의 도움으로 목숨을 건지고 가뭄 때문에 고생하는 섬사람들을 위해 비를 내리게 한다든지, 중국에 들어간 후 자신을 살해하려는 독이 든 밥을 미리 알아차리고 먹지 않는다든지, 석함(石函)에 넣은 계란을 알아맞히는 시를 지어 중국 천자에게 바친다든지, 중국 벼슬아치들의 참소(讒訴)로 인해 남해 고도로 유배되어 죽을 지경에 이르렀으나 이슬을 받아먹으며 연명하고 기적적으로 살아 돌아온다든지, 마침내 억울한 누명을 벗고 해박한 지식과 식견으로 중국 황제를 크게 뉘우치게 한다든지, 갖은 시련과 모함을 다 이겨내고 마침내 중국에서 벼슬살이를 한 다음 신라로 금의환향하는 최치원 선생의 일대기는 흥미진진하고 통쾌하기 이를 데 없었다. 신라 사람이라고 차별하고 업신여기는 중국 사람의 온갖 모함을 지혜와 용맹으로 이겨내는 최치원 선생의 뛰어난 지모가 탄복스러웠다. 게다가 신라인으로서의 자긍심을 끝까지 잃지 않고 중국 사람들에게 학문과 지혜로써 본때를 보여주는 모습은 아주 통쾌하였다.

다른 낭자가 또 소매에서 오색 비단 주머니를 꺼내더니, 동전 세 닢을 책상 위에 올려놓았다.

"아저씨, 이번에는 슬픈 이야기로 해주세요."

"그럴까요. 어디 보자, 『피생명몽록(皮生冥夢錄)』은 들었던가요?"

"아니요."

"김이(金伊)와 목환(木歡) 이야긴데?"

"슬픈 이야기면, 그것으로 해주세요."

이야기꾼은 책 중에서 한 권을 꺼내 책상 위에 펼쳐놓고 이야기를 시작했다.

……어느 날 저녁 염흥방 시랑(廉興邦侍郎)은 이화정(梨花亭) 위에 곤히 누워 취흥을 타 잠들었으니 때는 삼월 보름쯤이었습니다. 뜰에 달빛이 은은하고 꽃 그림자가 땅에 가득한데 시랑의 애첩 목환은 창 안에 있고, 노비 김이는 창밖에 있었습니다. 서로 간에 눈이 마주쳐 둘은 춘정을 누를 길 바이없었습니다. 마침내 두 남녀는 손을 잡고 중문 안쪽에 막아놓은 문병(門屛) 사이에 숨어들어 운우의 정을 나누었고 끊어질 수 없는 인연을 맺었습니다. 혹은 담장의 구멍을 뚫고 나가기도 하고, 혹은 담장을 넘어 들어오기도 하며, 한번 가고 한 번 오며, 밤마다 만나지 않은 적이 없었습니다. 일 년이 못 가 목환은 아이를 가져 사내아이를 낳았는데 생김새가 김이의 모습과 꼭 닮았습니다. 염흥방 시랑이 그 사실을 알고, 목환을 마당에서 매로 쳐 여린 손이 끊어지고 옥 같은 살결이 허물어져 마침내 엄위 아래에서 숨지게 되었습니다. 김이 또한 마찬가지로 태어난 아이와 함께 주검이 되어 홍교(虹橋) 옆에 버려졌습니다.

……명부(冥府)에 올라간 그들 김이와 목환은 억울하게 죽임을 당한 것이라 판결되고, 다시 인간 세상에 환생케 되었습니다. 그러나 어찌 된 연유인지 목환은 사족의 딸로, 김이는 역리의 아들로 환생하여 전생의 신분 차별의 고통이 다시 이어지게 되었습니다.

억울하게 죽임을 당했다 하여 다시 삶을 얻게 해주었는데 공교롭게도 양반 상놈으로 신분이 갈리어 혼인을 이룰 수 없게 되었으니 이보다 안타까운 일이 어디 있겠습니까.

이야기가 전개되어가는 동안 두 낭자는 이야기 속의 김이와 목환 두 남녀의 운명이 반전되기를 바라며 속을 태웠다. 전생으로부터 차생에 이어지면서도 끝내 벗어날 수 없는 강고한 신분 질서의 질곡에 희생당하는 두 남녀의 이루어질 수 없는 사랑에 얼마나 눈물을 많이 흘렸던지 이야기가 끝났을 무렵 두 낭자의 손수건은 흠뻑 젖어 있었다.

슬픔에 익숙하고 고생에 이골이 난 솔이도 어느새 눈이 촉촉이 젖어 있었다.

이야기라는 것이 저런 것이었구나. 주로 고생한 사람들이 성공하여 행복에 이르는 내용이거나, 사람의 힘으로는 이겨낼 수 없는 어떤 비극적 운명을 내용으로 하고 있거나, 슬픈 사랑 같은 것으로 이루어져 있는 것이로구나.

"이야기 가운데 행복이란 꽃만 가득 피어 있는 아름다운 정원 같은 것은 없는 거예요?"

두 낭자가 돌아가고 둘만 남았을 때, 솔은 이야기에 대한 자신의 의견을 제시하며 아쉬움을 나타냈다. 뜻하지 않았던 말이었던지 이야기꾼은 놀란 표정을 지었다. 잠시 생각에 잠겨 있던 이야기꾼은 신중하게 입을 열어 대답했다.

"행복이란 꽃만 피어 있는 아름디운 징원? 그런 것은 없어요. 그런 것은 군이 이야기로 꾸밀 필요도 없을 겁니다."

잠시 솔의 반응을 살핀 이야기꾼은 다음과 같이 덧붙여 말했다.

"사람들은 양지쪽만 보여주면 금방 싫증을 내고 말아요. 음지쪽도 보여주어야 관심을 보이지. 한눈에 다 들어오는 들판이라면 무슨 궁금증이 일어나겠어요. 깊어 건너지 못하는 강도 흐르고, 새가 둥지를 트는 숲도 있고, 해가 뜨고 지는 산도 있어야 무슨 곡절이 있어 보이고, 숨어 보이지 않는 것이 있어야 궁금하지. 어떤 사람도, 비록 영달한 사람이라 할지라도 그 생애를 돌아보면 숨은 곡절이 꼭 있게 마련이지요. 그런 곡절이 궁금해서 이야기에 흥미를 느끼는 것 아닐까요."

이야기꾼 사내의 자상한 설명을 듣고 난 솔은 잠시 생각에 잠겼다. 그래, 이야기란 어떤 사람의 생애 가운데 숨어 보이지 않는 부분을 드러내 사람들에게 들려주는 것이란 말이군. 하지만 '어떤 사람'이겠지, '모든 사람'의 생애는 아닐 것이다. 많은 사람들의 동정심을 자극할 만한 감동적인 생애가 아니고서는 이야기가 될 수 없을 것이다. 노래 또한 그러하리라. 그래? 그런 것일까?

전기수 대우

"나와 함께 가지 않겠소?"

이야기의 여진에 사로잡혀 솔이 깊은 생각의 늪에 빠져 있을 때 불쑥 이야기꾼 사내가 제안했다.

"뭐라고요?"

"보아하니, 어디 기식할 데도 없고, 노자도 넉넉지 않은 것 같은 데 우리 집으로 갑시다. 음식은 보잘것없지만, 낭자에게 줄 옷가지도 있고, 세수는 마음대로 할 수 있을 겁니다."

뜻하지 않았던 제안에 솔은 어리둥절한 얼굴로 이야기꾼을 쳐다보았다. 어디 오라는 데도 없고 당장 갈 데도 없는 솔은, 어느 집 문전을 기웃거리며 대궁밥 한술이라도 얻어먹을 수 있다면 다행이련만, 그런 행운도 기약은 없었다. 낯익은 주림에 시달리며 다리 밑 같은 난데서 한뎃잠을 청해야만 할 처지였다. 변변치는 않지만 음식도 주고 더러운 넝마를 대신할 옷가지도 있다는 것이다. 더욱이 샘이 있어 세수는 마음대로 할 수 있다니, 솔로서는 더 바랄 바 없는 구원이 아닐 수 없었다. 이야기꾼 사내의 선량한 표정이 아까부터 마음을 편안하게 해주었다. 그러나 이토록 큰 선심을 베풀겠다니, 덥석 받아들여도 되는 것일까. 경험은 돌다리도 두드려보고 건너라, 그렇게 귀엣말을 하고 있었다.

"낭자를 동정해서가 아닙니다. 제가 누굴 동정할 처지도 아닙니다. 다만 제가 제 자신을 돌보려는 것과 다름없는 일이지요. 저도 많은 불행을 겪어서 안답니다. 고생할 때 누가 손만 내밀어줘도 큰 힘이 된다는 것을. 지금 낭자가 치르고 있는 고생이 자칫 낭자를 상하게 할까 걱정돼서 그럽니다."

그만 솔의 눈에 눈물이 핑 돌았다. 얼른 얼굴을 돌렸다.

이야기꾼 사내는 그런 솔을 보며 주섬주섬 짐을 챙겼다. 챙긴 짐을 등에 지고 앞장섰다.

"그래, 노래는 찾았습니까?"

광교를 건널 즈음 이야기꾼 사내가 뒤돌아보며 물었다. 어이없다는 얼굴로 솔은 이야기꾼 사내를 맞받아 쳐다보았다.

"어디 있는 줄이나 알아야 찾고 말고 하지요."

퉁명스레 내쏘는 것 같지만 목소리에 물기가 젖어 있음을 이야기꾼 사내는 알아차렸다. 그녀의 번뇌가 그의 가슴으로 전해지며 짠하다는 느낌이 들었다. 낭자를 집으로 데려가기로 한 자신의 결정을 참 잘한 일이라고 생각하며 사내는, 헛기침을 두어 번 했다.

노래를 구하기 위해 집을 떠나 고생을 하고 있다니, 이게 어디 범상한 일인가.

낭자를 도와야 한다는 의무감 같은 묵직한 기분이 가슴을 눌러 왔다. 집에 계신 어머니께서 그렇지 않아도 궁색한 살림에 먹을 것 축내는 군입을 달고 들어오는 것을 달갑게 여기지 않을 것이 걱정 되었지만, 낭자에게서 들은 말들이 그런 걱정을 이겨내고도 남음이 있을 만큼 소중하게 느껴졌다.

"저 거지는 왜 달고 왔어?"

아니나 다를까, 낭자를 씻으라고 뒤꼍 우물로 보내고 났을 때 어머니께서 잡아먹기라도 할 듯 따지고 들었다. 예상했던 일이라 이야기꾼 대우는 그다지 대수롭지 않게 맞받았다.

"거지라니, 왜 저 낭자가 거집니까. 집 떠난 지 오래되면 누구나 거지꼴이 되기 마련입니다."

"저런 넝마를 걸친 아이가 거지가 아니면 누가 거진데?"

"겉은 저래도 속에는 선녀가 들어 있어요."

"선녀가? 네가 저 아이 속에 들어갔다 나왔다는 것이냐?"

"고생해서 구하는 것 가운데 먹을 것 입을 것 아니고 다른 중요한 것도 있다는 사실을 저 낭자를 통해 알게 됐어요."

"허구한 날 이야기책을 끼고 살며 세상 기이한 일 다 안다는 네가 지금껏 모르는 일도 있었구나?"

"그러지 마시고, 저 낭자 걸칠 옷가지나 좀 찾아보세요. 어머니도 반드시 저 낭자를 좋아하시게 될 거예요."

"내가 반드시 좋아하게 될 것이라니, 며느리라도 삼아야 할 처녀란 말이냐?"

"그런 말씀 마세요. 그냥 저 낭자를 돕고 싶어 데리고 왔어요."

"우리 처지에 남을 돕는다고? 지나가는 소가 다 웃겠다!"

"그러지 마세요. 저 낭자는 하늘이 도울 거예요. 예사 낭자가 아닙니다."

"네가 무슨 생각을 하고 있는지 모르지만, 우리 집안을 생각하렴. 우리가 아무리 몰락했다 해도 길거리의 거지를 맞아들일 수는 없다."

"넘겨짚지 마세요. 그런 낭자가 아니란 말입니다."

"그렇지 않다면, 이 어미 손 덜어주기 위해 달고 왔단 말이냐?"

"그런 게 아니라니까요. 저 낭자를 좀 도와주고 싶어 데리고 왔다고 하지 않았습니까."

"우리가 남을 돕고 말고 할 계제냐?"

"저 낭자는 갈 데가 없단 말입니다. 길에 방치하면 어떤 험한 일을 겪게 될지 어찌 압니까. 데리고 온 것만으로도 충분히 노움이 될 것입니다. 대감께서 옛날 허백 어른 이야기를 금과옥조로 삼으라고 당부하지 않으셨습니까? 저 낭자를 보니 허백 어른의 일화가 생각났습니다."

지금 천 리 밖 원지에 유배 가 있는 엄친 김만후 대감을 상기시킨 것이다. 대감은 사람을 겉모습만으로 판단해서는 안 된다며 허백 어른의 일화를 교훈 삼으라고 단단히 일러준 적이 있었다.

당대의 최고 문장가 허백이 홀로 용문에 묻혀 저술에 힘쓸 때, 얼굴은 부어 종기가 나고 손은 뼈가 앙상했다. 입고 있는 옷은 낡아 어디 닿기만 하면 해졌다. 사흘을 굶는 것은 예사고, 오 년이 지나도 옷 한 벌 새로 지어 입지 못했다. 갓끈은 끊어져 없어진 지 오래였고, 누가 옷소매를 잡으면 그대로 찢어졌다. 그러나 다 닳아 밑바닥 없는 짚신을 끌고 집을 나서며 시를 읊조리면 그 낭랑한 소리가 천지에 가득 차서 금석(金石)의 악기를 연주하듯이 고아했다. 그와 같이 뜻을 기르는 자는 외양을 돌보지 않고, 정진하는 자는 이욕(利欲)을 멀리하며 일체의 마음도 잊는다고 했다.

대우로서는 아버지 말씀을 상기하며 사람은 겉모습만으로 평가해서는 안 된다고 항변한 것이었다. 그러나 지금 허백 어른을 빌어 저 낭자를 이해시키는 방편으로 삼는 것이 적절한지, 비유가 너무 과한 것 같아 새삼 속이 탔다.

"이야기책에 빠지면 저렇다니까. 제 처지도 모르고 세상을 자기 편한 대로만 본다니까. 사서삼경 헛했어."

사서삼경 헛했다니! 어머니의 핀잔이 가슴을 후벼 팠다. 어쩜 저토록 무심할까. 듣고 있는 이쪽 기분은 눈곱만큼도 헤아리지 않고 당신만의 기분대로 함부로 내뱉으면 듣는 자식은 어찌 감당하란 말인가. 사서삼경, 제자백가서 공부한 것을 구름에 실어 날려버린 허망감을 간신히 견뎌내고 있는 자식 속을 왜 어머니는 헤아리려 하지 않는 것일까.

서책을 붙들고 절박하게 씨름한 것이 몇 해였던가. 문장이란 다만 마음을 통하게 하고, 도(道)를 실어서 전하는 것이라 하지만 그것이 명백하고 곡진하여야 뜻에 온당하다 하여 그 경지를 흠모하며 얼마나 오랜 기간 각고면려했던가. 『국어』를 지어 세상의 다툼을 처음 밝힌 좌구명(左丘明) 한 고비를 간신히 넘기면 불후의 역사서 『사기』를 남긴 사마천(司馬遷)이 우뚝 서 있고, 무위의 도로 세상을 해석한 유장한 장자(莊子)란 강을 건너자 시문의 동량 한유(韓愈)가 가로막고 있었다. 일엽편주에 흔들리며 간신히 한유를 건너자 바로 코앞에 닥쳐 있는 「적벽부」의 소식(蘇軾)은 또 얼마나 건너기 어렵고 넘기 힘들던가. 거기에다 안으로 눈을 돌리면 최치원, 이규보, 퇴계, 율곡도 거대한 산맥처럼 앞에 우뚝 버티고 있었다. 천신만고 끝에 겨우 그들을 넘어섰다고 자부했을 때, 입을 열어 말하는 것마다, 먹을 갈고 종이를 펼쳐 쓰는 글마다 사마천이거나 한퇴지이거나 소동파와 비슷한 것일 때의 절망감, 그 절망감을 짐작이나 해봤을까. 마침내 그들의 그늘을 벗어나 온전한 내 것이라는 자부심을 갖고 말하거나 쓸 때, 그 치졸함에 소름 끼쳤던 경험은 또 얼마나 끔찍했던가.

그뿐인가. 본받거나 경계해야 할 일을 철저히 가려 익히기 위해 왕조와 인물의 부침을 기록한 동감(通鑑)을 끼고 밤을 샌 석은 또 얼마였던가. 무더위와 된추위를 견딘 연약한 초목이 봄을 기다리듯 과장(科場)에서 닦은 실력을 뽐낼 기회를 기다렸으나 엄친의 유배와 집안의 적몰로 그 기회를 잃은 자식의 절망감을 왜 헤아려 보살피지 않는 것일까.

노론 일파와 정치적 입장을 달리한 아버지께서, 천 리 밖 원지로 유배당한 것으로 모자라 가산을 적몰당하고 일족의 벼슬길마저 막혀 있는 현실을 모르고 있단 말인가. 아버지만 그렇게 되지 않았다면 벌써 과장에 나가 마음껏 실력 발휘를 해 급제를 하고도 남음이 있었을 것이다.

쉽사리 신분 회복의 전망이 보이지 않는 터, 배운 기술이 있어 공장이로 나설 수도 없고, 밑천이 있고 염량이 좋아 장사치로 나설 계제도 아니었다. 날개를 꺾인 후 계속된 길고 오랜 번민의 세월 그 어느 겨를에 위안으로 다가오던 옛이야기들, 상상의 세계를 마음껏 유영할 수 있는 그 세계, 현실에서 구할 수 없고 획득할 수 없는 것들로 가득 채워도 무방한 그 세계, 거기에 흠뻑 빠져 지내는 것이 어느덧 유일한 낙이 되었다. 굴뚝에 연기를 피워 올리지 못하기를 엿새째 나던 날, 책을 짊어지고 운종가로 나섰다. 그리고 그 책 속의 것을 소리에 실어 오고 가는 사람들에게 팔았다. 그리고 그것을 구복의 수단으로 삼아온 터였다.

"씻었으면, 옷을 갈아입으세요."

이야기꾼 대우는 어머니로부터 받은 옷가지를 솔에게 건네고, 손으로 건넌방을 가리켰다. 솔은 옷을 받아 들고 그가 가리키는 방으로 들어갔다. 바닥에 기직자리가 깔려 있고 횃대에 헌 옷 몇 가지가 걸려 있을 뿐 휑한 빈방이었다. 문을 닫고 옷을 갈아입은 다음 머리의 물기를 닦으며 마루로 나왔다.

"당분간 그 방을 쓰도록 하세요."

심씨 가문으로 출가한 누이가 처녀 때 입던 것이 지금도 남아 있었던지, 숙부인은 그 베옷을 챙겨 내놓았다. 저고리의 품이며 치마의 길이가 신통하게 몸에 꼭 맞았다. 얼굴의 때를 씻어내고 옷을 갈아입자, 완전히 다른 사람처럼 변한 모습을 보고 이야기꾼 대우는 속으로 빙그레 미소 지었다. 옷이 날개라더니, 옛말 하나 그르지 않았다. 숙부인은 달라진 솔을 몇 번이나 새로 뜯어 살피는 눈치였다.

이윽고 숙부인도 얼굴을 폈다. 땟국이 줄줄 흐르는 지저분한 거지꼴에서 씻고 옷을 갈아입고 나자, 양가 댁 규수에 손색없는 자태로 변한 것이 의외인 모양이었다.

볼이 야위고 홀쭉했지만 귀염성이 있는 용모였다. 행실도 음전했다. 숙부인의 일손을 돕는 데 조금도 몸을 사리지 않았다. 부엌일이며 빨래 등속의 일이 손에 익었던지 야무졌다. 저 아이 손끝이 맵구나, 숙부인은 솔이 나서서 하는 일마다 마음에 들었던지 차츰 살갑게 대하기 시작했다.

다만 대우가 책을 지고 집을 나설 때마다 따라나서는 것을 두고 못마땅해했다. 그렇지만 대우가 한사코 변호하고 나섰다.

"저 낭자가 추구하고 있는 일은 아주 특별합니다. 그 일을 위해 스스로 고생을 사서 하고 있고, 이야기도 그래서 부지런히 듣고 있는 것입니다."

이야기를 필요로 하는 일이 세상에 있다는 말에 숙부인은 고개를 갸웃거렸지만 대우가 손사래를 쳤다. 이야기판에 따라나서는 것보다 삯바느질이라도 거들면 도움이 되지 않겠느냐고 숙부인이 집 안에 잡아두려 했으나 대우는 당치 않는 일이라며 도리질을 했다.

저 낭자가 추구하고 있다는 일이 도대체 무엇일까? 숙부인은 궁금했으나 더 따져 묻지는 않았다. 여자아이로서 마땅히 해야 할 일은 아닌 듯했다. 시집을 가기 위해 준비하는 것도, 부덕(婦德)을 쌓기 위한 것도 아닌 듯했다. 이야기를 들어 할 수 있는 일이 무엇일까. 이야기를 듣겠다고 나갈 때마다 거추장스럽게 등에 지고 나가는 저 나무 궤는 또 무엇이란 말인가. 아무리 이것저것 짐작하며 생각을 굴려도 마땅한 답이 나오지 않았다.

숙부인의 궁금증을 어느 날 낭자가 스스로 풀어주었다.

"그동안 참 많은 이야기를 듣고 책도 읽었습니다. 이제 제가 찾고 있는 노래가 어떤 것인지 어렴풋이나마 알 것 같습니다."

어느 날 저녁, 대우가 집으로 돌아와 보리밥에 짠지 몇 쪽의 빈약한 저녁을 들고 났을 때였다. 낭자가 지고 다니던 나무 궤를 들고 숙부인과 대우가 있는 방으로 와 다소곳이 말했다.

"이야기들 속에 제가 찾고 있는 노래가 흐르고 있다는 사실을 알았습니다. 이야기에는 세상의 모든 이치가 다 담겨 있었습니다. 항아리도 사람 살아가는 모습을 곡진하게 그려 소리하면 된다 했는데, 이제야 항아리가 듣고 싶어 하는 노래가 어떤 것인지 알 것 같습니다."

그렇게 말한 다음 솔은 오동나무 궤의 밤읽이를 풀었다. 궤를 열

146

고 항아리를 꺼냈다. 방 가운데 항아리를 놓은 다음 숙부인과 대우를 차례로 돌아보며 엷은 미소를 지었다. 두 사람의 눈이 항아리에 모아졌다. 나지막한 키에 운두가 고르고, 배가 복숭아처럼 봉긋이 보기 좋게 불러 보였다. 붉은 갈색 몸통에 금방 오지를 바른 듯 윤택이 흘렀다. 솔은 숙부인을 상대로 항아리의 내력을 들려주었다.

"노래하는 항아리라?"

"예, 그렇습니다. 제가 노래를 부르면 그것을 담아두었다가 부르고는 합니다."

숙부인의 눈에 의심이 가득 차올랐다. 항아리 속에 노래를 담아두다니, 설마 그럴 리가, 숙부인은 고개를 외로 비틀었다.

"제 노래가 초름하다고 한동안 받아주지 않았는데, 이야기로 열심히 단련했기 때문에 오늘은 받아줄 것 같습니다. 대우님이 보는 앞에서 항아리에 노래를 담아보겠습니다."

솔은 달래듯 항아리의 배를 한 차례 쓰다듬었다. 그리고 조심스럽게 뚜껑을 열었다. 뚜껑을 무릎 옆에 놓은 다음 항아리를 향해 몸을 숙였다. 솔은 표정과 얼굴색을 바꿔가며 입을 벙긋거리기 시작했다. 눈에 애처로운 기운이 감돌기도 하고, 얼굴이 벌겋게 물들기도 하였다. 고개를 주억거리며 오른손으로 문득 무릎을 치기도 하였다. 그런 괴이쩍은 모습을 지켜보던 숙부인의 얼굴에는 미타하다는 기색이 역연하고 대우의 얼굴에는 미묘하다는 기운이 감돌았다.

"겨우 서너 곡을 든더니 항아리가, 아직 이르려면 까맣게 멀었다고 귀를 닫고 말았습니다."

한동안 항아리를 향해 몸을 숙이고 갖가지 벙어리 흉내를 내던 솔이 몸을 바로 세운 다음 처연한 얼굴로 대우를 향해 말했다. 그 처연한 표정과 항아리가 이르려면 아직 까맣게 멀었다고 손을 내젓는다는 말에 대우는 고개를 갸웃이 기울였다.

솔의 귀에는 항아리의 핀잔이 아직도 생생히 맴돌고 있었다.

'네가 이야기 몇 자락 듣고 나더니 세상 물리 다 튼 것으로 자만하는 모양인데, 남 이야기로 너 피를 바꿀 수 있을 것 같애. 어림없지. 남 고생을 네 고생으로 대신하려고, 그게 말이 돼?'

항아리의 질책이 칼끝으로 가슴을 후벼 파는 듯 따가웠다.

"그렇지만 몇 곡은 담았으니, 들어보십시오."

잠시 숨을 고른 다음 표정을 가다듬고 항아리에 손을 넣어 감아 올렸다. 손끝에 노래가 따라 올라왔다.

항아리에서 노래가 솟아오르다니, 대우는 물론 숙부인도 기겁을 했다. 숙부인은 얼결에 물러앉으며 몸을 뒤로 젖혔다. 대우는 놀란 눈으로 솔과 항아리를 번갈아 쳐다보았다. 항아리에서 노래가 나오다니, 이미 이야기는 들은 바 있으나 글쎄, 그래도, 대우는 고개를 저었다.

> 시가 사람을 궁하게 할 수 없는데
> 궁한 이의 시가 왜 빼어난 법인가
> 뜻이 차니 삿됨은 사라져버리고
> 마음 비니 한 이치 뚜렷이 밝아오네

목소리가 곱고, 노래의 뜻도 분명했다. 출전은 알 수 없으나 대우에게는 낯설지 않은 내용이었다. 시에 탁월한 재주를 지닌 사람은 가난하다는 옛말을 뒤집어 궁할 때 좋은 시가 나온다고 고쳐 말한 것은 전 왕조 고려 적의 이제현(李齊賢) 선생으로 기억하고 있었다.

경학으로 몸을 닦은 대우였다. 삿된 것을 멀리하고 오로지 이로운 덕을 선양하기 위해 공부에 열중했다. 이제 그 쓰일 데를 찾을 길 없어 허망하지만, 그가 닦은 학문과 교양은 정신 속에 기둥처럼 우뚝 서 있었다. 빈 항아리에서 흘러나오는 노래라니, 『삼국유사』나 장자, 열자의 설화에서도 찾아볼 수 없던 희한한 일이었다. 장자나 열자의 설화는 사람이 쉽사리 믿기 어려운 이야기들로 되어 있지만 궁극적으로는 이치에 닿는 비유로 이루어져 있어 세인이 크게 공감하거나 감탄하였다. 명궁이 되고자, 흔들리는 송곳 앞에 눈을 부릅뜨고 대들기를 삼 년여, 머리카락 끝에 달린 이가 수레바퀴만큼 크게 보일 때까지 수련하여 마침내 백발백중의 명궁이 되었다는 이야기나, 옛날 거문고 명률(名律) 사문(師文)이 여름철을 당하여 우현(羽絃)을 퉁겨 황종(黃鐘)의 가락을 타면 때 아닌 눈서리가 내리고 개울물이 꽁꽁 얼어붙었다는 것이나, 겨울철을 당하여 치현(徵絃)을 퉁겨 유빈(蕤賓)의 가락을 타면 햇볕이 뜨겁게 내리쬐면서 얼었던 물이 단박 녹아버렸다는 이야기는, 사물의 이치를 따지는 격물의 시각에서 보면 믿을 수 없다 할지라도 다다르고자 하는 궁극적인 경지가 어떤 것인가를 짐작하게 하고도 남음이 있는 것이었다. 그러나 항아리가 노래를 부르다니, 이 해괴한 사실을 어떻게 받아들여야 할지 대우로서는 종잡을 수가 없었다. 꿈이라면 깨고 나면 그만이련만, 살을 꼬집어보고 도리질을 하는 숙부인의 모습을 보니 꿈이 아닌 것이 분명했다.

"소녀가 방금 불러 담은 노래입니다."

두 번째 곡이 끝났을 때 솔은 항아리 뚜껑을 조심스럽게 닫았다.

노래를 찾아다닌다고 했다. 어디에 자기가 찾는 노래가 있는지, 있는 곳을 알지 못해 몇 달 동안이나 그 노래를 찾아 대중없이 떠돌아다녔다고 했다. 대우로부터 듣고 읽은 이야기들이 자기가 찾는 노래와 숙명적인 관련이 있는 것 같다며 이야기를 듣는 은혜를 계속 베풀어달라고 간곡히 부탁했다. 그의 이야기보따리가 바닥날 때까지 옆에 있도록 해달라고 간청했다.

"항아리 질책이 열 번 맞습니다. 제 생각이 짧았습니다."

대우로서는 더욱 모를 소리였다. 노래가 항아리에서 나온 사실에 놀라 미처 노래에 정신을 둘 겨를이 없었지만, 돌이켜 생각해보니 아름답고 고운 노래였다. 시를 궁구하는 시인의 심정을 적실히 담은 내용 또한 각별했다. 그런 훌륭한 노래로도 아직 부족하다니, 그럼 찾아야 할 노래란 어떤 것이란 말인가. 깊이 생각할수록 궁금증만 더 쌓여갔다.

며느리로 삼아도 좋다

이튿날, 이야기를 팔기 위해 수표교를 건너 베전 병문 어름에 차일을 친 다음이었다.

"자, 우리 이제 헤어질 때가 된 것 같소."

차일을 치고 자리를 정리한 다음 담벼락에 이야기 목록을 걸고 탁자 위에 이야기책 몇 권을 올려놓으면 손님 맞을 준비를 마친 셈이었다. 이제 탁상 앞에 양반 다리를 하고 앉을 차례였다. 그런데 대우는 앉기 전에 솔을 불러 말했다. 느닷없는 말에 솔은 대우를 물끄러미 쳐다보았다.

"낭자와 만난 지도 벌써 여러 달이 지났구려. 그사이 내 이야기 밑천이 다 떨어지고 말았으니, 낭자를 더 나은 데로 보낼 수밖에……."

눈을 들어 바로 쳐다보지 못하는 대우의 태도가 아무래도 미심쩍었다. 손을 들고 꼼지락거리며 거기서 눈을 떼지 않고 머뭇거리는 것이 무엇인가 속에 감추고 드러내지 않으려 애를 쓰고 있는 것 같았다.

무슨 일이 있었던 것일까. 그동안 아침저녁 밥을 짓고 빨래를 하고 집 안팎 청소를 하는 등 부지런히 숙부인을 돕는 솔에게 대우는 고마워하는 눈치였다. 많은 이야기를 듣고 세상을 이해하는 깊은 눈을 뜨게 되었다는 솔의 말에 흐뭇해하기도 했다. 어제저녁만 해도 항아리 뚜껑을 닫은 뒤, 노래를 구하기 위해 몸을 더 고달프게 부려야 할 것 같다는 솔의 각오를 듣고 대우는 빙그레 웃으며 말하지 않았던가.

"아름다운 것보다 참된 것이 더 소중한 것이라오. 아름다운 것보다 참된 것이 수명 또한 더 오래가지요. 이런 사실을 명념하고 세상을 살피고 이해하고 나면 기필코 새롭고 훌륭한 노래를 얻을

노래항아리 151

수 있을 것이오."

대우의 말에 솔은 눈을 슴벅거렸다. 갑자기 눈앞이 환해진 느낌이었다. 새롭게 노래를 지어 불러야 하리라는 각오는 오래전부터 단단했지만 아직 그 방편은 확고히 세우지는 못했다. 앞으로 애면 글면 궁구하다 보면 길이 보이겠거니, 어렴풋이 그렇게 기대하고 있었을 뿐이었다. 그런데 아름다운 것보다 참된 것을 위해 노래하라니, 대우의 그 말이 자신이 갈망해오던 목표를 환히 밝혀 제시하는 것 같았다.

참된 것! 이야기의 내용도 거의 다 아름다운 것보다 참된 것의 승리로 귀결되고는 했다. 노래 또한 그러하리라. 앞으로 참된 것을 목표로 꾸준히 궁구하다 보면 반드시 꿈을 이룰 수 있지 않겠는가, 그런 생각에 가슴을 설레기도 했다.

그런데 하룻밤 사이 사람이 왜 저토록 다르게 바뀐 것일까. 어제 저녁, 앞으로 더 열심히 노래를 찾아다녀야 하겠다는 결심의 일단을 밝힌 것을 듣고 저러는 것일까. 그러나 아닌 것 같았다. 그 때문이라면 밝은 얼굴로 기한을 두고 작별을 준비하도록 했을 것이다. 이렇게 갑자기 이별을 선언하다니, 아무리 궁리해도 그 까닭을 알 수 없었다. 짐작 가는 실마리 하나 없어 답답하고 서글펐다.

"여기서 한 이백 리쯤 동쪽에 벽운산이 있소. 그 산에 경해사라는 작은 절이 있는데, 그 경해사 옆 골짜기 고샅에 초막을 짓고 지내는 고강이란 동무가 있소. 그 동무를 찾아가 이 서찰을 주고 내 이야기를 하시오. 쉽게 남에게 곁을 허락하지는 않지만, 내 부탁이니 내치지는 않을 것이오. 고강 곁에 머물면 반드시 낭자의 노래에 놀라운 진경이 있을 것이오."

대우는 그러고서 고강에 대한 이야기를 들려주었다. 말 속에 기림과 추임의 기운이 넘쳐흘렀다.

이야기 끝에 대우는 봉함된 서찰과 엽전을 내밀었다. 열 냥은 좋이 될 것 같았다.

평소에 매우 신중한 대우였다. 내치는 까닭을 끝내 밝혀 말하지 않을 것임을 솔은 알아차렸다. 이야기는 들을 만큼 들었으니, 노래의 진경을 위해 고강을 찾아 길을 떠나라니, 꼭 자상한 오라버니의 누이에 대한 배려로 들릴 법도 한데 속에 감추고 드러내지 않는 까닭이 있는 것 같아 뜨악하고 아쉬웠다. 보내는 까닭을 알고 싶지만 끝내 입을 열지 않으리라 짐작한 솔은, 나무 궤를 찾아 등에다 졌다. 아마 내가 집에 있어서는 안 될 까닭이 생긴 것이리라. 다른 사람을 집에 들이기로 되어 있는 모양이라고 지레짐작하였다. 새 식구를 들이지 않고서는 거추장스럽게 여길 까닭이 없을 것이리라 짐작하며 솔은 길을 나서기로 작심하고 아쉬움을 달래었다.

"숙부인께 작별 인사도 드리지 못하고 떠나 송구스럽습니다."

어느 사이 눈시울이 뜨거워졌다.

"그리고 이 돈은 받을 수 없습니다. 오래 길을 떠돌아다녀서 알지만 길은 사람에게 필요한 것을 다 베풉니다. 비록 고달프기는 하지만 거기에 익숙해 있어 돈이 있으면 도리어 귀찮은 일을 벌게 될 것입니다. 대우님의 말씀대로 고강님을 찾아가 지도받도록 하겠습니다."

돈을 탁상 위에 올려놓는 눈에 눈물이 핑 돌았다. 얼른 고개를 숙여 눈물을 감췄다.

　대우는 한발 늦게 집을 나오며 챙겨 왔던 옷가지며 짐을 솔에게
내밀었다. 순간 솔은 한층 명확히 이별을 실감했다. 근친처럼 자별
하던 대우와 이렇게 쉽게 헤어지게 되리라고는 예상하지 못했다.
어젯밤, 항아리를 열고 노래를 들려준 것은 대우와 숙부인의 궁금
증을 풀어주겠다는 일념으로 용기를 낸 것이었다. 자신을 이해시
키는 한편 그들의 호감과 신뢰를 돈독히 할 수 있으리라 기대했다.
그런 기대와는 달리 도리어 이별을 재촉한 촉매가 된 것은 아닐까,
의구심이 씻어지지 않았다.

　매일 돈을 받고 파는 이야기가 거짓이라면 모르려니와 천성이
거짓말이라면 사소한 것 한마디 못 하는 대우의 어색한 표정으로
미루어, 속에 담고 털어놓지 못한 무슨 사정이 따로 있는 것에 틀
림없어 보였다. 그렇지만 따져 궁금증 풀기를 단념하고 옷가지를
받아 무거운 손길로 항아리 궤에 동여맸다. 그동안 가족 같은 따뜻
한 정에 흠뻑 젖어 지냈다. 그 정의 울타리로부터 내쳐진다는 생각
을 하니 발걸음이 한없이 무거웠다. 입술이 터지라고 꾹 깨문 채
뒤돌아보지 말자고 다짐하며 동쪽을 향해 무거운 발걸음을 내딛
었다.

　대우는 보이지 않을 때까지 눈으로 멀리 솔을 배웅하며 안추르
니 서 있었다. 저미는 듯 가슴이 쓰라렸다. 당장이라도 뛰어가 다
시 데려오고 싶은 충동을 애써 견뎠다. 거리 모퉁이를 돌아 모습
이 보이지 않게 되자 대우는 천막 앞, 서 있던 자리에 털썩 주저앉
았다.

"얘야. 하늘도 무심치 않지. 우리에게 살아날 방편을 주시다니."

채 동도 트기 전 이른 새벽이었다. 언제 일어나 있었던지, 평상복으로 챙겨 입은 숙부인이 대우를 흔들어 깨웠다. 문밖에는 어둠이 아직 머뭇거리고 있었다.

"아닌 밤중에, 무슨 말씀이세요?"

"무슨 말은 무슨 말이야. 내가 좋아할 아이라더니, 과연 틀린 말이 아니었구나."

대우는 어머니의 말뜻이 얼른 이해되지 않았다. 애써 빨아 곱게 다림질해준 옷가지도 데면데면 허투루 쳐다보고, 걸핏하면 트집이나 잡으려고 안달이던 숙부인이 갑자기 낭자에 대해 칭찬을 하고 나오다니, 오늘 해가 서쪽에서 뜰 모양인가.

"저 노래항아리, 우리가 갖자."

대우는 정신이 번쩍 들었다. 노래항아리를 우리가 갖자니, 어찌 저런 엉뚱하고 무모한 탐심을 낼 수 있단 말인가.

"지금 무슨 말씀이세요?"

"하늘이 우리를 저버리지 않은 모양이구나. 우리에게 저 노래항아리를 전하기 위해 낭자를 보낸 것 아니겠니. 하늘이 준 기회를 놓쳐서는 안 된다!"

"하늘이 어떻고, 노래항아리가 어떻고, 지금 무슨 말씀이세요?"

"이런 미련한 놈 봤나. 저 항아리를 뺏고 낭자를 내쫓든가, 처치해버리잔 말이다."

대우는 희미한 어둠 속에서 숙부인을 똑비로 노려보았다. 어떻게 숙부인이 이런 터무니없는 욕심을 낼 수 있단 말인가. 항아리를 빼앗고 낭자를 처치해버리자니, 그토록 현숙하던 숙부인께서 어떻게 이렇게까지 무모하고 악랄해질 수 있단 말인가. 천 리 밖 배소에서 숨죽이고 덕과 뜻을 기르고 계실 아버지를 생각한다면, 그리고 외가 쪽 내로라하는 벌열(閥閱) 가문을 생각한다면 체면과 명분으로 똘똘 무장되어 있을 터였다. 정승 판서를 줄줄이 낸 사대부 가문 출신인 숙부인께서 어떻게 저런 야비한 욕심을 낼 수 있단 말인가. 더구나 막된 살인까지 입에 담다니, 믿을 수가 없었다. 욕심이 사람을 바꿔놓을 수 있다고 들었지만, 아무리 욕심이라 한들 어떻게 숙부인을 이토록 다른 사람으로 바꿔놓을 수 있단 말인가.

"하늘이 준 기회를 놓치는 것도 큰 죄를 짓는 것이야. 당장 건너가 아이를 처치하렴. 안 하겠다면 내가 직접 하겠다."

숙부인은 그 궁리로 밤을 샌 모양이었다. 이미 결심을 굳힌 듯 만류한다고 순순히 그만둘 것 같지 않았다. 대우는 정신을 가다듬고 궁리했다. 이 위기를 어떻게 모면할 수 있을 것인가.

"무슨 말씀인지 잘 알아들었어요. 저 낭자를 처치하지 않아도 잘 타이르면 어머니께 항아리를 내놓을 겁니다. 세상에 둘도 없이 착한 낭자예요."

"아니, 저런 귀한 걸 거저 순순히 내놓을 사람 세상에 없다. 강제로 빼앗지 않으면 손에 넣을 수 없어."

"그렇지 않다니까요. 제가 잘 타일러, 오늘 저녁 항아리를 어머니께 드리도록 할게요."

"지금 당장 내놓으라 하지 않고?"

"윽박질러 빼앗으면 도리어 그르칠 수 있어요. 탈 없이 할 수 있는 일을 왜 시끄럽게 키우려 합니까. 제가 낮에 잘 타일러 어머니 청을 들어드리도록 설득할게요."

"며느리로 삼아도 좋다고 해라. 항아리만 손에 넣을 수 있다면 우리는 부자가 될 수 있어. 부자만 되겠냐. 네 아버지도 유배에서 풀려날 수 있고 너 또한 과거에 급제해 영화를 누릴 수 있어."

"예, 며느리로 삼고 싶어 한다고 하겠습니다. 틀림없이 어머니 말씀을 따를 거예요."

숙부인은 마지못한 듯 고개를 끄덕였다. 당장 다잡아 일을 치르지 않는 것이 못내 아쉽다는 듯 미련이 남은 표정이었다.

미친 환쟁이

오동나무 한 그루가 우뚝 서 있다. 아름드리 둥치에 키가 지붕을 훌쩍 넘기고 있는 걸로 보아 쓰일 때가 지난 것 같다. 오동나무는 딸아이를 낳는 해에 심어 그 딸아이의 출가와 운명을 함께하는 것이라 했다. 아마 심은 사람이 제 뜻을 펼칠 수 없는 사정이 되어 오동나무가 행운을 누리고 있는 모양이었다. 그 때문인지 무성한 잎이 드리운 짙은 그늘이 부질없어 보였다. 그 부질없어 보이는 짙은 오동나무 그늘 밑으로 도포 차림의 한 사내가 들어섰다. 도포 차림이지만 물 구경과는 거리가 먼 듯 입성이 때에 절어 있었다. 머리에 쓴 갓도 왼쪽 테가 찌그러져 있다. 십년일관(十年一冠)의 추레한 행색이 걸인에 진배없는 몰골인데, 옆에 등짐을 진 구종이 따르고 있는 걸로 보아 양반 물림인 듯했다.

행색은 추레하지만, 구레나룻을 잘 다듬은 얼굴에 눈빛이 형형하였다. 구김이나 그늘이 없는 것이, 세상을 살되 늘 이기며 살아온 사람의 자신감에 넘친 오연한 표정이었다. 도포 밑단과 소매 끝에 보풀이 일어나 있는 구저분한 입성과는 딴판인 표연한 자태가 어쩐지 어울리지 않아 보였다. 옆에 거느리고 있는 구종의 던적스럽고 흉한 행색은 검덕귀신도 놀라 도망칠 것 같았다.

구종 옆 솔의 차림도 던적스럽기는 마찬가지였다. 무릎과 팔꿈치에 덧대어 기운 데가 나달나달한 바지저고리가 구종에 못지않은 검덕귀신 같은 행색이었다. 어깨에 멘 나무 궤가 오늘따라 더 거추장스럽고 무거워 보였다. 그 무게에 짓눌려 몸이 땅속으로 가라앉을 것 같았다.

집 뒤란에서 누렁이 한 마리가 어슬렁거리며 나왔다. 짖지도 않고 데면데면 구종에게로 다가오며 코를 벌름거렸다. 누렁이는 구종의 가랑이 사이로 머리를 들이밀며 냄새를 맡았다. 기겁을 하며 구종이 급히 누렁이를 피했다. 누렁이는 그런 구종에게 별 관심이 없다는 눈치였다. 구종뿐만 아니라 솔이나 도포짜리에게도 흥미가 없었던지 누렁이는 몸을 돌려 올 때처럼 어슬렁거리며 뒤란으로 돌아갔다.

구종과 솔이 등에 진 짐을 마루 위에 부려놓을 즈음 부엌 쪽에서 인기척이 났다. 부엌에서 나온 아낙은 객들에게 가 있던 시선을 거둬 하늘을 살펴보았다. 해가 아직 동쪽 하늘에 치우쳐 있는 걸 보며 살짝 미간을 좁혔다.

"우리는 배가 등가죽에 붙었네. 국밥이라도 한 그릇씩 말아주게."

눈에 심지를 세우고 추레한 행색의 도포짜리를 더듬어 보던 아낙은 구종이 딸린 것에 신경이 쓰이는 기색이었다.

"잠시만 계세요. 준비되는 대로 올리겠습니다."

반가운 객은 아닐는지 모르지만 손님을 내칠 수는 없는 일 아니겠는가.

재바르지 못할 것 같던 인상과는 달리 어느새 차렸던지 국밥을 올린 개다리소반을 들고 아낙이 곧 부엌을 나왔다. 마루에 앉아 있던 도포짜리가 홀로 상을 받고 구종과 솔은 상도 없이 마룻바닥에 앉아 국밥을 받았다.

오지그릇 전까지 찰랑거리는 국에 시래기가 가득했다. 숟가락을 넣어 젓자 밥알이 떠오르는데 보리에 기장이 조금 섞여 있다. 국밥을 보자 구종의 눈이 반짝 빛을 뿌렸다. 구종은 게걸스럽게 후루룩 몇 번 소리 내지 않고 게 눈 감추듯 먹어치웠다. 솔의 국밥 그릇을 넘겨다보는 것이 아직 배가 차지 않았다는 기색이 분명했다. 솔이 국밥 그릇을 비우자, 지켜보고 있던 구종의 낯빛이 그만 시무룩하게 흐려졌다. 이어 도포 차림도 숟가락을 놓고 물로 양치를 했다. 도포 차림도 시장했던 터라 후루룩 한 그릇을 금방 다 비운 모양이었다.

국밥 한 그릇을 비운 도포짜리의 얼굴에 화색이 감돌고 표정이 여유로워졌다. 도포 차림의 사내는 여유 있는 얼굴로 주막 여기서기를 둘러보았다. 마루에 잇대어 널찍한 봉놋방이 있고 그 옆으로 작은 방이 두 칸 연달아 붙어 있었다. 손님이 들지 않은 빈방은 문이 활짝, 활짝 다 열려 있었다. 마당에 놓여 있는 평상도 썰렁해 보였다. 집 안을 한 바퀴 천천히 둘러본 도포짜리의 시선이 마루에서 문턱을 넘어 봉놋방으로 들어갔다.

봉놋방에서 무엇을 보았던지 도포짜리의 시선이 한곳에 붙박혔다. 꼼짝 않고 한곳을 뚫어지게 응시하고 있던 도포짜리는 이윽고 몸을 일으켰다. 도포짜리는 마루를 건너 시선의 거리를 좁히며 봉놋방으로 들어갔다.

봉놋방 벽에 붙어 있는 그림 한 점이 그의 시선을 사로잡고 방으로 이끌어 들였던 것이다. 그림과 거리가 좁혀질수록 도포짜리의 눈이 점점 더 키워졌다. 그림은 장황(裝潢: 표구)을 하지 않고 맨 화선지 네 귀를 흙벽에 붙여놓은 볼품없는 꼴이었다. 벽면이 고르지 않아 그림의 면도 울퉁불퉁 고르지 않았다.

그림 속 풍경은, 위로는 여러 겹의 산등성이가 전개되어 있고 아래쪽에는 강이 휘어져 흐르고 있다. 강 이쪽에는 물풀이 자라 있고 산은 여러 등성이가 서로 겹치며 아득히 벋어나가거나 희미해지다 마침내 자취를 감춘 형국이었다. 아래쪽 강은, 조금 전 큰비가 그친 것인지, 물안개가 자욱이 피어오르고 있었다. 자욱이 피어오르는 물안개가 강도 수양버들도 집도 마을도 다 지워버린 모양이었다. 다만 비에 젖어 무거워 보이는 산이 은은히 침묵하고 있을 뿐이었다. 서러움을 오래 깊이 머금고 있다 보면 저런 무거운 표정을 짓게 되는 것일까. 사람 사는 세상을 지우고 가까스로 서 있는 무거운 산, 도포짜리는 비장감에 젖으며 옅은 신음을 토해냈다. 낙관이 희미했다. 애써 판별해 읽던 선비는 숨을 뚝 멈추었다. 고강(古崗)이라, 틀림없는가! 화제(畵題) 끝에 벌레처럼 흘려 쓴 서명을 본 순간 도포짜리의 가슴속에 뜨거운 불기둥이 확 솟구쳐 올랐다.

"주모, 주모를 불러오너라."

주모를 찾는 도포짜리의 음성이 사뭇 다급했다. 구종이 한달음에 달려가 주모를 불러왔다. 행주치마에 젖은 손을 닦으며 천천히 다가온 주모는 방으로 올라오라는 객의 말에 주저하며 경계하였다. 마흔 중반쯤 되었을까, 산전수전 다 겪은, 닳을 대로 닳은 주모의 눈이 재빠르게 손님의 행색을 다시 뜯어 살폈다.

"이 그림 내력을 좀 말해주구려."

도포 차림에 갓을 썼으나 때에 전 입성에 낯빛도 초췌했다. 다만 날카로운 눈빛 때문인가, 표정에 군색한 기가 없었다. 거듭된 손님의 정중한 부탁에 새치름하던 주모의 표정이 약간 눅어졌다. 주모가 방으로 들어가자 도포짜리가 그림에 대해 칭찬을 늘어놓았다.

"아, 이 산의 오묘한 흐름이라니! 그림으로 소리를 피워내다니! 이는 정녕 천품(天品)이로다, 천품! 주모, 그렇지 않은가?"

뜨악한 얼굴로 손님의 너스레에 귀를 기울이고 있던 주모는 시큰둥하게 쏘아붙였다.

"이까짓 종이나부랭이가 뭐 대숩니까. 천품이라니? 쇤네야 그런 것 모릅니다."

"천품이란 하늘이 내린 그림이라는 말이네. 그래 이 그림, 어디서 났나?"

"하늘이 내렸는지 구름이 내렸는지 쇤네야 당최 모를 일이구요.

한 싱거운 인사가 놓고 가서 붙여놨을 뿐입니다."

"한 싱거운 인사가 놓고 간 것이란 말인가?"

도포짜리는 주모의 표현이 재미있었던지 그대로 되풀이 흉내
내 말했다.

"암요, 싱거운 인사 아니면 뭐였겠습니까."

"싱거운 인사라니, 주모 성에 차지 않았던 모양일세?"

"그럼요. 미친 사람이라고 하지 않은 것만도 다행이지요."

"미친 사람이라 했나?"

"그런 사람을 미쳤다고 하지 않으면 어떤 사람을 미쳤다고 하겠
어요."

"미친 사람이라! 그래, 어떻게 미쳤다는 것인가?"

궐자의 첫날 행티가 문득 떠오르자 주모는 자기도 모르게 빙긋
이 웃고 말았다.

"첫날, 마루에 척 올라앉았더니 술 한 동이를 대령하라 하지 않겠
어요. 배포 한번 크다 싶어 한 말짜리 동이를 대령했지요. 그런데
언제 비웠는지 곧 한 동이를 더 대령하라고 고함을 지르지 뭐예요.
주막에서 큰소리치는 손님 어디 한둘이랍니까. 눈도 꿈쩍 않고 한
동이를 또 가져다 안겼지요. 술 앞에 장사 있겠어요. 술 두 동이에
곯아떨어졌다가 다음 날 대낮에야 겨우 부스스 일어나지 뭡니까.
그런데 이런 미친놈이 어디 있습니까. 돈이 없다면서 종이 한 장을
달랑 내놓지 뭡니까. 미쳐도 단단히 미쳤지. 술 두 동이와 안주 값
으로 아무 쓸 데도 없는 종이나부랭이를 내놓고 그 값이라니 쇤네
가 속이 부글부글 끓어오르지 않을 수 있었겠습니까. 종이나부랭

이는 필요 없으니 당장 돈을 내놓으라고 다그쳤더니 글쎄, 다음 파
수에 꼭 돈을 가져오겠다고 사정사정하지 않겠습니까. 멱살이라
도 잡고 흔들려다 사람이 어찌나 순해 보이던지, 성질을 부려 술값
을 때우려다 그럴 수도 없고, 다음 파수에 반드시 갚겠다는 말을
믿는 척할 수밖에요. 그 말을 믿어서가 아니라, 아무리 뜯고 헤집
어도 돈 나올 데가 없어 보이는 데 어쩝니까. 그냥 포기하고 보냈
지요."

주모는 그때의 일이 생각났던지 손을 홰홰 내저었다.

"허어, 기이한 내력을 지녔구려! 저 그림을 내게 양도하지 않겠
나? 값은 치르겠네."

주모의 눈이 휘둥그레졌다.

"저 그림을 그린 동무를 만나러 갔다가 헛걸음을 하고 온 길이
라네."

마루 끝에 앉아 있던 솔은 귀가 솔깃했다. 얼른 일어나 그림을
주의해 쳐다보았다. 저게 고강의 그림이라는 말인가.

"쉰네도 요즘 왜 안 오나 궁금해하고 있던 참이었어요."

"그래요. 그렇다면 가끔 다녀갔다는 것인가?"

"그럼요. 술값을 떼먹고 간 지 한 달포쯤 지났을까, 그 작자가 다
시 척 나타나지 않았겠습니까. 평상에 턱 걸터앉더니 의기양양하
게 또 술을 내오라지 뭡니까. 꼴에 참. 쉰네가 또 넘어갔겠습니까.
술 없다고 떼밀어냈지요. 그러자 작자가 등에 지고 있던 봇짐을 풀
더니 돈 꾸러미를 꺼내놓는 것이넙니까. 시난 파수에 먹은 술이며
안주 값이라며 던져놓는 것이 닷 냥이나 됩니다. 쉰네에게야 돈

이 정승이지요. 두말할 것 있습니까. 한 상 잘 차려 올렸지요. 그리고 돈도 받았겠다 지난번에 받은 종이나부랭이를 돌려줄 생각으로 벽에 붙여둔 것을 떼어내려고 했어요. 그냥 아무렇게나 구겨 팽개치려다 술 두 동이와 안주 값에 잡은 것인데 그래도 버리기가 좀 뭣해 벽에다 붙여놨었지요. 쉰네가 벽에서 그림을 떼어내려는 순간 작자가 벽력같이 고함을 지르지 뭡니까. 그림을 거기에 그대로 두라는 것이었어요. 자기가 돌려받는다 해도 어디 마땅히 둘 데도 없고 사람 출입이 번다한 이런 주막에 붙여두면 많은 사람들이 구경할 것 아니냐, 그림으로서야 그보다 더한 호강이 어디 있겠느냐, 그러면서 떼지 말라는 것이었어요. 그래서 거의 우격다짐으로다 그림을 벽에 붙여두게 되었지 뭡니까."

주모의 말에 승종은 고강을 상기하며 도리질을 했다.

"그 후 궐자가 한 달에 한 번 파수로 주막에 들르고는 했어요."

"아니, 그게 정말인가?"

승종은 정색을 하고 주모를 뚫어지게 쳐다보았다.

"그럼요. 하지만 첫날처럼 술을 두 동이나 마신 적은 없었어요. 다만 국밥에 술 두어 됫박이면 거나해서 쉰네를 찾고는 했어요. 쉰네를 왜 찾은 줄 아세요. 그림 타령을 하기 위해서였어요. 먼젓번의 그림은 이러저러해서 잘못된 데가 많다는 것이었어요. 그림에 눈이 밝은 인사가 보았다면, 그 흠을 금방 알아차렸을 것이래나 뭐래나. 쉰네야 뭘 알아야 무슨 대꾸를 하지요. 궐자 혼자서 벽에 붙여놓은 그림을 놓고 온갖 흠을 다 보는 거지 뭐예요. 마치 그림을 두고 재판하는 격이었어요. 그러면서 괴나리봇짐을 풀고 그림을 한 장 내놓으며, 그것으로 바꿔 붙이라는 것이었어요. 쇤네야 궐자가 그러라면 그렇게 할 수밖에요. 먼저 그림을 떼어내고 새로 가져온 그림을 벽에 붙이면 궐자는 떼어낸 그림을 박박 찢어버렸어요. 그리고 벽에 붙여둔 그림을 두고 이번에는 입에 침이 마르도록 찬사를 늘어놓는 거예요. 마치 세상에 그 그림보다 더 훌륭한 그림은 없다는 투로 말이에요. 다른 손님이 있든 없든 상관하지 않았어요. 자기 그림에 대한 자부심이 대단했어요. 그런데 한 달쯤 뒤 다시 와서는 또 전달과 똑같이 침을 튀기며 벽에 붙여둔 지난 그림 홍보 느라 정신없었어요. 그리고 당장 떼어내게 해 박박 찢어버리고 새로 가져온 그림을 붙이게 했어요. 저번에도 마찬가지였어요. 새로 붙인 그림에 대한 칭송이 어찌나 삼삼하던지 사서삼경에서 뽑은 좋은 구절은 다 동원한 것 같았어요. 쇤네 문자 속이야 어련하겠습니까만, 세상에 두루 쓰이는 말이라면 모르는 것이 없습니다. 그런데 쇤네가 모르는 문자를 구구하게 늘어놓지 뭡니까. 미루어 짐작하건대, 사서삼경을 집으로 삼지 않고서야 그런 문자들이 어디에 집을 삼고 있겠습니까. 그렇게 하기를 거듭 되풀이한 것이 지난 삼년여 동안 아마 서른 번쯤은 됐을 겁니다."

"서른 장의 그림을 찢어버렸다는 말인가?"

도포짜리는 소스라치게 놀라며 비명을 질렀다. 솔 또한 가슴이 철렁 내려앉았다.

"그럼요. 매번 지난 그림은 틀렸다지 뭡니까. 그런 잘못된 그림을 남겨두는 것은 세상에 죄를 짓는 것이나 다를 것이 없대나 뭐래나. 저것이 맨 마지막에 붙인 그림입니다."

아, 그래서 초막에서 그림을 한 점도 찾아볼 수 없었던 것인가!

어제 그는 고강의 유해를 거둬 장사를 지낸 후 초막 안팎을 이 잡듯 샅샅이 헤집고 살폈다. 그러나 집 안팎 어디에서도 그림 한 점 찾아볼 수 없었다. 방금 주모의 말대로 새로 그림을 그릴 때마다 지난 그림을 찢어버려 한 점도 남아 있지 않았던 것인가.

고강의 초막

어제, 승종이 벽운산 경해사 아래 고강의 초막에 당도했을 때 그를 맞이한 것은 고강의 앙상한 인골이었다. 방문을 열자 살이 다 흘러내리고 눈도 코도 입도 없이 온통 휑한 구멍뿐인 해골이 그를 영접했다. 머리 위에 성글게 얹혀 금방 흘러내릴 것 같은 검은 두발이 징그럽고 으스스했다. 가슴과 배는 물론 아랫도리도 다 뼈만 앙상하게 드러나 있겠지만 무명베 저고리와 바지가 가리고 있어 그나마 다행이다 싶었다. 왼쪽 다리를 뻗은 다음 오른쪽 다리를 왼쪽 허벅지 아래에 고이고 몸을 앞으로 숙인 채 죽음을 맞이한 모양이었다. 앉은 자세로 유유히 죽음을 맞이한 듯 좌탈(坐脫)의 형상이었다.

충격을 수습한 후 유해 앞에 펼쳐져 있는 화선지와 붓이 닿아 있는 마른 벼루를 천천히 살펴보았다. 돌멩이로 네 귀를 눌러놓은 화선지에는 무엇인가 형체를 이루기 전의 희미한 그림자 같은 것이 그려져 있었다. 흙먼지 같은 이물질이 그림의 형체를 덮고 있는 것도 같고, 형체 없는 바탕을 발묵(潑墨)으로 처리한 것 같기도 했다. 오른손에 붓이 쥐어져 있고 붓 끝이 마른 벼루에 닿아 있었다. 모르긴 해도 아마 그림을 그리던 도중에 죽음을 맞이한 모양이었다.

망연한 가운데, 방 안을 한 바퀴 휘둘러보았다. 듬성듬성 가로 걸쳐져 있는 천장의 서까래며 벽을 살펴나갔다. 옷가지가 걸려 있는 횃대와 화구를 담은 망태기가 왼쪽 벽에 걸려 있고, 윗목에는 붓과 벼루가 각기 놓여 있었다.

벽에 걸려 있는 망태기를 내려 담긴 것을 살펴보았다. 엄지손가락 굵기의 옥돌이 눈에 띄었다. '古崗' 두 글자가 새겨진 낙관이었다. 대전(大篆), 소전(小篆), 예서(隸書)로 서체를 달리한 그것이 세 개나 있었다. 행여나 했으나 역시 유골의 주인이 고강임을 증명하고 있는 유품들이었다. 승종의 안색이 흙빛으로 변했다. 가슴이 미어지는 것 같았다. 울컥 뜨거운 기운이 치밀어 올랐다. 그는 거칠게 도리질을 해댔다. 요행을 바라듯 낙관을 확인하기 전까지 자기 예상이 빗나가주기를 간절히 바랐었다. 그런데, 그런데, 그는 유골 앞에 무너지듯 꿇어앉았다.

"이보게, 나 승종일세."

질끈 깨문 입술에 금방 피가 번졌다.

하얀 인골은 젓가락으로 두드리면 경쇠처럼 맑은 소리가 울릴 것 같았다. 살에 묻어 함께 썩었던지 가슴이며 허리 부분의 베옷이 검붉었다. 썩은 살이 흘러내려 고였다가 말랐던지 앉은 자리에는 짙은 고동색 더께가 져 있었다. 비통한 표정으로 강하게 도리질을 하던 승종은 안 돼, 이럴 수는 없어, 하고 울부짖었다.

고강은 그림을 그리다 앉은 자세로 숨을 거둔 것이 틀림없었다. 방 안 어디에도 외부에서 누군가 침입한 흔적은 찾아볼 수 없었다. 짐승이 드나든 자취도 없었다. 방문은 닫혀 있었고, 그리다 만 그림은 물론 다른 물건들도 하나 흩어진 데 없이 고스란히 온전했다. 그림의 상하좌우는 문진으로 눌려 있었고 오른쪽에서 시작해 그려나가던 그림은 미처 형상도 얻지 못하고 중간에 멈추어 있었다. 붓이 벼루에 놓인 채 말라 있는 것으로 보아 붓을 묵지에 담근 채 다음 이어갈 붓 길을 구상하고 있었던 것으로 짐작되었다. 그렇다면 왜 변을 당했을까. 돌연 기가 막히거나 혈이 막힌 것일까. 아니면 자기도 모르게 몸 안에서 자라던 어떤 몹쓸 병이 도져 돌연 그의 목숨을 앗아 간 것일까. 그 어느 쪽이라도 그의 죽음은 너무 일렀다. 이립(而立)을 넘긴 지 얼마나 지났다고.

고강답게 생을 마감했다는 생각도 없지 않았다. 그런 자위도 그러나 애석함과 슬픔을 조금도 덜어주지는 못했다. 고강이 아니고서야 이런 심산유곡에 홀로 들어와 그림에 매달리는 인사 누가 있겠는가.

그의 앞에는 환로(宦路: 벼슬길)가 활짝 열려 있었다. 문관의 선임과 해임 등을 주관하는 이조에서는 그의 결곡함이 존대를 받았을 것이고, 예악·과거·교육 등을 맡은 예조(禮曹)에서는 그의 전례(典禮)에 관한 해박한 지식이 요긴하게 쓰였을 것이며, 서책과 문서 등을 관리하고 왕의 자문을 맡은 홍문관에서 일을 했다면 그의 문장이 널리 칭송받았을 것이다. 반정(反政)에 성공한 후, 공신들이 요직에 두루 앉아 있었고 그의 공훈이 이미 드러나 있어 그는 많은 사람들로부터 기림을 받고 있는 터였다.

  그는, 과장에서 거벽(巨擘: 대리자)으로 하여금 은밀히 대신 짓게 한 시지(試紙)를 제출하다 발각되어 십 년 유배형을 받은 조부를 두었었고, 집안의 수치와 불리를 만회하기 위해 무리하게 모반의 패에 끼어 불의를 도모하다 검거되어 원지에 유배당한 부친을 두었던 부끄러운 집안 전력 때문에 과거 응시의 길이 막혀 지냈다. 그는 청운의 뜻을 접은 대신 그림에 몰두하며 자신을 달래었다. 그렇듯 은인자중하던 중 세상이 걷잡을 수 없이 혼탁해지자 정당한 혁신 이념을 제시하며 동배들을 충동하고 자극하며 스스로 반정에 앞장섰다. 반정에 성공하자 가장 흐뭇해한 것도 바로 그였다. 반정에 참여한 인사들의 공훈록이 작성되고, 공훈에 따라 맞춤한 벼슬이 주어지며 득의의 나날을 보내던 어느 날, 대우가 찾아와 승종에게 서찰을 한 통 전했다.

    不用裁爲鳴鳳管　잘라서 봉관[樂器]으로 삼지 아니하니
    何須截作釣魚竿　어찌 모름지기 끊어 낚싯대로 지을까
    千花萬木凋零後　모든 꽃, 모든 나무 다 잎 진 뒤
    留向紛紛雪裡看　분분히 날리는 눈 속에 우뚝 서 있을지어다

  칠언절구(七言絶句) 한 수가 달랑 씌어 있고 옆에 낯익은 고강의 서명과 낙관이 찍혀 있었다. 세상에 유용하게 쓰이기를 고집하지 않고, 따로 이루어 님 다 진 뒤에 눈 속에서도 푸름을 자랑하는 대나무 같은 존재가 되겠다는 결심인즉, 속세를 등지고 숨어 살겠다

는 뜻에 다름 아니었다. 승종은 문득 마음이 허방이라도 짚은 듯 휘청했다.

진작 고강을 챙기지 못한 것이 후회막급이었다. 고강에게는 정붙이가 하나도 남아 있지 않았다. 조부모와 부모는 일찍 욕되게 돌아가셨다. 형제들도 액운이 겹치자 실의를 견디지 못하고 하나둘 세상을 떴다. 고강의 집안이 치욕적으로 몰락하자 친정의 조처로 부인과는 강제로 헤어졌다. 슬하에 있던 아들 하나도 열병을 앓다 숨졌다. 지난번 반정으로 그가 득의의 처지로 올라선 대신 그 부인의 부친과 형제들은 반정의 반대 세력으로서 가산이 적몰되고 형장의 이슬로 사라지는 비극을 겪었다. 세상일의 공교로움이 이보다 더한 경우가 없었다.

'하늘이 사람을 낼 때 다 쓰일 데를 따로 두었을 것이네. 환로에 나가 백성을 위해 헌신하도록 자네를 일찍 급제시켜 그 길로 나아가게 했고, 아름다운 강산을 찾아 그 가치를 발현해내는 것을 내 소임으로 맡기기 위해 내게는 과거 응시의 기회를 박탈하고 그림을 익히게 했을 것이네. 급제하여 백성을 위해 헌신하는 것에는 미치지 못한다 할지라도 하늘이 낸 것인데 어찌 그림에 종사한다 해 그 소중함이 덜하다 하겠나. 세상은 그림을 아직 미천하게 여기므로, 나처럼 훨훨 자유롭게 떠돌아다녀도 아무 걸릴 게 없는 사람으로 하여금 그림에 종사하게 하는 것이야말로 적절한 처사 아니겠나. ……다 하늘의 조화일세.'

언젠가 들은 고강의 말이 떠올랐다. 처음에는 자조적으로 들려 뜨악했으나 곧 어떤 결의 같은 것이 느껴져 그를 유심히 쳐다보았던 기억이 새로웠다.

내가 옆에 있었더라도 그를 붙들어놓지 못했으리라. 그래도 일찍 서둘러 이조에 손을 써 그에게 관복을 입혀놓았더라면, 그를 세상에 붙들어둘 수 있지 않았을까. 그러지 못한 것이 승종은 안타깝고 못내 서글펐다.

경해사 주지 지운 스님의 도움으로 간략히 장사를 치른 승종은 구종에게 고강의 유품을 수습하라 일렀다. 그리고 자신 또한 집 안 여기저기를 돌아보았다. 살림 도구들이야 챙겨 갈 이유가 없었다. 그의 혼과 정신이 배어 있을 붓과 벼루 등을 빈틈없이 수습하라고 당부했다. 그리고 혹시나 하여 스스로 집 안팎을 이 잡듯 샅샅이 뒤졌다. 몇 해 이곳에 머무는 동안 그림을 손에서 놓지 않았을 것은 자명한 일이었다. 그런데 이상한 일이었다. 그가 그린 그림이 한 점도 보이지 않았다. 그는 그림을 그리기 위해 홀로 이곳 깊은 산속으로 들어왔었다. 그의 그림에 대한 이상과 자부심은 하늘을 찌르고도 남음이 있을 정도로 드높았다. 그런데 그림 한 점 찾아볼 수 없다니, 그가 지난 다섯 해가 넘도록 그려왔을 그림의 행방에 대한 궁금증이 승종을 견딜 수 없을 만큼 혹독하게 담금질했다. 그러나 아무리 집 안팎을 송곳으로 헤집듯 샅샅이 뜯어 살펴도 궁금증을 풀어낼 단서 하나 발견할 수 없었다.

죽음의 길에 동반한 그리다 만 화선지와 말라버린 붓 한 자루와 벼루 하나가 어찌 그의 은둔 생활을 온전히 대변한다고 할 수 있겠는가. 선반에 있던 화선지 뭉치와 망태기 안의 낙관만으로 어찌 이곳에서 머문 그의 지난 동안의 일을 다 짐작할 수 있다 하겠는가.

승종은 조바심에 허둥거렸다.

구종이 유품을 다 챙겼다고 아뢰며 다음 처분을 기다렸다. 그는 구종의 마음을 모르지 않았다. 지금 출발해도 해안에 산을 다 내려가기란 힘들 것이었다. 나서려면 서둘러야 마땅했다. 그러나 그는 이대로는 떠날 수 없다는 생각에 계속 방 안을 둘러보며 미적거렸다. 그는 초막을 다시금 한 바퀴 둘러보았다. 벽 틈이며 처마 밑도 거듭 꼼꼼히 살펴나갔다. 되처 또 방으로 들어간 그는 천장이며 벽을 이 잡듯이 파헤쳤다. 집 안팎을 거듭 둘러본 승종은 고개를 좌우로 저으며 깊은 생각에 잠겼다. 다섯 해 가까이 머물며 그림을 그린 사람이 그림 한 점 남기지 않았다니 이를 어찌 믿으란 말인가. 그리다 만 그림, 그것 한 점 챙겨서 구종의 바랑에 넣은 것으로 발길을 돌려야 한다니 도무지 몸이 말을 듣지 않았다.

승종이 마음의 갈피를 잡지 못하고 갈팡질팡하고 있을 무렵 낯선 사람이 떳집에 모습을 나타냈다.

사냥꾼인가. 사냥꾼 행색이 아니었다. 나무꾼인가. 지게를 지고 있지도 않았다. 심마니나 약초 캐는 사람인가. 망태기를 메지도 않았고 차림도 산 타는 사람 같지 않았다. 종아리까지 짚신감발을 하고, 허리에 띠를 불끈 맨 떠꺼머리총각이었다. 등에 나무 궤를 지고 있는 것도 산을 오르는 데는 어울려 보이지 않았다.

마침 승종을 발견한 솔의 얼굴에 반가운 기색이 환히 피어올랐다.

승종은 의아스러운 눈으로 가까이 온 총각을 살폈다. 때에 전 베옷에 얼굴도 비쩍 마르고 혈색도 좋지 않았다. 떠꺼머리총각의 눈에는 반가운 기운이 찰랑거리고 있었다. 승종은 자기도 모르게 주춤 한 발 뒤로 물러섰다.

"고강 선생님이세요? 대우님께서 보냈어요."

떠꺼머리총각으로부터 예기치 않았던 말을 들은 승종은 깜짝 놀랐다. 낯선 총각의 입에서 고강과 대우라니, 두 벗의 이름을 한 꺼번에 듣자 불현듯 가슴이 뛰었다.

"대우님께서 보낸 서찰입니다."

총각은 품에서 서찰을 꺼내 승종에게 건넸다. 총각이 건넨 서찰을 받으며 승종은 자기가 고강이 아니라는 말을 미처 하지 못했다. 서찰의 내용이 궁금해 그것을 먼저 읽어 나갔다.

'……오늘날 이야기의 뛰어난 것으로는 『삼국지연의』와 『수호지』, 『서유기』 등이 서로 그 으뜸 지위를 차지했노라 주장하며, 거기에 겨룰 수 있는 것이 달리 없다고 하니 이는 망령된 것이네. 나 관중은 진수(陳壽)의 『삼국지』를 골자로 그들의 이야기를 엮었고, 시내암은 북송(北宋) 선화(宣和) 연간에 민간에 회자되던 영웅호걸 담을 집성했으며, 오승은(吳承恩)은 그들 선조들로부터 전해 들은 현장(玄奘) 법사의 인도 여행 설화를 바탕으로 이야기를 엮었다네. ……우리만 해도 각 지방에 따라 방언이 다르고 풍속이 다른데 하물며 몇 천 리 밖, 말도 풍속도 다른 중국의 이야기만으로 우리가 만족해서야 되겠는가. 간혹 저들을 본떠서 새로 지은 것이 없지 않지만 그 내용을 모두 중국의 것으로 채우니 이를 어찌 안타깝게 여기지 않을 수 있겠는가. 우리는 마땅히 우·리와 너불어 살아가는 우리 백성들의 생활과 풍속과 정 나눔과 다툼을 그려 본보기로 삼는 바가 있어야 할 것이네. 고강 자네가 화법을 중국의 화론에서 배워 우리 산천을 그려가듯 나 또한 기법을 저들에게서 배워 우리 이야기를 지어내고 있네. 누가 알아주지도 또 구복의 수단으로도 별것이 아니지만, 내가 할 수 있는 일이 이것뿐이니, 도리어 하늘이 내게 맡긴 소임으로 알고 게으르지 않으려 늘 경계하고 있다네…….'

서찰을 다 읽고 난 승종은 새삼스러운 눈으로 총각을 그윽이 바라보았다. 남장을 하고 있지만 낭자라니, 게다가 대우는 이 낭자의 내력을 자기도 상세히는 모르고 있지만, 노래를 찾아다니는 아주 특별한 낭자라고 소개하고 있었다. 한동안 자네 옆에 두고 작업에 임하는 자네 모습과 그림을 보고 스스로 새로운 이치를 깨닫게 할 필요가 있을 것 같아 자네에게 보내네, 라고 부탁하고 있었다. 그림에서 추구하고 있는 자네 정신의 일단을 엿보고 나면 이 낭자는 반드시 스스로 터득한 바 있어 지금까지 찾지 못한 노래를 찾는 데 도움을 받을 것이네. 그러니 내치지 마시게. 그렇게 당부하고 있었다. 노래를 찾아다니는 낭자라니, 세상에 이런 사람도 있는 것인가. 승종은 솔의 눈을 뚫어지게 쳐다보았다.

"낭자가 노래를 얻고자 원행에 나섰다고 했소?"

"예, 그렇습니다. 뜻은 그러하지만, 그 뜻을 이룰 수 있을지, 갈수록 막막할 따름입니다."

"무엇인들, 쉽게 얻을 수 있는 게 있겠소. 귀한 것일수록 얻기가 더 지난하다고 들었소. 낙심은 힘을 꺾고, 희망은 힘을 북돋는다고 하지 않았소. 희망을 가져야지. 헌데 대우가 낭자를 이곳으로 보낸 데는 다른 이유 때문이 아니라, 노래와 그림의 정신이 상통하는 바 있을 것이니 고강의 그림에 대한 정신을 배우라는 뜻일 터인데, 그러나 아쉽게도 한발 늦었구려."

승종은 말끝을 흐렸다. 자신의 입을 뚫어져라 쳐다보며 듣고 있던 솔의 미간이 좁혀지는 걸 본 승종은 무슨 말인가를 더 하려다 말고 마른침을 삼키고 말았다. 아쉽게도 한발 늦었다니, 그게 무슨 말인가. 솔은 승종의 눈에 고여 있는 깊은 슬픔을 눈치채고 그만 말문이 막혔다. 승종이 곧 입을 열어 궁금증을 풀어주었다.

"나도 고강을 찾아왔다가 그의 주검을 만났구려. 조금 전 저 위산등성이 양지바른 데다 고강의 유골을 모시고 내려온 길이오. 나는 고강과 대우의 벗 승종이오."

솔의 눈에 낭패의 빛이 확연히 그려졌다. 고강이 이미 운명하고 이승에 없다는 말에 실망이 큰 모양이었다. 힘든 원행이야 몸의 수고로 치부하고 말면 그만이지만, 절등하다는 고강의 인품과 그림을 접할 기대로 한껏 부풀어 힘든 줄도 모르고 먼 길을 달려온 솔은 눈앞이 캄캄할 수밖에 없었다. 대우가 입에 침이 마르도록 추켜세운 고강의 절륜한 인품과 그림에서 발휘되는 기운과 영감을 취해 노래의 바탕으로 삼으려던 꿈이 수포로 돌아간 것이 아쉽고 서운하기 이를 데 없었다. 이를 어쩐담. 낭패스러워하고 있는 솔을 살핀 승종이 친근한 음성으로 제안했다.

"오늘은 이미 늦었구려. 지금 당장 내려가기도 아쉽던 터, 여기서 하룻밤 고강을 진혼한 다음 내일 날이 밝으면 내려갈 생각이오. 낭자도 그러려오?"

"예, 사정이 그렇다면 어쩔 수 없겠습니다. 다시 한양으로 돌아가 대우님께 이 사실을 말씀드려야 할 것 같습니다."

"우리도 한양으로 올라갈 것이오. 대우도 본 지 오래고, 이번에 겸사겸사 한번 만나보지요. 내일 동행하도록 합시다."

그래서 초막에서 하룻밤을 새우고 해가 오른 다음 길을 나서 주막에 이른 것이다.

"허허, 참으로 기이한 일이구려!"

승종은 기가 막혔다. 비탄에 잠긴 표정으로 도리질을 하며 한숨을 길게 내뿜었다.

"그래, 혹시 같이 온 사람은 없었던가?"

"늘 혼자였어요. 술과 국밥을 시켜놓고 혼잣소리를 지껄이기는 했지만 주막에 있던 다른 사람들과는 어울리지 않았어요."

"혹시 그림에 대해 달리 생각나는 것은 없는가?"

승종의 말에 주모는 잠시 기억을 뒤적이는 기색이었다.

"늘 혼잣소리로 무슨 말인가를 중얼거리고는 했지만 귀담아듣지 않아서 원. 아, 그러고 보니 정 진사는 그림을 잘 모른다며 푸념한 적이 한두 번 있었어요. 정 진사는 분식이 잘된 것만을 좋게 여기는 세상 풍정에 매인 고루한 사람이래나 뭐래나, 그런 푸념을 들은 적이 있었어요."

승종은 귀가 번쩍 뜨였다. 정 진사가 그림을 모르는 고루한 사람이라고 고강이 푸념했다면 필경 정 진사라는 인사와 그림을 두고 설왕설래가 있었을 것으로 짐작되었다. 작은 끄나풀에 지나지 않을는지 아니면 동아줄이라도 되는 것인지 알 수 없지만 암튼 정 진사라는 인사가 고강의 그림에 관한 수수께끼를 푸는 단초가 되지 않을까, 그런 기대에 가슴이 부풀어 올랐다.

"정 진사라면, 혹시 주모가 아는 사람인가?"

"이 원근에 진사님이라면, 번천의 김 진사, 조현의 이 진사 그리고 능내의 정 진사밖에 없는걸요. 아마 능내의 정 진사를 두고 그림에 대해 청맹과니라고 투덜거린 것이 아니었나, 짐작됩니다."

능내 마을에 가면 정 진사를 만날 수 있겠거니 생각하며 승종은 속으로 쾌재를 불렀다.

"그건 그렇고 벌써 다녀갈 때가 여러 파수 지났는데, 통 소식이 없어 부쩍 궁금하네요."

"다신 못 볼 걸세."

"왜요?"

"그 동무 장례를 치르고 내려온 길일세."

승종의 말에, 주모는 놀란 눈으로 승종을 쳐다보았다.

능내 정진사

사랑채로 안내받기는 했으나, 기다림이 생각보다 길었다. 막 역증이 일어날 즈음 정 진사가 굼뜨게 나타났다. 깁옷에 정자관이라니, 시골 양반으로서는 넘치는 의관 정제였다. 지천명을 넘겼을까, 점잖게 구레나룻을 쓰다듬으며 사랑으로 들어와 아랫목의 방석 위에 앉았다. 꾹 다문 입술로 미루어 기분이 시틋한 모양이었다. 눈을 들어 윗목에 나란히 앉아 있는 승종과 솔의 외양을 뜯어 살피던 주인의 낯빛이 금방 흐려지고 눈에 노기가 서렸다. 손이라 고 찾아와 앉아 있는 두 사람이 걸객과 다름없이 추레하고 구저분 하기 짝이 없었다. 정 진사의 얼굴에 언짢은 기색이 역연했다. 노기 띤 얼굴에 눈살을 찌푸리고 있는 것이 곧 축객을 선언할 것으로 보였다.

"이조에 봉직하는 김승종, 정 진사께 인사 여쭙니다."

승종은 일부러 목소리를 가다듬고 점잖게 고개를 숙였다. 주인은 마지못해 인사를 받으며 예를 표했다. 이조에 봉직한다면 시골 양반으로서는 눈이 먼저 휘둥그레지고도 남을 만한데 아무 표정의 변화가 없었다. 행색이 이조에 벼슬 사는 양반이라기에는 너무나 추레했기 때문이었다. 말로써야 누가 정승 판서 하지 못할까. 아무리 고관대작이나 저명한 인사라 할지라도 저런 초췌한 행색을 하고 있다면 어디서 대접을 받겠는가.

"가친께서 김 자 석 자 순 자이옵고, 조고께서 김 자 상 자 갑 자이옵니다. 이번 안동 원행에 우마를 마다하고 보행을 고집하였더니, 모습이 피폐합니다."

승종이 미처 말끝을 맺기도 전이었다. 가친의 함자를 운위한 순간 정 진사의 안색이 싹 달라졌다. 시골의 한미한 진사의 귀에 담기에는 너무 벅찬 함자였다. 반사적으로 몸을 바로하고 찌푸렸던 미간을 폈다. 김석순이라면 서인 가운데서도 영수 급에 속한 대유(大儒) 아닌가. 몇 해 전 모해를 입어 원지로 귀양을 가고 가세가 기울었다는 풍문이 자자했었다. 그러기를 수삼 년, 다시 반정에 성공한 서인이 실권을 회복하자 그 중심에서 천하를 호령하고 있는 권세가였다.

정 진사는 태도를 급변하여 앉은자리에서 벌떡 일어났다. 급히 승종에게 허리를 굽히며 머리를 조아렸다. 객의 시선이 정 진사의 정수리에 날아와 박히듯 강렬하였다. 자신만만한 태도와 표정에 그런 집안 배경 없이는 짓기 힘든 오연함이 깃들어 있었다. 언행은 잠시 눈을 속일 수 있을는지 모르나 그 안에 감도는 위엄까지 꾸며내기란 쉽지 않은 것이다.

"이런 누추한 곳에 걸음을 다 하시다니 광영입니다. 어인 연유로 한빈한 촌로를 찾은 것인지요?"

말 몇 마디에 금방 돌변하여 정중하고 공손해진 정 진사의 비루한 태도에 승종은 속으로 쓴웃음을 지었다. 솔 또한 정 진사에게서 염량세태의 본색을 목격한 것 같아 속으로 냉소를 지었다.

"혹시 그림 그리던 고강이라는 인사를 아시는지요?"

승종의 말에 정 진사의 얼굴에 얼핏 어두운 그늘이 스쳐 지나갔다. 그림 그리던 고강이라니 그 비루먹은 망아지 같던 궐자를 두고 하는 말임을 금방 알아차렸던 것이다. 속으로 저어되는 바 없지 않아 대답을 지체하였다. 궁량을 해보니 이미 알고 찾아온 듯한데 시치미를 뗄 수도 없는 일, 그래서 얼굴이 어두워졌던 것이다.

"예, 가끔 발걸음을 하기는 했습니다만?"

"아, 고강을 알고 계셨군요!"

기대 반 우려 반, 정 진사의 입을 지켜보고 있던 승종은 자기도 모르게 목소리가 높아졌다. 그러나 울컥 목이 멨다.

"가끔 발걸음을 하기는 했지만 각별하게 지내지는 않았습니다. 그런데?"

"고강과 저는 원경 선생 문하에서 함께 공부한 절친한 동접입니다. 이번 영남 지방 원행에서 돌아오는 길에 그의 거처에 들렀더니, 그가 세상을 뜨고 없더군요. 정 진사와 고강 사이에 내왕이 있었으리라는 풍문을 듣고 무슨 작은 사연이라도 들어 알 수 있지 않을까 해, 이렇게 찾아뵈었습니다."

정 진사의 얼굴빛이 더욱 흐려졌다.

"아, 절친한 동접이라 하셨습니까?"

하잘것없어 보이던 환쟁이가 명문가 자제와 동문수학의 절친한 동접이라니, 그 환쟁이 역시 어느 명문대가 출신 양반이었단 말인가. 머릿속에 전에 있었던 일들이 빠르게 전개되었다. 켕기는 바가 없지 않았다. 그가 찾아와 만나기는 했으나, 그가 찾아온 연유가 자기와는 무관한 일이었다. 그가 그림을 두고 가겠다고 할 때도 그 연유를 알지 못해 그냥 두고 가는 걸 어쩌지 못해 받아두었을 뿐이었다. 궐자가 이미 세상을 뜨고 없다니, 그나마 다행인 것인가.

"예, 그 동무, 문장과 그림에 다 특출했습니다."

문장과 그림에 다 특출한 재사가 깊은 산골에 은신해 지냈다면 필경 무슨 사연이 있었으리라. 그렇지만 다시 그의 얼굴을 되살려보아도 추레하고 궁기가 흐를 뿐 귀골로 기억되지는 않았다.

"과장에만 들어섰다면 급제는 떼어놓은 당상이었을 겁니다. 그의 사집(私集: 손으로 쓴 글)을 빌어 급제한 인사도 있었으니 말해 무엇합니까. 하지만, 재주를 자신의 영달에는 쓰지 않고 오직 선대의 누를 씻어내고 사죄하는 데만 쓰려고 했습니다."

오로지 선대의 누를 씻어내려는 송구스러운 마음을 가졌을 뿐 벼슬길에 발을 들여놓지 않은 고결한 인품이 동무들의 존경을 받았다는 높임의 말이었다. 승종의 말투에 그런 존경의 염이 깊이 스며 있었다.

"벼슬에 뜻을 두지 않고, 부귀영화에도 관심이 없었군요."

"그렇습니다. 반정에 참여하여 공을 세웠으니 훈공이 따르지 않을 수 없었지요. 하지만, 반정 참여의 공훈이 자신의 영달에 쓰이는 것은 한사코 마다하고 조부와 부친의 흠결을 씻어내는 데 쓰이기를 바랐을 뿐이었습니다."

승종의 말에 정 진사는 다시 자리를 고쳐 앉았다. 입안이 바싹바싹 타들어갔다. 반정에 참여한 인사라면 실세들과의 관계가 각별했을 터였다. 그런 귀한 인사를 미처 알아보지 못했다니, 자신이 달고 있는 눈이 원망스러웠다. 모르고 한 짓이었지만 천것들 대하듯 함부로 홀대하기를 주저하지 않았으니 허물을 지어도 크게 지은 셈이었다. 더구나 종이나 붓을 구입하는 데 보태라고 몇 냥씩 던져주고는 했지만 사람대접을 제대로 한 적이 없었다. 꼭 그럴 의도는 아니었으나 결국 그를 하대한 것이나 다름없었다.

마른입을 다시던 정 진사는 안에다 대고 점잖은 목소리로 차 준비가 되지 않았느냐고 재촉하였다. 그의 분부가 떨어지자 미리 준비를 하였던지 곧 찻상이 나왔다.

사랑에 향긋한 다향이 피져 감돌았다. 찻상 가운데 눈처럼 하얗게 쌓인 유과가 눈길을 끌었다. 정 진사는 잔을 들어 입안을 축이고 유과를 소리 나게 깨물었다. 승종도 찻잔을 들어 입술을 축였다.

"그런 고매한 인품이라면 주위를 감복케 하고도 남음이 있었겠습니다."

"그러했지요. 오로지 그림의 폐단을 바로잡아보겠다는 포부를 안고 산속에 은거한 것 또한 그다운 행동이었지요."

"그림의 폐단이라니요?"

정 진사의 고개가 갸우뚱 기울어졌다. 그림에 무슨 폐단이 있단 말인가, 듣느니 처음이었다. 모양을 흡사하게 그리는 것이 그림의 본령 아니던가.

"그의 주장인즉 우리 그림에 우리 정신이 없다는 것이었지요."

"저로서는 모를 말이군요."

"우리도 고강의 깊은 뜻을 다 헤아려 알지는 못했습니다."

"필경 무슨 깊은 뜻이 있는 모양인데……?"

"고강의 주장은, 우리 그림을 한번 잘 살펴보라는 것이었습니다. 산이며 들이며 강이며 사람들의 복색까지도 우리 고유의 것이 없다는 것이었습니다. 대개 중국에서 들여온 서화첩에서 본 것들을 흉내 내 그린 것들뿐이라는 것이었습니다."

"서화첩에서 본 것들뿐이라면?"

그는 올 때마다 가져온 그림을 나름대로 열심히 품평했다. 그 품평은 정 진사의 깜냥으로는 알아들을 수 있는 내용의 것이 아니었다. 게다가 그림이라면 관심 밖의 것이기도 했다. 그러므로 침을 튀기며 열을 올려 말하는 그의 그림에 대한 품평을 한 번도 제대로 귀담아들은 적이 없었다.

"서화첩이 대개 연경에서 들여온 중국 것들 아닙니까. 우리 그림 속의 산이며 들이며 인물 들이 다 그런 서화첩 속에서 베낀 것들이라는 주장이었습니다. 고강의 그런 주장을 듣기 전까지는 우리도 무심코 지나쳤습니다. 그냥 그러려니 하였지요. 그의 주장을 듣고 나서야 우리 그림들이 중국 그림 흉내를 내고 있었다는 사실을 뒤늦게 알았던 것입니다. 고강은 중국 그림 흉내를 떨쳐버리고 우리 산천과 우리 백성들이 사는 모습을 여실히 그려내 우리 고유의 정신을 떨쳐 일으켜야 한다고 주장했습니다. 그런 포부를 이루기 위해 그는 마침내 산으로 숨어든 것입니다."

정 진사는 승종의 말을 알아들을 듯 말 듯했다. 하지만 그런 고결한 뜻을 품고 산속에 숨어들어 스스로 고생을 사서 했다는 걸 미리 알았더라면 그를 좀 더 후하게 대접해주었을걸, 그런 아쉬운 마음이 없지 않았다.

옆에 앉은 솔은 승종의 말을 귀담아 새겨듣고 있었다. 고강의 절등하다던 인품의 구체적인 사례들로 여겨졌던 까닭이었다.

이 그림을 받아주시오

정 진사는 처음 고강이 찾아왔을 때가 상기되었다.

낯선 객이 방문했다는 기별을 듣고 정 진사는 천천히 사랑채 마루로 나갔다. 사랑채 마루에 앉아 있는 객의 꼴이 베옷에 상투를 지어 칡으로 동여맨 굴왕신같은 너절한 모습이었다. 오갈 데 없는 걸객의 모습에 정 진사는 단박 노염이 끓어올랐다. 큼, 큼 헛기침을 몇 차례 하고 얼굴을 홱 돌렸다. 되돌아 안으로 들어가려 하는데 걸객이 입을 열어 급히 말했다.

"그동안 보살펴주신 은혜에 보답하고자 제가 그린 그림 한 점을 가져왔습니다. 이를 받아주시면 저의 마음이 한결 가벼워지겠습니다."

어느 사이 마루 위에 그림 한 폭을 펼쳐놓고 있었다. 어렴풋하지만 산을 옆으로 눕혀 길게 그린 그림이었다. 목소리가 밝고 정중했다. 태도도 예를 다 갖추었다 할 수 있었다. 얼굴을 외로 틀고 홱 바람을 일으키며 안으로 들어가려던 정 진사는 몸을 지그시 굽혀 걸자를 내려다보았다. 웃자란 머리에 상투랍시고 틀어 어설프게 정수리 어름에 칡으로 묶고 있는 것이나, 해지고 구지레한 옷차림이나, 구정물이 흐르는 얼굴이나 눈에 보이는 것마다 정나미가 떨어지지 않는 것이 없었다. 그러나 그런 추레한 행색과는 달리 그가 그렸다는 그림은 어딘가 모르게 눈길을 끄는 데가 있었다. 그동안 보살펴주신 은혜에 보답할 길이 없었다니, 그것 또한 알지 못할 궁금한 일이었다. 내키지는 않았으나, 마지못한 듯 다시 앉았다. 안에서 준비했던 차를 내와 두 사람 사이에 놓았다.

책상다리를 하고 앉은 정 진사는 마주 앉아 차를 마시는 걸자를 살피는 데 게으르지 않았다. 코와 입과 눈과 이마를 차례로 뜯어보았다. 코, 턱, 양 광대뼈, 이마 등 관상가들이 말하는 오악(五嶽)이 귀조(歸朝)하는 귀골의 상은 아니었다. 그러나 천골이 아닌 것 또한 분명해 보였다. 쏘는 듯 바라보는 눈길도 예사롭지 않았다. 자부하는 바가 없는 사람으로서는 결코 지닐 수 없는 날카로운 눈빛이었다. 무엇인가 이루거나 아니면 이루고 있다는 자부심을 지닌 살아 있는 눈빛이었다. 모진 비바람이나 어떤 고난도 이겨낼 수 있다는 결의 같은 것도 함께 느껴졌다. 그런 점을 다 감안한다 하더라도 그의 행색이 너무 지저분했다. 손도 씻은 지 오래됐는지, 먹물과 온갖 먼지와 때가 덕적덕적 더께 져 있었다. 점잖은 말투와 눈빛에서 느껴지는 어떤 교양이나 의지 같은 것은 입성이나 외양 어디에서도 찾아볼 길이 없었다. 아무리 외양을 소홀히 하는 사람이라 할지라도 남의 집을 찾아 방문하려면 입성을 바로 하고 얼굴과 손을 씻고 가다듬어 기본 예의는 갖추어야 하지 않겠는가. 정 진사의 얼굴이 다시 흐려졌다.

"소인이 기거하는 초막에 영문 모를 소금과 양식이 와 있는 것을 서너 달 잘 받아먹었습니다. 하지만 이래서는 도리가 아니라는 생각에 은인을 찾아 나섰습니다. 그러기를 한두어 달, 이 고을 원근에 자선을 베풀 만한 이는 정 진사님 외에 달리 없을 것이라는 말을 듣고 이렇게 찾아뵙게 되었습니다. 그동안 베풀어주신 은혜에 보답하기에는 제 솜씨가 아직 미숙하고 부끄럽습니다. 장차 높은 경지의 그림을 그려 은공에 보답할 수 있도록 각고정려하겠습니다."

정 진사로서는 도무지 짐작이 가지 않는 일이었다. 이런 내력 모를 작자에게 자선을 베풀다니, 그런 일이 결코 없었다. 마을 사람에게 어쩌다 자선을 베푸는 일이 있기는 했으되 이런 금시초문의 인사를 위해 소금과 양식을 베풀었다니, 자기 모르게 안에서 한 일인가, 그렇게 생각하며 궐자의 말을 접어두었다.

궐자가 내놓은 그림을 살펴보기는 했으나 정 진사는 사실 그림을 잘 알지는 못했다. 세상에 그림을 즐기는 사람이 있다는 사실은 들어 알고 있었다. 그렇지만 자신은 그림을 가까이 하는 편이 아니었다. 정 진사는 그동안 그림과 관계를 맺어본 적 또한 별로 없었다. 그림 구경이라는 것도 어쩌다 남의 집 벽에 걸려 있는 것을 무심코 흘려 본 것이 전부였다.

별생각 없이 그림을 받아두고 궐자가 돌아간 다음 정 진사는 안사람에게 이러이러한 일이 있었느냐고 물었다. 안사람은 그런 일이 전혀 없었노라고 대답하였다.

이야기를 듣고 난 승종은 빙그레 미소 지었다.

"제가 소금과 양식을 보내도록 조처해두었습니다."

승종은 고강이 거처하는 초막에서 그다지 멀지 않은 곳에 있는 경해사 지운 스님에게 고강을 돌봐달라고 은밀히 부탁했었다. 지운 스님은 보름에 한 번씩 행자를 시켜 소금과 양식 자루를 초막 사립 앞에 있는 키 큰 오리나무 가지에 걸어두고 돌아오게 하였다. 일부러 밤을 도와 한 일이어서 고강에게 한 번도 들키지 않았다고 했다. 그러기를 서너 해쯤 지났을까, 오리나무 가지에 걸어둔 소금과 양식 자루가 손도 대지 않은 채 그대로 있었다. 행자는 들고 간 것과 지난번 걸어두고 갔던 것을 바꿔 들고 돌아가기를 몇 번 계속하다 마침내 다른 곳으로 몸을 옮긴 것으로 짐작하고 식량 나르기를 그만두었다. 경해사 지운 스님으로부터 고강이 거처를 옮긴 것 같다는 기별을 받은 것이 해소수쯤 전이었다. 그런데 해소수가 지나도록 고강으로부터는 종내 소식이 없었다. 이조에서의 일이 몸을 놓아주지 않아 혹시나, 혹시나 하고 답답해하며 기다리다 이번 안동 걸음에 나섰다가 귀경하던 중 고강의 초막을 찾은 것이었다.

"그럼, 귀공께서 베푼 은공을 고강이 알지 못했군요."

"알았다면 그 성격에 필경 다른 데로 옮기고 말았을 것입니다."

"고결한 분이었군요. 하, 그러고 보니, 저도 이해할 수 없는 일을 당하기는 했습니다."

"이해할 수 없는 일을 당하다니요?"

정 진사는 잠시 눈을 감았다. 지난 일이 돌이켜 생각나는 듯 감회에 젖었다. 이윽고 눈을 뜬 정 진사는 찻잔을 들어 입을 축였다.

고강이 다녀간 후 정 진사는 한동안 그에 대해 까맣게 잊고 있었다. 그에게 양식 한 톨 베푼 일이 없었고, 안에서도 모르는 일이라고 했다. 엉뚱한 오해로 인사를 받은 것으로 알고 그만 잊어버렸다. 그림에 대한 애착도 없었으므로 그냥 다락에 올려놓고 다시 찾지 않았다. 그러던 어느 날, 뜻밖에 궐자가 또 찾아왔다. 지난번처럼 깊숙이 고개를 조아리며 베풀어준 은덕에 갖은 치사의 말을 늘어놓았다. 정 진사는 자신은 베푼 일도 없고 모르는 사실이었으므로 그의 오해를 풀어주어야 할 것 같았다. 일단 사랑으로 들인 후 다과를 내놓았다.

"그대는 내가 그대를 위해 양식을 베풀었다고 하는데, 나는 그런 사실이 없었다오. 그리고 또 안에 물어봤으나 안에서도 그런 일이 없었다고 하니, 필경 다른 사람이 베푼 은덕을 두고 내가 인사를 가로채 받고 있는 것이 틀림없소. 이처럼 민망스러울 데가 어디 있겠소."

정 진사는 눈에 힘을 주고 목소리를 가다듬어 진중하게 말하였다.

"덕망 높은 진사 어른께서 어찌 그런 일을 스스로 입에 담을 수 있겠습니까. 아무리 아니라고 하셔도 하늘이 알고 땅이 알고 제가 알고 있는 사실입니다. 오로지 저는 정성을 다해 그림의 진경으로 은혜에 보답드릴 도리밖에 없습니다."

"내가 겸양해서 그런 게 아니라, 사실이 그렇다는 것이오."

"알겠습니다. 어쨌든⋯⋯."

정 진사의 말을 듣는 둥 마는 둥 궐자는 태연한 얼굴로 등에서 벗어놓은 봇짐을 당겨 그것을 풀었다. 안에서 잘 접은 화선지를 꺼냈다. 이어 그것을 정 진사가 바로 볼 수 있게 앞에다 펼쳐놓았다.

"지난번 그림 있지 않습니까. 번거로우시겠지만, 그걸 좀 보여주시겠습니까."

정 진사의 말을 귓등으로 흘려듣고 도리어 자기주장을 고집하려는 궐자의 수작이 비위에 거슬렸다. 그러나 무엇을 하자는 수작인지 영문이나 알아보자는 속셈으로 다른 토를 더 달지 않았다. 정 진사는 안에다 대고, 벽장에 넣어둔 그림을 내오라고 분부하였다. 용자가 고운 색시가 등 뒤에 땋은 머리를 치렁거리며 접은 종이를 들고 사랑으로 들어왔다. 정 진사의 책상 위에 그것을 가볍게 올려놓고 얼른 걸음을 재촉해 돌아 나갔다. 고강이 손을 뻗어 그것을 집어 오늘 가져온 그림 옆에 펼쳐놓았다.

"이 산은 외양은 그럴듯합니다. 하지만 눈앞에 펼쳐진 것만을

188

잡은 것이 흠결입니다. 산을 그리되 눈앞에 전개되어 있는 모양만을 그려서는 진실하게 그렸다 할 수 없습니다. 산의 신기(神氣)를 나타내지 않으면 안 된다는 즉, 흉중(胸中)의 산을 그려야 한다는 화론은 저도 지득하고 있었습니다. 그러나 재주가 미치지 못해 마음속에 있는 산을 그리지 못했습니다. 하지만 오늘 가져온 이것을 보십시오. 아무 말도 없고 움직임도 없고 애써 표정을 지으려 하지 않아도 어딘가 그리움에 젖어 있는 듯하지 않습니까. 제가 살피기로는 조금은 진경이 있는 것으로 믿어집니다. 그래서 지난번 것과 바꿔드리기 위해 찾아뵈었습니다."

말을 마치자 궐자는 지난번 그림을 앞으로 당겨 두 손으로 와락 구겨버렸다. 깜짝 놀라, 만류할 겨를도 없었다. 궐자는 그림을 박박 찢어버렸다.

"그럼 또, 진경이 보이면 다시 찾아뵙겠습니다."

뜻하지 않았던, 갑작스러운 사태에 정 진사는 넋이 나갔다. 정중히 인사를 하고 사랑을 나가는 궐자의 뒷모습을 정 진사는 한동안 몽롱한 정신으로 지켜보며 눈으로 배웅하였다. 그 후, 그는 거의 한 달 파수로 정 진사를 찾아왔다. 올 때마다 지난번 그림을 찢어버리게 하고 새로 그려 온 그림을 대신 간직하게 하였다.

"매번 그림을 찢어버렸다는 것입니까!"

승종이 비명을 질렀다. 주막에서의 기행이 여기서도 반복되었단 말인가. 승종은 후회와 분노로 가슴이 미어지는 것 같았다. 왜 내가 좀 더 일찍 은밀히 손을 쓰지 않았던가. 승종의 입에서는 계속 탄식이 흘러나왔다. 그러한 승종의 모습을 보고 있으려니 솔은 안쓰러웠다.

"다시 찾아왔을 때, 제가 재차 양식을 가져다 놓은 적이 없다고 사실을 밝혔습니다. 그러나 그는 곧이듣지 않았습니다. 제가 겸양하는 것으로 오해하며, 저를 더욱 신뢰하는 눈치를 보였습니다. 그는 그림을 가져와 지난번 그림의 잘못된 부분을 자세히 설명하고 새로 그려 온 그림의 장점을 누누이 강조해 제게 설명한 후 지난번 두고 간 그림을 내오게 해 찢어버렸습니다. 하지만, 제가 서너 번 겪고 나서 생각을 고쳐먹었습니다. 그림을 찢어 없애는 것은 굳이 스스로 수고할 것이 아니라 아랫것들을 시켜도 무방하니 술이나 한잔 들고 가라고 술상을 차려 내고는 했습니다. 그리고 그림을 내주지 않고 붓과 종이를 마련하는 데 소용되지 않겠느냐며 많지는 않았지만 지필묵을 마련할 정도의 돈을 제공하기도 했습니다."

"아, 그게 사실입니까? 그럼 혹시 그림을 보관하고 계신단 말씀입니까?"

승종은 정 진사를 향해 덤벼들듯이 다가앉았다. 꿰뚫을 듯 쳐다보는 승종의 강렬한 시선에 정 진사는 어안이 벙벙할 지경이었다.

"그렇습니다. 제가 그림에 관심도 별로 없고 그림 보는 눈은 없었지만 그림마다 각고의 정성이 깃들어 있다는 것은 어림짐작할 수 있었습니다. 그래서 찢어 없애는 것은 당치 않은 것 같아 제가 그냥 간직해두었습니다."

"아, 그렇습니까!"

이런 행운이 기다리고 있었다니 믿을 수가 없었다. 반가운 나머지 승종은 몇 번이나 고개를 저었다. 두 주먹을 불끈 쥐고 흔들어 보이기도 했다. 솔도 덩달아 안도감에 가슴을 쓸어내렸다.

"그의 그림을 좀 보여줄 수 있겠습니까?"

"그렇게 하다마다지요. 알고 보았더니 그림의 임자가 바로 귀공이셨군요."

아랫것을 불러 시키지 않고 정 진사가 일어나더니 직접 안으로 들어갔다.

잠시 후 정 진사가 다시 사랑으로 나오고 다과상과 술상을 마련해 온 색시가 그 뒤를 따랐다. 그리고 아까의 아리따운 색시가 품에 화선지 한 아름을 안고 사랑으로 들어왔다. 들고 온 화선지 뭉치를 정 진사의 책상 위에 올려놓은 다음 색시는 아까처럼 뒷걸음질로 조신스럽게 사랑을 물러 나갔다.

소리 무늬를 지은 산

마음이 급한 나머지 승종은 서둘러 화선지 뭉치를 내려 펼쳤다.

그림을 살펴나가는 동안 승종의 입에서 감탄의 소리가 연이어 터져 나왔다. 눈에 마냥 감개무량한 기운이 감돌았다. 한 점 한 점 다 눈부시지 않은 것이 없었다. 산수(山水)는 형태로써 도를 이룬다, 는 옛말이 계속 승종의 머릿속을 맴돌고 있었다. 문자로써 도저히 나타낼 수 없는 우주의 신비는 산수화로써 이룬다, 는 옛말도 상기되었다. 어느 그림을 봐도 법도에 어긋나지 않아 보였고 아울러 새롭지 않은 것이 없어 보였다. 옛 법도를 지키되 새로운 세계를 창조한, 즉 법고(法故)하되 창신(創新)한 것들임에 틀림없었다.

그림에 넋을 잃고 있던 승종은 정신을 가다듬고 숫자를 헤아려 보았다. 무려 서른 점에 가까웠다. 기암괴석이 있는가 하면, 다리를 건너는 아낙네의 모습도 있었다. 고양이와 닭과 개도, 안개가 피어오르는 강도, 논에서 일하는 농부의 모습도 보였다. 주름살이 가득한 늙은 농부의 얼굴이 살아 있는 듯 생생했다. 매화와 국화도 있었고, 대나무와 노송이 화선지를 가득 채운 것도 있었다. 물살을 힘차게 헤쳐 오르는 잉어도 있었다. 특히 산을 다룬 그림이 절반을 넘었다. 여러 형자의 산의 모습이 화폭에 담겨 있었다. 나무를 그리는 수법(樹法), 기암괴석을 표현하는 석법(石法), 새나 짐승을 그리는 영모법(翎毛法) 등 옛 명인의 그림 기법[畵訣]을 깊이 궁구하여 두루 체득한 바 있었음이 분명했다.

"이 그림은, 인물의 옷이 중국옷으로 오인할 우려가 있으니, 버려야 한다고 했습니다."

정 진사는 그림 한 점을 뽑아 승종이 보기 편하게 펼쳐 보였다. 채마밭에서 괭이질을 하고 있는 농부의 모습을 그린 그림이었다. 낮은 담장 안에 송아지에게 젖을 먹이는 암소가 보이고 그 뒤로 초가의 처마가 그려져 있었다. 옷을 보니 앞자락이 길게 무릎까지 내려와 있었다. 고강의 우려가 온당해 보였다.

"이 그림은, 그림 속 인물이 탄주하고 있는 거문고가 우리 것과 달라 안 된다고 했습니다. 방작(仿作)을 피한다고 애써 피했는데, 의식 속에 중국 그림이 그림자를 드리우고 있었던지 중국 것을 그려 넣고 말았다고 했습니다. 그러므로 없애버려야 한다는 것이었습니다."

소나무 아래에 앉아 거문고를 켜고 있는 선비의 모습이 한가로웠다.

우리 거문고는 폭이 좁고 줄이 적었다. 중국 것은 폭이 넓고 줄이 많았다. 우리 거문고를 그리지 않았으니 마땅히 저어하고 경계할 바였다.

승종은 전에 들었던 일화 몇 토막이 상기되었다.

실물과 꼭 같이 그렸다 하여 천품으로 칭송받는 그림이 있었다. 낙락장송 아래 한 사람이 고개를 쳐들어 우듬지를 쳐다보고 있는 모습을 그린 것이었는데, 소나무와 사람이 실물을 그대로 방불했다. 이 그림을 본 고명한 화가 안견(安堅)이 '그림이 비록 묘하기는 하지만, 사람이 고개를 꺾고 위를 쳐다보면 목 뒤에 반드시 주름이 잡히는 법인데, 이 그림에는 그 주름이 없으니 그 뜻을 다했다 할 수 없다'고 결함을 지적했다. 그로부터 그 그림은 천품의 칭송을 잃고 하품으로 영락하기에 이르렀다.

또 옛날 정묘하게 그렸다 하여 묘품(妙品)으로 칭송받는 그림이 있었다. 늙은이가 손자를 안고 숟가락으로 밥을 떠먹이는 모습을 그린 것인데, 사람이 살아 있는 듯 실감이 났다. 세종 임금께서 그 그림을 보고, '이 그림은 비록 형상은 잘 그렸다고 할 수 있으나 무릇 노인이 어린아이에게 밥을 먹일 때는 자신도 모르게 절로 입이 벌어지는 법인데, 입을 다물고 있으니 허물이 아닐 수 없다'고 지석했다. 형상은 얻었으되 뜻은 얻지 못하였다 하여 그로부터 그 그림은 묘품의 칭송을 잃었다는 것이다.

그림을 품평할 때 가장 으뜸의 것을 천품으로, 그다음의 것을 묘품으로, 그 아래를 능품(能品)으로 쳤다.

"또 매화는 더 춥고 고고하게 그려야 하는데, 너무 화사하게 그려 훗날 이치를 감안하지 않은 소홀함을 지적하는 이가 반드시 나타날 것이므로 없애버려야 한다고 했습니다."

주인은 매화 그림을 승종 앞에 펼쳐 보였다. 고강은 형상만을 고스란히 그린 것은 그림이라 할 수 없다고 말했다 한다. 그 형상 안에 내재해 있는 어떤 영을 불러내 그려야만 그림으로 불릴 가치를 지니는 것이라고 주장했다는 것이다. 고강의 그림에 대한 준열한 뜻을 정 진사는 다 이해하고 수용하고 있는 눈치는 아니었으나 들은 것을 소졸하게나마 기억하고 있는 것이 가상스러웠다.

하기야 그림을 마음의 발현이라 믿는다면, 마음이 항상 같지 않아 그림 또한 항상 같을 수 없다는 점을 알고 쉽게 다름을 인정할 것이다. 그러나 고강은 그 다름을 감안하지 않고 다만 그림의 진경만을 고집스럽게 좇은 모양이었다. 강물이 흐르되 어찌 늘 같은 모습으로만 흐르겠는가. 높은 데서 낮은 데로 흐를 때는 그것이 급할 것이다. 언덕이 막고 있으면 천천히 그러나 끈질기게 무너뜨려 다음 채울 곳을 향해 흘러가기 마련일 것이다. 굽이를 돌아갈 때면 물살이 거칠어지기도 할 것이다. 마음도 또한 그러하여, 성날 때와 기쁠 때 그림이 같을 수 없고, 유족할 때와 핍박받으며 촉박할 때 그림 또한 같을 수 없을 것이다. 산이 멀리 있어 바라볼 때는 정이 솟아오르고, 눈앞에 우뚝 서 있는 기암괴석은 마음속 기운을 촉발시킬 것이다. 그 두 장면의 그림 또한 다를 수밖에 더 있겠는가. 그런데, 고강은 그림을 마음의 발현이 아니라, 무엇으로 생각한 것일까.

그의 궁극의 이상은 어떤 경지의 것이었을까.

'그림이란 마음 없이 나오는 것을 으뜸으로 삼고, 그다음으로 마음에서 나오는 것을 치며, 그 아래로 붓에서 나오는 것을 놓는다 했습니다. 붓에서 나오는 것 아래로 치는 것이 또 있으니 먹에서 나오는 것을 말한다고 했습니다. 먹에서 나오는 것은 그 농담의 조정으로 밝고 어두운 것을 달리하는 것을 이르고, 붓에서 나오는 것은 붓의 속도를 달리하고 누르는 힘의 강약을 달리하여 얻는 각종 기법을 이르는 것이라 했습니다. 마음에서 나오는 것이란 붓이 마음을 따라 달리고 마침내 그린 이의 바라는 바를 이루는 경지를 말하는 것이라 했습니다. 그리고 으뜸 경지로 치는, 마음 없이 나오는 것이란 얻고자 하는 바가 있었으나 대상은 방불함을 잃고 미진하기만 하고 만족스럽지는 않으나 더 보탤 데를 찾을 수 없고 지울 데 또한 찾을 수 없는, '마음 밖의 뜻'을 얻는, 즉 천상묘득(遷想妙得)의 경지를 말하는 것이라 했습니다. 마음 없이 나오는 경지는커녕 마음에서 나오는 것에도 이르지 못한 것을 어찌 남겨둘 수 있겠습니까.'

고강은 살을 저미듯 그렇게 탄식했다 하였다.

'한 자 크기의 대나무로 우주의 세를 감복케 하는 것이 그림입니다. 닮음으로써 떨어지고, 닮지 않은 것으로써 뜻을 이루는 것이 우리가 얻고자 하는 비 이상입니다. 그런네 이 그림은 새와 나무를 너무 자세하게 그려 '붓 밖의 뜻'을 얻지 못하였으니, 흥이 아니고

무엇이겠습니까.'

고강은 또 그렇게 탄식하기도 했다 하였다.

'마음 밖의 뜻'을 얻고 '붓 밖의 뜻'을 얻는 경지, 그것이 고강의 궁극의 이상이었던 것인가.

"이 그림은, 바위로만 이루어진 골산(骨山)과 나무가 무성한 토산(土山)을 구분해 그리지 않은 잘못을 저질렀다고 했습니다. 저야 무슨 뜻인지 모를 말이었지만, 이 그림도 세상에 남겨둔다면 훗날 부끄러움을 사리라 했습니다."

골산인 경우에는 매섭고 준엄한 서릿발준법[霜鍔皴法]과 도끼발준법[斧劈皴法]을 아울러 쓰며 선묘(線描)로 이를 표현하고, 수목이 우거진 토산은 이른바 미가운산법(米家雲山法)이라는 묵묘(墨描)로 이를 표현해야 한다는 화론을 염두에 두고 고강이 경계로 삼은 모양이었다.

주인이 앞에 펼쳐 보이는 그림을 유심히 살피던 승종은 숙연한 표정으로 거듭 고개를 끄덕였다. 고강이나 대우, 최발 등은 그림이든 시든 노래든 모두 이전의 것과는 달라져야만 한다고 한목소리를 냈었다.

당대 인사들은 글에 도를 싣는다는 문이재도론(文以載道論)을 숭상했기에 그것이 주조를 이루었다. 문장이나 시부(詩賦) 등 사장(詞章)은 물론이고 그림이나 음악도 마땅히 그래야만 한다고 믿었다. 글과 마찬가지로 그림이나 음률에 있어서도 도를 싣는 것을 으뜸으로 쳤다. 그런데 중국 것을 맹목적으로 추종하는 경향이 없지 않았다. 기법은 배워 와 발전시키는 것이 마땅한 일이라 하겠지만,

산 모양까지 중국의 마이형(馬耳形) 산을 그대로 옮겨 그리고 있었다. 그래서 우리 산천을 표현하기에 알맞은 새로운 그림 기법을 창안해야 한다고 고강은 강조했었다. 그림을 보고 있자니, 그의 완강한 주장이 귓가에 쟁쟁 징 소리처럼 크게 울리는 듯하였다.

"이 그림에 관해서 언급한 것은 없었습니까?"

굽이굽이 꿈틀거리며 흘러내린 산 모습이 아까부터 승종의 눈길을 끌었다.

"아, 그 그림 말씀입니까? 그렇지 않아도 말씀드릴 참이었습니다. 손님 앞에 놓인 그림과 이 그림이 비슷하지 않습니까."

정 진사는 승종 앞에 비슷한 그림을 펼쳐놓았다.

"그렇군요. 같은 산을 그린 것이로군요."

승종의 말을 귓결에 들으며 솔은 고개를 갸웃이 기울여 그림을 살펴보았다.

"헌데, 제가 보기에는 두 그림 사이에 아무런 차이가 없어 보이는데, 이 그림은 없애야 한다고 했습니다. 왜냐하면 산 형세가 '소리 무늬'를 짓고 있는데, 이 그림 속의 산은 아무 소리도 내지 못하고 벙어리로 앉아 있을 따름이라는 것이었습니다."

도무지 당치 않은 주장 아니냐는 듯 정 진사는 승종의 동의를 구하는 눈치였다. 그러나 승종은 아무 대꾸 없이 옆의 그림을 주시하고 있었다. 솔도 그림에서 눈을 떼지 못했다.

언젠가 들은 고강의 말이 새삼스레 승종의 귀를 울렸다. '만물을 수정처럼 투시하는 맑은 지혜는 젊음으로 얻어지는 총명이 아니라네. 내가 초목으로 뒤덮인 산을 왜 골산으로 그리는지 아는가.

눈이 보는 유(有)의 근원을 보이지 않은 무(無)에서 찾으려는 노력일세. 이는 늙음만이 지니는 혜안이라네.'

만물이 나고 죽는 것의 차이 없음과 형체의 근원에 관한 사유는 승종 등 여러 동무들 사이에 자주 입에 올리고는 했던 화제였다. 예컨대 형체는 움직여 형체를 낳지 아니하고 그림자를 낳고, 소리는 움직여 소리를 낳지 아니하고 울림을 낳는다. 무는 움직여 무를 낳지 아니하고 유를 낳고, 삶이 있는 것은 곧 삶이 없는 것으로 돌아가며, 형체가 있는 것은 곧 형체가 없는 것으로 돌아간다는 노장의 도가적 이치였다. 삶이 없는 것은 본시부터 삶이 없던 것은 아니고, 형체가 없는 것도 본시부터 형체가 없었던 것은 아니다. 이렇게 말하는 것은 곧 존재의 배후에 있는 깊은 표현 정지의 무를 보라는 것, 형상 뒤에 있는 형상, 유의 배후에 있는 무, 항상 유를 포섭하고 있는 무를 포착하라는 자신을 향한 당부와 각오에 다름 아니었다.

"그런데, 이 그림 속의 산을 좀 유심히 지켜보라는 것이었습니다. 끊임없이 출렁거리며 흐르고 있는 산세를 가만히 보고 있으면 저절로 어깨춤이 일어나지 않느냐는 것이었습니다. 귀공 생각은 어떻습니까?"

승종은 저도 모르게 책상다리를 풀고 그림 앞에 무릎을 꿇고 고쳐 앉았다. 솔은 그림과 승종의 입을 번갈아 지켜보았다.

"그렇군요. 아까부터 무슨 여운 같기도 하고 메아리 같기도 한 그런 아련한 음향이 귓전을 맴돌고 있는 것 같아 이상하다 싶었습니다. 그 음향의 출처를 더듬어 몇 번이나 두리번거렸으나 종적을 찾을 수 없었는데 바로 이 그림에서 나는 소리였군요. 그렇습니다. 이 산은 '소리 무늬'를 지으며 흐르고 있습니다!"

승종의 엄숙한 태도와 진지한 표정 앞에 정 진사는 겸연쩍은 듯 턱수염을 쓰다듬었다. 승종의 말에 솔은 속으로 크게 고개를 끄덕였다.

고강은 마침내 한 경계를 뛰어넘어 구극의 경지에 들어섰음에 틀림없었다. 무릇 산수화에는 산의 기운이 화폭에 생생하게 살아 있어야 하고, 그 그림을 보고 있는 사람의 가슴속에 저절로 자연의 신기(神氣)가 북받쳐 올라오게 하는 경지, 그것이 으뜸의 경지라 하였다. 바로 눈앞의 그림이 속삭이고 있는 저 아름다운 음률을 내 가슴이 지금 분명히 듣고 있지 않은가. 산수를 그릴 때에는 뜻이 붓 앞에 있어야 한다, 했는데 외형의 산이 아니라 산의 음률로써 우주의 끝을 노닐게 하지 않는가. 더 높은 경지는 또 어떤 것이 있는지 사뭇 헤아릴 길 없지만 고강은 분명 한 경지를 뛰어넘어 더 높은 어떤 궁극의 경지에 다다른 것임에 틀림없어 보였다.

"제 안목이 미치지 못해 잘 모르려니와, 그린 이가 가진 것을 다 바치고 나서야 겨우 얻을 수 있는 궁극적인 경지의 훌륭한 그림 같습니다. 즉 몸에 꽂힌 정신이라는 심지를 고스란히 다 태우고 나서야 가까스로 얻어낸 심원한 경지의 그림이 아닌가 생각됩니다!"

"그렇습니까! 그래서 그때 그가 득의의 표정으로 이 그림의 소리를 들어보라고 제게 재촉했던 것이었군요! 그런데, 이 그림을 마지막으로 모습을 보이지 않아 그렇지 않아도 궁금했는데, 귀공께서 비보를 전해주시어 궁금증은 풀었지만, 애석한 일입니다. 앞으로 더 훌륭한 그림을 그릴 수 있는 높은 경지에 이른 인사가 세상을 떴다 하니…….”

“이 그림이 마지막 그림이라고 했습니까?”

“예, 귀공의 감식안이 가히 경탄스럽습니다.”

붓을 든 채 좌탈의 형상으로 굳어 있던 고강의 유골이 승종의 머릿속에 가득 펼쳐졌다. 어느새 그의 눈에 눈물이 그렁그렁 고였다. 잠시 눈을 슴벅이고 있던 승종이 정 진사를 이윽히 쳐다보았다.

“이 그림을 제게 양도해줄 수 있겠습니까?”

“그럼요. 귀공께서 임자신데 양도랄 것 있겠습니까.”

“사례는 마땅히 하겠습니다. 집안 어른께서도 매우 흐뭇해하실 겁니다.”

“사례라니 당치 않습니다. 당장 꾸려 가시지요.”

“아닙니다. 이런 귀물은 가벼이 다루어서는 안 됩니다. 제가 마땅히 양도받는 절차를 밟도록 하겠습니다.”

“귀공의 뜻이 그렇다면 어쩔 수 없는 일이지만…….”

“일단 한양으로 올라갔다가 짬을 내 다시 오겠습니다. 그때까지 잘 간수해주시기 바랍니다.”

“귀공의 말씀, 명념하겠습니다.”

고강을 만나다!

삼거리 주막 앞에 다다른 솔은 걸음을 멈추었다.

한양 방향으로 길을 잡아 몇 걸음 옮기던 승종은 종자의 귀띔에
뒤를 돌아보았다.

"여기서 작별 인사를 올려야 하겠습니다."

솔의 말에 승종이 의외라는 표정으로 다가왔다.

"왜 그러십니까? 한양으로 가서 대우를 만나자고 하지 않았습
니까?"

"그것보다는……."

"새로운 노래를 구하고자 고생을 겪고 있는 특별한 낭자라고 대
우가 서찰에 쓴 것을 제가 읽었습니다. 통찰력이 남다른 동문데,
낭자를 꼭 돕고 싶다고 했습니다. 함께 한양으로 갑시다. 대우와
의논하여 낭자가 노래 찾는 일을 제가 적극적으로 돕겠습니다."

노래를 찾겠다니 무슨 노래를 어떻게 찾겠다는 것인지 그 깊은
속내를 다 헤아려 알 수는 없었다. 그러나 무엇인가 남이 하지 않
는 소중한 일을 도모하고 있는 것은 틀림없어 보였다. 승종은 이미
낭자에게 힘이 되어주리라 결심하고 있었다.

"저는 산으로 올라가겠습니다. 잠시나마 고강 선생의 묘소를 지
키고 싶습니다."

뜻하지 않았던 대답에 승종은 놀란 눈으로 솔을 뚫어지게 쳐다
보았다. 도움의 손길을 뿌리치고 외진 산골에서 고강의 묘소를 지
키겠다니, 여간 용기로써 할 수 있는 일이 아니었다. 혈연도 아닌
데다 세속적 인연도 없는 사람이, 더구나 여자의 몸이 아닌가. 승
종은 얼른 납득이 가지 않았다. 깊은 산속에 있는 초막이 어찌 아
녀자의 보금자리로 마땅하다 할 수 있겠는가. 어떤 위험이 닥칠지

모르는데, 고생을 사서 하려는 까닭이 무엇이란 말인가.

그러나 승종은 곧 고개를 끄덕였다. 솔의 얼굴에 새겨진 굳은 결의를 읽었던 것이다. 얼굴에 새겨진 결의가 낭자의 의도와 심정을 충분히 짐작케 하고도 남음이 있었다. 더구나 대우의 서찰이 떠오르자 만류할 생각을 접을 수밖에 없었다.

낭자가 찾아 나선 노래가 어떤 것인지 모르지만, 그 노래에 고강의 예술혼을 받아 담으려는 간절한 소망을 알아차린 승종은 문득 솔의 등을 다독였다.

"고맙소. 아무쪼록 뜻한 바를 이루시오. 경해사 지운 스님에게 양식은 부탁해두겠소. 노래를 이룬 다음 반드시 대우와 나를 찾아와야 하오."

주막에서 주모로부터 주워들은 이야기만으로도 자극은 충분했을 터였다. 정 진사 사랑에서 함께 구경한 서른 점 남짓한 고강의 그림에 어찌 매료되지 않을 수 있었겠는가. 고강의 그림에 감동한 나머지 고강이 그림을 그린 처소에 머물겠다는 낭자의 결의가 미쁘기 그지없었다. 그래 그의 산소를 돌보며 그의 처소에 머무는 동안 어쩌면 찾아올지도 모를 어떤 높은 예술의 경지, 그것을 어찌 흠모하지 않을 수 있겠는가. 그 초막에 머무는 동안 어떤 노래의 진수를 만나게 되는지 어찌 알겠는가. 그런 기대와 예감으로 남모르게 가슴 떨고 있을 낭자를 승종은 유심히 바라보았다. 그의 눈에 감탄의 기운이 감돌았다.

묵묵히 발끝으로 땅을 헤집고 있던 솔은 눈을 들어 승종을 쳐다보았다. 얼굴에 미소가 감돌았다. 승종의 배려와 당부가 기운을 북돋아주었던 것이다.

한양으로 가는 길로 접어든 승종은 몇 번이나 뒤를 돌아보았다.

승종을 배웅한 다음 타박타박 한나절 걸음품을 팔아 솔은 고강의 떳집에 이르렀다. 방 안에 오동나무 궤를 벗어두고 먼저 고강의 산소를 찾아 올라갔다. 무덤 앞에 이르러 공손히 절을 올린 다음 무릎을 꿇고 고강의 명복을 빌었다.

'……진수란 정작 마음으로밖에 볼 수 없는 것인데, 눈으로 보는 것만으로 만족하는 사람들의 구습을 벗어버리고 진정 마음으로 보기 위해 홀로 여기 은거하며 길게 사유하고자 한 당신의 뜻을 어렴풋이나마 알 것 같습니다. 강이며 산이며 바위며 나무며 구름 들이 어찌 사람들의 눈에 보이는 모습만으로 이루어져 있겠습니까. 깊은 속 천변만화를 꿰뚫어 알지 않고 그것을 다 안다고 믿는 천박함을 용납할 수 없어 번민한 당신의 강직함을 소녀는 조금 알 듯합니다. 만상의 존재 이유와 그 이치를 기존의 틀을 깨고 그 틀 밖에서 새롭게 찾으려 한 당신의 안타까운 노력에 소녀의 고개가 절로 숙여졌습니다. 모든 동식물들은 다 스스로의 의지와 조건에 맞게 생존하는 법, 스스로의 의지와 그 시각이 아니고서는 바르게 보지도 바르게 알지도 못하는 것인데, 그것을 깨닫지 못하고 오로지 체득한 관념에 의해서만 지득할 뿐 더 바르고 깊게 알려고 하지 않는 세상 사람들의 방관과 태만을 용납하지 않으려 한 당신의 준열한 정신을 소녀는 가슴에 깊이 새겨두었습니다. 인간의 눈으로써는 도무지 파악할 수 없는 사물의 근원적인 언어외 존재 그 자체에 내한 답을 찾고, 그러기 위해 자신의 피를 말리며 궁구한 당신의 치열한 정신에 감복했습니다. 사물 스스로의 눈으로 지각하고 그대로 그려서 얻고자 지닌 피를 다 태워버린 열정에도 감명받았습니다. 당신의 높은 뜻과 이상을 제가 다 파악했다고는 감히 말할 수 없습니다. 다만 당신께서 한사코 부정했던 전작의 흠결, 그 흠결들을 메워가다 보면 마침내 사물 스스로의 의지와 그 눈으로 사물을 그려낼 수 있으리라 믿은 당신의 무모한 열정이 저를 이곳으로 이끌었습니다. 당신의 그 열정을 제가 찾고자 하는 노래의 방편으로 삼고자 여기에 온 것입니다. 제게 힘이 되어주십시오……'

봉분은 듬성듬성 떼가 성글었고 흙이 푸슬푸슬 일어났다. 봉분을 한 바퀴 돌며 손으로 뗏장을 토닥토닥 다졌다. 그래도 마음이 놓이지 않았다. 되쳐 한 바퀴 더 돌며 흙과 뗏장을 다지고 난 뒤 뗏집으로 내려왔다.

각오를 한 만큼 뗏집에서의 생활은 한가할 겨를이 없었다. 아침저녁으로 묘소를 참배하고, 낮이면 뗏집에서 바라보이는 강과 그 강 건너의 산을 바라보는 것을 중요한 일과로 삼았다. 뗏집을 나가 그림과 일치된 광경을 찾는 일도 쉽지 않았다. 어쩌다 그림과 일치되는 광경이 펼쳐져 있는 것을 발견했을 때의 기쁨은 하늘에라도 오른 듯 용솟음쳤다. 주막에서 본 그림과 비슷한 풍경도, 정 진사 댁의 그림들 가운데서 보았던 산과 강도 찾아냈다. 그림에서 보았던 경치를 발견할 때면 한나절씩 그곳을 바라보며 구름처럼 일어나는 상념을 기억에 여투어두었다. 여러 광경들이 각기 다른 상념을 불러오고 같은 광경도 아침저녁 찾을 때마다 각기 다르게 보여 한 장소도 여러 번 거듭 찾게 되었다. 가슴속을 흘러가는 상념은 늘 모습을 달리해 하늘을 가로질러가는 구름들보다 더 변화무쌍하였다.

강과 산은 생명의 원천이며 정감의 곳간이었다. 그침 없이 흐르는 강과 언제나 같은 자리를 지키고 있는 산이 속삭이는 말을 비로소 알아듣는 사람은 지혜와 덕이 높은 것이다. 고강은 강과 산이 속삭이는 말을 다 알아들었으리라. 그렇지 않고서야 어찌 그런 심오한 경지의 그림을 그릴 수 있었겠는가. 게다가 그 강과 산의 품 속에서 삶을 엮어가고 있는 민초들의 모습을 제대로 그려낼 수 있었겠는가. 가까스로 고강의 심오한 정신을 엿본 것 같은 느낌에 용기가 솟아오르고는 했다.

그렇듯 고강의 그림을 더듬으며 바쁘게 보내기를 두어 달여, 어느 날부터 솔은 떳집에 칩거하였다. 아침저녁 고강의 묘소 참배와 몸이 필요로 하는 작은 움직임 외에는 일체 바깥출입을 끊고 방 안에 정좌하였다. 눈을 감고 앉은 다음 정 진사 댁에서 봤던 고강의 그림을 머릿속에 복원해 그려나가고는 했다. 머릿속에 그림이 펼쳐지면 그 그림 속에 전개되어 있는 고강의 화의를 탐색해나갔다. 금방 마음속을 가득 채워오는 감동이 있는가 하면, 아무리 궁리해도 안개 속 풍경처럼 어렴풋할 뿐 분명히 잡히는 상념이 없어 안타까울 때가 더 많았다. 자신의 지식이 어찌 고강의 고준한 학식을 넘볼 수 있겠는가. 그는 거벽으로서도 손색이 없다 하였다. 자신은 교방에서 겨우 해소수 남짓, 서책을 기웃거리기만 했을 뿐 아직 문리가 트기에는 요원한 지경이었다. 고강이 화의를 다 밝혀 알아내려면 자신의 학식이 그의 학문에 근접해야만 하리라. 그러나 학식이 옅은 자신은 그 표피에도 이르기 힘든 처지이니 이를 어쩌랴.

그러나 솔은 영특하여 곧 그림이 던지는 감동만으로 그림을 어느 정도 자신의 정신적 자양분으로 삼을 수 있게 되었다. 칩거가 한 달이 또 지나가고 나서야 그 경지에 겨우 이르렀으니, 그것 또한 쉽게 얻을 수 있는 것은 아니었다.

깊이 생각하고 또 깊이 궁리하여, 그 상념이 고통으로 그리고 번민으로 변환해 핍박하고 담금질한 까닭인가, 솔은 나날이 얼굴이 헬쑥하고 파리해져갔다. 눈만 번뜩일 뿐 나날이 기력이 소진되어 갔고 몸이 쇠약해져갔다. 묘소 참배는 거르지 않았으나 몸을 돌봐 곡기를 찾는 일은 게을리하였다.

어느 날부터인가 떳집 앞 바위에 앉아 강 건너 너울너울 흘러내려간 산을 바라보며 해를 보내고는 했다. 저 산이 노래 부르도록 그림으로 그려낸 경지는 어떤 것일까. 아무리 깊이 궁구해도 절망밖에 만나지지 않았다. 고강은 마침내 한 경계를 뛰어넘어 구극의 경지에 올라섰음에 틀림없다고 했다. 사람의 가슴속에 저절로 자연의 신기가 북받쳐 오르게 하는 경지, 외형의 산이 아니라 산의 음률로써 우주의 끝을 노닐게 하는 경지, 즉 몸에 꽂힌 정신이라는 심지를 고스란히 다 태우고 나서야 가까스로 얻어낼 수 있는 심원한 경지에 이르렀다 하였다. 그러나 어찌 그 경지를 넘볼 수 있단 말인가. 솔은 나날이 대꼬챙이처럼 말라갔다.

그러던 어느 날 쇠잔한 몸에서 노래가 흘러나오기 시작했다. 마음속에 펼쳐진 고강의 그림과 그의 탐색과 번민이 서로 어우러져 자신도 모르는 사이 소리가 되어 입을 통해 밖으로 나왔던 것이다.

어떤 노래의 기운이 몸을 가득 채운 나머지 스스로 넘쳐 밖으로 흘러나온 것이다. 그렇게 며칠 동안 노래를 부르던 솔은 드디어 항아리를 앞에 놓고 뚜껑을 열었다.

몸을 바로 하고 목을 가다듬었다. 눈을 지그시 감고 잠시 상념의 길을 따라 한동안 바장였다. 한없이 펼쳐져 있는 상념의 길을 따라 오르내리던 중 이윽고 항아리를 향해 노래 부르기 시작했다. 노래는 샘물처럼 솟아나왔다. 그림의 가장 높은 경지는 어떤 것인가. 세상을 만든 이의 뜻과 그 눈으로 보는 것이 아닐까. 시의 가장 으뜸 경지는 어떤 것인가. 세상을 만든 이의 뜻과 정감을 그대로 재현해내는 것이 아닐까. 천지간에 가장 으뜸 노래란 어떤 것인가. 세상을 만든 이의 귀를 넉넉하게 만들 수 있는 물소리 바람 소리 이런 것이 아닐까. 지금 나의 노래는 어떤 경지에 이르러 있는 것일까.

솔은 불현듯 노래를 그쳤다. 얼굴이 흙빛이 되었다. 눈에 절망의 빛이 가득 고였다.

'고강의 고통은 고강의 것이고, 고강의 성취 또한 고강의 것이다. 네 노래는 너의 고통으로 이루어내야지, 고강의 고통과 성취로 대신하려 하다니……?'

항아리의 질책이 통렬했다.

'……전작을 다 부정하고 피를 말리며 새로운 경지를 모색한 고강의 예술혼을 네가 노래에 구현하려면 더 많은 고생을 치른 다음이라야 해! 게다가 조금 전 네가 부른 노래, 그것에 너의 고통이 어딨어?'

항아리의 질책이 칼로 가슴을 저미는 것 같았다. 항아리를 안고 혼절한 채 솔은 한동안 꼼짝도 하지 않았다.

그날 밤.

솔은 한 사내의 방문을 받았다. 낡은 베옷 차림에 상투를 짓고 칡으로 불끈 상투를 동여맨 사내는 행색이 추레했다. 적당한 체수에 구레나룻이 얼굴을 뒤덮고 있었다. 살결은 희고 얼굴은 창백했다. 눈빛이 형형한 것이 특히 두드러졌다. 낯선 사내를, 솔은 반갑게 맞았다. 가슴 가득 기쁨이 차올랐다. 사내는 스스럼없이 옷을 벗었다. 바람을 쐬고 햇볕에 말린 것처럼 살갗이 부스스했다. 언제 옷을 다 벗었는지 솔도 알몸이 되어 있었다. 금방 물에서 올라온 것처럼 온몸에 윤기가 자르르 흘렀다. 봉긋한 가슴과 가느다란 허리 선, 알맞게 둥근 엉덩이가 육감적이었다. 사내가 먼저였는지 솔이 먼저였는지 서로 얼싸안았다. 둘은 곧 한 몸이 되어 뒹굴었다. 사내의 애무하는 손길이 부드럽고 감미로웠다. 마침내 그의 몸이 솔의 몸속으로 깊이 들어왔다. 순간 그만 몽롱한 채 팔에 불끈 힘을 주어 끌어안고 다리를 감아 그를 격렬하게 흡입해 들였다. 아, 아! 곧 황홀한 정원에 이르러 까무러치고 말았다.

한바탕 질펀하게 색정을 나눈 사내는 일어나 담담히 옷을 입었다. 혼절해 있는 솔에게 일별도 보내지 않았다. 사내는 훗날의 기약도 없이 방을 나갔다. 문을 열고 나간 그는 산속 어딘가로 유유히 사라지고 말았다.

이윽고 정신을 차리고 눈을 뜬 솔은 소스라치게 놀랐다. 앞섶이 헤쳐져 있고 아랫도리에 사랑의 흔적이 낭자했다. 전에 한 번도 느껴보지 못했던 열락의 기운이 아직도 온몸을 감미롭게 휩싸고 도는 것을 생생히 느꼈다.

'고강이 날 찾아왔어!'

솔은 환하게 미소 지었다. 자신을 안았던 남자의 얼굴을 떠올리려고 애를 쓰자 남자의 얼굴 대신 정 진사 집에서 본 고강의 그림들이 한 덩어리로 뭉쳐 머릿속을 가득 채워왔다. 아직도 꿈결의 기억이 생생했다. 흥분은 가라앉지 않고, 몸의 떨림이 계속되고 있었다. 그 떨림은 몸이 고강의 정신을 고스란히 다 받아들이는 감격과 충격 때문일 것이리라. 마음속으로 훨훨 춤을 추기 시작했다. 잠시 후, 입술을 깨물고 머리를 크게 주억거렸다. 고강을 유일한 낭군으로 삼기로 솔은 마음을 굳혔던 것이다.

'그래, 나는 고강의 여자다!'

앞으로 그렇게 믿고 또한 주장하리라 굳게 다짐하였다.

다음 날, 솔은 고강의 띳집을 뒤로하고 산을 내려왔다. 다시 노래를 찾아 길을 나설 운명이었던 것이다. 그 전정에 어떤 험난한 장애와 시련이 가로놓여 있을지 알 수 없었다. 앞길을 가로막고 있을 장애와 시련이 전에 겪은 어떤 시련이나 고생보다 훨씬 이겨내기 힘들고 험하다 할지라도 극복해낼 자신감이 솟구쳐 올랐다. 이제부터 고강이 동행하지 않는가. 고강과 동행하므로 어떤 높은 바위산인들 넘지 못하고, 아무리 풍랑 거센 바다인들 마침내 헤쳐 건너지 못하겠는가. 입술을 꾹 깨물었다.

은행나무의 장담

'솔이 가엾게 됐군!'

느티나무가 혀를 쯧쯧 찬다.

'누가 아니래. 벌써 사흘째 운종가로 전동으로 모전다리 부근을 헤매고 다니지만, 만후 대감 배소에 내려가고 없는 대우를 어디서 만나겠나.'

은행나무가 고개를 젓는다.

'남산골 대우 집으로 찾아가면 되잖아. 왜 쓸데없이 다리품을 팔고 다니냐구.'

오동나무가 안타깝다는 듯 이마를 찌푸린다.

'염라대왕 같은 숙부인이 무서워 저러잖아.'

느티나무가 고개를 젓는다.

'숙부인은 외삼촌 댁에 가 있잖아. 정신이 오락가락한 숙부인을 외삼촌 댁에 맡기면서 대우가 얼마나 불안해했었게. 아마 오래 못 살 것 같아.'

'솔을 처치하고 항아리를 뺏자고 할 때부터 이상했어.'

'그래도 어떻게 하나. 대우를 만나도록 해야지?'

'다 운명이지!'

'그런 막연한 말이 어딨어. 인연을 맺어주려면 제대로 맺어주어야지.'

'두 사람은 인연이 아냐.'

'인연이 아니라니?'

'그냥 그래, 글쎄!'

'어쨌든 솔은 남산골로 가게 될 거야. 거기서 집을 지키는 외사촌 누이로부터 대우 소식을 듣고 길양식까지 받아가지고 강진 길을 나서게 될 거야. 내가 그렇게 만들고 말거거든!'

은행나무가 장담을 한다.

'나도 힘을 보탤게. 아무튼 두 사람이 잘되면 좋으련만!'

오동나무가 아쉬운 듯 한숨짓는다.

남행길에 나서다

길에는 많은 생각이 깔려 있다. 발에 밟혀 굳어진 흙은 그에게 중량을 나누어 주고 간 사람들의 상념을 고스란히 다 싣고 있다. 뒹구는 돌멩이는 그를 스치고 간 사람들의 얼굴에서 인간의 희로애락을 다 보았다는 듯 노회한 눈을 하고 있다. 수없이 밟히고서도 마침내 노란 꽃을 피운 민들레는 슬픈 사람들에게 용기를 북돋아준다. 마찬가지로 늘 무방비로 밟혀 여러 잎을 다 잃고도 질경이는 끝내 깔때기 모양의 흰 꽃을 피워낸다. 길게 벋어 산모퉁이를 돌아가 사라진 길은 다가올 미지의 앞날을 막연히 연상시킨다. 아득히 먼 길은 인생 역정의 고달픔을 고스란히 보여주고 있는 듯하다. 그래서 길을 나서면 사람들은 절로 생각이 많아진다.

문득 교방 심 전율의 말이 상기된다.

'무릇 노래란 사람의 감동에서 나오는 것이다. 감동이란 마음속에 일어나는 파도와 같은 것이다. 마음속의 파도는 왜 일어나는 가. 세상일로 인해 받는 영향 때문이다. 사랑, 미움, 기쁨, 슬픔 이런 것들이 바람처럼 마음에 파도를 일으켜 노래를 불러내는 것이다. 이것이 간절하면 간절할수록 듣는 사람을 깊이 감동시키는 것이다. 간절하지 않으면 그것을 노래라 할 수 없다. 사람이 가진 열정을 다 쏟아 넣어야만 가까스로 높은 경지의 노래를 얻을 수 있는 것이다.'

언제쯤 그 간절함을 온전히 구현해낼 수 있을 것인가.

한양을 등지고 떠난 지 사흘째 되던 날이었다.

솔은 산자락을 따라 타박타박 걷고 있었다.

산자락의 오솔길은 강을 따라 벋어 있었다. 강물 흐르는 소리가 귀를 간질였다. 걸음을 재촉하던 솔은 어디선가 들려오는 낯익은 거문고 소리에 문득 멈추어 섰다. 물소리나 바람 소리를 잘못 들은 것인가, 귀를 쫑긋 세우고 소리를 더듬어 찾았다. 낯익은 거문고 소리가 틀림없었다. 단속적으로 이어지기를 반복하는 것이 거문고 가락이 틀림없지만 그래도 이런 외진 곳에서 거문고 소리라니, 반갑기는 했으나 믿어지지가 않았다. 사방을 둘러 살펴도 가까운 곳에 마을이 있을 것 같지 않았고, 거문고 소리가 들려올 만한 곳도 보이지 않았다. 하늘 어디에서 들려오는 다른 소리인가. 그러나 귀에 익은 거문고 소리를 잘못 들을 리 없었다. 조심스럽게 귀를 기울이며, 소리가 들리는 방향을 짐작으로 헤아리며 발걸음을 그쪽으로 옮겨놓았다. 방향을 옳게 잡은 것인가. 거문고 소리가 점점 더 또렷해졌다. 확신이 서자 걸음을 한결 재촉하기 시작했다. 소리를 좇아 재바르게 옮기던 발걸음이 산모퉁이를 하나 돌아 나갔다. 그런데 또 다른 산모퉁이가 앞을 가로막았다. 산모퉁이가 여럿 겹쳐 있어 멀리서는 하나로 보였던 모양이었다. 두 번째 산모퉁이를 돌아 나가자 거문고 소리가 한결 높고 또렷해졌다. 세 번째 산모퉁이를 돌아 나가자 거문고 소리가 제 미묘한 선율을 또렷이 갖추고 생생하였다.

이윽고 널따란 시냇가에 다다랐다. 흐르던 시냇물이 머물러 잔잔한 호수를 이루고 있었다. 건너편 절벽을 이루고 있는 기암괴석이 그림 속 풍경처럼 수려했다. 수면에 던져진 기암괴석의 그림자는 그대로 한 폭의 그림처럼 아름다웠다. 호면에 그려진 그림자 속의 기암괴석 위에 정자가 어른거렸다. 눈을 들어 살피니 기암괴석 위에 정자가 유유히 앉아 있었다. 그러고 보니 거문고 소리가 거기 어디쯤에서 들려오는 것에 틀림없었다.

널따란 자갈밭을 끼고 언덕으로 올라가는 길을 찾아 발걸음을 옮겨놓았다. 언덕을 올라서니 천애 절벽이던 기암괴석이 편평한 산자락으로 이어져 있었다. 절벽 위에 누각이 서 있고 편평한 산자락 쪽에 아담한 정자가 앉아 있었다.

누각과 정자가 모두 사람들로 붐볐다. 누각에는 화선지에 붓질하느라 여념이 없는 축과 술상을 가운데 두고 잔을 주고받는 이들도 보였다. 정자에도 시전지(詩箋紙)에 붓을 희롱하는 시인 묵객들이 있는가 하면 여러 무리가 술상을 가운데 두고 술잔을 나누며 담수를 나누고 있었다. 인근 풍류객들이 모여 풍류방을 연 모양이라고 솔은 짐작하였다. 대현 고을에서도 가끔 보았던 광경이었다. 대현 고을에 있을 때 대갓집 사랑방이나 누각에서 열린 풍류방에 몇 번 불려 가 여창가곡[11]을 부른 일이 있어, 낯설지 않은 광경이었다.

누각과 정자 안팎에서 그들의 수발을 들고 있는 장정들과 아낙네들의 움직임이 분주하고 번다했다. 심부름하는 사동들은 여기저기서 부를 때마다 예이, 예이, 길게 뽑아 대답을 하고 부리나케 달려가 분부를 받고 시행하였다.

이윽고 솔은 거문고를 타고 있는 율객을 발견하였다. 탄주하는 현에서 눈을 들어 하늘을 그윽이 쳐다보는 그의 표정과 갱연한 거문고 가락이 그림처럼 어울렸다. 유유히 하늘을 가로질러 가뭇없이 사라지는 봉황 한 쌍의 자취를 그려 보이는 듯 들을수록 현묘하고 유장했다. 중중모리에서 휘모리장단으로 넘어갔다. 현을 뜯는 술대를 잡은 그의 손이 바람을 탄 듯 가볍다. 갈기를 세운 천리마가 바람을 일으키고 숨 가쁘게 달려가는 것 같다. 거문고 가락에 몸이 조여든다. 얼마 동안이나 그렇게 도취해 있었을까. 영영 놓아주지 않을 것 같던 거문고 소리가 뚝 그치고 문득 솔을 내팽개친다. 숨 가쁘게 홀로 달려가던 거문고 탄주가 뚝 걸음을 멈춘 순간 기다렸다는 듯 줄풍류가 머리를 들고 일어났다. 상영산의 느리고 유장한 가락이 분위기를 바꿔 좌중을 느긋하게 한숨 돌려놓았다.

정자 앞뜰 숙설간을 기웃거리는 구경꾼들이 여럿 있어 솔은 슬그머니 거기에 끼었다. 숙설간의 숙수는 구경꾼들에게 야박하지 않았다. 국이며 밥을 아끼지 않았고 떡도 듬뿍듬뿍 쥐어주었다. 주

---

11 관현악 반주에 시조 시를 노래하는 가곡의 한 연주 형태. 남창, 여창, 남녀창 등이 있음.

렸던 솔도 국밥 한 그릇을 받아 들고 숙설간 옆에서 후룩거리며 게 눈 감추듯 먹어치웠다. 숙수는 벌리고 있는 손에다 인절미를 듬뿍 쥐여주었다. 인절미는 다음 끼니를 염려하며 등짐 속에다 간수하였다.

속을 채우고 있는 사이 중영산, 세영산, 가락덜이를 다 마친 듯 상현도드리에서 밑도드리로 넘어가고 있다. 염불, 타령, 군악까지 본풍류를 마치자 비단 치마저고리에 어여머리를 한 여창 가객이 몸을 일으키고 앞에 나섰다. 젓대, 피리, 장고 등 관현악이 일어나고 고운 자태의 여창 가객이 숨을 가다듬고 목을 틔웠다. 동창이 밝았느냐…… 우조 이삭대엽[12]의 평평한 율조가 미끄러져나갔다. 중거, 평거로 넘어갈 즈음 누군가 다가와 앞을 가로막았다. 여창 가객과 솔 사이에 문득 낯선 사내가 들어서 둘 사이를 가로막고 섰던 것이다.

"솔이!"

이름이 불리자 소스라치게 놀란 솔은 부리나케 주위를 두리번거렸다. 말을 붙인 상대를 자세히 살필 겨를도 없이 솔은 재빨리 몸을 숙설간 뒤로 숨겼다. 혹시 쫓아오는 사람이 없는지 겁먹은 눈으로 두리번거렸다. 사실 이름이 불린 순간 상대가 누군지 금방 알아보았다. 성진이었다. 성진이 숙설간 뒤로 돌아와 숨어 있는 솔이 앞에 우뚝 섰다. 그러고 보니 아까 거문고를 타던 율객이 바로 성진이었다. 그러나 설마 성진이랴 싶었다. 솔의 모색을 살핀 성진은

---

12 가곡 가운데 기본이 되는 곡으로. 약 십오 분 정도 걸리는 느린 곡.

울컥 목이 멘 얼굴이었다. 초췌하고 여윈 솔의 모습에 그만 울상을 짓고 눈을 슴벅거렸다. 눈에 눈물이 핑 감돌았다. 쯧쯧, 혀를 찼다.

"너, 이 꼴이 다 뭐냐?"

"……."

"이 고생하고 다녔어?"

성진은 목이 멘 채 힐난을 계속했다.

성진의 기억에 솔은 통통한 볼에 미소가 감돌고 눈도 서글서글했다. 살결도 옥으로 빚은 듯 곱고 아름다웠다. 먼빛으로 바라보기만 해도 가슴이 뛰고는 했다. 그런데 지금 앞에 있는 몰골은 옛 자태의 흔적조차 찾아볼 수 없었다. 홀쭉한 볼에 눈은 십 리나 쑥 들어가 있었다. 쥐어짠 빨래처럼 온몸에 물기 한 방울 없이 메말라 보였다. 남장이 아니라도 알아보기 힘든 모색이었다. 비슷하다는 생각에 그래도 긴가민가하여 뜯어 살피다 다가와 확인한 성진은 가슴이 먹먹했다. 그러나 다른 사람의 눈을 두려워하며 솔은 계속 주위를 두리번거리고 있었다.

"이곳 비봉은 대현 고을과 수백 리 떨어져 있어. 너를 알아볼 사람은 아무도 없어."

주위를 두리번거리며 경계하는 것이 딱했던지 성진이 안심을 시켰다. 성진을 본 순간 대현 고을 추쇄꾼이 먼저 떠올랐던 솔은 성진의 말에 가까스로 마음을 놓았다.

"이곳 풍류방에 선생님이 초청받았는데, 몸이 안 좋아 내가 대신 온 것이야. 다른 걱정은 말아."

성진의 말에 가까스로 여유를 찾았다. 성진의 애틋한 감정을 모를 리 없는 솔은 비로소 울컥 가슴이 멨다. 성진의 눈을 바로 쳐다보지 못하고 발끝으로 눈을 내리깔았다. 반가워 마음이 설레기도 하였다. 그의 눈빛과 말소리는 언제나 다정했다. 성진은 투정을 곧잘 받아주고는 했다. 늘 솔을 먼저 배려하고는 했던 성진의 모습이 상기되자 오랜만에 편안한 감정을 느꼈다. 문득 그의 가슴에 얼굴을 묻고 싶은 충동이 일어났다.

"네가 늘 걱정이었다."

성진은 오른손 엄지와 검지로 왼손 새끼손가락을 어루만졌다. 솔이가 수청 들던 날 밤 그 방을 지키면서 방 안의 오랜 침묵을 견디지 못하고 돌로 내려찍은 흉터가 도드라져 만져졌다. 그의 말이 따뜻하게 데운 손처럼 솔의 가슴을 어루만졌다.

"그래, 왜 떠난 거야?"

잠시 대답을 망설였다.

"살기 위해서……."

예상치 않았던 대답에 성진은 미간을 좁혔다.

"사또를 비롯해 다 너한테 얼마나 잘해줬는데?"

"내게 잘해주었나. 항아리를 보고 그랬지."

"어쨌든, 너는 남다른 재주를 타고났다고, 선생님도 네 칭찬을 가끔 하셨어."

"그랬어? 그런데 그 목침은 어디가 아픈데?"

성진은 어색한 미소를 지었다. 목침이란 성진이 탄주할 때 자칫 작은 실수에도 곧잘 목침을 날리던 심 견율을 두고 이른 말이었다.

"중환은 아냐. 귀찮으니 나를 보낸 것이지."

"지금도 그렇게 모질어?"

"그 성질 어디 남 주겠어."

"고을에서 아직도 나를 찾고 있어?"

"네가 사라지고 온 고을이 발칵 뒤집혔어. 사또가 방방 뛰며 원근에 추쇄꾼을 풀어놓았지만 서너 달이 지나도록 아무 성과가 없자 어쩔 수 없이 거둬들였어. 행수 초월이, 항아리가 노래를 그쳐 모야무지 도망친 것일 게라고 주장한 것이 주효했던지 더 손을 쓰지 않은 눈치였지만, 사또나 이방은 아직도 널 단념하지 못했을걸. 그래 왜 떠났는데?"

성진의 말에 다시 주위를 두리번거렸다.

"행수 초월은 알고 있었네. 항아리가 노래를 그쳤잖아. 그 사실이 발각되면 사또가 나를 살려뒀겠어. 필경 잡혀 죽을 목숨인데 교방에 붙어 있을 수 있어야지. 나중에 잡혀 죽는 한이 있더라도 일단 도망치고 보자, 그래서 야반도주했어."

"나는 그런 줄도 모르고, 너를 원망하고 있었으니……."

대현 고을 교방에서 항아리로 인해 겪은 갈등과 번민을 털어놓자 그것을 듣고 있는 성진의 표정이 이야기의 우여곡절에 따라 희비를 그려냈다.

그날 밤, 성진이 방을 주선해주었다. 오랜만에 편안하게 심신에 쌓인 피로를 씻고 몸을 녹였다.

이튿날 아침 성진이 직접 밥상을 들고 방을 찾았다. 겸상을 하여 머리를 맞대고 밥을 먹으려니 묘한 감정이 일어났다. 이렇게 머리를 맞대고 사이좋게 오래오래 살 수도 있으련만, 그럴 수만 있다면 오죽 좋으랴. 거문고 타고 노래 부르며 아옹다옹 툭탁거리며 살더라도 남부러울 것 없으리라. 성진은 나를 위해서라면 죽음도 무릅쓰리라. 밥을 먹는 동안 솔의 상념은 계속 달콤한 그 유혹 언저리를 서성거렸다.

"함께 가자. 꼴을 보니 여태 고생밖에 한 것이 없어 보이는데, 함께 가서 아무도 모를 곳에 거처를 마련하고 거기서 노래나 부르럼. 내가 선생님 뒤를 이어 교방을 맡을 것 같으니 고생시키지 않을 자신 있어."

성진도 같은 생각을 하고 있었던지 조심스럽게 유혹의 손길을 뻗쳐왔다. 오래 그리워했던 터, 성진은 결의에 차 있었다. 그의 말이 몸과 마음을 따뜻하게 감싸왔다. 건너가 그의 품에 쓰러지고 싶은 충동에 잠시 몸을 떨었다. 성진의 정성과 그의 거문고 실력이라면 세상을 살아가는 데 따르기 마련인 어떤 고난이나 슬픔도 다 막아주리라. 여자로 태어나 한 남자 잘 만나는 것보다 더 큰 행운은 없다 하지 않았는가. 그러나 다음 순간 항아리가 머리채를 잡아 뒤로 확 젖히는 것 같은 강한 충격에 잠시 달떴던 달콤한 상념으로부터 솔은 소스라치게 놀라 깨어났다.

"나도 그러고 싶어. 하지만, 나는 내가 나를 마음대로 할 수 있는 몸이 아냐."

목소리가 가슬가슬했다.

"마음대로 할 수 있는 몸이 아니라니?"

"항아리와의 약속을 지키지 않으면 안 돼."

"항아리와의 약속?"

"이 세상에 아직 한 번도 불린 적 없는 노래를 찾아 불러주기로 약속했거든."

성진은 뜨악한 표정을 짓고 쳐다보았다.

이미 항아리를 얻게 된 내력과 항아리로 인해 겪은 솔의 고통과 번민을 성진은 들어 알고 있었다. 그렇지만 세상에 한 번도 불린 적 없는 노래를 어디서 찾아 항아리에 담는단 말인가. 아무리 굳게 약속을 했다 할지라도 사람의 능력으로는 어찌해볼 수 없는 불가능한 일 아닌가. 그런 약속은 파기해도 용납되는 것이 세상의 인심이고 관행 아닌가. 그런데도 항아리와의 약속을 지키기 위해 막무가내로 고생길을 걷겠다는 솔이 성진은 어리석고 답답했다.

"아냐, 나는 노래를 찾을 수 있어. 끝까지 해보지도 않고 어찌 중도 포기하겠어."

솔은 도리어 결의를 굳혔다. 사람이 할 수 있는 일이 있고 할 수 없는 일이 있을 터, 어리석은 생각에 사로잡혀 사리 분별을 하지 못하는 솔이 성진은 답답하고 안타까웠다. 성진은 침통한 표정을 지었다. 꿈속에서도 이루기 힘든 부당한 약속에 얽매어 고생을 사서 하겠다는 솔의 어리석음이 원망스러웠다.

"아무리 그렇다 하더라도, 네 꼴을 보렴. 죽으면 다 무슨 소용이야?"

"설마 죽으려고. 죽기 전에 노래를 찾을 수 있겠지. 내가 스스로 선택한 길이야."

"그런 법이 어딨어. 사람이 우선 살고 봐야지."

"노래를 찾지 않고서는 나는 살고 싶지 않아. 반드시 노래를 찾아 부르고 말 거야."

솔의 결심 앞에 성진은 속수무책이었다.

"노래를 얻고 나면?"

"그때는 우리 만날 수 있어. 내가 찾아갈게."

솔의 말에 성진이 가까스로 서운한 마음을 가라앉혔다.

"그래 한번 들어나 보자. 네가 찾아다니고 있는 노래가 어떤 노랜데?"

잠시 후 성진이 차분한 목소리로 물었다.

"나도 잘 몰라. 교방에 있을 때는 내가 세상에 모르는 노래가 없을 만큼 다 부를 수 있는 줄 알았잖아. 여요며 민요, 잡가는 물론 가곡, 가사, 시조창도 다 부를 수 있었으니까. 하지만 그런 노래와는 다른 어떤 노랠 거야."

"그런 노래 말고 세상에 또 어떤 노래가 있는데?"

성진이 볼멘소리로 물었다.

솔은 고강의 일을 성진에게 들려주었다. 전작을 다 부정하고 오로지 새로운 작품을 그리기 위해 자신을 불사른 고강의 예술혼을 잊었느냐고 항아리가 꾸짖는다는 말에 성진은 강하게 도리질을 했다.

"지금까지 세상에 있던 모든 노래를 다 부정하고 난 자리에 새로운 노래를 세우겠다는 것인가……."

"나는 반드시 해낼 수 있어!"

"그럴까? 그릴 수 있을까? 그래, 새로운 노래를 세웠다고 하자. 그 새로운 노래에 과연 세상이 귀를 기울여줄까?"

성진이 의문을 제기했다.

"글쎄. 그건 내가 알 바 아냐. 세상 몫일 테지!"

"네가 알 바 아니라니, 너의 노랜데."

"항아리는, 지금까지 세상이 필요로 하는 노래가 다 불린 것은 아니라고 했어. 아직 불러야 할 노래가 무궁무진 남아 있다는 거야. 세상이 끝나는 날까지 사람들은 새로운 노래를 찾아 부를 거래."

"그럴까?"

성진이 믿어지지 않는다는 듯 도리질을 했다.

얼마 전 심 전율로부터 들은 말이 떠올랐다.

그날 성진은 마침 주위에 아무도 없자 한가한 겨를을 틈타 방에 홀로 앉아 거문고를 탔다. 처음에는 손에 익은 가락을 뜯어갔다. 그런데 마음이 스스로 한가한 겨를에 취했던지 한 번도 가지 않은 길을 타박타박 걸어가기 시작했다. 마음이 가고 싶은 길을 얼마나 따라 걷고 있었을까, 방 앞에서 심 전율의 기침 소리가 들렸다. 소스라치게 놀란 성진은 마음이 마냥 짚어 가던 걸음을 뚝 멈추었다. 방으로 들어온 심 전율은 아랫목 보료 위에 앉더니 묵묵히 장죽에 잎담배를 쟁여 부시로 불을 붙였다. 또 무슨 날벼락이라도 내려칠 작정인지 침묵의 순간이 너무 길고 육중했다. 이윽고 긴장해 있던 성진을 바라보더니, 말을 꺼냈다.

'곡고화과(曲高和寡)의 사례' 즉, '수준 높은 음률일수록 즐기려는 사람이 적다'는 말을 들어본 적 있느냐는 것이었다.

날벼락이 떨어지리라 긴장하고 있던 성진은 예상 밖의 차분한 스승의 음성에 도리어 놀라 눈을 둥그렇게 키워 뜨고 대답 없이 쳐다보았다. 그러자, 잠시 뜸을 들인 후 차분한 음성으로 말을 이어갔다.

옛날 한 가객이 여항에 널리 유행하는 사랑 노래를 부르자 듣고 자 하는 사람들이 구름처럼 몰려들어 자리를 가득 채웠다. 그러나 인생이 아침 이슬처럼 허망하다는 내용의 슬픈 노래를 지어 부르 자 그것을 들으려는 사람이 수백 인에 지나지 않았다. 그리고 노래 짓는 솜씨가 늘어 계절의 변화를 아름답게 엮어 구성지게 노래 부 르자 그것을 들으려는 사람의 숫자가 수십 인에 그쳤다. 더욱 솜씨 가 진전하여 음률을 자유자재로 구사할 수 있게 되자 가객은 가진 기예를 다 발휘하여 한결 수준 높은 진귀한 노래를 지어 불렀다. 그러자 그것을 들으려는 사람이 겨우 서너 명에 지나지 않았다. 사 람들은 귀에 익은 것을 즐기려 할 따름이지, 노래의 수준이 높아 귀에 낯설면 즐기려는 사람이 줄어든다는 것이었다. 그러니 이를 염두에 두고 늘 경계 삼아야 한다고 심 전율은 타이르듯 말했다.

심 전율은 잘 아는 선배의 사례도 경계 삼을 만하다며 덧붙여 기 억하라 일러주었다. 그 선배가 해금을 배우기 시작한 지 얼마 되지 않아서는 듣고자 하는 자가 날마다 무리를 이루어 찾아왔는데, 삼 년 만에 일가를 이루었을 때는 연주를 들으려 찾아오는 사람이 반 으로 줄어들더라는 것이었다. 기예가 높아지면 들으려 오는 사람 도 늘고 따라서 수입도 늘어나야 하는 것이 순리이겠지만 그와 반 대였다는 것이었다. 그것은 기예가 높아지면 그것을 즐기려는 사 람의 숫자가 도리어 줄어들기 때문이라는 것이었다.

성진의 말을 듣고 난 솔은 입술을 꾹 깨물었다.

"항아리가 약속했어. 고생으로 반드시 얻는 바가 있을 것이라고. 아마 사람의 타고난 정서적 길을 벗어나지 않고도 뭔가 새로운 노래를 찾아 부를 수 있을 거야."

"왜 사서 고생하려 들어. 세상이 알아주는 노래가 얼마나 많은데."

솔은 성진의 말에 본능적인 거부감을 느꼈다. 세상이 알아주는 노래를 부르며 편안하게 살아가라니, 나는 죽어도 남의 흉내나 내다 죽고 싶은 생각은 없어. 솔은 속으로 굳게 다짐을 두었다.

"나는 세상 사람들과 다르게 살겠어!"

그렇게 말하고 솔은 입술을 꾹 깨물었다. 그래 고강이 그랬듯 나도 노래를 찾아 내 몸을 아낌없이 다 태우겠어. 거듭 입술을 깨물며 결심을 굳혔다.

그날 밤, 성진이 마련해준 방에서 잠자리에 든 솔은 한숨도 눈을 붙이지 못했다. 이리 뒤척, 저리 뒤척 밤새도록 뒤척였다. 성진의 제안은 진지했다. 그는 한마디도 허투루 하지 않는 성품이었다. 그의 손은 따뜻했다. 그의 품은 더욱 따뜻하고 안온할 것이었다. 그를 생각하면 가슴이 뛰었다. 그의 거문고 재주도 이미 일가를 이루고 있었다. 그와 한세상 살아가지 못할 것도 없었다. 달콤한 유혹이 혼란스럽게 마음을 흔들어댔다. 그 유혹에 넘어가려는 심약한 자신이 안타깝기도 했다. 나는 기필코 세상 사람들과 다르게 살아가리라 결심한 것이 언젠데 이렇게 심약해진단 말인가. 고강이 생각의 문을 두드리고 방문했다. 고강이 떠오르자 입술을 깨물었다. 입술에서 피가 흘러내렸다. 피를 손으로 훔치며 짐을 챙겨 졌다. 아직 어둠이 다 가시지 않은 어둑한 길을 나선 솔은 걸음을 서둘렀다.

남사당패와 만남

햇불을 경계로 구경꾼들이 울타리를 치고 남사당 놀이판을 지켜보고 있었다. 구경꾼 울타리 맨 앞자리에 벙거지를 쓰고 붉은 띠에 남색 전복 차림의 재비들이 나란히 앉아 꽹과리, 징, 장고, 북, 젓대, 피리로 각기 장단을 맞추느라 분주했다.

잘하면 살판이요, 못하면 죽을 판이라며 재주를 넘는 살판쇠[13]가 재주를 부릴 때마다 피리 소리가 드높이 일어났다가 잦아들기를 반복하였다. 태평소 소리가 홀로 드높이 밤하늘로 솟아오르다 잦아들기도 했다. 그들 재비들과 조금 간격을 두고 겹겹으로 둘러선 구경꾼들은 숨을 죽이고 살판쇠에게서 눈을 떼지 못했다.

살판쇠가 획획 휘파람을 불며 수세미트리 재주를 넘는다. 덩덕궁이장단이 더 높아지고 재주가 절정에 이르자 구경꾼들은 손바닥이 터지도록 박수를 쳤다.

덩덕궁이가락이 자진가락으로 바뀌자 살판쇠는 앉은뱅이모말되기 재주를 펼쳐 보인다. 매호씨는 대중없이 중얼거리고 병신 절름발이 흉내를 내며 앉은뱅이모말되기 재주를 부리고 있는 살판쇠 주위를 빙빙 돌았다.

그러자 자진가락이 일어나며 살판쇠가 숭어뜀 재주로 넘어간다. 매호씨도 덩달아 살판쇠 주위를 돌다 제풀에 지쳐 풀썩 쓰러진다.

---

13 남사당패 행중 가운데 땅에서 곤두 재주를 부리는 재인.

놀이판은 자정이 넘도록 계속되었다. 솔은 마지막 덜미판이 끝나고 멍석이 치워지고 횃불이 꺼질 때까지 한곳에 웅크린 채 움직이지 않았다. 살판이나 버나재비의 묘기도 재미있었지만 어름사니[14]의 재주가 특히 아슬아슬하여 손에 땀을 쥐었다. 어름사니와 매호씨가 주고받는 사설 또한 흥미로웠다. 어름사니는 소리도 한바탕 구성지게 뽑아 올리고는 했다. 맛있게 짜나가는 목구성이 소리꾼에 못지않은 재주였다. 솔은 놀이판 어느 한 대목도 소홀히 하지 않고 머릿속에 깊이깊이 새겨두었다.

홀린 듯 감동의 늪에 깊이 빠져 있는 어느 어름, 남사당패는 장비를 챙기고 자리를 다 정리한 다음 행랑채 안으로 자취를 감추었다. 놀이판이 벌어졌던 공터에는 솔이 혼자 덩그렇게 남았다. 갈데가 마땅히 정해지지 않은 솔은 행랑채 모퉁이로 가서 처마 밑에 등짐을 벗어 옆에 세워두고 쪼그리고 앉았다.

어디든 자리 잡고 앉는 데가 잠자리였다. 벽과 지붕이 있는 방은 아예 바랄 처지가 아니었고, 움막이나 헛간도 운이 따라야 겨우 차례가 왔다. 어디를 가든 남의 집 처마 밑에 쪼그리고 앉아 밤이슬을 피할 수밖에 없었다. 그러므로 공연히 다리품을 팔며 여기저기 기웃거리고 다닐 까닭이 없었다. 처마가 길게 뻗어 나와 있어 행랑채 모퉁이도 밤이슬을 피하는 데는 모자람이 없어 보였다.

이윽고 까무룩 잠 속으로 떨어졌다.

길에서 쌓인 피로감을 씻어내는 데 그토록 긴 시간이 필요했을

---

14 남사당패에서 줄을 타는 재인.

까. 잠에서 깨어난 순간 화들짝 놀랐다. 해가 이미 중천에 떠 있고, 따스한 햇볕이 주위를 감싸고 있었다. 참새가 짹짹거리고 까치도 멀지 않은 데서 지저귀고 있었다. 가까운 데서 날개를 터는 작은 콩새의 깃털 소리도 귀에 들릴 만큼 사위가 고요했다. 그러나 인적은 없었다. 사위가 휑뎅그렁하게 텅 빈 것처럼 조용했다. 쪼그리고 앉았던 다리를 펴고 일어나 어리둥절한 눈으로 주위를 살폈다. 행랑채 문은 활짝 열려 있고 거기에도 인기척이 없었다. 어젯밤 놀이판을 벌였던 남사당패 행중은커녕 사람이라고는 그림자도 하나 보이지 않았다. 남사당패는 이미 길을 떠난 모양이었다.

그런데 이게 어찌 된 일인가. 옆에 있어야 할 항아리 궤가 온데간데없었다. 그럴 리가, 그럴 리가, 허둥지둥 이리저리 분주히 주변을 찾아보았으나 보이지 않았다. 놀이판이 벌어졌던 공터를 둘러본 다음 감연히 행랑채로 들어가 방과 허드레 곳간을 샅샅이 뒤져보기도 했다. 항아리 궤는 어느 구석에도 없었다. 본채까지 들어가 찾아보고 싶은 유혹이 강하게 일어났다. 그러나 본채 양반들이 무엇에 쓰려고 항아리 궤를 가져갔겠는가. 만약 손을 댔다면 어제 놀이판을 벌였던 남사당패 행중 가운데 누군가가 손을 댔으리라. 항아리 궤를 찾으려면 그들을 뒤쫓아야 할 것이리라.

남사당패는 어디로 가고 있을까. 규모가 작지 않았으므로 수소문하며 뒤쫓으면 찾기는 어렵지 않을 터였다. 그들을 뒤쫓을 작정으로 행랑채를 뒤로하고 힘없이 발걸음을 옮겨놓았다. 그러나 몇 걸음 옮겨놓지 않아 솔은 우뚝 걸음을 멈추었나. 산수유나무 가지에 걸려 있는 베 조각이 눈길을 사로잡았던 것이다. 자신의 낡은 등거리임에 틀림없었다. 가파른 언덕 경계에 넘어질 듯 위태하게 서 있는 산수유나무를 타고 어렵사리 올라가 등거리를 떼어냈다. 내려오려는 순간 발이 미끄러지며 몸이 휘청했다. 하마터면 언덕 아래로 곤두박질칠 뻔했으나 얼른 나뭇가지를 움켜잡고 간신히 버텨냈다. 간담이 서늘했다. 몸의 균형을 잡고 다시 내려오려던 솔은 새된 비명을 질렀다. 언덕 아래에 오동나무 궤가 나뒹굴고 있었던 것이다. 궤 주변에는 항아리가 산산조각 난 채 그 파편이 널려 있었다.

아니, 항아리가 산산조각 나다니 이게 어찌 된 일인가. 솔은 한 번도 항아리를 평범한 질그릇으로 여긴 적이 없었다. 다른 질그릇처럼 깨지리라고는 상상도 해본 적이 없었다. 구곡산에서 대나무로부터 받은 신이한 물건이므로 방외의 힘에 의한다면 모르려니와 사람의 힘으로는 결코 손상을 입히지 못하리라는 믿음이 굳었다. 노스님 앞에서 화전 일구는 김가가 힘껏 걷어차 벽에 퍽 소리를 내며 부딪혔다가 바닥에 곤두박질쳤으나 깨지기는커녕 금 하나 가지 않고 말짱하지 않았던가. 그런데 저렇듯 산산조각 나고 말다니, 이게 웬 날벼락이란 말인가.

항아리가 원하는 노래를 찾는 것이 곧 솔이 이루고자 한 꿈이고 소원이었다. 항아리의 신비한 능력에 의해 이 세상에서 가장 빛나고 오래오래 사랑받는 값지고 소중한 노래를 찾기 위해 고생길에 나선 것이었다. 힘든 길을 마다하지 않았고, 한둔과 주림을 달게 견디었다. 육신이 겪는 고통은 개의치 않았다. 마음을 옥죄는 불안과 공포도 노래를 얻으려는 신념 하나로 견디어냈다. 그런데 그 신념의 가장 중심 벼리로 삼아왔던 항아리가 산산조각 나고 말다니 이 낭패를 어쩐단 말인가. 앞으로 노래를 찾은들 그것을 어찌 알아보겠는가. 노래를 알아보고 헤아리는 눈 즉, 음률의 기본을 재는 황종척(黃鐘尺)과 다름없는 항아리가 사라지고 없는데, 글쎄 노래를 찾은들 그것의 가치를 어떻게 헤아려 알겠는가. 솔은 이 세상에 더 존재할 이유가 없어지고 만 것이다. 자신은 항아리가 청하는 노래를 얻기 위해 존재할 따름이지 않았던가.

얼마쯤 시간이 흘렀을까, 깊은 탄식과 원망은 가느다란 노래로 길게 풀어져 흘러나왔다. 얼마 동안이나 울며 탄식했을까, 목소리가 갈라지고 눈이 퉁퉁 부었다. 양 볼은 말라붙은 눈물 자국으로 구저분했다.

비탈로 내려간 솔은 부서진 오동나무 궤를 주워 올렸다. 네 귀가 어긋나고 찌그러져 있었다. 찌그러진 데를 펴고 떨어진 데를 다시 맞추어보았다. 부서지기는 했으나 귀를 맞추고 새끼줄을 주워 동여매자 아쉬운 대로 궤의 꼴이 갖추어졌다. 어디서 못이라도 구해 고정시킨다면 다시 쓸 수 있을 것 같았다. 비탈로 다시 내려간 솔은 항아리 조각을 하나하나 주워 궤 안에 담았다. 오물이 묻은 것은 닦고 흙이 묻은 것은 털었다. 파편 한 조각 한 조각이 다 소중했다. 항아리를 만난 후, 거기에 노래를 담고 퍼 올리며 지내는 동안 어느 일 하나 소중하지 않은 것이 없었다. 돌이켜보면 그 소중한 기억들이 항아리 파편에 글씨처럼 하나하나 빠짐없이 새겨져 있을 것이었다. 그런 항아리 조각을 하나라도 함부로 흘려놓고 떠날 수는 없었다. 행여 빠뜨린 게 없는지 다시 주위를 세세히 찾아 살펴나갔다. 미끄러지며 언덕 아래로 내려가 주위 오기도 풀을 헤쳐 찾아내기도 했다. 이제 더 주위 담을 것이 없겠거니 싶을 즈음 탄식 같은 가느다란 긴 노래도 문득 그쳐 있었다. 대신 입술을 질끈 깨물며 주위를 다시 둘러보았다. 주의 깊게 살펴보았으나 궤와 함께 지고 다녔던 남산골 대우 외사촌 누이가 챙겨준 여분의 짚신과 옷가지와 남은 길양식 자루는 보이지 않았다. 소용에 닿는 물건만 챙기고 소용없는 궤와 항아리는 함부로 팽개치고 간 것에 틀림없었다. 질끈 깨문 입술이 터지고 피가 흘러내렸다.

행랑채에서 새끼줄을 찾아 오동나무 궤를 얽어 묶은 다음 멜빵을 해 어깨에 멨다. 형체가 온전하지 않고 안에 항아리의 파편이 담겨 있음에도 궤가 등에 닿자 터무니없게도 낯익은 안도감이 느껴졌다. 순간 눈에 눈물이 핑 돌았다.

수소문하며 남사당패 뒤를 밟아 남행길을 짚어 나갔다. 남사당패 행중을 따라잡아 잃은 물건을 되찾고 항아리를 깨부순 불한당을 찾아내 분풀이를 하고 말리라, 강다짐을 두었다.

한나절 길이야 따라잡지 못할까. 서두르면 해안에 그들을 쫓아잡을 수도 있으리라. 출발할 때의 낙관적인 기대는 부질없는 욕심이었다. 주림과 누적된 피로 때문에 걸음걸이가 느렸던 때문일까. 쉬지 않고 걸었으나 남사당패를 따라잡기가 쉽지 않았다. 하늘에 붉은 노을이 지고 서쪽 하늘 한 모퉁이로 기러기가 길게 대오를 짓고 날아가는 것이 보였다. 능수버들 잎에 앉아 있던 찌르레기 몇 마리가 날개를 털며 산속으로 서둘러 날아갔다. 길섶에서 귀뚜라미 우는 소리가 들리고 어디선가 가냘픈 쓰르라미 소리가 들렸다.

서녘 하늘은 솔의 가슴속보다 더 검붉게 타오르고, 어디선가 매캐한 연기 냄새가 바람을 타고 날아왔다. 가까운 곳에 마을이 있는 모양이었다. 가까스로 기운을 가다듬었다.

세상을 온통 다 태우고 말 것 같던 검붉은 노을이 서서히 스러졌다. 노을이 스러지자 구름이 검은 빛을 드러냈다. 동녘 하늘 한 귀퉁이에 저녁별이 하나둘 나타나 반짝였다. 길에 어둠이 내렸다. 길모퉁이를 돌아서자 작은 불빛이 몇 군데 보였다. 다시 기운을 차리고 걸음을 서둘렀다. 마을 초입의 집에 당도했을 때는 이미 짙은 어둠이 온 세상을 뒤덮고 있었다. 집집마다 등잔이나 관솔불을 밝혀 창밖으로 어둠을 내쫓고 있었다. 울타리도 사립도 없는 집의 손바닥만 한 마당으로 들어가 부엌을 기웃거렸다. 마침 설거지를 하고 있던 아낙네가 흠칫 놀라며 일손을 멈추었다.

"먼 길을 가는 나그네입니다. 종일 걸었더니 다리도 아프고 목도 마릅니다. 처마 밑에서라도 하룻밤 이슬을 피하게 해주시면 고맙겠습니다."

공순하고 정중한 부탁을 들은 아낙네는,

"재울 방은 따로 없지만 헛간이나 추녀 밑이라도 괜찮다면 그렇게 하세요."

하고 선선히 자비를 베풀었다.

부엌 옆 추녀 밑에 쪼그리고 앉았다. 아낙네가 시장하면 먹으라고 보리밥 덩이에다 김치를 얹은 바가지를 내다 주었다. 체면을 차릴 겨를이 없었다. 낚아채듯 바가지를 받아 들고 세설스럽게 입에다 끌어 넣었다. 물까지 청해 마시고 트림을 한 다음 비로소 턱이 가슴에 닿도록 고개를 숙여 아낙네에게 고맙다는 치사를 드렸다.

　밤은 길었으나 고달픈 육신은 그 길이를 의식할 겨를이 없었다. 어느 결인지 모르게 깊은 잠의 나락으로 떨어지고 말았다. 솔이 잠에서 깨어났을 때는 이미 한나절이 기울어가고 있었다. 집은 인기척 하나 없이 조용했다. 인사라도 하려고 부엌을 들여다봤더니 바로 턱밑에 보리밥에 김치를 얹어놓은 바가지가 놓여 있었다. 옆에 물그릇도 놓여 있었다. 아낙네의 배려에 콧등이 시큰 아려왔다. 집을 비우면서 마련해둔 것으로 짐작되었다. 바가지의 밥을 얼른 비우고 물을 마신 다음 속으로 그 아낙네 집안의 무병 강녕을 간절히 축원했다. 그 집을 뒤로하고 길을 찾아 나서면서 몇 번이나 뒤를 돌아보았다. 들에서 일하는 사람들 가운데 혹시 그 인정 많은 아낙네가 없나 찾아 살펴보기도 했다. 그 마을을 벗어날 때까지 그 아낙네가 눈에 띄지 않자 고맙다는 인사도 드리지 못하고 가는 것이 서운했다.

　다 부질없는 노릇인가. 남사당패를 뒤쫓아 불한당을 찾아낸들 무슨 소용 있겠는가. 산산조각 난 항아리를 온전하게 되돌려 받을 수는 없는 일 아닌가. 여분의 짚신이며 옷가지며 길양식이야 찾아도 그만 못 찾아도 그만이었다. 항아리를 온전하게 되돌려 받을 수 없을 바에야 남사당패를 만나도 그만 못 만나도 그만 아니겠는가. 언덕 아래에다 항아리를 처박고 물건을 훔쳐 간 불한당을 찾아내 분풀이를 하고 싶지만 그들 중에 누가, 내가 불한당이오, 하고 이마에 써 붙이고 있기라도 한다면 모를까, 그렇지 않다면 불한당을 밝혀내는 것도 쉽지 않을 것이었다. 그렇듯 다 부질없는 노릇이리라, 그래서 하늘이 그들과의 만남을 틀어지게 하고 있는 것인가.

닷새째도 남사당패와의 만남이 틀어지자 솔은 반 넘어 단념하기에 이르렀다. 대현 고을을 피해 걸음을 도모한 까닭에 그들과 멀어진 것인가. 아니, 처음 그들을 만났던 장천 마을로부터 남행하려면 자연 대현 고을 방향과는 다른 길을 잡아 내려갈 수밖에 없었다. 굳이 대현 고을을 걱정하지 않고도 남행을 할 수 있는 도정이었다.

오로지 대우를 만나려는 일념으로 강진을 향해 남행 걸음을 계속하고 있었으나, 발은 계속 허방을 딛는 기분이었다. 얼마 있지 않으면 가을로 접어들어 아침저녁으로 쌀쌀한 바람이 불어올 것이었다. 해마다 가을은 언제나 쫓기듯 성급하게 떠나버리지 않던가. 이어 매서운 겨울이 들이닥칠 것이다. 겨울이 오기 전, 한둔이 가능할 때 어딘가 행처를 정해야 하리라.

아니면 이대로 이 세상을 하직하는 것도 한 방법인가. 죽음이라는 것이 머릿속에 별다른 거부감 없이 그려지고는 했다. 아니, 도리어 편안하게 느껴지기도 했다. 항아리가 없는 세상에 노래가 따로 있을 리 없지 않은가. 노래 없는 세상에 내가 살아 있을 까닭이 무엇이란 말인가. 그런 생각의 너울 속을 허우적거리고 있을 때였다. 어디선가, 풍물 소리가 희미하게 들려왔다. 그러나 잘 들으려고 귀를 모으자 사라져버렸다. 잘못 들은 것이겠거니 싶으면서도 귀를 쫑긋 세워 소리를 더듬어 찾았다. 이마 높이의 산에 서 있는 굴참나무 잎이 바람에 흔들리고 있었다. 바람이 굴참나무를 흔들고 지나가자 다시 덩더궁이 소리가 희미하게 들려왔다. 어디서 들려오는 것인가, 사방을 휘둘러 살펴보았다. 동서남북, 눈이 내달을 수 있는 방향마다 산이 가로막고 있었다. 가까운 곳에 마을이 있을 것 같지 않았다. 걸음을 서둘러 산모퉁이를 돌아 나가자 풍물 소리가 다시 들려왔다. 다시 산모퉁이를 하나 돌고, 또 하나 돌고, 또 하나 돌아 나가자 앞이 확 트였다. 하늘이 갑자기 그 폭을 커다랗게 넓혔다. 시냇물이 흐르고 들이 나타났다. 풍물 소리가 이번에는 의심할 수 없을 만큼 더 크고 분명하게 들려왔다. 어깨에 없던 날개가 돋아나고, 몸이 날아갈 것처럼 가벼워졌다. 사라졌던 힘이 솟아났다. 달리다시피 잰걸음을 서둘렀다. 아니나 다를까. 멀리 마을이 보였다. 저 마을 어딘가를 돌며 풍물패가 길놀이를 하고 있는 모양이라 짐작하며 절로 가슴이 부풀어 올랐다.

혹시 그 남사당패가 아니면 어쩌나. 그런 걱정이 없지 않았다. 그러나 풍물 소리만으로도 걸음이 재발라졌다. 발걸음을 서두르자 무심코 길에 나와 있던 메뚜기와 개구리가 놀라 다급하게 도망쳤다. 노랗게 익어가는 벼들이 묵직하게 고개를 숙이고 있는 논을 지나자 개울이 나타났다. 징검다리를 딛고 개울을 건너 언덕으로 올라가자 마을이 보이고 마을을 돌고 있는 풍물패 행중이 보였다. 앞장서 길을 쳐나가는 노란 바탕에 하늘 천 자가 쓰인 영기는 물론 '농자천하지대본(農者天下之大本)'이라 쓰인 용기(龍旗)[15] 또한 그 사당패 행중임을 크게 외쳐 말하고 있었다.

마을을 다 돌았던지 풍물패는 마침 동네 서낭당 큰 마당에 당도하여 판놀이 진영으로 들어가고 있었다. 중중모리장단으로 무리

---

15 남사당패 행중을 상징하는 누런 바탕에 용틀임 형상을 새긴 기.

를 정리하던 풍물패는 곧 자진모리장단으로 신명나게 마당을 돌
며 풍물을 놀았다. 상쇠가 가락을 잡아 중모리장단으로 넘어가자
행중의 동작도 일제히 중모리장단으로 접어들었다. 상쇠가 쇠를
한차례 힘껏 내려친 후 가락을 멈추었다. 그가 발동작을 멈추고 구
경꾼을 향해 돌아서자 다른 재비들도 모두 채를 잡은 채 손을 멈추
고 구경꾼을 향해 돌아섰다. 상쇠의 쇠가 한 번 크게 울렸다. 상쇠
를 비롯한 재비들은 일제히 구경꾼을 향해 머리를 깊이 조아리며
인사를 올렸다. 노인네들이 손뼉을 치며 인사를 받자 코흘리개 조
무래기들도 따라 손뼉을 치며 남사당패의 인사에 답례하였다. 들
일을 마치고 돌아온 마을 사람들을 위한 놀이판은 저녁이 되어야
벌어지리라.

　마을로 들어간 솔은 조무래기들 틈에 섞였다. 인사굿을 마치자
재비들은 다시 대오를 정비하여 자진모리장단으로 신명나게 마당
을 두어 바퀴 돌았다. 상쇠가 뛰던 걸음을 줄이고 숨을 고르자 다
른 재비들도 일제히 거기에 맞추었다. 상쇠가 중모리조로 장단을
잡고 동그라미를 그리며 돌자 여섯의 벅구재비가 갑자기 원을 이
탈하여 동그라미 안으로 들어갔다. 동그라미 안으로 들어간 벅구
재비 여섯은 재빨리 대오를 짓고 작은 원을 만들어 돌며 재주를 부
리기 시작했다. 상쇠를 비롯한 다른 재비들은 벅구재비의 빈자리
를 매우기 위해 대오를 다시 정비하느라 분주했다. 대오가 정비되
자 본격적인 돌림벅구판을 펼쳐나갔다. 자진모리장단과 휘모리장
단을 섞바꿔가며 눈이 따라갈 수 없을 지경으로 돌이치는 돌림벅
구판에 구경꾼들은 넋을 잃고 정신없이 박수를 쳤다.

돌아온 항아리

아까부터 온몸에 신명이 실려 어깨를 들썩이며 잠시도 재비들의 재주에서 눈을 떼지 못하고 있던 솔은, 무엇인가 다른 낌새를 느끼고 문득 고개를 돌렸다. 순간 눈에서 반짝 빛을 내쏘았다. 장구재비가 궁굴채 든 왼손으로 목에 감고 있던 것을 풀어 얼른 품에 감추는 것이 눈에 띄었던 것이다. 순식간에 일어난 일인지라 확신할 수는 없었지만 사내가 목에서 풀어 품에 감춘 것이 솔의 목수건 같았다. 남빛 비단 목수건은 교방에서부터 즐겨 지니고 다녔던 것이므로 솔의 체취가 고스란히 묻어 있는 것이었다. 어깨를 들썩이게 하던 신명이 씻은 듯 사그라지고 대신 가슴이 콩닥거리며 뛰기 시작했다. 바로 저 장구재비인가. 그 순간부터 솔은 잠시도 그 장구재비로부터 눈을 떼지 못했다. 지켜보는 시선이 거북했던지 장구재비는 몇 번이나 장단을 놓치고 허둥거렸다. 의심할 여지가 없다고 솔은 판단했다.

이윽고 기다리던 순간이 왔다.

돌림벅구판을 마치고 벅구재비들이 다시 대오로 들어오자 상쇠가 첫 장단을 세게 치고 이어 잔가락을 넣으며 숨을 골랐다. 이어 휘몰이장단으로 폭풍처럼 재비들을 급하게 한 바퀴 몰아쳤다. 폭풍이 그치고 다시 자진가락으로 넘어가더니, 상쇠가 채가 부러지라 꽹과리를 힘껏 한차례 내려친 다음 얼른 쇠에 손바닥을 대고 공명을 죽여 여운을 끊었다. 이어 재비들이 일제히 채를 힘껏 내려치고 공명을 죽였다. 풍물 소리가 일시에 뚝 그쳤다. 마을을 여지없이 들썩여놓던 풍물 가락이 잦아진 것이다.

대오를 풀고, 재비들은 각기 제 볼일을 보기 시작했다. 사람들 눈을 피해 오래 참았던 용변을 보는 재비, 미리 마련해둔 포장으로 가 풍물을 놓고 상모가 달린 전립을 벗어 간수하는 재비도 있었다. 딴청을 부리면서도 솔을 곁눈질하기를 잠시도 게을리하지 않던 장구재비는 포장으로 가 장구를 벗어놓았다. 궁굴채와 열채를 장구 위에 올려놓고 주위를 두리번거렸다. 솔과 눈이 마주치자 궐자는 급히 눈을 돌렸다. 솔은 궐자를 향해 다부지게 다가갔다. 궐자의 눈이 몰래 자신을 살피고 있는 것을 줄곧 놓치지 않았다. 궐자에게로 다가간 솔은 다짜고짜 궐자의 품 안에다 손을 쑥 찔러 넣었다. 당돌한 행동을 미리 예측하지 못했던지 궐자는 소급히 손을 털어냈다. 궐자가 친 손에 어찌나 힘이 들어가 있었던지 손목이 부러지는 것 같았다. 털려난 손끝에 그러나 이미 남빛 목수건이 걸려 있었다. 손목의 고통을 참으며 솔은 궐자를 날카롭게 노려보았다.

"당신이었군요. 훔쳐 간 물건 다 내놓으시오."

목소리를 가다듬어 남정네 목소리로 꾸며 크게 소리쳤다. 당찬 기세에 잠시 어리둥절하던 궐자는 금세 태도를 바꾸었다.

"지금 누구더러 뭘 훔쳐 갔느니, 내놓으라니 시비야?"

궐자는 험상궂게 목자를 부라렸다.

"이게 다 말해주고 있잖아요."

목수건을 궐자의 눈앞에다 들이대며 목소리를 높였다.

"생사람 잡고 있네. 그건 길에서 주웠어."

"길에서 주웠다고? 그렇다면 왜 아까 이걸 얼른 품에다 감추었소?"

"이 사람이 정말 생사람 잡겠네. 뛰다 보니 목에 땀이 나서 목수
건을 벗어 닦고 품에 간직했을 뿐이야."

"거짓말 마시오. 당신 눈이 지금 거짓말이라고 말하고 있소."

두 사람의 언성이 높아지며 시비가 발전하자 행중 사람들이 하
나둘 모여들었다.

"이 사람이 생사람 잡는구려. 보게, 이건 자네가 길에서 주워 내
게 주지 않았나?"

두 사람을 둘러싼 행중의 한 사람을 가리키며 장구재비가 구원
을 청했다. 지목을 받은 사람이 고개를 끄덕였다.

"성환 마을에서 놀이판을 벌이고 이리로 이동해오던 길에 내가
길에서 주웠어요. 그걸 본 아저씨가 달라고 해 내가 준 것이에요."

순간 솔의 눈길이 그 사내에게로 옮겨지며 불꽃을 일으켰다.

"그럼 댁이 도둑이군요."

"내가 도둑이라니요?"

"저 목수건이 길에 나뒹굴고 있었을 리 없어요. 당신들 행중이
놀았던 장천 마을에서 한둔한 밤사이에 없어진 것인데, 당신들 행
중이 아니면 누가 제 물건에 손을 댔겠어요. 저 사람이 아니면 당신
이 제 물건에 손을 댔을 것임에 틀림없어요. 당신이 도둑이군요."

솔이 다부지게 추궁했다.

"내가 도둑이라니……."

추궁을 받은 떠꺼머리총각은 무슨 생각을 했던지 씩씩거리며
댓바람에 포장으로 달려갔다. 장천 마을을 떠나 성환 마을로 가던

238

도중 용태 아저씨가 비단 목수건을 흘리는 것을 보고 그것을 얼른 주워 곧 뒤돌아보는 용태 아저씨에게 돌려주었다. 용태 아저씨가 시치미를 떼는데, 그렇지 않다고 나서지 못하고 얼굴을 붉힌 떠꺼머리총각은 제 분을 참지 못해 숨을 씨근거리며 자기 소지품을 들고 돌아왔다. 성질이 급했던지, 아니면 옳지 못한 일을 참지 못하는 곧은 성품이었던지, 들고 온 소지품 보따리를 풀고 그것을 바닥에다 와락 쏟아놓았다. 낡은 행전, 때가 찌든 구멍 난 버선, 역시 낡은 동저고리와 바지, 짚신, 쥘부채 따위가 보였다. 그것이 그가 가진 전 재산인 모양이었다. 떠꺼머리총각은 도끼눈을 치뜨고 솔을 노려보았다. 이 중에 당신 물건이 있느냐고 추궁하는 눈치였다.

솔은 장구재비에게로 눈을 돌렸다. 그 눈매가 찌르듯 날카로웠다. 장구재비는 입술을 비틀어 어색한 웃음을 흘리며 얼굴을 돌렸다. 그는 어깨가 쩍 벌어진 헌걸찬 장년이었다. 험한 일로 단련된 듯 손마디도 굵고 거칠었다. 따로 무술을 익혔다면 모르려니와 기운으로 그를 제압할 사람은 드물 것으로 여겨졌다. 그가 시치미를 떼고 버틴다면 요령부득이 아닐 수 없었다. 오래 궁리할 필요도 없었다. 솔은 행중의 우두머리인 꼭두쇠[16] 앞으로 갔다.

꼭두쇠는 아까부터 지켜보아 시끌벅적한 시비의 자초지종을 대략 짐작하고 있었다. 길에서 목수건을 주웠다는 어름사니 도일은 그 표정이나 단호한 태도로 보아 그 말에 빈틈이 없어 보였다. 그러나 장구재비 용태의 표정과 태도에는 어딘가 어수룩한 데가 있

---

16 남사당패의 우두머리.

었다. 도일로부터 목수건을 얻었다는 말도 어딘가 빈 구석이 느껴
졌다. 떠꺼머리를 등 뒤로 늘어뜨리고 바지저고리 바람에 행전을
야무지게 치고 하얀 베수건을 이마에 질끈 동여맨 총각의 표정은
매우 진지하였다. 집안일로 남행길에 나서 우연히 장천 마을에서
행중의 놀이판을 밤늦게까지 구경하고 마땅히 갈 곳이 없어 행랑
채 처마 밑에서 한둔한 이튿날 눈을 떠보니 짐 보따리가 감쪽같이
없어졌더라는 것이었다. 여기저기 찾아보던 중 산수유나무에 등
걸이가 걸려 있었고 언덕 아래에 오동나무 궤와 항아리 깨진 부스
러기가 흩어져 있는 것을 발견하고 그것을 수습하고 챙겨 혹시나
하는 마음에 행중의 뒤를 좇았는데 아니나 다를까, 조금 전 장구재
비 용태가 자기 목수건을 지니고 있더라는 것이었다. 남색 목수건
을 들어 보이며 이를 정확히 발명해달라고 부탁하는 태도도 정중
하고 당당했다.

꼭두쇠는 장구재비 용태를 불러, 짐을 가져오라고 분부하였다.
행중의 선임자인 꼭두쇠의 분부를 듣고도 용태는 시큰둥하게 콧방
귀를 뀌었다.

"형님, 나는 모르는 일이우. 애먼 사람 잡지 말고 고정하시우."

"저 총각 말을 들어보니 앞뒤가 틀리지 않은 것 같으니, 애먼 사
람 잡지 말라면 짐이나 가져다 보여주게."

"형님도 원. 우리가 패를 이룬 지가 몇 해나 됐는데 아우 말은 안
미덥구 처음 본 저 총각 말은 미덥다 이 말이우?"

장구재비는 볼멘소리를 지르며 꼭두쇠를 향해 목자를 사납게
굴렸다.

"누굴 믿고 안 믿고 따질 것이 아니라, 자네 짐만 보여주면 다 밝혀질 일 아닌가. 산을 메고 오라는 것도 아니고 저 포장 안에 있는 것 보자는데 소 뒷걸음질 치듯 버티니까 하는 말 아닌가. 어서 가져와보게."

장구재비의 완강한 서슬에도 꼭두쇠는 물러서지 않았다. 미간을 찌푸리고 세모꼴 눈을 치켜뜬 채 장구재비를 노려보며 거듭 재촉했다. 노염 띤 눈으로 무리를 한 바퀴 둘러본 장구재비는 구원이라도 청하듯 마지막으로 도일을 쳐다보았다. 도일이 고개를 외로 꼬고 외면하자 장구재비의 눈에 꽉 들어차 있던 힘이 조금씩 풀려 나갔다.

"뭐 별것 없었다우. 행전 하나에 짚신 한 켤레, 쓸모없는 헝겊 조각 몇밖에 없었어요. 그런데 사람을 이렇게 닦달한답디까."

헹, 콧방귀를 뀌며 장구재비는 포장으로 달려갔다. 들고 온 보따리를 풀어 헤친 다음 훔친 물건을 챙겨 솔에게로 던졌다. 물건도 물건 같지 않은 것을 빌미로 봉변을 주고 있다는 투정 같았다. 어이가 없었다. 작은 것이든 큰 것이든 남의 물건을 훔쳤으면 도둑 아닌가. 도둑질한 사람은 벌을 받아야 마땅하고, 그 행실을 고치지 않으면 사람들로부터 버림을 받거나 따돌림받는 것이 세상의 통상적인 관례였다. 그런데 염치가 있지, 그런 쓸모없는 물건 몇 가지 잃었다고 그렇게 난리법석을 피우며 행중 앞에서 창피를 주어도 되느냐고 당당히 항변하다니, 세상에 저렇듯 뻔뻔스러운 사람이 또 있을 수 있을까.

"길양식도 있었잖아요."

"아, 그 한입 감도 되지 않은 것! 창자를 거처 변으로 나간 것이 벌썰세……."

장구재비 용태의 반지빠른 수작에 그만 쓴웃음이 나오고 말았다. 장구재비 용태가 훔친 물건을 돌려주고 너스레를 떨자 꼭두쇠가 슬그머니 꼬리를 접을 눈치를 보였다. 식구 많은 이런 남사당패를 이끌고 다니다 보면 이보다 더 험한 꼴도 겪어 이골이 난 때문이었다. 큰 재물을 잃은 것도 아니고 사소한 물건 잃은 것 몇 가지 되돌려주었으면 일단락 지어도 되지 않겠느냐, 그렇게 생각하는 것 같았다.

다급해진 솔은 지고 있던 오동나무 궤를 벗어 얼른 꼭두쇠 앞에 내려놓았다.

"제가 잃은 물건은 보잘것없습니다. 보시다시피 행전과 짚신 따위 사소한 것들뿐입니다. 사소한 것이라도 잃은 물건을 찾아 다행이기는 합니다만, 그것보다 저는 죄 없는 항아리를 박살 낸 저 사람의 못된 행티를 용서할 수가 없습니다. 보물이 들어 있었다면 항아리를 박살 냈겠습니까. 지고 멀리 줄행랑을 쳤겠지요. 그런데 비어 있는 항아리가 무슨 죄가 있겠습니까. 단지 비어 있었을 뿐인데, 애먼 항아리를 박살 내다니, 항아리가 당한 만큼 저도 저 사람에게 분풀이를 하고 싶어 뒤쫓아 왔습니다."

솔의 말을 귀담아듣고 있던 꼭두쇠의 표정이 애매해졌다. 그 까닭을 짐작한 순간 솔은 당황하지 않을 수 없었다. 당연한 말을 하고 있었지만, 솔의 말인즉 빈 항아리를 힘들여 지고 다녔다는 것인데, 왜 빈 항아리를 힘들여 지고 다녔다는 것인지, 꼭두쇠가 듣기에는 이상했을 것이다. 하지만 알아듣게 설명할 일이 난감했다. 노래를 찾아 담기 위해 항아리를 지고 다녔다고 말하지 못할 까닭은 없었다. 그러나 꼭두쇠뿐만 아니라 누가 그 말을 곧이듣겠는가. 항아리가 어찌 노래를 담아둘 수 있다는 것인가. 노래가 간장이나 된장처럼 담는다고 담기는 물건인가. 형체도 모양도 없는 노래를 어찌 항아리에 담는다는 것인가. 난감해 있을 때 누군가 귓전에다 대고 속삭였다. 그 속삭임에 솔의 얼굴이 금세 환하게 밝아졌다.

"저는 할아버지로부터 그 항아리를 물려받았습니다. 항아리를 물려주실 때 할아버지께서, 항아리를 지고 삼천리를 유랑하고 나면 항아리에 담을 수 있는 만큼 보물을 얻거나, 보물을 얻지 못하면 그 값에 해당하는 복을 받을 것이라고 했습니다. 그래서 저는 항아리를 지고 방방곡곡을 돌고 있는 중이었습니다. 그런데 그만 저 작자가 제 항아리를 박살 내고 말았으니, 제가 그냥 넘길 수 있겠습니까."

어느 사이 두 눈에 눈물이 그렁그렁 맺혔다. 곧 눈물이 볼을 타고 주르륵 흘러내렸다. 꾸며낸 말을 어떻게 이해했던지, 꼭두쇠가 턱을 끄덕였다. 자기 허물을 시인하듯 장구재비는 코를 빠뜨리고 발로 흙을 파고 있었다. 장구재비를 쏘아보는 꼭두쇠의 눈이 곱지 않았다. 다른 행중들도 마찬가지였다. 장구재비를 쏘아보는 시선에 질타와 비난의 기운이 역력했다.

꼭두쇠를 비롯한 행중이 모두 솔의 말을 이해한 것 같아 안도감이 들었다. 그러나 이어 항아리를 잃은 설움이 새삼스레 복받쳐 올랐다. 길게 노래하듯 탄식을 하며 저도 모르게 오동나무 궤를 얽어

매고 있던 새끼줄을 천천히 풀어나갔다. 깨진 항아리의 파편을 꼭 두쇠를 비롯한 행중의 눈앞에 펼쳐 보일 작정이었다. 깨진 항아리 파편을 보고 나면 저 작자를 향한 행중의 미움과 질책이 더 배증하리라. 그리고 마침내는 따돌려 홀로 쓸쓸한 신세가 되고 말리라. 그런 앙갚음이라도 하고 싶었다.

새끼줄을 다 풀고 오동나무 궤의 뚜껑을 열었다. 뚜껑이 열린 순간 솔은 기겁을 하고 굳어졌다. 순간 뜨거운 전율이 온몸을 휘감았다. 이게 어찌 된 영문인가. 솔의 얼굴에 웃음이 함박꽃처럼 피어올랐다. 산산조각 났던 항아리가 온전한 제 모습으로 궤 안에 앉아 있었던 것이다.

조심스럽게 항아리를 궤 안에서 들어 올렸다. 항아리를 불끈 품에 껴안았다. 겨운 나머지 항아리에 얼굴을 비벼댔다. 촉촉이 젖어들던 눈에 드디어 눈물이 글썽이고 글썽이던 눈물이 주르륵 항아리 뚜껑 위에 떨어졌다.

잠시 후 정신을 가다듬은 솔은 항아리를 이리저리 돌리며 살펴보았다. 뚜껑도 멀쩡하게 덮여 있고, 몸통도 원래 모습 그대로 온전했다. 파편을 모아 붙이거나 기웠다면 때운 데나 기운 데가 보이련만 어디에도 그런 기우거나 때운 자국 하나 없었다. 금도 하나 가지 않고 온전했다. 아니, 다시 살펴보던 솔의 얼굴에 잠시 그늘이 스쳐 지나갔다. 항아리 상단에 새끼손톱만 한 작은 구멍이 하나 뒤늦게 보였던 까닭이었다. 그러나 그 작은 구멍의 결함이 항아리를 다시 찾은 기쁨을 어찌 털끝만큼이나마 훼손할 수 있겠는가.

분명 장천 마을에서 제 손으로 옹기 파편을 주워 궤에 담지 않았던가. 장구재비 저 작자도 항아리를 박살 낸 사실을 시인했다. 장천 마을에서 박살 난 항아리 조각을 매만지며 주워 담을 때 낙담이 얼마나 컸던가. 항아리를 잃은 데 대한 낙담과 슬픔은 노래를 잃은 절망과 슬픔으로 부풀어 올랐다. 자신의 목숨은 물론 세상을 다 잃은 것과 다름없었다.

그런데 이게 어찌 된 조화인가. 녹색 손님과 대나무와 가릉빈가가 머릿속을 차례 없이 갈마들었다. 아무리 방외의 물건이라 하지만 그처럼 산산조각 부서졌던 항아리가 멀쩡한 모습으로 다시 앞에 나타나다니. 꿈을 꾸고 있는 것은 아닌가, 아니면 항아리가 멀쩡했던 과거 어느 시점으로 되돌아가 있는 것은 아닌가, 놀랍고 어리둥절하고 기쁠 따름이었다.

누군가 불쑥 앞으로 들이닥쳐 항아리를 살펴보았다. 장구재비였다. 그는 항아리를 냉큼 빼앗더니 눈을 부라리고 이리저리 뜯어살폈다.

"세상에 이럴 수는 없어!"

외마디 비명을 지르며 장구재비는 꼭두쇠를 쳐다보았다. 도저히 믿어지지 않았던지 고개를 절레절레 저었다. 그는 다시 항아리를 살펴나갔다. 뚜껑이 평편하고 운두가 살짝 안으로 오므라든 것이 분명 자기가 언덕 아래에다 처박아 산산조각 낸 그 항아리가 틀림없었다. 이것이 정말 그 항아리란 말인가. 오동나무 궤가 그때 그가 발로 밟아 언덕 아래에다 내던진 그것이 틀림없다면 이 항아리 또한 그때 산산소각 냈던 그 항아리임에 틀림없을 것이었다. 장구재비는 연신 믿을 수 없다는 듯 놀란 눈으로 솔을 쳐다보았다.

솔은 웃으며 고개를 끄덕여 보였다. 항아리와 함께 노래도 또 자신의 존재 이유도 한꺼번에 되찾은 것이었다. 마냥 덩실덩실 춤이라도 추며 하늘로 날아오르고 있는 듯 한없이 고양되었다.

"복 담을 항아리를 다시 찾다니, 하늘의 조화인 게로군. 길을 걷는 고생이 따르기는 하겠지만 보물이든 복이든 찾아 담을 항아리를 가진 자네는 천운을 타고났네그려. 그런 것도 하나 갖지 못한 우리 같은 떠돌이들은 무슨 희망으로 살아가야 하나. 잃었던 물건도 찾고 항아리 또한 찾았으니 이제 우리 아우는 용서하시게. 그리고 우리는 올겨울을 회덕(懷德)에서 나기 위해 남행 중인데, 방향이 같으면 회덕까지라도 우리와 함께 가세."

꼭두쇠의 말에 솔은 귀가 솔깃했다. 장구재비에 대한 분풀이는 아직 미진했지만 일단 접고 꼭두쇠의 말을 따르기로 했다. 남사당패 행중에 묻어가는 남행길은 한결 따뜻했다.

어름사니 도일

아산 고을에 당도한 남사당패는 곰뱅이가 틀 것에 대비하여 준비에 분주했다.

버나재비는 재주판에 쓰일 도구를 챙기고, 살판쇠는 매호씨와 주고받을 대거리를 입속으로 연습하느라 여념이 없었다. 덜미쇠[17]

---

[17] 남사당패 덜미(꼭두각시) 놀음에서 조종대를 잡는 으뜸 재인.

는 꼭두각시의 줄을 일일이 점검하고 그것을 놀리며 작동 훈련에 바빴다. 각기 놀이 도구나 재주 점검에 부지런을 피우고 있는데, 어름사니 도일은 그럴 겨를을 갖지 못했다. 놀이마당에서 실수를 하지 않으려면 발밑에 줄의 탄력을 유지하고 긴장을 놓지 않아야 했다. 낮게나마 줄을 마련해두고 직접 연습을 해야 발에 줄의 탄력을 익히고 긴장을 유지할 수 있었다. 만약 오늘 저녁 놀이판이 벌어진다면 한두어 시진 정도는 발에 줄을 익혀두어야만 했다. 다른 행중은 다 연습을 하거나 장비를 점검하고 있는데 도일은 김봉업 노인에게 붙들려 꼼짝도 하지 못하였다.

"이눔아 술 가져오란 말이야. 여기 술 없잖어. 이 봉업이 술 없이 사는 것 봤어. 어서 술 가져와."

아까부터 노인은 표주박으로 오지그릇 밑바닥을 닥닥 긁어댔다. 새벽에 눈을 뜨자마자 시작된 술타령에 도일은 두 번이나 주막을 다녀왔다. 주막은 마을마다 있는 것이 아니었다. 장터거리나 행인의 내왕이 잦은 길목에 어쩌다 하나씩 있게 마련이었다. 부근을 수소문하고 다녔으나 대처로 통하는 길목이 아니어서 그런지 주막을 찾기가 힘들었다. 거의 반나절가량 걸음품을 팔고 아산 읍내 초입에 이르러서야 주막을 만날 수 있었다. 그 주막에 벌써 두 번 걸음이나 한 터였다.

"내가 아니었으면 니눔이 무슨 어름사니가 됐겠어. 니눔이 해금을 다른 눔한테 배웠다면 사람 간장 녹이는 그런 애잔한 가락 뽑을 수 있었겠어. 니눔 재주가 디 내 속에 있던 거여. 내 속에서 빼내주지 않았으면 니눔이 지금 어디서 행세를 하겠어. 은덕을 입었으면 갚아야지. 어서 술 가져와, 이눔아."

　도일은 십여 년 전 삐리[18]로 행중을 따라나선 후 암동모[19]로 그의 짝이 되었고, 삐리를 면하고 기예를 익혀 가열[20]의 반열에 올랐을 즈음에는 스승의 수고를 덜어주기 위해 위험을 무릅쓰고 아직 덜 익은 재주를 혼자 펼치기도 했다. 기예가 무르익어 이제 스승에 못지않게 능숙하게 줄을 타게 되었을 무렵에는, 노쇠해 더는 줄을 타기도 해금을 타지도 못하는 저승패[21]로 전락한 스승을 모시는 일에 한 치의 소홀함도 보이지 않았다. 스승에 대한 고마움이 늘 그의 마음속에 찰랑거리고 있었다. 최근에 더 쇠약해진 스승의 수발을 들고 이동 중에는 반드시 등에다 업고 당신의 걷는 수고를 덜어주었다. 그렇게 성심성의껏 봉양을 해왔으나, 술을 구하는 데는 늘 애를 먹었다. 꼭두쇠에게 손을 벌리는 것도 한두 번이지 눈치가 보여 못할 짓이었다. 돈도 구하기 어려웠지만, 술은 돈이 있다고 마음대로 살 수 있는 것이 아니었다. 하루고 이틀이고 주막을 만나지 못할 때도 있었다. 그럴 때면 도일은 술 때문에 오늘처럼 으레 곤욕을 치렀다. 아까 가진 돈을 다 털어 술을 사 왔기 때문에 다시 주막을 다녀오려면 돈을 구해야 했다. 돈을 구한다고 해도 주막까지 다녀오려면 또 반나절은 걸릴 터였다. 도일은 돈을 구할 일도 술을 사 올 일도 엄두가 나지 않아 코를 박고 스승의 꾸중을 감내하고

18　남사당패에 갓 들어온 신참내기.
19　가열 이상 남사당패 구성원의 여자 구실을 하던 신참내기.
20　뜬쇠(각 연희 분야의 선임자) 밑에서 재주를 익힌 남사당패의 일원.
21　남사당패 행중 가운데 늙어 기예를 상실한 퇴물.

있었다. 스승이 지쳤던지 다행히 모로 픽 쓰러져 잠든 기색이 보였다. 하늘이 도운 것인가!

솔이 남사당패에 묻혀 남행길에 오른 지 벌써 열흘 남짓, 안산에서 한 판, 부곡에서 또 한 판 놀이판이 벌어져 놀이에도 웬만큼 눈이 익었고, 행중 식구들과도 익힐 만큼 낯을 익힌 터였다. 장구재비와는 아직도 눈을 부라리는 사이였지만 꼭두쇠의 배려가 돈독하여, 장구재비를 제외한 행중의 식구들은 하나같이 자상하고 친절하였다. 솔은 오랜만에 푸근한 인정을 느꼈고, 따라서 남행길이 외롭지 않았다.

특히 도일의 배려가 자별했다. 도일은 행중 식구들 가운데 가장 위험한 고난도의 기예를 지니고 있었다. 허공중에 매어둔 외줄 위에서 재주를 부리는 어름사니였다. 어름사니는 외줄 위에서 걸음을 지치기도 높이뛰기도 공중제비도 넘었다. 잠시 쳐다보고 있기만 해도 손에 땀을 쥐게 하는 매우 위험한 재주였다.

하기야 버나재비, 살판재비, 덜미재비 재주 또한 예사롭지 않았다.

앵두나무 막대기나 긴 담뱃대 끝에 대접이나 채, 대야를 올려놓고 빙글빙글 돌리는 버나재비 재주는 단조로워 보이지만 정교하여 고된 훈련을 거치지 않으면 습득할 수 없었다. 다리 사이로 대접을 던져 반대편에서 얼른 받아내는 다리사위, 담뱃대와 앵두나무 막대기 사이에 칼을 세워 담뱃대 끝에 대접을 올리고 앵두나무 막대기를 정수리에 올려놓고 돌리는 칼버나, 앵두나무 막대기 위에 담뱃대를 두 개 잇대어 세우고 그 위에 대접을 올려놓고 돌리는 삼봉 재주는 여간 아슬아슬하지 않았다.

땅을 짚고 앞으로 뒤로 재주를 넘는 살판쇠의 기예도 익히기 힘들기는 마찬가지였다. 앞으로 뒤로 재주를 넘는 가장 기본적인 앞뒤곤두는 누구나 할 수 있을 것처럼 쉬워 보이지만 만만할 리 없었다. 자반뒤지기, 외팔곤두, 수세미트리로 넘어가면 구경꾼의 손에 절로 땀이 솟아났다. 앉은뱅이모말되기나 숭어뜀 재주는 살판 기예 가운데 가장 볼 만한 묘품으로, 구경꾼은 절로 숨을 죽이지 않을 수 없었다. 엎드려 땅을 짚고 양다리를 책상다리 형태로 오므려 붙이고는 말[斗]에 양 무릎으로 곡식을 퍼 담고 오른 무릎으로 그것을 꾹꾹 눌러 담은 후 옮겨 쏟는 시늉을 되풀이하는 앉은뱅이모말되기는 여간 고된 훈련을 쌓지 않고서는 해내기 힘든 재주였다. 양팔을 뒤로 짚고 하늘을 향한 채 길게 누워 있던 몸을 틀어 불끈 일어서 다시 양손을 짚고 팔걸음으로 섰다가 처음 자세로 돌아간 후, 다시 몸을 틀어 양발을 하늘로 올려 반대 방향으로 뒤집어 가는 숭어뜀 재주는 더 고된 훈련이 따르지 않고서는 습득하기 힘든 일품(逸品)의 재주로 쳤다.

고된 훈련으로 비로소 일가를 이루기는 덜미재비도 다를 바 없었다. 포장 뒤에서 줄에 매달린 꼭두각시를 조종하여 사람의 몸짓을 흉내 내 연희적 효과를 얻는 대잡이 기술은 섬세함에 있어서 남사당패 기예 가운데 으뜸의 재주로 꼽혔다. 대잡이 기예가 그렇듯 높은 평가와 함께 특별한 대접을 받는 까닭은 다른 기예에 비해 습득하기가 유난히 힘들기 때문이었다. 손가락과 꼭두각시가 한 신경계의 통제를 받아 움직이는 것처럼 일체를 이루는 경지에 이르려면 십 년 하나는 훌쩍 넘기며 일심으로 연마하지 않으면 습득하기 불가능한 귀한 재주였다.

하지만 고되기로 말하면 어름사니 기예 훈련과 견줄 재주가 없었다. 작은 실수도 용납되지 않는 고난도의 어름 재주는 생사를 오르내리는 고된 훈련을 거치지 않고서는 습득하기도 어렵거니와 고수가 된 후에도 훈련을 게을리하면 실수가 따르게 마련이었다.

"오늘 곰뱅이가 트면 어찌하려나. 어서 연습을 해두어야지?"

어깨라도 다독이듯 친근한 목소리로 말을 붙이자 도일이 무릎에 파묻고 있던 얼굴을 들어 솔을 쳐다보았다.

"내가 할 수만 있다면 대신 해주겠지만, 몇 번 구경한 것으로 그 위태위태한 줄을 어떻게 타겠나."

도일이 픽 쓴웃음을 지었다.

"연습하는 동안 내가 스승을 돌봐드리겠네."

"그 노인네, 피붙이 하나 없는 불쌍한 노인네라네. 내가 아니었으면 벌써 길에 내버려졌을 몸이야. 늘 길 위에서 떠도는 우리네 팔자, 놀이도 접고 술주정으로 지새는 저런 거추장스러운 저승패를 누가 챙긴다던가. 그동안 맞은 매에 정이 들었던지, 내 타고난 팔자가 그런지 나는 아무리 힘들어도 내칠 수가 없네그려."

그동안 맞은 매에 정이 들다니! 기예를 전수해준 스승에 대한 고마움을 그렇게 표현한 것인가.

"당분간이나마 그 짐을 갈라 지지. 걱정 말구 어서 가서 연습을 좀 하게나."

처음, 도일이 먼저 접근해왔다. 행중을 따라나선 지 사흘째 나는 날이었다. 몇 번 눈이 마주칠 때마다 다정한 눈길을 보내더니 급기야 옆으로 다가와 나란히 걸으며 말을 붙여왔다.

"지고 가는 그 항아리 있잖나. 궁금해서 못 살겠네. 그것을 지고 삼천리를 유랑하고 나면 보화로 채워지거나 아니면 그만한 값의 복을 받게 된다니, 그것이 어디 인간 세상에 있을 법이나 한 일인가. 나는 당최 믿어지지 않네그려."

역시 항아리가 궁금하다는 눈치였다. 가당치 않게 꾸며대지 말고 이실직고를 하라는 재촉 같았다. 첫날부터 도일의 인상이 싫지 않았다. 길에서 함부로 굴러 그렇지 좋은 입성에 말끔히 단장하고 나서면 양반 댁 도련님으로 손색이 없을 것 같았다. 상냥한 말씨나 붙임성 있는 성격도 마음에 들었다. 그렇듯 그에게 호감을 느끼고 있던 터라 사실을 말해줄까, 하는 유혹이 슬며시 일어났다. 그러나 다음 순간 한 생각이 일어나 경계를 시켰다. 비밀이란 경우를 타는 것이어서 잘 지켜지다가도 다른 것을 지키기 위한 경우에는 그 본분을 상실하게 마련인 것이다. 그래서 비밀이란 반드시 지켜지는 것이 아니라 언젠가는 드러나게 되어 있는 것이라고 경계시킨 것이다. 만약 도일이 비밀을 깰 경우 어찌 그를 원망하겠는가. 항아리의 비밀이 행중에 퍼져 나갈 경우 어떤 불상사를 일으킬지 어찌 알겠는가. 일을 복잡하게 만들지 않으려면 일을 키우지 않아야 했다.

"나도 할아버지 당부를 이기지 못해 길을 나서기는 했지만, 그 말을 전적으로 믿지는 않네. 삼천리를 다 돌고 나야 뭘 알 수 있지, 이제 천 리도 걷지 않았는데 내가 뭘 알겠나."

"암튼 조심하게. 호시탐탐 항아리를 노리는 자 한둘이 아닐 테니."

"몰라서 탐을 내지만 사실을 알면 아무도 탐내지 않을 걸세."

"복덩어리라는데 누가 탐내지 않는단 말인가?"

"이 항아리의 효험은 나에게만 한정되어 있다네. 나에게만 복덩이지, 다른 사람 손에 넘어가면 동티를 낸다네."

"똑같은 항아리인데 주인한테는 복덩이고 다른 사람한테는 화를 불러온다니, 그것 참 해괴한 일도 다 있구면!"

"나도 자세한 것은 잘 모르네. 그렇다고 하니, 그러려니 여길 뿐 깊은 속은 나도 모른다네."

"하기야 용태 아저씨가 산산조각을 냈다는데 그것이 온전한 모습으로 돌아온 걸 보면, 그 말을 믿을 수밖에 없겠군그래. 어쨌든 조심해서 나쁠 것은 없을 테니, 아무도 믿지 말고 항상 경계하게."

자기 일처럼 솔을 챙기는 것 같아 고마웠다.

그러나 그런 걱정으로부터 벌써 한발 벗어나 있다고 솔은 믿었다. 봉업 노인이며 봉업 노인과 연세가 비슷한 버나재비 대선 노인, 꼭두쇠, 상쇠, 부쇠, 종쇠, 북재비 등 행중의 모든 식구들이 솔에게 우호적이었다. 덜미쇠며 벅구, 날라리, 양반광대도 다 배려하는 눈치이고 친절하였다. 나이 어린 무동들과 새미는 가까이 얼쩡거리며 신비한 항아리에 관해 이것저것 묻고는 했다. 그럴 때마다 생각나는 대로 여러 이야기를 곁들여 그들의 호기심을 충족시켜 주고는 했다.

그러나 아무래도 장구재비 용태 아저씨가 걱정이었다. 보일 때마다 좋은 인상으로 대하려고 해도 먼저 미간이 찌푸려지고 경계심에 절로 몸이 굳어졌다. 그러던 며칠 전 해거름이었다. 용태 아저씨가 불쑥 앞에 나타났다. 별안간 나타난 그는 다짜고짜 손을 잡아당기더니 거기에다 엽전 몇 닢을 올려놓았다.

"쌀값이야. 내가 행짜나 부리고 우락부락해 뵈지만 속정은 깊다네. 내가 저지른 행티를 잊어버리게."

아마 마주칠 때마다 거북해 신경이 쓰였던 모양이라 짐작하며 솔은 웃음으로 너그럽게 응대했다.

"쌀값으로 너무 많은데요……."

"다음에 길양식 떨어지면 요긴하게 쓰게."

웃음으로 응대하자 씩 웃더니 나타날 때처럼 휙 바람을 일으키며 사라졌다. 순간 새끼손톱만 하게 나 있던 구멍도 다 아물어 이제 항아리가 멀쩡하다는 사실을 용태 아저씨에게 귀띔해주지 못한 것을 후회하며 그가 사라진 쪽을 한참 지켜보았다.

"도일아, 이눔. 어디 있냐?"

봉업 노인의 고함 소리가 뜨르르 굴러왔다. 쇠잔한 목소리지만 각이 뾰족해 귀에 송곳처럼 박혔다.

"이눔아, 술 어딨어? 술 내놔. 니눔이 빼내 갈 것 다 빼내 갔다고, 더 가져갈 것 없다고 나를 버려. 이눔, 배은망덕두 유분수지, 어서 썩 술 가져오지 못해."

솔이 봉업 노인에게로 가서 준비했던 술 단지를 내놓았다. 옆에 술 단지를 놓자 눈에 불이 확 켜졌다. 입이 귀밑까지 찢어졌다. 솔의 손에 들려 있는 표주박을 냅다 낚아챘다. 두 번 세 번, 거푸 들이

켜더니 가까스로 갈증이 풀린 모양이었다. 비로소 솔을 알아본 봉업 노인은 찔끔 놀랐다.

"도일인 어디 가고?"

주위를 두리번거리는 노인의 기색이 불안감을 감추지 못하는 눈치였다.

"연습하러 갔습니다. 좀 있으면 돌아올 것입니다."

"연습하러 갔어? 곧 와?"

안도가 되었던지, 노인은 다시 표주박으로 술을 떠 벌컥벌컥 들이켰다.

고개를 갸웃이 기울이고 술 단지를 넘겨다본 노인의 얼굴이 어두워졌다. 벌써 반이나 마셔버렸던 것이다. 다시 한 표주박을 떠 호흡을 골라가며 천천히 즐겼다. 표주박을 입에서 뗀 노인의 얼굴에 다시 흐뭇한 기운이 감돌았다. 한차례 시원스레 트림을 올리고 나서 노인은 솔을 이윽히 쳐다보았다.

"그렇지 않아도 도일은 나를 버릴 수 없지. 그눔이 내 앞에 나타난 것은 아직 어린아이 때였어. 그눔은 내 손에서 자랐어. 자기를 낳아준 생모가 따로 있다는 사실을 뒤늦게 알고 엄마 찾아 집을 나왔다고 했는데, 양주 고을에 산다는 제 어미를 어디서 찾겠나. 양주 고을 하면 둘째가라면 서러운 드넓은 고을 아니던가. 그런 드넓은 양주 고을 어느 마을에 사는지도 모르고 어디서 어미를 찾겠어. 거지로 떠돌아다니는 걸 내가 거뒀지. 아마 나를 따라 길을 떠돌다 보면 제 어미를 만나지 않을끼, 기대를 긴 모양이야. 하지만 얼마 가지 않아 어미 찾기를 포기하더군. 대신 오로지 기예 익히는 데만 열심이었어. 어미를 찾으려는 간절한 소망을 고스란히 쏟아 넣은 때문인지, 눔의 기예는 일취월장 쑥쑥 자랐어. 다섯 해가 지나니, 내 몫까지 다 해내 나는 할 일이 없어지더군. 나는 자리를 빼앗기고, 눔은 우리 행중의 보배가 됐지."

봉업 노인은 다시 목을 축였다.

해거름이 되어서야 도일이 나타났다. 마을로 간 곰뱅이쇠가 곰뱅이를 트지 못해 오늘 놀이판은 물 건너갔다며 한숨을 쉬었다. 며칠째 계속 허탕을 치다니, 행중의 모든 식구들이 풀이 죽었다.

봉업 노인 앞에 놓인 술 단지를 본 도일의 눈이 휘둥그레졌다.

솔은 잠자코 그의 손바닥에다 장구재비 용태 아저씨로부터 받은 엽전을 올려놓았다.

"필요할 때 쓰게."

거의 비어가는 술 단지와 솔의 얼굴과 손바닥 위의 엽전 몇 닢을 번갈아 쳐다보던 도일은 금세 눈에 눈물이 핑 돌았다.

"고맙네. 이 돈이면 노인 며칠은 조용히 시킬 수 있을 것 같구먼."

"노인이 외로운가보이. 술보다 댁이 옆에 없는 걸 더 불안해하던걸."

"노인네, 그냥 투정이지. 정신은 멀쩡하다네."

"그래도 저 연세가 되면 매사 불안하겠지."

"자다가도 한 번씩 날 불러 불을 켜게 하고는 한다네."

"아까도 말씀이, 댁이 버릴까봐 제일 불안한 모양이네. 아직 가새트림과 번개재비 재주는 가르쳐주지 않아 자기를 버리지 못할

거라고 하던데. 그럴 눈치가 보이면 그 재주를 맛보기만 살짝 발뒈
주어 붙잡아놓겠다고 하시던걸."

그 말에 도일이 픽 웃었다.

"자네에게도 그랬군. 꼭두쇠한테도 그랬다네. 가새트림과 번개
재비 기예는 자기만 지녔다고. 노인네가 완전 기억이 간 모양이야.
가새트림과 번개재비 재주 가르칠 때 내 팔이 빠져 자기가 더 난리
를 쳐놓고. 그 재주 익힐 때 난 거의 산송장이나 다름없었다네. 죽
음의 문턱을 수시로 넘나들었어. 하긴 그때 맞은 매가 아니었으면
내가 이렇게 단련되지는 못했겠지만……."

순간 안쓰러운 표정으로 솔은 봉업 노인을 돌아보았다. 망령과
자기 조작에 의한 것이라 할지라도 희망의 끈을 놓지 않으려는 노
인의 갈망이 안쓰러웠다.

"노인네는 댁에게 모든 것을 다 내주었다고, 댁이 자기 기예
를 다 뺏어 갔다고, 그래서 자기는 빈껍데기만 남았다고 탄식하
던걸."

"알고 있네, 무슨 말인지. 나도 노인네를 소홀히 하지 않을 걸
세."

"그래. 자네가 아니면 누가 돌볼지, 참 딱한 노인일세."

"그래, 저승패를 행중이 어떻게 하는지 자네는 모를 걸세."

도일은 먼 하늘을 쳐다보며 도리질을 했다.

"산길을 걷다 으슥한 곳에 묶어놓기 마련이라네. 내가 그 꼴을
어디 한두 번 본 줄 아나. 그렇게 비릴 수는 없는 일이지!"

그의 말에 솔은 가슴이 찐했다.

"내게 자기 혼을 다 빼 주었다는 말이 빈말이 아니라네. 저 노인네 재주는 어딜 가나 으뜸이었어. 어름사니 기예가 출중해 여러 행중에서 탐을 냈지. 게다가 해금도 노인네 따를 사람이 없었다네. 그 두 재주를 고스란히 내게 물려주었는데, 내가 어찌 저 노인네 혼을 받지 않았다고 부정할 수 있겠나."

도일의 음성은 결의에 차 있었다. 당사자도 아닌데 듣고 있던 솔이 고마움에 가슴이 먹먹했다.

줄에서 떨어진 도일

그들 행중은 홍성에 이르러서야 천행으로 곰뱅이를 트고 놀이판을 한판 벌였다. 지난 며칠 그들이 지나온 마을에 비해 홍성 일대는 들이 넓었다. 영검한 신령님이 조화를 부려 밀어낸 듯 산은 동서남북으로 멀찍이 밀려나 있고, 그 가운데에 황금물결이 넘실거리는 넓은 들판이 펼쳐져 있었다. 이쪽저쪽 산 아래에 옹기종기 집들이 정답게 앉아 있는 모습이 한없이 평온해 보였다. 황금물결이 넘실거리는 들판이 시야를 가득 채워오자, 먹은 것 없이 배가 부르고 마음이 절로 느꺼워졌다. 쌀독에서 인심 난다고, 추수를 앞둔 풍성한 들판에서 인심 나지 않으면 남사당패 같은 평초행려(萍草行旅) 떠돌이들은 무엇으로 연명하겠는가. 행중 식구들의 기대는 어긋나지 않았다.

첫 마을을 지나친 그들은 두 번째 마을에서 행보를 늦추었다.

"곰뱅이가 텄군!"

힘껏 내리친 종쇠의 꽹과리 소리에 맞추어 다른 식구들의 가락도 더 힘차고 빨라졌다. 영기를 든 종쇠 봉룡이 무리를 이끌고 야산을 내려가 마을로 들어갔다. 품앗이 벼 베기를 하던 남자 하나가 풍물 장단에 맞춰 낫을 들고 어깨춤을 추었다. 마을 초입에서 기다리고 있던 꼭두쇠가 무리의 앞장을 서자 자연 길놀이판으로 들어갔다. 마을을 한 바퀴 돌면서 행렬과 가까운 집으로 들어가 신명나게 마당씻이를 한바탕 벌렸다. 어느새 마을의 조무래기들이 행렬의 뒤를 따르기 시작했다. 몇 집인가 마당씻이를 하고 나자 들에 나가지 않은 노인네와 부녀자 들이 구경을 나왔다. 봉엄 노인을 등에 업고 행렬의 뒤를 따르고 있던 도일도 절로 어깨에 신명이 실렸다. 길을 갈 때는 노인이 버겁게 느껴지기도 했지만, 곰뱅이가 튼 지금은 등에 무게가 사라지고 덩달아 신명이 났다. 무리는 마침내 놀이판을 벌일 마을 회당 넓은 뜰로 향했다. 회당으로 향해 가는 길에도 길놀이는 계속되었다. 동네 조무래기들의 숫자는 시간이 지날수록 늘어갔다.

회당에 당도한 행렬이 여장을 풀고 포장을 치고 놀이판을 준비하는 동안에도 조무래기들은 자리를 뜨지 않았다. 행중 식구들의 움직임 하나하나가 그들에게는 구경거리 아닌 것이 없었던 것이다. 집 안에 붙들려 잔심부름이나 하지 않으면, 서당에 꿇어앉아 지겨운 천자문이나 외던 그들에게는 남사당패의 낯선 차림이나 풍물놀이가 큰 구경거리가 아닐 수 없었다. 이들이 몰고 온 낯선 고장의 냄새도 그들을 유혹하기에 모자람이 없었다.

이윽고 저녁이 되자 놀이판이 벌어졌다.

풍물패가 한판 신명나게 회당을 돌고 나자 구경꾼들이 놀이판을 중심으로 빈틈없이 울타리를 쳤다. 재비들의 주악 속에 버나재비가 사설을 읊으며 멍석 위에 등장한다. 버나재비 사설에 말꼬리를 잡고 시비를 주고받을 매호씨가 뒤이어 기이한 몸짓 연기로 구경꾼 시선을 끌며 나타난다.

"매호씨! 내가 이것을 가지고 나오기는 했으되 니가 알다시피 재주 부리러 나온 것이 아니것고, 살강 밑을 뒤져도 서발막대 거칠게 있던가. 내 요놈의 대접을 한번 돌려볼 작정인데 잘 돌리면 밥이 나올 것이요, 못 돌리면 탕국 먹는 판이렷다."

사설을 마친 버나재비, 대접을 공중에 훌쩍 던져 올렸다 받아내는 던질사위를 몇 번 되풀이한다. 이어서 왼손으로 받침 막대를 쥐고 오른손으로 대접을 때리며 돌리는 때릴사위, 다리 사이를 통해 반대편으로 받아내는 다리사위, 무지개사위, 자새버나, 칼버나, 바늘버나, 도깨비대동강건너가기, 단발령넘는사위로 숨 가쁘게 이어진다. 이윽고 산염불을 마친 버나재비가 대접을 들고 구경꾼들 앞을 돈다.

"복 그릇에 복 담으세요. 만사형통합니다. 자, 아무리 많이 먹어도 이놈의 아가리가 염치가 없어 자꾸만 딱딱 벌어집니다."

대접에 엽전 떨어지는 소리가 심심찮게 이어졌다. 돈을 걸으며 매호씨와 싱거운 수작을 나누던 버나재비가 퇴장하였다.

이어 살판쇠가 등장한다. 살판쇠의 재주도 마을 구경꾼들의 손에 땀을 쥐게 하였다. 살판쇠가 매호씨와 주고받는 수작에 구경꾼들은 배꼽을 쥐고 웃는다. 뒤로 넘어서 팔을 짚고 배를 사르르 땅에 대는가 싶은 순간 몸을 홱 뒤집어 뒷목잡이로 일어서는 살판배사림사위가 지나면 도일은 언제나 이를 다져 물었다. 숭어뜀, 노구걸이, 오리걸음, 부줏대넘기, 모둘빼기로 이어지며 살판의 진행은 빨라졌다. 모둘빼기사위에 이어 곧 도일의 어름판이 벌어지는 것이다. 두어 사람을 세워놓고 뒤로 넘다 공중으로 솟구쳐 올라 그 사람을 뛰어넘는 모둘빼기사위는 위험하고 어려운 재주여서 구경할 때마다 긴장이 되었다.

도일은 동편 기둥 앞에 섰다. 품과 소매가 넓은 잿빛 장삼에 꼭지가 뽀족한 고깔을 쓴 도일은 오른손에 쥘부채를 들었다. 이윽고 살판쇠의 재주가 다 끝나고 퇴장하였다.

덩덕궁이장단이 일어났다가 잦아들자 매호씨가 나서서 어름판을 소개한다. 재비들이 매호씨 앞으로 나선다. 재비들이 꽹과리, 징, 북, 장고, 날라리를 각기 한 채씩 들고 나란히 앉는다. 그들 앞에 술과 북어를 올린 간단한 상이 차려진다. 날라리에 이어 재비들이 칠채가락을 잡는다. 그 가락이 가라앉자 도일이 상 앞에 절을 올린다. 줄고사가 시작된 것이다.

"……줄할머니 줄할아버지께, 고사를 드리는데, 축원 덕담대로 재수 있고, 맘먹고 뜻 먹은 대로, 소원 성취 이루어지고, 김귀주가, 줄할머니 줄할아버지를 위하여, 이 정성을 드리오니, 나비 몸 되고 새 몸 되어, 남의 눈에 꽃과 잎으로 보이고, ……여기 오신 여러 손님, 이 구경을 보시고 가시어, 소원 성취 이루어, 만사 대길 점지하여주옵소서."

어름판은 언제나 긴장이 따랐다. 자칫 실수해 줄에서 떨어지면 저승객이 될 수도 있었다. 저승객이 되지 않는다 해도 사지 가운데 하나는 부러져 병신을 면하기 어려웠다. 그러므로 다른 판에는 없는 고사까지 올리는 것이다.

차례를 마친 도일이 마침내 동편의 줄기둥으로 올라가 우뚝 섰다. 재비들이 염불장단으로 가락을 잡아나가고, 어름사니는 장단에 맞추어 앞으로 경중경중 걸어 나갔다.

"강원도 금강산 일만이천 봉 팔만 구 암자 절에서 내려온 중이 하나 있는데, 중타령을 한번 할라치면 바로 이렇게 하는 것이렷다."

앞으로가기, 장단줄타기를 거듭 되풀이하며 읊어대는 중타령이 구성졌다. 도일의 중타령이 솔의 귀를 사로잡았다. 목구성이 특히 관심을 끌었다. 타령은 편편한 길을 편하게 걷듯 흔들거리며 걷는 걸음으로 가면 그만이었다. 그러나 도일은 타령 본령을 수시로 무시하였다. 재를 넘기도 강을 건너기도 아득히 바다를 바라보기도 했다. 산들산들 꽃을 피우는 부드러운 바람이 불기도, 비바람이 치기도 했다. 예사로운 대목에서도 맛을 내기 위해 꺾는 재주도 심심찮게 구사했다. 타고난 천구성이 아니라면 그동안 연습을 쌓은 소리의 길이가 몇 천 리에 이르렀으리라. 그만큼 긴 소리 연습으로 목에 길을 내지 않고서는 얻기 힘든 소리였다. 어름사니 재주만으로도 넉넉할 터인데, 해금도 고수라고 하였다. 거기에다 소리까지 저렇고 보면 명실상부한 행중의 보배가 아닐 수 없을 것이리라.

중타령을 끝낸 도일이 장삼을 벗었다. 장삼을 훌훌 벗어 아래로

던지자 매호씨가 받아 챙기고 도일은 홍색 관띠에 남색 전복 차림으로 변했다. 거추장스러운 복색이 재주 놀기에 알맞은 단출한 복색으로 바뀐 것이다. 숨을 돌린 재비들이 일제히 염불장단으로 들어갔다. 도일이 장단에 따라 금방 떨어질 것처럼 위태위태한 걸음걸이로 앞으로가기 재주를 펼쳤다. 매호씨가 싱거운 수작을 걸면 이치에 맞는 대거리로 면박을 주며, 한쪽 발은 줄에 딛고 다른쪽 발은 아래로 휘저으며 두 발을 교대로 앞으로 나아가는 거미줄늘이기 재주를 부렸다. 뒤로훑기, 콩심기, 화장사위, 참봉댁맏아들병신걸음걸이 등의 재주를 이어서 펼쳐나갔다.

"앞동산 밤나무는, 가지가지가 알밤이요, 곳곳에 너른 들은, 논밭이 다 풍년이요, 에헤이요 올로로이 상사디야, 에헤이요 올로로이 상사디야, 에헤이 에 에루화 좋다, 풍년이로구나."

매호씨와 수작을 나누다 풍년가를 한 가락 뽑아 올렸다.

그러던 어느 순간 도일의 호흡이 흐트러졌다. 하나하나의 사위가 물 흐르듯 자연스럽게 흘러가야 한다. 그런데 무엇에 걸리기라도 한 듯 흐름이 멈칫했다. 녹밧줄과 도일의 발은 아교로 붙인 듯 단단히 붙어 떨어지지 않을 것 같았다. 그런데 무엇인가 다른 낌새가 느껴졌다.

판이 절정으로 내닫기 바로 직전 양반밤나무지키기 대목이었다. 밤 서리 온 아이들을 쫓아 노인이 줄 위에서 이리 뛰고 저리 뛰는 시늉을 펼쳐 보이는 바쁜 대목이었다. 몇 번 이리 뛰고 저리 뛰던 도일이 아차 하는 순간, 빌을 헛딛고 넉장거리로 멍석 위에 떨어지고 말았다. 구경꾼들이 비명을 지르고 매호씨와 재비들이 우르르 도일에게로 달려갔다.

구경꾼과 무심결에 눈이 잠깐 마주친 순간 마음이 출렁 흔들린
것이다. 평소 낙법을 몸에 익혀두었으나 몸과 마음이 따로 놀아 낙
법 따위를 운용할 겨를을 놓쳤다. 떨어지면서 본능적으로 뒹굴기
는 했으나 엉치등뼈가 깊숙이 아렸다. 왼쪽 다리도 당겨 굽히기가
힘들었다. 몸을 일으킬 수가 없었다. 도일은 재비들에 의해 회당
안으로 옮겨졌다.

"잔나비도 나무에서 떨어질 때가 있다더니, 도일이도 줄에서 떨
어질 때가 있군그래!"

근심 어린 얼굴로 다친 데를 살피던 꼭두쇠가 한마디 던졌다. 엉
치등뼈의 통증을 참느라 상을 찡그린 중에도 도일은 꼭두쇠의 말
에 미소를 지었다.

"오늘, 판을 망쳐 죄송해요."

"판을 망치기는, 어름판이 다 파할 무렵이었는데. 구경꾼들도
다 알걸. 크게 다친 데는 없는 것 같으니 조섭이나 잘하게."

꼭두쇠는 한결 밝은 얼굴로 그렇게 당부하고 놀이판으로 돌아
갔다.

잠시 뜨악하고 산만했던 놀이판은 재비들이 풍물을 잡아나가
자 다시 분위기가 살아났다. 어름 마당에 이어서 펼쳐진 덧뵈기 마
당은 구경꾼들로 하여금 잠시도 웃음을 참지 못하게 하였다. 샌님,
취발이, 말뚝이, 먹중, 옴중, 피조리, 꺽쇠, 장쇠 등 탈도 갖가지요,
복색도 각각이었다. 탕건을 쓰거나 말총 벙거지, 송낙, 상모 등 머
리에 쓴 것 또한 각가지였다. 그들이 들고 나며 주고받는 우스꽝스

러운 수작과 날카로운 풍자가 연신 웃음바다를 이루었다.

놀이판은 덜미 마당까지 무사히 다 진행되고 마무리되었다. 대접이나 벙거지를 들고 앞을 돌 때마다 구경꾼들이 한 닢 두 닢 던져 넣은 엽전도 몇 십 냥은 좋이 되고 남았다. 마을에서 숙식을 제공받고 내일 아침 떠날 때는 길양식도 나올 것이므로 행중의 마음은 한가위 명절을 만난 듯 흡족하였다. 걱정이 있다면 도일의 부상 정도였다. 모두 도일의 부상이 심하지 않기를 바랐다.

아쉬운 작별

남사당패는 보령, 서천을 거쳐 남쪽 강경으로 쑥 내려갔다가 삼례에서 다시 북쪽의 회덕 방향으로 거슬러 올라갈 예정이었다. 보령, 강경, 삼례에서 놀이판을 걸쭉하게 벌인 남사당패 행중과 솔은 아쉬운 작별을 나누었다. 북쪽의 회덕 방향으로 올라가는 그들과 남행길을 계속해야 하는 솔은 길이 달랐던 것이다.

도일이 은근히 한갓진 곳으로 솔을 이끌고 갔다. 품에서 작은 주머니를 꺼내 손에 쥐여주었다. 엽전이 만져졌다. 솔은 눈을 슴벅였다. 곧 눈에 눈물이 핑 돌았다.

"아무튼 길 조심하게."

"돈은 자네에게 더 필요할 건데, 이러면 되나."

"걱정 말게. 필요하면 다른 행중 식구들이 있지 않은가. 자네는 혼잔데, 작은 보탬이라도 되면 좋겠네."

망설이던 솔은 주머니를 받아 품속에 넣었다. 도일의 마음을 간직하는 기분이 들었다.

"자네……."

도일은 무슨 말을 하려다 말고 고개를 저었다.

"왜, 내게 못할 말이라도 있나?"

"그게 그러니까, 조심해야 하네."

"고생길 나선 것인데 조심할 게 뭐 있겠나!"

"그런 말이 아니라……, 에이 참!"

도일은 말을 잇지 못하고 발 앞의 돌멩이를 걷어찼다. 범상치 않은 태도에 문득 긴장하며 도일을 물끄러미 쳐다보았다.

"자네, 남장한 것을 행중 여러 식구들이 수군거리더군."

도일의 말에 솔은 귀밑이 확 뜨거워지고, 얼굴이 붉어졌다.

얼마 전 살판쇠가 솔을 두고 분명 남장을 한 여자임에 틀림없다며, 제가 허울을 벗겨내리라 나서는 걸 도일이 냉큼 막아서며, 만약 몸에 손끝 하나 댔다가는 목에 칼이 들어갈 줄 알라고 윽박지른 일을 솔은 알지 못하였다. 행중 여러 사람이 솔이 남장 여자라는 것을 벌써 눈치채고 있었으나 정작 당사자만 그런 사실을 모르고 있었다.

자신이 소홀했던 점이 무엇이었는지 새삼 되돌아보았다. 적삼에 등거리를 걸치고 바지에 행전을 치고 짚신감발도 단단히 하였다. 남장 복색에도 빈틈이 없었고, 목소리도 남자처럼 굵고 퉁명스럽게 꾸며 말했다. 작은 몸짓 하나도 일부러 모가 나게 툭툭 꺾어가며 움직였다. 애써 나귀쇠를 거들어 무거운 짐도 번쩍번쩍 들어

보이고는 했었다. 베로 친친 감은 가슴도 밋밋하기가 사내와 조금
도 다를 바 없었다. 그런데 어디가 어수룩했던가. 믿고 싶지 않았
지만, 남장한 여자가 아무리 단속하고 단단히 꾸민다 해도 며칠 정
도야 모르지만 오래 감추지는 못하는 법인가. 남자와 여자는 몸에
익은 습기가 각기 다르게 마련인 것인가. 습관이라는 것은 자기도
모르게 문득문득 드러나게 마련, 아무리 정신을 똑바로 차려도 열
흘을 넘기지 못하고 자신도 모르게 오래 묵은 습기를 드러내게 마
련인 것이다. 그러므로 남장을 한 여자는 오래가지 못해 결국 본색
을 들키게 되고 마는 것이다.

　도일이 얼굴을 들지 못하고 굳어 있는 솔의 어깨를 툭 쳤다.

　"딴 걱정 말게. 내게는 변함없는 남정네니까. 앞길이 먼데 각별
히 조심하기 바라는 것일세."

　여자임이 드러난 지금 무슨 말을 어찌 한마디인들 더 하겠는가.
솔은 끝내 고맙다는 인사 한마디 건네지 못하고 도일과 아쉬운 작
별을 하고 말았다.

강진 유배지에서

"동지섣달 추위나 넘기고 올라가지 그러나?"

　만후 어른이 다시 간곡히 만류했다. 그의 따뜻한 마음이 건너와
솔의 가슴을 데웠다.

　"제 마음대로 할 수 있다면 얼마나 좋겠습니까. 하지만 이미 말

쓰드렸듯이 이것이 저를 편안하게 놔두지 않습니다."

등에 진 항아리 궤를 가리키며 자신에게 부여된 운명을 피할 생각이 없음을 분명히 했다.

"너의 몸이 있은 다음에야 노래가 있지. 몸을 잃고 나서야 노래가 무슨 소용이겠느냐?"

만후 어른은 안쓰럽고 걱정되었던지 한숨을 내쉬었다. 옳은 지적이었다. 그러나 서글픈 미소를 띠며 솔은 고개를 가로저었다.

"항아리가 어찌 추위를 알겠습니까. 게다가 제 몸 걱정 같은 것은 해주지도 않습니다."

"항아리가 영험한 존재라면 왜 그것을 모를까."

"알아도 제 게으름은 용납하지 않습니다."

만류를 떨치고 길을 나서는 솔을 만후 어른은 마을 어귀까지 배웅하였다.

"부디 고생을 이기고 뜻을 이루시게."

처음 솔로부터 노래를 찾아 길을 떠돈 지 해소수가 지났다는 말을 들은 만후는 의아한 표정을 지우지 못했다. 노래를 찾아 길을 떠돌아다녔다니, 그래 정말 노래가 길에 있다는 것인가. 더구나 그것을 찾아서 무엇에 쓰게. 시들한 표정을 짓고 고개를 몇 번이나 저었다.

그러나 오로지 대우를 만나기 위해 천 리 길을 멀다 하지 않고 내려왔다는 말에 반갑게 맞아들이고 접대에 소홀함이 없도록 애를 썼다. 달포 전 다시 한양으로 올라간 대우와 두 사람의 길이 서로 어긋난 것을 안타까워하며, 여독을 풀도록 약초를 구해 온다,

황기를 달여 먹인다, 정성을 쏟았다. 큰놈 대우를 대하듯 찾아온 동무를 정성스럽게 돌봤던 것이다.

이곳 강진에 정배된 지 벌써 다섯 해였다. 그동안 만후는 이곳 배소 생활에 익숙해져 있었다. 처음 당도했을 때 보수주인(保授主人)은 뜨악하게 그를 맞았다. 아무리 당상관 품계의 판서 벼슬을 지냈다 해도 일단 유배 온 죄수였다. 옥관자도 그 끈이 떨어진 다음에야 무슨 위용을 발휘하겠는가. 고을 원으로부터 보수주인으로 정해졌음을 통고받은 후 죄수가 집에 당도했을 때 집주인은 당연한 일이지만 흔쾌해하지 않았다. 보수주인이란 죄수를 감시하는 소임과 아울러 죄수에게 거처를 제공하고 은근히 구복치레까지 부담을 안아야 했다. 그 부담을 달갑게 여길 사람 누가 있겠는가. 행랑채 끝 방을 내주고, 아랫것들의 대궁밥으로 겨우 연명시키는 정도로 소홀히 대했다. 배소에서 겪은 고생담을 한두 가지 귀동냥한 바가 아니어서 만후로서는 행랑채 생활도 다행으로 여겨온 터였다.

그렇게 마음을 다독여가며 불편을 감내해오던 어느 날이었다. 보수주인이 찾아와 정중히 청을 넣었다. 마을의 훈장이 세상을 뜬지 몇 달이 지났는데 아직 마땅한 훈장을 모시지 못했다면서 만약 사정이 허락한다면 마을 아이들 훈육을 부탁한다고 고개를 숙였다. 그렇지 않아도 그럴 수만 있다면 좋으련만, 고소원이나 불감청이었던 터, 그 자리에서 좋다고 흔쾌히 그 제안을 받아들였다. 고을에서 오래 구실을 산 보수주인은 향반(鄕班)으로서 행세를 하고 있었다. 원근 마을에 그의 영향력이 널리 미쳤다. 그가 어떻게 조처했던지 스무 명에 가까운 학동들이 모여들었다.

서당을 열고 학동들을 가르치기 시작한 지 얼마 지나지 않아 그의 거처가 행랑채에서 바깥채로 옮겨졌고 그의 상차림이 푸짐해졌다. 그러구러 다섯 해, 보수주인의 대접도 소홀하지 않았지만 글을 배우는 학동들의 집에서 철마다 인정 쓰는 것도 만만치 않았다. 상추, 시금치, 당근, 배추, 무 등 철마다 채소가 떨어지지 않았고, 여름에는 보리를 가을에는 쌀과 밤, 대추를 가져왔다. 심지어 옷까지 지어 오는 집도 있었다.

부친께서 청한 지필묵과 서책 몇 권을 마련해 지고 그러나 무거운 마음으로 배소를 찾은 대우는 그런 부친의 근황을 목격하고서는 무거운 마음을 그곳에 부려놓고 한결 가벼운 마음으로 한양으로 돌아갔다.

대우가 없는 곳에 더 머물러 있을 수가 없었다. 여독도 다 풀렸고 이제 몸도 가벼워져 길을 나서도 괜찮을 것 같아 어느 날 솔은 그 뜻을 만후 어른에게 아뢰었다. 솔의 말을 듣고 난 만후 어른은 잠시 생각에 잠겼다. 냉수 한 사발을 떠 오라 이르더니 그것을 들이켜고 솔을 물끄러미 건너다보았다.

"낭자가 남장을 하고 있다는 걸 알고 의아했으나 내가 그 까닭을 묻지 않았다. 혹시 대우와 연을 맺은 것이더냐?"

만후의 말에 솔은 고개를 떨어뜨리고 다시 한 번 자신의 소홀함을 따져 되살펴보았다. 아무리 조심한다 할지라도 변장은 은연중 본색이 드러나게 마련이라더니, 정말 그런 것인가. 사소한 일에도 긴장을 늦추지 않고 애써 철저히 단속하느라 했지만 작은 습관 하나가 남녀를 구분해 보여주는 데는 모자람이 없는 빌미가 되었던 것인가. 남장을 한 까닭을 밝혀 말하지 않을 수 없었다. 대우와의 관계도 분명히 해명할 필요가 있었다. 말에 신뢰를 얻는 데는 진실이 가장 으뜸이라는 걸 경험으로 알고 있었으므로 한마디도 허투루 꾸며서 이야기하지 않았다.

"하늘의 도리와 인륜을 어긴 일은 결코 없었습니다. 다만 노래로 인해 고생하는 저를 가엾이 여겨 대우님께서 한때 거처를 제공해주었고, 고강을 만나도록 주선해주기도 했습니다."

대우를 처음 종루 어름에서 우연히 만났고, 대우가 행인들에게 이야기를 파는 전기수로서 생활을 삼는다는 사실도 말했다.

"대우가 이야기를 파는 전기수 노릇을 한단 말인가?"

만후 어른은 의외였던지 놀란 얼굴로 반문했다. 그러나 잠시 고개를 젓던 그는 다른 말을 보태지 않았다. 눈을 들어 천장을 쳐다보는 얼굴에 헛헛한 기운이 감돌 뿐이었다. 대우가 어려서부터 닦은 학문을 출세를 위해 쓸 수 없게 된 것이 모두 자신 탓인데 어찌 의아해할 수 있겠는가. 그렇지만 아무리 과거 길이 막히고 나라를 위해 쓰일 데가 없는 딱한 처지가 되었다 할지라도 하필이면 왜 전기수로 나섰단 말인가. 한숨이 절로 나왔다. 과거를 보기 위해 닦은 학문을 전기수로서 풀어내다니, 당키나 한 일인가. 천부당만부당한 일이었으나 그걸 탓할 수 있는 처지가 아니었다. 생각할수록 서글프고 아쉬울 따름이었다.

벼슬길에 들어선 후, 간교하거나 책략을 꾸미는 기심(機心)을 없애려고 다짐하고 몸과 마음을 깨끗이 하는 일에 오로지 정성을 다

했다. 사람으로서 바른 길을 도모하고 성현의 가르침에 어긋남이 없도록 항상 경계하고 깊은 사려로써 몸을 삼갔다. 청빈을 으뜸 신조로 삼고 재물을 탐해본 적이 없었다. 하사받은 봉토도 빈한한 일가붙이에게 다 나눠 주었고 자기 소유로는 두지 않았다. 벼슬길에 들어선 후 재물이 옥에 티가 되는 경우를 너무 자주 목격해온 그였다. 그것이 자연 경계심으로 몸에 스며들어 세상을 사는 도리와 목탁으로 여기게 되었고, 지팡이로 삼게 되었다. 청렴한 벼슬아치로서는 온당한 처신이었다. 대신 집 안의 쌀뒤주는 늘 비어 있다시피 했다.

만후 개인의 후덕한 인품과 청렴한 성품은 파당의 다툼에서는 털끝만큼도 도움이 되지 못했다. 그 자신은 결코 원한 적이 없었지만, 벼슬을 사는 동안 어느 사이 자신도 모르게 한 파당의 일원이 되어 있었고, 그 무리가 세력 다툼에서 밀려나 몰락하자 그의 벼슬자리도 떨어지고 말았다. 뿐만 아니라, 그가 전에 임금에게 올린 상소문[箚子]을 빌미 삼아 반대 파당에서 역모로 모는 데야 당할 길이 없었다. 집안 단속 잘하고 자기 몸 하나 잘 닦아 바르게 사는 것에만 마음을 오로지 했을 뿐, 자신에게 닥칠 액운은 눈곱만큼도 예측하지 못했던 것이다. 벼슬이 떨어지고, 남은 가족의 호구지책을 도모할 겨를도 없이 정배 길에 오르고 보니 세상이 허망할 따름이었다.

느닷없이 배소단자(配所單子)를 들고 의금부(義禁府) 도사(都事)가 집에 들이닥쳐 길을 재촉하는 바람에 사당에 고할 겨를도 없이 겨우 가족들과 작별 인사만을 나누고 정배 길에 올랐다. 압송관의 눈

272

밖에 나지 않고 편안히 배소에 당도하려면 천 리 길을 가는 동안에 쓰일 경비[浮費債]를 넉넉히 찔러주어야 한다는 말을 들은 바 있었으나, 형편이 길양식 마련에도 벅찼다. 집에 있던 쌀뒤주를 닥닥 긁어 담았고, 베 서너 필이 겨우 나왔다. 정배 길에 오르는 가장을 위해서라면 집에 남은 가족이 무엇을 아끼려 들겠는가. 있는 것을 다 털어 압송관과 만후의 말 등에 실어 보내는 눈치였다. 그리하여 남은 가족의 호구지책은 막막할 따름임을 만후가 왜 몰랐겠는가. 생각하면 망측하고 민망하여 한숨이 절로 나올 뿐이지만, 한편 대우가 전기수로 나서 이야기를 팔아서라도 입에 풀칠이라도 할 수 있었다니 다행이다 싶기도 했다. 그러나 자신의 몰락은 견디기 어렵지 않았으나 호구를 위해 이야기를 팔러 나섰다는 자식에 대한 소식은 영 서글프고 민망스럽고 언짢고 견디기 힘겨웠다. 그런 내색을 하지 않으려니 그것이 또한 더 힘에 부쳤다.

한편 대우가 아직도 북촌 김 대감 댁 자제 승종과 교류의 끈을 놓지 않고 있다는 소식은 한 가닥 위안이 되었다. 장차 또 세상이 어떻게 바뀔지, 그리고 또 어떤 일이 기다리고 있을지 누가 알겠는가. 작은 나무는 큰 나무 덕을 입지 못하지만 사람은 큰 사람 덕을 입는다 하지 않았는가. 좋은 일이든 궂은일이든 정승의 자제인 승종과 함께 도모한다면 나쁘게 작용하지만은 않을 것으로 생각되었다.

한편 고강의 소식은 예사롭지 않게 들렸다. 고강은 반정에 가담하여 공을 세웠고, 벼슬길이 환히 열렸으나 그것을 외면하고 그림을 그리기 위해 산속으로 깊이 숨어 들어갔으며 오로지 그림에 전념하다 크게 진경을 보인 후 세상을 떴다는 것이었다. 무욕과 엄격한 자기희생으로 일관해온 그의 생애는 훗날까지 오래오래 많은 사람들로부터 칭송받으리라 생각되었다.

"승종이 고강의 그림을 다 거두겠다고 했단 말이지!"

"그림을 한 장 한 장 살펴보시고, 크게 감탄하셨습니다. 우리 그림은 고강으로부터 비로소 시작되는 것이라고 하셨습니다."

만후는 다시 무겁게 고개를 끄덕였다.

"우리 그림은 고강으로부터 비로소 시작되는 것이다! 그토록 놀라운 경지란 말인가?"

"소녀는 분명히 그렇게 들었습니다."

만후는 다시 고개를 끄덕였다.

"낭자가 그의 산소를 지켰다고 했더냐?"

"예, 그의 산소를 지키고 있으면 혹시 제가 찾으려는 노래를 얻을 수 있지 않을까, 그런 기대를 버릴 수 없었습니다."

"낭자의 바람이 그토록 절실했단 말이더냐. 고강의 예술을 본받기 위해 심산 고처에 홀로 떨어져 지냈다니!"

"그렇습니다. 그 갈망이 어찌나 절실했던지 산속의 짐승도 귀신도 두렵지 않았습니다."

맞장구를 쳐 그렇게 말했으나, 한 번도 맹수나 귀신을 염두에 둔 적조차 없었다. 이제 새삼스레 돌이켜보며 그랬던가, 뒤늦게 개연성을 사실로 확인하는 기분이 되었다.

만후는 사발을 들어 목을 축였다.

"헌데 낭자가 찾고자 하는 소리가 항아리가 원하는 소리라고 했더냐?"

"예, 그렇습니다. 그러나 따지고 보면 항아리가 원하는 것이 제가 원하는 것이고, 제가 원하는 것이 항아리가 원하는 소리에 다름 아닐 것입니다."

"벌써 해소수나 노래를 찾아 헤맸으나 아직 찾지 못했다고 했더냐?"

"소녀가 미타한 탓입니다. 새로 노래를 지어 불러보기는 했지만, 소녀는 전에 지녔던 노래의 구태를 다 벗어버리지 못하고 늘 그 주변을 맴도는 것에 그쳐왔습니다. 그런데 항아리는 과거의 노래를 전혀 용납지 않았습니다. 정작 사람들에게 절실한 노래란 사람들이 살아가면서 느끼는 삶의 실체를 내용으로 한 것이어야 한다는 주장이 강고합니다. 하지만 저는 항아리가 주장하는 그 노래 속 켜를 아직도 다 헤아려 알지 못해 이 고생을 하고 있습니다."

솔의 말에 만후는 고개를 가로저으며 생각에 잠겼다. 고강은 자기 그림을, 이전의 그림을 다 부정하는 데서, 새로 시작하기 위해 스스로 몸을 고스란히 다 소진시켰다! 그렇다면 이 항아리는 이미 불려온 노래를 모두 부정하고 장차 도래할 노래를 위해 이 아이를 제물로 쓰려는 것인가!

노래란 무엇인가?

"낭자는, 노래가 무엇인 줄 아느냐?"

너무나 자명한 질문에 그만 말문이 막혔다.

　사람들은, 정을 긴 소리로 나타내는 것으로, 불러서 즐겁고 들어서 흥겨운 것이 노래라 믿는데, 그러나 항아리는 한사코 고개를 저으며 아니라고 하니 애가 탄다고 이미 말하지 않았는가. 그런데 새삼스럽게 정색을 하고 노래란 무엇인 줄 아느냐고 다시 묻다니, 말문이 막힌 것이다.

　"정을 긴 소리로 나타내는 것으로, 불러 즐겁고 들어 흥겨운 것이 노래라는 사람들의 생각이 그르지는 않다. 그런데 즐거움이나 흥겨움을 몸짓으로 나타내면 어떻게 보일까? 경망스러워 보기에 민망스러울 따름일 것이다. 선비는 슬픔과 기쁨 따위 감정을 있는 대로 다 드러내는 것을 두고 수양이 모자란 탓으로 여긴다. 수양이 모자란 사람은 신중한 자리에 앉히지 않는다. 신중한 자리에 앉으려면 감정을 드러내는 일을 삼가야 한다. 따라서 사대부들은 감정에 가장 민감하게 영향을 미치는 노래는 가급적 멀리하고 경계하는 것이다. 그리고 사대부들은 느리고 점잖은 만대엽이나 중대엽은 가까이할지언정 빠른 삭대엽은 가까이하기를 꺼린다. 그렇다면 노래란 어떠해야 할까. 어려운 문제로다! 그런데 낭자는 여항에서 불리는 노래도 또 가곡이나 가사도 다 아니고 오로지 새로운 노래를 찾아 나섰다니, 더구나 헤아릴 수 없는 일이다!"

　예부터 마음속에 있는 것을 지(志)라 하고, 그것을 글로 나타내면 시(詩)라 하고, 그것을 길게 소리로 나타내면 노래라 한다 했다. 정(情)이 마음속에서 움직이면 말로 나타나고, 말로 나타내는 것이 부족할 때에 탄식이 나오고, 탄식으로도 마음의 느껴움을 다 나타낼 수 없을 때 절로 길게 노래 부르게 되는 것이라 했다. 노래는 그렇 듯 감정의 자연스러운 발로를 바탕으로 삼는다 하지 않았던가.

"대우님도 비슷한 말을 한 바 있었습니다."

"대우도 음률에 관심이 있었던 것인가?"

"예, 소녀는 대우님으로부터 많은 가르침을 얻었습니다."

"대우로부터 많은 가르침을 얻었다?"

"예, 노래의 근본은 사람의 마음이 외물(外物)에 접하여 감동하는 데 있는 것이라 대우님이 말했습니다. 어떤 정황이나 사태에 따라 마음의 움직임이 각기 다른 것인데, 그 다른 움직임이 곧 슬픔도 되고 기쁨도 되는 것이고, 슬프거나 기쁠 때 나오는 소리 또한 각기 다르게 마련이라고요. 예를 들면, 바깥 자극에 의해 슬픔이 마음을 무겁게 짓누르면 그 나오는 소리가 낮고 애절하고, 즐거움이 마음을 감동시키면 그 나오는 소리가 자연 평화롭고 한가롭다고 했습니다. 놀라운 것을 보고 마음이 뛰면 그 소리가 어찌 높고 빠르게 터져 나오지 않을 수 있겠는가, 노여움이 마음을 자극하면 그 소리가 거칠고 사납게 나오지 않을 수 없는 것 아니겠느냐고 하면서, 또한 공경함이 마음을 다스리면 그 나오는 소리가 자연 곧고 겸손하고, 사랑이 마음을 출렁이게 하면 그 나오는 소리가 온화하고 부드러울 수밖에 없는 것이 자연의 이치라 했습니다. 따라서 대우님은 노래란 마음의 움직임을 그 바탕에 두고 있는 것이 백번 옳다고 했습니다. 그런데 마음의 움직임인 감정에 바탕을 두고 지어지는 일반 여염의 노래가 자연의 이치에 부합되는 것인지, 감정을 최대한 절제하고 억누르는 것을 기본으로 지어지는 아악이 이치에 부합되는 것인지, 대우님은 아직 헤아려 알지 못하겠다고 하였습니다. 그리고 선비들이 여항의 노래를 멀리하려는 것은 자연의 이치를 멀리하려는 것과 다름없는 일 아닌가, 그런 생각이 들 때도 있다고 했습니다."

잠시 생각에 잠겨 있던 만후 어른이 입을 열어 말했다.

"나도 노래란 사람의 마음이 짓는 것이라 믿는다. 마음이란 무엇이냐. 눈과 귀가 보고 들은 것을 안에서 받아들여 짜내는 감정의 반응을 두고 이르는 것 아니더냐. 그래서 예부터 눈과 귀를 두고 마음을 짜는 베틀이라 한 것이다. 따라서 노래를 들으면 자연 세상인심이며 풍속을 알 수 있다고 선현들은 믿었다. 그래서 노래를 바로 정치의 잣대로 삼은 것이다. 흙이 거칠면 초목이 자라지 못하고, 물이 흐려 어지러우면, 붕어와 잉어가 어찌 자라겠느냐. 세상이 탁하면 윤리 도덕이 무너지고 음악이 음란해지게 마련이다. 옛날 여말(麗末), 정세가 어지러워지자 음탕한 노래가 번성한 것도 다 그 때문이었다. 방탕한 노래가 유행하니 따라서 덕이 쇠퇴하고 사악한 마음이 생기니 온갖 간사한 무리가 이것으로부터 나와 세상을 어지럽혔고, 그래서 결국 왕조가 무너졌던 것이다. 그러므로 아조(我朝)에 이르러서는 음악을 옳게 세움으로써 덕을 바로잡으며, 음악에 화해서 유순함을 이루고, 음악을 조화롭게 하여 백성들로 하여금 도를 좇도록 하는 데 게으르지 말라고 강조해 가르쳤던 것이다. 그런데 대우는 자연의 이치에 더 무게를 두고 있다니, 글쎄다."

만후의 말 한 마디 한 마디를 잠시 되새기며 솔은 속으로 전에 대우로부터 들었던 내용과 비교해보았다. 만후의 가르침은 대우의 생각을 비추어보는 거울로 삼을 만했다. 잠시 만후가 조용했다. 그 겨를에 솔은 목소리를 가다듬고 대우로부터 전해 들은 아악에 관한 이야기를 펼쳐 보였다.

음률에 관한 이야기를 하던 중 대우는 아악에 이르자 불현듯 목소리를 높였다.

그는 노래가 세상인심과 풍속을 재는 잣대라면 마땅히 민간의 노래에 관심을 기울이고 깊이 살펴 연구해야 마땅한 일일 터이지만, 사대부들이 오로지 천여 년 전에 만들어진 고루한 아악에 매달려 오늘의 변화를 외면하고 있는 현실이 안타깝다고 했다. 아악이라는 것이 당악이나 송악의 형식에 묶여 한 치의 어긋남도 없게 하려 노력한 것으로 일관해왔으니, 아악이란 결국 우리나라 백성들의 자연스러운 성정을 외면하고 당악이나 송악에 맞추어 우리의 정서와 음률을 인위적으로 왜곡시켜놓은 것에 지나지 않은 것 아니냐며 날카롭게 비판했다. 게다가 사람의 일이란 모든 것이 현재성과 현장성을 갖는 것인데, 몸은 오늘에 있으면서 몸이 처한 정서는 몇 백 년 전에 생긴 아악에 의탁하려 하다니 이보다 한심한 일이 어디 있겠느냐고 탄식하기도 했다. 따라서 자연스러운 마음의 감응이 불러일으켜 지은 여염의 노래를 두고 비루하고 저속하다 하여 멀리하는 사대부들이 큰 병탈이라고 지탄했다. 그러한 사정이므로 항아리가 새로운 노래를 원하는 것은 오히려 당연한 시대적 요청일 것이라고 격려를 아끼지 않았다. 대우의 격려에 솔은 새삼스레 자부심을 느끼기도 했었다.

만후는 고개를 끄덕여 수긍하지 않을 수 없었다. 그러나 종묘제례에 쓰이는 아악을 우리 것이 아니라고 배척할 수만은 없는 일 아닌가. 가슴속에 어두운 그림자가 스쳐 지나갔다. 만후는 가볍게 머리를 저었다.

"사대부들이 여염의 노래를 경계하고 멀리하려는 것은 그만한 까닭이 있어서이다. 노래의 본색을 몰라서가 아니다. 조금만 눈여겨보면 노래란 흥에서 나오는 것임을 누가 모르겠느냐. 마음이 움직여 노래를 짓는다는 것은 누구나 모르지 않을 것이다. 그럼에도 불구하고 여염의 노래를 경계하고 멀리하려는 까닭은 다른 데 있는 것이 아니다. 노래란 일보다 놀이와 더 연관이 깊지 않느냐. 그리고 음률이 근면한 생활을 부질없게 만드는 해악 또한 있는 것이다. 음률에 심취하여 군자로서 정무에 소홀하게 되는 것이 무슨 이득이 되고, 일반 백성들로 하여금 일에 게으르게 하면 또한 무슨 이득이 있겠느냐. 이러한 해악 때문에 음률과 노래를 경계하도록 하는 것이다. 우리 선대들은 아직 악기를 연주하고 화려한 춤을 즐길 만한 여유 있는 세상을 누려보지 못했다. 그러므로 늘 근면과 성실을 강조해온 것이다. 따라서 사대부들이 노래를 멀리하려는 것은 어디까지나 백성을 위한 배려인 것이다."

만후는 일찍이 음악 관련 서책을 대강 훑어본 적이 있었다. 그러나 그것이 세상 살아가는 데 반드시 필요한 것이라 여긴 적이 없어 따로 외워 간직하려고 애쓴 적은 없었다. 다만 습관처럼 몸에 배 있는 독서 생활 중 우연히 음률과 노래에 관한 부분과 만나고는 했을 뿐이다. 옛 선현들은 음률과 서화 등 예술에 관한 관심도 학문에 못지않게 중시하여 뜻하지 않아도 독서를 하다 보면 그런 사상이 의식 속에 침윤되었다. 그런 영향으로, 무릇 노래란 사람의 마음에서 생긴 것이지만 윤리와 통하는 것이어야 한다고 믿고 있었다. 그래서 음악이란 즐겁고도 흐르지 않고 슬프면서도 비통하지 않은 것이라야 한다고 선현들이 가르쳐온 것으로 믿고 있었다. 그런데 대우는 그런 선현들의 가르침을 부정하고 외면하고 있는 모양이었다.

"어허!"

실로 걱정이 크고, 마음이 편치 않았다. 물만 위에서 아래로 흐르는 것이 아니다. 세상인심도 위에서 아래로 흐르는 것이다. 따라서 아래로 흐름을 같이하는 삶에는 어려움이 동반하지 않지만, 거슬러 위로 올라가려면 반드시 어려움이 따르고 그 장애를 넘기 위해서는 없는 힘까지 짜내 안간힘을 써야 한다. 가진 애를 다 쓴다 할지라도 거슬러 올라갈 수 있는 것이 어찌 용이한 일이겠는가. 곳곳에서 돌출하는 장애를 극복하기 위해서는 온갖 희생을 치러야 하고, 순리와 화합하는 것이 아닌, 거스름으로써 세상을 살아가겠다는 것은 그만큼 힘들게 살아가겠다는 것과 다름없는 것 아니겠는가.

짙은 눈썹 아래 가늘게 좁혀진 만후의 눈에 그늘이 어렸다.

"세상을 운행하는 순리라는 것이 있다. 그 순리를 따르지 않고서는 삶이 고달프고 피폐하게 마련인 것이니라."

대우가 걱정되어 말을 해놓고서 만후는 입을 문득 다물었다. 자신의 처지에서 할 말이 아니라는 자각 때문이었다. 살아오는 동안 세상 운행 질서와 순리를 애써 따랐다고 자부한 자신은 지금 어떤 처지인가. 정적들의 미움을 사 죄수의 몸이 되어 배소에 내쳐져 있지 않은가. 세상은 순리대로 한 치 어긋남 없이 운행되고 있지만, 세상을 살고 있는 사람들은 그 운행을 자기 유리한 대로 고쳐 흐르도록 쉴 새 없이 애써 지혜를 짜내고 있다. 그래서 세상의 흐름은 인위적으로 늘 왜곡되고 있는 것이다. 만후가 여기 배소에 내쳐진 까닭도 바로 거기에 있는 것을, 대우인들 왜 모르겠는가.

"소녀는 세상의 도리에는 어둡습니다. 하지만 이야기를 얻기 위해 밤마다 고생하고 있는 대우님을 보며 세상에 쉽게 얻을 수 있는 것은 없다는 사실을 실감했습니다. 더구나 고강은 오로지 그림의 진경을 위해 자기 몸을 다 불살랐습니다. 여기로 오는 동안에 만난 줄 타는 광대에게서도 많은 것을 배워 얻었습니다. 어름을 잘 타는 광대가 되려면 십 년은 죽을 고비를 넘기며 고된 훈련을 쌓아야 가까스로 기예를 펼칠 수 있게 된다 했습니다. 담력을 키우고 발바닥에 줄이 딱 붙도록 익히기까지 맞은 매와 흘린 피와 눈물이 얼마나 많았을 것이며, 부러진 다리며 팔의 고통은 얼마나 컸겠습니까. 그런 자기희생을 치른 다음에야 겨우 얻을 수 있는 고난도의 기예였습니다. 그러나 그 기예가 자신의 삶에 무슨 소용입니까. 그 광대는 다만 구경꾼들에게 보여주고, 여러 사람들이 즐거워하면 그것으로 보람을 느낄 뿐, 더 다른 보상은 따르지도 또한 바라지도 않았습니다. 그러함에도 그 기예를 익히기까지 고생을 마다하지 않은 그를 보고 소녀는 느끼고 배운 바 많았습니다. 아무런 보상을 바라지 않고 다만 기예 익히는 데에만 전념해온 그가 놀라웠습니다. 세상은 그런 사람들의 희생이 서로 어우러지는 가운데 운영되는 것이겠거니 생각했습니다. 따라서 사람들 위에 군림하는 높은 벼슬자리에 올라야만 보람 있는 삶을 사는 것이라고 소녀는 생각하지 않습니다."

"누구에게나 가야 할 길이 따로 있다는 말로 들리는구나. 대우도 자신에게 주어진 길을 갈 수밖에, 어쩌겠느냐."

만후는 어린 낭자로부터 새삼스레 세상의 한 이치를 깨달아 알게 된 것 같아 쓴웃음이 나왔다.

"이곳에 당도하기 전, 오는 길에서도 많은 것을 배워 알았습니다."

"또 무엇을 보고 배워 알았다는 것이냐?"

"한창 추수철이라 들에서 일하는 사람들을 자주 만났습니다. 타작하는 사람, 방아 찧는 사람, 보리를 심기 위해 밭고랑을 짓는 사람, 나뭇짐을 지고 가는 사람, 이런 사람들을 많이 만났습니다. 이들에게서 한결같은 점을 발견했는데, 다 노래를 부르고 있었습니다."

"일하면서 노래를 부르고 있었단 말이냐!"

노래란 즐거움의 감정적 발로라 하지 않았는가. 그런데 즐거운 상태가 아닌, 힘든 노역을 하면서 노래를 부르다니…… 옛 기록에 천자는 천자대로, 제후는 제후대로, 공경대부는 공경대부대로, 사농공상은 사농공상대로, 제각각 그 노래도 스스로의 신분에 맞게 지어 부른다 하더니, 과연 그런 것인가. 노래란 노래 부르는 사람의 분수를 넘지 않는다, 라는 말이나 노래 부르는 사람이 그 일신상의 일을 생각하는 것을 그대로 읊어대는 것이 노래라는 말이 틀리지 않았던 것인가.

"추수하는 사람은 길고 높은 소리로 노래 부르고, 방아 찧는 사람은 무엇이 그렇게 흥겨운지 콧노래까지 섞어가며 신명을 냈습니다. 밭고랑 고르는 사람은 길고 느리게 탄식하듯 노래 불렀고, 타작하는 사람은 도리깨 장단에 맞춰 흥겹게 노래 불렀습니다."

음악이란 외물에 의한 마음의 감응이라 하지 않았는가.

일을 할 때는 그 일과 관련된 마음의 움직임이 없을 수 없을 것이고, 그 마음의 움직임이 소리로 표현된 것이 곧 노래일 것이다. 넉넉히 수확한 농부는 즐거워서 하늘에 감사하는 마음을 노래로써 나타낼 것이다. 흉년에는 하늘을 원망하고 탄식하는 마음의 움직임이 원망의 노래를 지어 부르게 될 것이다. 추수하는 사람의 마음에 어찌 움직임이 없을 수 있으며 방아 찧을 때 또한 감흥이 없을 수 있겠는가. 타작할 때도 역시 곡식을 얻는 기쁨이 감흥을 불러일으킬 것이다. 만후는 고개를 크게 주억거렸다. 다만 지금까지 그런 일에 관심을 가져본 적이 없어 무심했을 따름이었다.

"일하면서 부르는 노래, 그것이 실로 가장 진실한 노래로 들렸습니다. 그래서 그들의 노래를 듣고 그것을 가슴속에 깊이 새겨두었습니다. 제가 노래에 관심을 보이면 사람들 또한 제게 잘해주었습니다. 먹을 것을 주기도 하고 집에서 쉬어 가게도 했습니다. 먹을 것도 필요하고 이슬 피할 데도 있어야 해 신세 지는 것을 마다하지 않았습니다. 그들의 노래가 지닌 자연스러움이 저를 그들에게로 이끈 것입니다."

도일로부터 들었던 어름사니의 풍월과 살판쇠의 재담과 덧보기 판을 이끌어가던 긴 탄식 같던 구음이 솔의 마음을 사로잡았다. 거기에다 저승패로 유기될 가엾고 애처로운 봉업 노인을 업고 행중을 따라나서는 도일의 슬픈 사연 또한 마음속에 깊이 새겨져 있었다. 이런 평초행려 남사당패의 곡절 많은 사연을 엇구수하게 엮어 불러보았으나 항아리는 귀를 기울이려 하지 않았다.

남사당패 행중과 헤어져 이곳 강진으로 오는 도중 들녘에서 들었던 농요와 타작마당에서 들었던 흥겨운 타령을 엇구수하게 섞어 짜 목을 가다듬고 항아리 앞에 앉아 소리를 뽑아 올렸으나 몇 곡 듣지 않고 항아리는 이번에도 고개를 저었다.

속이 차려면 아직 까마득하게 멀었고, 소리도 익지 않았다고 타박이 준열했다.

"항아리가 받아주는 노래를 부를 수 있을 때까지 노래를 찾아다녀야 한다면, 낭자에게 주어진 소임이 얼마나 중대한 것이란 말이냐. 낭자를 다 사르고 나서야 겨우 얻을 수 있는 것이 그 노래가 아닌지 실로 걱정이 크구나."

"저 하나 다 사르고 나서라도 온전한 노래만 얻을 수 있다면 더 바랄 것이 없겠습니다."

몸을 다 사르고 나서라도 노래만 얻을 수 있다면 더 바랄 것이 없겠다는 탄식에 만후는 마음속으로 도리질을 했다.

옛말에 이르기를, 거문고와 가야금을 익히는 것은 그림을 익히는 것보다 못하고, 그림을 익히는 것은 서예를 익히는 것에 미치지 못한다 하였다. 그리고 서예를 익히는 것은 시를 익히는 것에 이를 수 없고, 시를 익히는 것은 문장을 익히는 것에 훨씬 미치지 못하는 것이라 했다.

그 까닭인즉 영구히 남는 것을 기준으로 한 것으로써, 뛰어난 문장과 시는 그것이 서책에 옮겨지고 또한 간행 백 천 번에 이르러 무궁히 계승되어 없어지지 않지만, 반면에 서화는 그 종이나 비단의 한계에 의해 마모되고 소멸을 피할 수 없으므로 아무리 뛰어난 재주로써 본떠 옮긴다 할지라도 그 뜻까지 옮겨놓기는 실로 무망한 터, 참[眞]을 잃을 것은 자명한 이치라는 것이었다. 하물며 거문고와 가야금에 있어서랴. 아무리 정성을 기울여 섬세하게 따라 연주한다 할지라도 음률이란 구름과 더불어 흘러가버리고 흔적을 남기지 않는 것인데, 어찌 후세에 온전히 전할 수 있겠는가. 그리하여 선비로서는 도모할 바가 아닌 것이 거문고와 가야금이라고 했다. 노래 또한 이와 무엇이 다르다 하겠는가. 그런 허망한 노래를 얻기 위해 몸을 다 사르겠다는 솔의 각오가 미쁘기는 하되 가엾어 만후는 다른 말이 더 나오지 않았다.

마을 어귀에서 만후 어른과 헤어진 후 솔은 다시 자신의 차림을 꼼꼼히 살폈다. 땋아 뒤로 늘인 머리에 질끈 동여맨 베수건은 어색하지 않은지, 바지저고리는 잘 여며졌는지, 짚신감발은 단단히 했는지, 다시 따져 점검했다. 걸음을 성큼성큼 씩씩하게 내딛었다. 아무리 익숙해도 등에 진 오동나무 궤의 무게는 여전했다. 어깨를 파고드는 줄의 느낌은 언제나 새삼스러웠다. 다시는 남장을 들키지 않아야 하리라. 왜 남정네들만 행보가 자유로운 것인가. 여자는 집 울타리 안에 있어야만 겨우 안전한 것인가. 다시 북행길을 나서는 솔의 발걸음이 마냥 무거웠다. 발걸음이 더딘 것은 마음의 무게에 비례하는 것인가.

하루 이틀 하염없이 걸음을 옮겨놓았다. 추수가 끝난 들판이 쓸쓸하게 전개되었다. 허수아비가 가끔 비스듬히 기울어져 있는 논에 참새 떼가 날아들기도 멀리 백로가 먹이를 찾아 겅중거리는 시냇물이 보이기도 하였다. 서녘 하늘에 비낀 주황빛 노을에 날개를 적시며 무리 지어 날아가는 기러기는 어디에 깃들 곳을 정한 것인가. 주황빛 노을이 엷은 암묵 빛으로 지워지고 동쪽 하늘에 별이 하나둘 나타나 반짝였다. 먹물 빛 어둠을 머금은 산을 배경으로 검은 박쥐가 날아다녔다. 멀리 산자락에 불빛이 보였다. 그 불빛이 반가워 발걸음이 절로 빨라졌다. 오늘 밤은 저 마을 어디쯤에서 이슬을 피해야 하리라. 어느 집에서 대궁 한술이라도 얻어먹을 수 있으면 다행이련만, 그런 행운은 하늘의 처분에 맡겨야 하는 일이었다.

너는 죽지도 못한다!

부엌어멈의 돌봄이 자상했던지 사흘 만에 솔은 정신이 돌아왔다. 정신을 되찾은 솔은 수치심에 두 눈을 감고 혀를 질끈 깨물었다. 죽고 말 일이지, 왜 살아 있단 말인가. 험한 꼴을 당했던 기억이 생생히 떠올라 새삼 치를 떨었다.

율촌 읍에 당도한 솔은 한둔할 데를 찾아 기웃거렸다. 허름한 광이나 헛간 같은 데가 좋으련만 마땅한 데가 얼른 눈에 띄지 않았다. 장터거리에 한 떼의 각설이들이 서성거리고 있었다. 그들과 마주쳐 이로울 리 없었다. 그들 시선을 피해 서둘러 한적한 고샅으로 숨어 들어간 솔은 어느 집 굴뚝 옆에 쪼그리고 앉았다.

어둠이 내려 주위의 나무나 집 들을 시야에서 지운 지 얼마나 지났을까, 멀지 않은 곳에서 스멀스멀 불길한 기운이 다가오는 것 같았다. 몸을 피해야 하리라는 경계심이 본능적으로 발동했다. 오동나무 궤를 급히 등에 지려는 순간 어느새 다가왔던지 웬 놈이 뒤에서 다짜고짜 입을 틀어막았다. 아까의 각설이들인가. 힘주어 발버둥 쳤으나 꼼짝도 할 수 없었다. 솥뚜껑만 한 손이 입을 틀어막아 고함도 나오지 않았다. 발만 동동거렸다. 그사이 두세 놈이 오동나무 궤를 뒤지고 있었다. 빈 항아리 하나에 넝마 몇 가지밖에 나오지 않자, 한 놈이 버럭 역정을 냈다.

"이런 우라질!"

"공연히 헛수고했군."

몸을 꽉 조이고 있던 놈이 화풀이라도 하듯 솔을 확 밀어 패대기쳤다. 땅바닥에 곤두박질쳐진 순간 솔은 저도 모르게 새된 비명을 올렸다. 순간 놈들의 시선이 일제히 솔에게로 쏠렸다. 한 놈이 덤벼들어 솔의 앞섶을 후드득 거칠게 헤쳤다.

"기집이잖아!"

놈이 느끼한 목소리로 해죽거렸다. 두세 놈이 고개를 빼 늘이고 기웃거렸다. 앞섶을 헤친 놈이 다시 입을 틀어막았다. 어찌 손을 써볼 새도 없이 놈은 솔을 달랑 들어 어깨에 멨다. 놈은 각설이들이 모여 있는 공터에 닿자 솔을 내동댕이치더니 꿩 대신 닭을 잡아 왔다며 흰소리를 떠들어댔다.

모닥불을 둘레로 오종종 모여 불을 쬐고 있던 각설이들이 헤헤 거리며 한 놈 두 놈 지분대기 시작했다. 바지저고리는 이미 벗겨졌 고 속곳도 헤쳐졌다. 이 낭패를 어찌 모면하겠는가. 도망은 아예 엄두도 낼 수 없을 터, 살려달라고 애걸복걸할 수밖에 없었다. 그 러나 누구 하나 귀를 기울여주지 않았다. 절박한 가운데 크게 비명 을 질러 구원을 청해보았다. 순간 한 놈이 대뜸 턱에 크게 한주먹 안겼다. 꼭지딴의 한주먹에 솔은 그만 혼절하고 말았다.

꼭지딴의 매운 주먹에 정신을 잃기까지 겪었던 저주스러운 장 면이 고통스럽게 되살아났다. 정신을 잃은 다음의 일은 기억에 없 어도 자명한 일이었다. 아랫도리에 묵직한 통증이 아직도 생생했 다. 치욕과 수치심에 몸이 부르르 떨렸다. 혀를 질끈 깨물지만 무 슨 소용이랴. 입안에 피가 흥건히 고였다. 벽에 머리를 짓찧었다. 앞으로 옆으로 뒤로 몇 번이나 짓찧었다. 그래도 죽음의 인자한 손 길은 뻗쳐 오지 않았다.

이윽고 베개에 얼굴을 깊이 묻고 한없이 흐느껴 울었다. 몸의 물 기가 눈물로 다 빠져나가고 한 방울도 남아 있지 않았으련만 어디 서 나오는 것인지 그래도 눈물이 자꾸만 흘러내렸다. 몸은 시들시 들 시들어갔지만 저주스러운 기억의 고통은 조금도 덜어지지 않 았다.

부엌어멈이 베개에 얼굴을 묻고 흐느끼고 있는 솔의 모습을 보 고 혀를 끌끌 찼다. 한동안 말없이 지켜보고 있던 부엌어멈은 이윽고 등을 토닥이며 위로의 말을 건넸다. 죽은 줄 알았던 목숨을 되찾았으니 다행이라고. 차라리 죽게 내버려둘 일이지 왜 살려냈느냐고 항변하려다 베개에 더 깊이 얼굴을 파묻었다. 부엌어멈은 등을 토닥이며, 못된 놈들에게 벼락을 치라고 저주했다.

이튿날 부엌어멈의 간곡한 권유를 뿌리치지 못하고 솔은 세수를 하고 옷을 갈아입었다. 부엌어멈은 솔을 옆방의 종보에게 데리고 갔다.

업고 온 지 나흘 만에 무릎을 꿇고 앞에 앉아 있는 여자를 본 종보는 눈을 끔벅였다. 부엌어멈이 어떻게 손을 썼던지, 종보는 자기 눈을 의심하지 않을 수 없었다. 부엌어멈이 알아서 간병을 하고 수발을 들어 목욕을 시키고 새 입성으로 갈아입혔을 것이다. 그렇지만 부엌어멈의 솜씨가 아무리 뛰어나고 그 정성이 지극하다 할지라도 어떻게 사람을 이토록 다르게 만들어놓을 수 있단 말인가. 바로 눈앞에 있는 이 고운 낭자가 며칠 전 그토록 험한 꼴로 장터거리에 버려져 있던 그 여자란 말인가. 오른쪽 이마에 엷게 멍이 번져 있으나 발그레 상기된 볼, 초롱처럼 빛나는 눈, 오뚝한 코, 날씬한 몸매, 어디 내놓아도 손색없는 미인이었다. 겁기가 가시지 않고 여위고 초췌한 모습 때문인가, 나이가 들어 보였다. 스무남은 살쯤 되었을까.

"가엾은 소녀를 거둬주어 고맙습니다. 하지만 이를……."

낭자는 공손히 아미를 숙였다.

"소생해서 반갑네. 고마울 것 있나. 사람이 할 도리를 했을 뿐이네."

낭자가 소생하여 기운을 차리고 인사를 차리기까지 하다니 종보는 신통하였다. 업고 올 때는 거의 가망이 없는 것으로 짐작하며, 다만 하늘에 명운을 맡겼다. 부엌어멈은 그러나 종보 자네에게 하늘이 여자를 보낸 것이네, 내가 지극정성 살려 꾸며내면 보시게, 하며 장담을 하더니 그 장담이 틀리지 않았다.

"그래도 혼절해서, 어떤 험한 꼴을 보였는지 모르는데……."

"무슨 말을 그렇게 하나. 내야 세상 이치에 어두워 잘 모르지만, 자네를 살펴달라는 부탁을 받고 내려온 이재(里宰) 어른께서 그러더군. 육신이 자심하게 훼손당했지만, 이 연약한 몸으로써야 어찌 자기를 지켜낼 수 있었겠나. 자기 힘으로 지킬 수 있는 것을 지키지 못했다면 꾸짖어 마땅하겠지만, 자기 힘으로 지켜낼 수 없어 간수하지 못했다면, 빼앗긴 자보다 빼앗은 자를 징벌해야 마땅할 것이라고 말일세."

마을에서 가장 연세가 높은 이재 어른은 마을의 공공사무를 맡아 처리할 뿐만 아니라 마을 사람들의 대소사에 두루 자문 역을 하였다. 이재 어른은 하늘이 자네에게 보낸 여인으로 보인다는 말도 슬쩍 비쳤다.

"이재 어른께서 자네를 살피고 나서 큰 탈은 없겠다면서, 몸은 망가뜨릴 수 있는 것이지만 정신을 망가뜨리기란 쉽지 않은 것이니 자네를 크게 탓하지 말라 하셨네. 사람의 뜻은 정신에 있는 것이니 정신이 중요한 것이라고 말일세. 세상은 몸은 빼앗을 수 있지만, 그 정신까지는 빼앗을 수 없는 일이 허다하다는 것이었네. 그래서 충신이며 열녀가 나는 것이라고. 사람은 몸보다 정신을 더 귀히 여겨야 한다고 누누이 강조하셨네."

"그렇게 너그럽게 생각해주시다니, 고맙습니다."

"이재 어른께서 한 말이니 이치에 어긋남이 없을 것이네."

"헌데 소녀가 혼절해 있는 걸 데려왔다 했는데, 제 옆에 다른 물건은 없었습니까?"

"아무것도 없었네."

그들이 무엇인들 남겨두었겠는가.

"소녀가 혼절해 있던 곳이 장터거리라 하셨지요. 거길 한번 다녀오겠습니다."

"그 몸으로, 어딜 가겠다는 것인가?"

"걱정 마십시오. 빈 몸 움직이는 데 별다른 기력이 필요하겠습니까."

종보가 부축하겠다는 것을 한사코 마다하고 솔은 길을 나섰다. 발걸음이 무겁고 더뎠다. 팔과 다리가 따로 노는 형국이었다. 눈빛이 흐리고 혈색도 좋지 않았다. 얼마 걷지 않아 이마에 송골송골 땀이 맺혔다. 다리는 몸을 지탱할 힘이 부친 듯 자꾸 휘청거렸다.

솔은 심정이 복잡했다. 지금까지 여러 차례, 여러 사정으로 헤어졌지만 끝내 무탈하게 항아리는 다시 돌아왔었다. 그 재회가 어떤 운명의 조화이든, 어떤 존재의 작용이든 항아리와 떼려야 뗄 수 없는 관계임을 솔은 믿고 있었다. 그러므로 가만히 기다리고 있으면 항아리 제가 알아서 찾아오거나, 뒤늦게라도 제 있는 곳을 암시하여 결국은 다시 만나게 되리라는 믿음이 없지는 않았다.

화전 일구는 김가가 발로 걸어차 벽을 때리고 방바닥에 곤두박질치고도 멀쩡하던 항아리가 아니었던가. 남사당패 용태 아저씨가 깨서 버린 파편을 궤에 담아 지고 다니던 며칠 동안 항아리를 잃은 절망감에 얼마나 고통스러웠던가. 그러나 넣어두었던 파편 대신 항아리가 온전한 모습으로 궤 안에 태연히 들어앉아 있지 않았던가.

구진 장터에서도 마찬가지였다. 불한당을 만나 길양식이며 옷가지 등 가진 물건과 함께 항아리를 탈취당했었다. 빈 항아리만은 돌려달라고 애걸복걸했으나 황소처럼 센 발길이 날아들어 가슴팍을 내질렀다. 헉, 가슴을 쓸어안고 넘어진 채 하루 동안이나 정신을 잃고 길에 버려져 있었다. 정신이 돌아오자 허겁지겁 항아리를 찾았다. 인근을 두루 살폈으나 항아리도 나무 궤도 보이지 않았다. 이제 정녕코 항아리와 이별인가. 노래와도 영영 만날 수 없다는 것인가. 어느 집 처마 밑에 쪼그리고 앉아 별들을 쳐다보며, 항아리와 노래 없는 세상과 결별하기로 마음을 정했다. 세상과의 결별을 결심하고 나자 마음이 편안해졌다. 이 세상과 헤어지면 고생은 끝나게 되리라. 노래를 찾지 못한 아쉬움은 남았지만 삶에 대한 미련은 없었다. 그런 상념을 넘나들던 어느 순간 오랜만에 녹색 손님이 찾아왔다.

"네가 목숨 끝내는 것으로 약속을 피할 수 있을 줄 알았더냐. 네 마음대로 고생을 끝낼 수는 없다."

"항아리도 없는데 그럼 어떻게 해요?"

"항아리가 너를 버리지 않는 한 너와 항아리는 헤어지지 않아."

죽기로 결심한 후 이미 마음이 편안해진 터였다. 그런데 마음대로 죽을 수도 없고 고생도 끝낼 수 없다는 녹색 손님의 경고와 항아리와 헤어질 수도 없다는 선언이 싫지는 않았다. 고생이 아직 끝나지 않았다는 이야기였으나 그것이 도리어 위안이 되었던 것이다. 얼굴이 환하게 밝아졌다.

"그럼 언제 만날 수 있어요?"

"곧 만나게 될 게다."

녹색 손님의 예언은 사흘 만에 이루어졌다.

그래 항아리는 녹색 손님과 구곡산의 무소불위의 영역에 존재하는 방외의 이물이었다. 사람의 힘이 가히 미치지 못할 어떤 영험한 존재였다. 녹색 손님의 무소불위의 능력이 살아 있는 한 어디에 있든 결국은 무탈하게 다시 돌아올 것으로 믿어지기는 했다. 하지만 앉아서 기다리기에는 마음이 조급했다.

장터거리에 당도하자 오동나무 궤를 찾아 이곳저곳을 헤집고 다녔다. 그러나 어디에 처박혀 있는지 쉽사리 눈에 띄지 않았다.

한두어 시진가량 헛걸음을 하고 다녔을까, 공터 옆 개천에 이르렀을 때 가슴이 덜컥 소리를 내며 내려앉았다. 오동나무 궤가 먼저 눈에 뛰어 들어오고 그 옆에 항아리가 나뒹굴고 있었던 것이다. 반가움에 겨운 나머지 황급히 뛰어가려고 했으나 발이 말을 듣지 않았다. 서두르다 몇 번이나 넘어지고 나뒹군 다음에야 가까스로 다가가 궤와 항아리를 품에 꼭 껴안았다. 다른 물건은 보이지 않았으나 항아리는 긁힌 자국 하나 없이 온전했고, 오동나무 궤도 별 탈 없었다. 눈에 눈물이 핑 돌았다. 순간 항아리 위에 그만 고개를 박고 혼절하고 말았다.

다시 정신을 차린 것은 종보의 집에서였다. 해가 다 저물도록 돌아오지 않자 걱정을 하던 종보가 솔을 찾아 장터로 나갔고, 개천가 공터에 쓰러져 있는 것을 발견하고 다시 업어 온 것이다. 솔은 사흘을 내처 깊은 잠에 빠져 있었고, 정신이 돌아왔으나 기운이 없어 한동안 그대로 자리보전을 하고 누워 있을 수밖에 없었다. 부엌어멈의 극진한 보살핌으로 차츰 기운을 회복하고, 정신도 온전하게 돌아왔다.

정신이 돌아오자 종보의 신세를 지는 것이 자꾸만 부담스럽게 느껴졌다. 보살피는 손길은 한없이 자상하고 정이 넘쳐났다. 그 넘쳐나는 자애로움과 정이 오히려 부담스러웠다. 부엌어멈이 가끔 한마디씩 던지는 은근한 수작도 또한 예사롭지 않게 들렸다.

어느 날 종보에게 길을 나서야 되겠다는 뜻을 밝혔다.

"몸도 온전치 못한 사람이 길을 나서겠다고 하는데, 이를 어째야 하는 것인가."

종보는 서운한 기색을 감추지 않았다. 그러나 행처가 이미 정해져 있는 사정을 밝혀 말하자 더 만류하지 못했다. 길양식과 옷가지를 챙겨 주면서도 종보와 부엌어멈은 계속 아쉬운 빛을 감추지 못했다.

"소녀를 지극정성 보살펴주신 데 대해 깊이 감사드립니다. 은혜에 보답하려면 여기 남아 농사라도 거들어야 하겠지만, 그러하지 못해 송구스럽습니다. 저는 제 몸을 제 마음대로 할 수 있는 처지가 아닙니다."

"낭자가 항아리에 매인 몸이라는 사실은 어렴풋이나마 알아들기는 하겠네. 사정이 아무리 그렇다 하더라도 예서 겨울 나고 내년 봄 해동 후에 떠나도 되지 않는가."

"예, 하지만 제 몸 편한 것만을 돌볼 수는 없습니다."

"내가 낭자 하나 못 추스를 것 같아 걱정인가? 여기서 잔반으로나마 연명하는 것이 엄동설한에 한데서 치를 고생보다는 나을 것이네."

조금 전 기러기가 지나간 하늘을 한번 쳐다보았다. 닥쳐올 겨울의 매운 추위가 상기되자 몸이 저절로 움츠려들며 으스스 떨렸다.

얼굴에 복잡한 감정이 오르내렸다.

종보는 혼자 생각을 더듬었다. 낭자는 자기 마음대로 살 수 있는 사람이 아니라고 스스로 고백했다. 항아리를 중심으로 삶을 꾸려왔고 앞으로도 그러리라고 했다. 수심에 겨운 기색을 감추지는 않았으나 그런 자신의 운명을 원망하고 있는 것 같지는 않았다. 고통스러운 짐으로 여기고 버리려고 하거나 그것으로 인해 번민하는 것 같지도 않았다. 어쩌면 그런 거북한 운명을 도리어 기꺼워하고 있는 것처럼 보이기도 했다. 종보는 그러는 솔의 모습에서 영묘한 기운을 느꼈다. 노래의 힘인가! 노래에도 분명 힘이 있는 것인가. 종보는 그런 예사스럽지 않은 기운을 어렴풋이나마 느꼈다.

"자네가 자네 운명을 어찌할 수 없다는 것처럼, 나도 또한 떠나려는 자네를 어찌할 수 없을 것 같네. 아무쪼록 몸 잘 보살피고, 여의치 않은 일이 있으면 어느 때라도 여기로 돌아오시게."

그렇게 작별을 하고 마을을 떠난 솔은 며칠 후 뜻하지 않게 다시 종보의 집에서 눈을 떴다.

종보의 집을 나선 솔은 마을의 경계도 채 벗어나지 못하고 산마루에서 의식을 잃고 쓰러져 있었다. 마을 사람들이 대처로 나가려면 산마루 고개를 넘어야 했다. 그러므로 산마루 고개는 마을 사람들의 내왕이 잦았다. 나들이를 다녀오던 마을 사람 하나가 쓰러져 있는 솔을 발견하고 마을로 들어와 입소문을 낸 것을 종보가 듣고 달려가 업고 온 것이다. 떠날 때부터 아직 회복이 덜 된 쇠약한 몸을 걱정하던 종보는 누군가 산마루에 쓰러져 있다는 말을 들은 순간 곧 솔이 틀림없을 것이라 짐작하고 한달음에 달려가 업고 온 것이다.

방에 뉘이고 마음을 졸이며 용태를 살폈다. 죽은 것 같지는 않았다. 부엌어멈이 당삼과 사철쑥을 달여 입술을 축여주고, 팔다리를 주무르며 정성을 쏟았다. 몸이 쇠약해 먼저 기운을 차리도록 조처해야 했다. 당삼 달인 물을 계속 입안으로 넘겨주며 밤을 샜다. 돌보는 정성은 지극했으나 쉽사리 의식이 돌아올 기미가 보이지 않았다. 피가 돌지 않아 종잇장처럼 창백할 따름, 그러나 명이 영 끊어진 것 같지는 않았다. 고요히 다른 세상을 바장이고 있을 뿐 곧 돌아와 숨을 쉴 것 같은 안온한 자태였다. 하지만 하룻밤을 고스란히 새고도 의식이 돌아올 기미가 보이지 않았다. 이대로 주검을 감당하게 되는 것은 아닐까, 더럭 겁이 나기도 했다. 의원을 모셔 와 진료를 부탁해야 하나. 의원을 모셔 오려면 고을까지 원행을 해야 하고, 진료비 또한 만만치 않을 터라 선뜻 엄두가 나지 않았다. 몸을 다시 살펴보던 부엌어멈은 고개를 저었다. 쯧쯧. 소생할 가망이 전혀 없어 보이는 모양이었다.

종보는 속이 타들어갔다. 하늘이 보낸 인연이 아니라 하더라도 잠시 마음을 품은 바 있었는데 어찌 속이 타지 않겠는가. 막상 마지막 보내는 길이 될 것 같아 감당하기가 쉽지 않았다.

이것도 인연이라면 인연이리라. 한 사람을 만나 검은 머리 파뿌리가 되도록 해로하는 것도 인연이겠지만 생의 마지막 자락에 우연히 조우하여 그 마지막 보내는 길을 지켜주는 것 또한 인연이리라. 제대로 장례를 치러주지 못한다 할지라도, 다만 산에 져다 소나무 밑에 버린다 할지라도 그를 보내주는 일은 같으리라. 까막까치와 바람과 비와 눈서리가 자연스럽게 서로 도우며 주검을 해결해주리라. 누군들 마침내 자연으로 돌아가지 않는가. 이렇든 저렇든 흙으로 되돌아가는 것은 모두 마찬가지인 것이다. 그렇듯 편안하게 생각하려 해도 마음에 송곳이라도 박힌 듯 편안해지지가 않았다. 좋은 인연으로 맺어져 한동안이나마 인생의 우여곡절을 함께 겪으며 희로애락을 같이했다면 이토록 서운하지는 않았을 것이다. 다만 마지막 가는 길을 배웅하기 위해 조우하게 된 이 인연은 과연 무슨 인연인 것인가. 종보는 생각할수록 자신의 팔자가 원망스럽고 한스러웠다.

"선이네 한번 불러보면 어떨까?"

가망이 없다고 단념하라던 부엌어멈이, 무슨 생각을 했던지 넌지시 종보를 쳐다보았다. 은근히 꺼낸 부엌어멈의 말에 종보의 표정이 금세 밝아졌다. 왜 여태 그 생각을 못 했을까. 의원을 부를 형편이 되지 못하는 마을 사람들은 으레 선이네 손을 빌리고는 했다. 마을 사람들 가운데 병고와 죽음에 관한 일을 맡아 하는 사람은 선이네가 유일했다. 가뭄이 드나 장마가 지나 우환이 닥치나 마을 사람들은 다 하늘의 뜻으로 알고 묵묵히 참고 견디는 편이었다. 그러나 선이네는 달랐다. 가뭄을 물리치기 위해 제를 올리거나 굿을 했고, 병자를 구하기 위해 약을 쓰는 대신 굿을 베풀었다. 선이네는 마을에서 하늘의 뜻에 순종하지 않고 자기 방편대로 사는 유일한 인물이었다. 하늘의 뜻을 거역하는 것은 아니었다. 하늘의 뜻을 높여 고이되 자비를 베풀어주십사, 자비를 베풀어 사람이 겪고 있는 고통을 덜어주십사 빌며 제수를 바치는 것이었다.

"아마, 눈을 뜨려면 한 사나흘은 더 걸리겠는걸!"

낭자의 안색과 몸을 두루 살피며 눈꺼풀을 열고 들여다보던 선이네가 조심스럽게 입을 열어 말했다.

"사나흘이라도, 죽지 않고 소생하면 천행 아닌가?"

"어찌 자신 있게 장담할 수야 있겠나. 다만 짐작이 그렇달 뿐이지."

"송장만 치지 않는다면 더 바랄 게 뭐 있겠나. 그래 무슨 조치를 어떻게 취해야 하겠나?"

"따로 취해야 할 조치랄 건 없고, 다만 옆에 지키고만 있으면 될 것이네. 헌데, 정 걱정스러우면 우리 집으로 옮기지 그러나. 이 낭자는 쇠약해서 쓰러진 것 같지만, 흔히 사람들의 몸이 겪는 병을 앓고 있는 것 같지는 않군. 무엇인가 신기가 오른 것 같아!"

"신기가 올랐다면?"

"이 낭자는 몸과 정신이 따로따로 작용하고 있네. 몸 따로 정신 따로 움직여. 지금 앓고 있는 병은 정신을 지배하는 신기가 작용하고 있는 것이네. 우리들, 사람으로서는 손쓸 바가 아무것도 없네."

낭자에게 신기가 올랐다면 선이네의 손길이 더 요긴할 터였다.

"자네 말대로라면 이 낭자를 돌보는 일은 나보다 자네가 더 적임자일 것 같네. 자네가 괜찮다면 당장 자네 집으로 옮기도록 하세."

선이네 제안에 선뜻 나서기는 했으나 종보에게 짐을 덜고자 하는 인색한 의도는 조금도 없었다. 사람의 목숨이 걸린 일인데 어찌 짐 운운하며 인색하게 굴겠는가. 다만 신기가 올랐다 하니까 손을 쓴다면 자신보다 선이네가 더 유능하리라는 생각이 들었던 것이다.

온섬 무당 선이네

귀에 바람이 솔솔 들어오는 느낌이 들었다. 대나무 숲을 가르며 잔걸음으로 건너온 바람인가, 파도 없는 물을 바쁘게 딛고 건너온 바람인가, 솔숲의 소식을 싣고 온 바람인가, 딸 잃은 어미의 탄식 소리인가, 바람이 아니라 소리인가. 소리다! 지금 귀를 열어주고 있는 것은 바람이 아니라 가락 소리임이 분명했다.

'……나라의 세자로서 부모 소양 왔나이다, 그러면 물값 삼 년 가져왔나, 촉망 중에 못 가져왔나이다, 남구 값 삼 년 가져왔나, 촉망 중에 못 가져왔나이다, 그러면 밑 없는 두멍에 물 삼 년 길어주고, 날 없는 낫으로 남구 삼 년 해주고, 진 암석 차돌로 불 삼 년 때

주고, 그것도 부모 소양이로서이다, 그러면 그리하라 하교를 내리시고, 석삼년 아홉 해를 사노라니…….'

가락이 의미를 심어나가자 귀로 들리던 것이 가슴속으로 젖어들었다. 어디선가 들은 적이 있는 낯익은 가락이었다. 전에 절에서 노스님께서 목탁을 두드리며 올리던 염불 소리가 저러했던가. 부처님 공덕을 외워 바치며 아미타불을 부르는 염불 소리의 간절함을 방불했다. 오래 거듭 읊조리면 저절로 원이 풀리고 말 것 같은 간절함이 배어 있는 그 가락에 한동안 꼼짝 않고 귀를 기울였다. 내가 찾아 헤매고 있는 노래도 저렇듯 간절해야 하는 것 아닐까. 내가 가진 정성 다 쏟아 넣어도 모자라 수십 수백, 남의 정성까지 빌어다 쓰고서야 비로소 얻을 수 있는 것이 저런 노래가 아닐까. 그러나 어떻게 해야 수십 수백 남의 정성을 빌어다 쓸 수 있는 것일까. 그러려면 어떤 공덕을 쌓아야 하는 것일까. 아무리 궁리해도 무망해 보였다. 어느새 눈에 눈물이 고였다. 관자놀이를 타고 흘러내린 눈물이 베갯잇을 적셨다.

'……일직사제 월직사제 지직사제를 여의어주고 강림사제를 여의어주세. 사제를 여의었더니 방울방울 여의울이라 금분을 여의울이라 여의어주세. 여의어주세, 정분을 여의어주세. 도제왕에 매인 북방을 여의어주시옵고 이제왕에 맹인을 여의어주시옵고 삼제왕 사제왕 오제왕에 매인 지육을 여의시고 육제왕 칠제왕 팔제왕 구제왕 시제 제왕을 이욱을 여의어주고 여의어주세…….'

"오늘따라 자네 소리가 간장을 녹이네."

"오늘 왜 이리 심란한지, 바람처럼 세상을 훨훨 떠돌아다녔으면 바랄 게 없겠는데…….”

“혼절한 아이 하나 데려다 놓더니, 심란해하기는, 쯧쯧!”

“선이는 잘 있는지 모르겠네.”

“잘 있고말고, 제 어미보다 굿발 좋다고 소문이 자자하던걸.”

“신령님 모시는 정성이 지극하니 당연한 일이지. 그래야지.”

“아니, 언제 깼나?”

솔은 열려 있는 방문 앞에 서서 한동안 두 사람의 수작을 지켜보고 있었다. 뒤늦게 솔을 발견한 박수가 호들갑스럽게 놀라며 일어났다. 냉큼 다가와 종이꽃을 피우기 위해 접고 있던 종이를 든 손으로 부축했다.

“서 있지 말고 이리 앉게. 그래, 이게 며칠 만인가. 혼절한 것이 벌써 닷새가 넘었지. 오늘도 깨어나지 않으면 산에 내다 버리려 했는데.”

안색을 살피며 망우는 방바닥에 널려 있는 종이를 밀치고 앉을 자리를 마련했다. 삼지창과 바라를 닦고 무구(巫具)를 손질하고 있던 선이네도 반색했다.

“내가 뭐랬소. 오늘내일에는 정신이 돌아올 것이라 하지 않았소.”

선이네가 솔의 손을 찾아 잡으며 안색을 살폈다. 핼쑥한 얼굴에 손은 뼈만 남아 앙상했다. 고개도 감당하기 힘든 듯 자꾸 한쪽으로 쓰러져 내리려 했다. 몸은 시들어버린 꽃나무와 다를 바 없이 연약해 보이는데 다만 눈만은 쏘는 듯 광채가 번득이고 있었다. 눈에서 내쏘는 광채를 읽은 선이네는 솔에 대한 걱정을 덜었다. 저런 눈빛을 하고 있는 동안에는 아무리 쇠약해도 몸 걱정은 하지 않아도 된다는 것을 선이네는 오랜 경험을 통해 알고 있었다. 무엇인가, 골똘히 원하는 것이 있는 사람에게서가 아니면 저런 눈빛을 찾아보기 힘들었다. 그 원하는 것을 이루기 전에는 저 목숨이 결코 시들어 없어지지는 않을 것이었다.

솔의 눈동자에 삼지창이 가득 고여 있었다. 잘 다듬어 마름질한 긴 막대 끝에 세 갈래 창날이 꽂혀 있었다. 손을 뻗어 창날을 어루만졌다. 구리쇠 창날이 예리하지는 않았다. 무구란 실물의 상징이므로 비록 예리하지 않더라도 잡신을 물리치는 데는 모자람이 없는 것이다. 다음에는 바라를 어루만졌다. 광택이 흐르는 놋쇠 바라에 눈이 부셨다. 바라 손잡이의 붉고 푸르고 노란 비단 천을 어루만지는 얼굴에 생기가 희미하게 피어올랐다. 하는 양을 잠자코 지켜보고 있던 선이네는 자기 짐작이 틀리지 않았음을 확신하며 속으로 흐뭇한 미소를 머금었다.

선이가 장구 벌의 무당으로 정해진 이상 그곳을 떠나기가 쉽지 않을 것이다. 그러니 이곳을 물려줄 아이를 대신 구해야 할 일이 코앞에 닥쳐 있었다. 선이만 한 자품을 지닌 아이를 얻으면 좋으련만. 그러나 그런 아이를 어디서 구한단 말인가, 그 때문에 애를 태우고 있던 터였다.

굿 절차와 의식이란 세상 습속에 익숙해진 아이에게 물려주기란 애당초 무망한 일이었다. 무당의 삶은 여느 사람의 삶과 여러모로 달랐다. 가리는 것도 많고 기휘할 것도 많았다. 짐승의 고기는 입에 대지 않아야 하고, 살생을 삼가야 함은 물론 꽃 한 송이 꺾는 것도 조심해야 했다. 잘못 부정을 저지르면 으레 동티가 뒤따라 혼쭐이 나고는 했다.

무당이 되려면 반드시 힘든 수련 과정을 거쳐야 했다. 꽹과리, 장구, 징, 피리 등 악기는 한 가지 이상씩 기본적으로 익혀야 하고 굿에 따른 제의는 빠짐없이 다 숙지하지 않으면 안 됐다. 조왕굿, 성주굿, 삼신제왕굿, 혼맞이굿, 영돌이, 오구물림, 큰넋, 고풀이, 씻김굿, 길닦음, 오방치기 등 거리 수가 많기도 했다. 그 많은 굿 거리마다 절차와 의식이 각기 다 달랐다. 특히 지노귀굿, 씻김굿 등 큰 굿은 절차가 복잡하고 제의도 까다로웠다. 그 복잡한 절차와 까다로운 제의를 다 익히고 온전히 굿을 해내기 위해서는 몇 해 뼈를 깎는 고생을 치러야 했다. 큰굿 한마당을 온전히 해내야 비로소 제 몫을 하는 온섬[22]으로 대우받고 무당 노릇을 할 수 있었다.

제의도 익히기 힘들지만, 거기에다 사설 익히기도 쉽지 않았다. 문자 속이 바르게 사설을 잘 짜나가는 것은 온섬이 갖추어야 할 기본 기량이었다. 문자 속이 밝아야 굿판을 좌지우지 자기 뜻대로 이끌어갈 수 있었다. 제의 절차를 익히는 것보다 사설과 그런 요령을 익히는 것이 더 어려웠다. 사설을 익히고 소리와 춤까지 갖추려면 십 년, 이십 년은 걸려야 올바른 온섬 무당이 될 수 있었다. 익혀야 하는 사설 한량없고 읊어야 하는 넋두리 또한 한정 없이 많았다. 예사 사람에게 그것을 익히게 하기도 힘들지만, 마음을 낸 경우에도 끝까지 견디고 이겨내는 사람이 드물었다. 신의 점지를 받았거

---

22 제의와 춤, 사설 등 재주를 온전히 갖춘 온새미 큰무당.

나 썻을 수 없는 어떤 업보를 짊어진 사람이 아니면 결코 무당 수업을 견뎌내지 못했다. 그래서 하늘이 내지 않고서는 제 몫의 온섬 무당 하나 나오기 쉽지 않다는 말이 난 것이다.

솔을 본 순간 선이네는 솔이 바로 그런 업보를 지고 난 것으로 짐작되었다. 사람 사는 세상에서는 풀 수 없는 어떤 번뇌에 시달리고 있는 것으로 짐작한 것이다. 선이네는 처자를 집으로 데려오면서 정성을 들이면 신딸로 삼을 수 있으리라는 기대로 부풀었다. 그런데 정신이 깨어나자 바로 보여준 행동이 무구를 어루만지는 모습이었으니, 선이네는 감추기에 벅찰 만큼 큰 기쁨을 느꼈다.

신칼의 날을 어루만진 다음 솔은 명도(明圖)을 들고 이리저리 세세히 살펴보았다. 청동으로 된 둥근 명도는 앞이 볼록하고 뒤에는 해와 달과 별이 그려져 있고, 일월 대명두(大明斗)라는 글자가 돋을새김으로 새겨져 있었다. 청동거울에 얼굴을 비추어보았다. 거울 표면의 요철에 따라 얼굴이 들어가기도 하고 튀어나오기도 한 것이 신기해 거기서 한동안 눈을 떼지 못했다. 이윽고 미소를 띠고 선이네를 건너다보며 말했다.

"대신을 보는 거울이군요?"

"대신을 모시는 거울이지."

청동거울의 소임을 누가 가르쳐준 것일까.

어렸을 적 선이네는 청동거울의 쓰임새를 스스로 터득했다. 신이 내리면 거기에 나타난다는 것을, 그리고 그것은 스스로의 눈이 그렇게 보는 것임을 혼자 알아차린 다음 그 명도를 소중히 간직하고 정성 들여 손질하고는 했다. 처자 역시 누가 가르쳐주지 않은 것을 스스로 터득한 것 같아 마냥 신통했다. 선이네는 기쁨을 혼자 속으로 감추고 겉으로 드러내지는 않았다.

"저승길을 가는 이에게는 이 하얀 꽃이 제격이겠군요."

종이를 접고 있는 망우에게로 돌아앉으며 말을 붙였다. 솔의 말에 선이네는 속으로 찔끔 놀랐다. 그래 저승으로 가는 사람들에게는 종이꽃이 더 어울리는 것이겠지. 굳이 구분하자면 살아 있는 꽃이 살아 있는 사람들에게 어울리는 꽃이라면 종이로 접어 만든 종이꽃은 죽은 자들에게 어울리는 것이겠군. 선이네는 처자의 말에서 벌써 두 번이나 새로운 사실을 깨달았던 것이다. 명도는 신을 보는 거울이고, 종이꽃은 죽은 자들에게 어울리는 꽃이라니, 이전에는 한 번도 생각해보지 못한 일이었다. 그래 그렇구나, 내게 깨달음을 주러 나타난 처자로구나. 그런 생각을 하며 미처 대답을 하지 못하고 자기 입만 쳐다보고 있는 망우에게 눈을 흘겼다.

"맞다. 저승길을 갈 때는 이 꽃을 밟고 간단다."

답답하다는 시늉으로 망우에게 종주먹을 들이대며 선이네가 대신 서둘러 대답했다. 망우는 눈을 끔벅거렸다. 종이꽃은 저승길을 가는 사람이 밟고 가라고 깔아주는 것이 아니었다. 단지 굿청을 장식하기 위해 만드는 것이었다. 굿이 없는 한가한 때면 습관적으로 만들어왔을 뿐 종이꽃 만들 때 그는 정성을 별로 들인 적이 없었다. 종이꽃을 잘 피우든 잘 못 피우든 한 번도 타박을 들은 일도 없었다. 저승길을 가는 이가 밟고 가는 것이라고 생각했다면 보다 정성 들여 경건한 마음으로 피워냈을 것이다. 굿이 바로 그들 원혼을 달래 고이 보내주기 위한 제의 아닌가. 제의에 쓰는 것인데도 그런 경건한 마음 없이 마냥 습관적으로 만들어온 자신이 겸연쩍었다. 처자의 말을 듣고 나서야 망우는 자기가 소홀했음을 가까스로 깨달았다.

"저도 꽃을 만들고 싶습니다. 가르쳐주세요."

"우선 옆에서 잘 지켜보렴."

솔의 부탁에 망우는 한 겹 한 겹 종이를 접는 과정을 천천히 자상한 품으로 보여주었다. 주름을 잡거나 펴거나 가위로 마름질하는 손놀림을 뚫어지게 쳐다보며 솔은 마른침을 몇 번이나 삼켰다. 망우의 손놀림을 따라 손가락을 움직여보기도 했다.

숨 가쁜 증세에 시달리며 자칫하면 쓰러지고는 하던 솔은 달포를 넘기자 얼굴색이 봄꽃처럼 피어나고 여윈 팔다리에 살도 통통하게 올랐다. 건강을 되찾자 몸놀림도 가벼워졌다. 건강을 되찾아가는 동안 손놀림도 재발라져 마침내 예쁜 종이꽃을 피워낼 수 있게 되었다. 바라며 삼지창이며 신칼에 광택을 올리는 일에도 익숙해졌다. 특히 명도를 손질할 때면 가슴을 묵직하게 누르며 흐르는 알지 못할 불같이 뜨거운 기운을 생생히 느끼고는 했다.

네가 무당을 타고났다!

아직 망우의 솜씨에 미치려면 멀었지만 솔의 제의 바라지 솜씨는 선이네와 웬만큼 손을 맞출 수 있게 되었다. 제의 설자와 무구 쓰이는 차례와 무복 바꿔 입는 순서는 이미 머릿속에 다 꿰고 있어 준비에 빈틈이 없었다. 거리마다 바뀌는 고인[23]들의 장단도 거의 다 귀에 익힌 눈치였다. 어쩌다 청을 뽑아 올릴 때면 좌중의 눈과 귀가 모두 솔에게로 쏠리는 것을 선이네는 싫지 않은 눈으로 지켜보고는 했다. 고인들의 후렴은 솔도 곧잘 따라 받아넘겼다. 어느새 익혔는지, 그런 진경에 놀라며 선이네는 남모르게 속으로 기쁨을 누렸다. 제의 바라지도 모자람이 없었지만 굿에 몰두하는 진지한 태도가 선이네를 안도하게 하였다. 당장 굿을 가르치고 싶었지만 우선 굿판에 데리고 다니며 하는 양을 좀 더 지켜보기로 선이네는 내심 작정하고 있었다.

선이네는 주로 씻김굿이나 지노귀새남 같은 큰굿을 배설했다. 성주굿이나 오방돌기, 재수굿, 성주올림 따위는 규모가 작고 주로 비손이나 기도 등 의례적인 내용으로 이루어져 있어 웬만한 풋내기도 배설할 수 있었다. 그러나 억울한 사연을 품고 원혼이 된 망자의 넋을 온전히 달래 저승으로 올려주는 해원굿이나 새남굿 등 큰굿은 굿판에 따라 내용이 달랐고, 굿의 대상에 따라 사설도 달리해야 했다. 그러므로 풋내기 작은 무당은 쉽게 치러낼 수 없었다. 더욱이 해원굿의 사설은 듣는 이의 애간장을 녹일 만큼 구슬프고 절절하게 엮어내야만 굿발이 섰다는 평이 났다. 굿발이 서게 제대로 한바탕 치르려면 경륜을 쌓은 온섬 큰무당이 아니고서는 엄두를 내지 못했다.

선이네를 따라 굿판에 나가면 솔은 온몸에 신명이 실렸다. 목구

---

23 굿판에서 피리, 해금, 꽹과리, 장고, 징 등 악기 연주를 하는 악사.

성이 좋은 선이네가 망자의 기구하고 슬픈 사연을 절절히 엮어나가는 사설을 듣고 있으면 가슴속에 오래 맺혀 있던 고가 하나씩 풀려나가는 것 같아 시원스러웠다. 구성진 고인들의 가락을 듣고 있으면 온몸에 숨어 있던 노래들이 날개를 얻어 날아오르는 것 같았다.

굿 노래와 사설은 억울하게 죽은 이의 혼을 달래고 그 한을 풀어주기 위한 것이어서 눈물겹고 안타깝지 않은 것이 하나 없었다. 가망굿도, 서낭굿도, 거리굿도 다 그런 서러운 사설로 엮어졌다. 굿을 배설하는 주인은 물론 구경꾼들 사이에서도 훌쩍훌쩍 흐느끼는 소리가 곧잘 들리고는 했다. 구슬픈 내용의 문서를 짜나가는 동안 거기에 대거리하듯 맞추어 일어났다 잦아졌다 하는 고인들의 피리며 해금 가락은 판을 더욱 구슬프고 애잔하게 만들었다.

굿판은 무녀 하나가 이끌어나가는 독무대가 아니었다. 무녀와 고인과 구경꾼이 한데 어우러져 한바탕 감명을 자아냈다. 그 감동이 솔의 가슴속에 깊이 새겨지고는 했다. 그 감동은 솔로 하여금 경건한 마음으로 무구를 손질하고 정성 들여 지전을 만들고 종이 꽃을 피우도록 이끌었다.

"모레가 최가네 해원굿이다. 이번에 너도 한 가락 뽑으려마?"

무슨 생각을 했던지 선이네가 대뜸 한 소리 엮으라고 했다.

"아무렴, 제가 어떻게요."

"가망거리²⁴ 한 가락 엮으려마."

---

24 제물을 바쳐 신령의 감응을 청하는, 굿 열두 거리 중 둘째 거리.

"가망거리를 어찌하는지도 모르는걸요."

"내가 네 소리하는 걸 무심히 엿들었다. 네가 곧잘 가망거리를 엮더구나."

얼마 전의 일이었다. 저녁을 먹고 방에 앉아 있는데 낯익은 가락 소리가 들려왔다. 입속으로 흥얼거리는 구음이었다. 그 소리에 선이네는 자신의 귀를 의심했다. 선이네로서는 입에 익어 있어 차례만 되면 저절로 나오는 가망거리 대목을 언제 배웠다고 한 구절도 허실 없이 온전히 이어나가고 있었다. 일부러 끝날 때까지 다른 움직임을 그치고 귀를 기울여 지켜 들었다. 틀림없는 가망거리 가락이었다. 그뿐만이 아니었다. 제석풀이며 조왕굿의 사설도 곧잘 뽑아냈다. 머리가 총명한 것인지, 가락을 익히는 데 열중해서인지 의아스러웠지만 솔의 진경에 선이네는 속으로 여간 흡족하지 않았다. 언젠가 종보와 마주쳤을 때 솔의 근황을 자랑 삼아 귀띔하며, 장차 신딸로 삼아야 하겠다고 마음을 내비친 것도 다 그런 일이 있었기 때문이었다. 하지만 솔에게는 아직 그런 내색을 일절 하지 않았다.

"제가 언제 가망거리를 엮었다고 그러세요. 아무 물매도 모른 채 그냥 들은 대로 이것저것 흥얼거려봤을 뿐인걸요."

"그러니까 재주지. 사양 말고 한 가락 엮어봐."

"아니에요. 다음에 해볼게요."

"마음 준비가 안 됐다는 말인가보구나. 알았다. 내가 수고를 좀 덜려 했더니."

"제가 어찌 수고를 덜어드릴 수 있겠어요. 판을 망치면 어쩌시

려고요."

"알았다. 다음에 좀 도와다오."

선이네는 흐뭇해하며 웃음 지었다.

최가네 굿청

최가네 집은 한낮부터 안팎으로 분주하였다. 안에서는 제물 장만에 분주하고, 마당에서는 차일을 친다, 섬을 펼쳐 굿청에 바람막이를 한다, 홰와 장작을 준비한다, 정신없이 돌아가고 있었다.

해거름이 되자 구경꾼이 하나둘 모여들기 시작했다. 집 안팎에 홰를 올릴 무렵이 되자 원근 마을에서 모여든 구경꾼들로 마당이 가득 찼다. 마당 가운데 크게 피운 모닥불을 둘레로 모여 있는 구경꾼들의 눈과 귀는 모두 굿청에 쏠려 있었다.

마침 달이 떠올라 그 빛에 우린 하늘이 희부연했다. 굿청과 마당은 홰와 모닥불 불빛으로 훤했다. 이윽고 피리를 시작으로 고인들의 무악이 울리고, 제주와 그 형제들이 오른쪽에서 왼쪽으로 옮겨가며 제상에 모신 조상신들에게 잔을 올렸다. 이어 무녀가 제상에 쌀을 뿌린 다음 병풍에 넋전[25]을 걸고 제상 앞에 넋 옷을 놓았다. 곧 본격적인 무의가 시작되었다. 제상 앞에 앉은 선이네가 징을 두드리며 중모리가락으로 무가를 엮어나갔다.

---

25 죽은 사람의 넋이 저승에 갈 때에 노자로 쓰라고 주는 돈.

'……최씨 가문 중 길 모르는 공사가 있으며 조왕 모르는 공덕이 있으리까 오방신장과 팔보지신과 구토신령님과 성주조왕과 당산 철룡의 터주지신이 감동하여 지성으로 받으십사 최씨 가문이 이 정성을 디릴진대 동에는 청제조왕 서에는 백제조왕 중앙에는 황제조왕 팔만사천 제대 조왕님네가 지성으로 감동하셔서 지성 성공을 받으시고……'

먼저 여러 조상과 성주, 삼신 등 가신들에게 오늘 밤 굿을 배설하는 내력과 굿의 내용을 순차적으로 아뢰어나갔다. 굿의 순서를 다 꿰고 있는 솔은 자연스럽게 제의 순서에 따라 쓰이는 제구를 미리 준비해 들고 대기하였다. 선이네의 몸짓, 무가의 내용, 고인들의 가락, 춤, 이런 것들이 이미 머릿속에 또렷이 다 그려져 있었다. 솔은 준비한 제구나 물품을 순서에 맞추어 이바지하여 굿이 물 흐르듯 자연스럽고 원활하게 진행되도록 바라지에 정신을 쏟았다.

어디선가 벌써 코를 훌쩍이는 소리가 들렸다. 최씨 일가붙이인가. 구경꾼들 사이 여기저기서 숨죽인 한숨 소리와 탄식 소리가 들렸다. 굿이 진행되어감에 따라 한숨 소리와 안타까운 탄식 소리가 점점 높아갔다. 안당을 마치고 굿청으로 나와 초가망석, 제석본풀이로 넘어갈 즈음 마당 한구석이 갑자기 소란스러워졌다.

"저, 박 초시네 마름 아녀."

크게 외쳐 경계심을 북돋는 격한 목소리가 귀를 때렸다.

"박 초시네 마름? 여가 어디라고."

"내가 뭘 어쨌기에. 나는 굿 구경도 못 하우?"

"굿 구경이 문제야. 만무방도 유분수지 여기가 어느 자리라고 쌍통을 디밀어, 디밀기를."

"몽둥이질로 모자라면 조리돌림으로 조져버려."

구경꾼들이 살기를 띠었다. 분위기가 살벌하게 돌아가자 마름은 급히 몸을 뺐다. 어정거렸다가는 무슨 경을 칠지 모를 일이었다. 몸을 돌린 박 초시네 마름은 침을 모아 뒤로 탁 뱉고는 무엇인가 도수승처럼 투덜거리며 어둠 속으로 사라졌다. 몰래 굿판 돌아가는 양을 살피고 경계할 일이 생기면 박 초시에게 급히 달려가 고하기로 하고 나온 터였다. 발각되면 난처해지리라 예상은 했으나 굿 구경까지 막으랴 싶었는데, 속단이었다.

"하늘도 무심하시지. 왜 박 초시 같은 악독한 놈한테 천벌을 내리지 않는지!"

"언젠가 천벌이 내릴 테지. 그리고 하늘이 문젠가, 사또가 문제지. 콩, 보리도 구별 못하는 주제에 백성을 어찌 다스린다는 것인지, 원."

"현감만 문제야. 관찰사 나리도 그 나물에 그 밥이지."

"누가 아니래, 명판결로 세상에 이름이 뜨르르한 관찰사 나리께서 왜 이 일에만은 청맹과니에 귀머거리인지, 원!"

"감영 담이 하늘을 찌르고 있는데 백성들 원성이 귀에 들리겠나."

"어디 그뿐인가. 양반들 모두 한통속인데, 우리 같은 무지렁이들이 눈에 들어오기나 하겠어."

"배운 것 없고 가진 것 없는 우리 같은 무지렁이들은 새물도 못 모은단 말인가."

"뼈 빠지게 고생해 모은 재물을 박 초시한테 고스란히 다 갈취당하고 분통이 터져 어찌 개동이가 죽지 않을 수 있었겠나!"

개동은 일곱 형제 중 다섯째로 태어났다. 아들 흔한 집의 다섯째인 그가 일여덟 살 나이에 남의 집 허드레 일꾼으로 보내진 것은 너무나 흔하고 자연스러운 일. 식구 많은 집에 입 하나 더는 것보다더 시급한 일이 어디 있겠는가. 박 초시 집에 보내져 꼴 베기와 나무하기 등 잔일을 거들던 처음 몇 해는 입 하나 부치는 것으로 고마워할 뿐, 새경은커녕 푼돈 한 냥 받지 않았다. 남달리 근면하고 무병하여 부리는 박 초시에게 믿음을 얻은 그는 몇 해 지나지 않아 적으나마 새경을 받는 머슴으로 인정받았다. 주인집에서 먹고 자고옷가지도 얻어 입으면서 적으나마 새경까지 받게 되었으니 다 장성한 셈이었다. 그러나 알곡 석 섬의 새경은 모두 본가로 보내졌다.

박 초시네 집에서 머슴살이를 하는 동안 개동은 장가도 들었다. 새 식구를 맞이하고 보니 행랑살이가 성에 차지 않아 걱정이었다. 받은 새경은 모두 본가 식구들의 입속으로 사라지고, 그는 여전히빈손에 등을 비빌 언덕 하나 없는 처지이니 어찌해볼 방도도 없고홀로 고민이었다. 헌데 아내는 아이를 쑥쑥 잘도 뽑아놓았다. 행랑살이하는 처지에 입이 늘어갈수록 주인 박 초시네 눈치가 보여 내외가 잠시도 마음 편할 날이 없었으니 이를 어찌한담. 고민하고 궁리하던 개동은 마침내 크게 작심하고 박 초시를 찾아가 사정하고매달릴 수밖에. 그가 일한 스무남은 해 동안 박 초시네 논밭은 많이 늘어나 있었다. 박 초시네 살림을 훤히 꿰고 있는 그에게 차마

박절하게 굴지 못하고 박 초시는 그가 간청하는 밭과 논을 소작으로 내놓았다. 밭은 개동이가 직접 개간한 산자락의 자갈밭이었고 논은 비만 좀 적게 내리면 금방 쩍쩍 갈라지는 산비탈 다락논이었다. 자갈이 많은 데다 군데군데 바위가 꽂혀 있어 일하기도 상그럽고 소출도 형편없는 박토였지만 개동은 그렇게 고마울 데가 없었다. 그런 박토를 누가 부치려고나 들까. 박 초시는 소출을 반반씩 나누기로 한 조건에 흡족해하였다.

　개동이 남달리 부지런한 것은 마을 사람들이 다 아는 사실. 게으른 끝은 없어도 부지런한 끝은 있다고, 가을걷이 끝에 가지고 온 소작료를 받을 때마다 박 초시는 혀를 내둘렀다. 그 박토에서 이만한 소출을 내다니 믿어지지가 않았다. 개동의 몫도 식구들 먹고사는 데 모자람이 없었다. 그러나 그는 먹을 것 줄여 먹고, 입을 것 안 입고, 오로지 여투고 모으기에 열중하였다. 아내도 그의 성심에 감복하여 그의 뜻을 좇아 행하기를 마다하지 않았고, 들에서 나는 먹을거리를 찾아 몸을 아끼지 않았다. 봄부터 가을까지 남새밭은 잠시도 비어 있는 적이 없었다. 상추, 쑥갓, 들깨, 고추, 가지, 배추, 무가 철따라 바뀌어 자랐다. 들에도 나가면 쑥, 머위, 씀바귀, 취, 도라지를 어렵지 않게 뜯고 캐어 올 수 있었다. 밭매기, 누에치기, 길쌈도 연이어 아내를 기다리고 있었다. 바지런한 아내 덕에 개동이 농사지어 얻은 소출은 거의 다 여툴 수 있었다. 그렇듯 두 내외가 열심히 아끼고 여투어 장에 나가 돈과 바꾸었고, 그것을 한 해 두 해 모으다 보니 밭과 논을 살 만큼 재물이 쌓여갔다. 밭과 논이 한 마지기씩 늘어나, 십여 년이 지나자 개동은 굳이 남의 땅을 붙일 겨를이 없게 되었고, 자기 농사짓기에도 바쁘게 되었다. 그는 박초시를 찾아가 그 사정을 말하고 소작을 그만두겠다고 통고하였다. 개동은 마침내 자작농으로 우뚝 서게 된 것이었다.

그러나 개동은 자작농이 된 느긋함과 행복을 미처 누려보지도 못하고 관재수를 입고 말았다. 박 초시가 그를 관가에다 고변한 것이었다. 마른하늘에 날벼락이지, 소작료 꼬박꼬박 잘 챙겨 받던 박초시가 개동을 왜 관가에다 고변한단 말인가. 관아에 붙들려 가 조사를 받던 개동은 하도 억울하고 기가 막혀 말문을 열지 못했다. 파랗게 질린 얼굴에 슬픔만 가득할 뿐이었다. 세상에 이런 억울할데가 어디에 또 있단 말인가.

박 초시가 고변한 내용인즉 개동에게 소작을 준 지가 열다섯 해가 넘었는데, 그동안 한 번도 소작료를 바치지 않았다는 것이었다. 전에 머슴살이를 충직하게 해 소작료를 바치지 않아도 언젠가는 바치려니 하고 기다렸는데, 지금까지 나 몰라라 하고 있더니 갑자기 소작을 그만 작파하겠다고 한다는 억지 주장의 무고였다. 열다섯 해 동안 바치지 않은 소작료에 길미까지 보태 당장 내놓으라니 개동이 기가 막히고 억울할 노릇 아니고 무엇이겠는가.

형방과 이방이 저승사자 같은 험상궂은 얼굴로 아무리 닦달해도 개동은 꺼릴 것 하나 없었다. 여름이면 보리, 가을이면 쌀의 소출 절반을 정확히 재고 가려서 소작료로 박 초시네에 또박또박 바쳐왔으므로 자신 있게 사실을 밝혀 말하면 진실을 알아줄 것으로 믿었던 것이다. 그러나 너무 순진한 기대였던가. 개동의 말끝마다 형방과 이방은 고개를 저으며 눈을 부라렸다. 사실에 바탕을 둔 개동의 주장은 흰소리로 내치고, 다만 향반으로서 명망 높은 박 초시가 거짓 사실을 꾸며 발고할 까닭이 있겠느냐고 도리어 무섭게 위협하고 윽박질렀다. 개동이 소작료를 다 바쳤다고 주장을 계속 굽히지 않자, 무지렁이 민호 주제에 향반 욕보이려 든다며 더 난폭하게 윽대겼다. 개동이 엄위에도 끝내 자신의 주장을 굽히지 않자, 그렇다면 증거를 내놓으라고 다그쳤다.

증거라니, 개동은 기가 막혀 얼굴이 하얗게 질렸다. 세상에 소작료 바치는 데 문서나 증표를 주고받는 사람 누가 있다던가. 다만 현물로 가져다 바치고 돌아서 나왔을 뿐이므로 증거 같은 것이 남아 있을 리 없었다. 어느 소작농이 주인에게 소출을 바치고 증표를 받느냐고 항변을 했으나, 형방은 귀를 기울이기는커녕 콧방귀만 뀌었다. 곤장을 치고 주리를 틀어도 개동이 끝내 처음 주장을 굽히지 않자 형방은 박 초시를 불러다가 둘을 대질시켜 따졌다.

통영갓에 소매 폭이 유난히 넓은 두루마기 정장에 가죽신을 신은 박 초시의 위엄은 대단했다. 이방도 형방도 익히 박 초시의 선성을 들어 알고 있던 터, 그의 앞에 오로지 공손한 자세를 보일 뿐이었다. 지난 며칠 동안 겪은 고초로 피폐해진 개동의 험한 꼴이라니, 박 초시와는 너무나 대조적인 자닝스러운 모습이었다. 개동이 해마다 소작료를 가져다 바친 사실을, 알곡의 세목을 들어가며 펼쳐 제시했으나 박 초시는 눈을 부릅뜨고 노려보며 연신 도리질을 해대더니, 은혜를 원수로 갚는 저런 괘씸한 놈을 봤느냐고 호통을 치며 벌떡 일어나 종주먹을 들이댔다. 여기가 어느 안전이라고 비치지 않은 소작료를 바쳤다고 거짓 발명하느냐고 거듭 윽대기며 호통을 쳤다. 형방을 비롯한 형리들은 개동의 말에는 아예 귀를 닫고 은밀히 뇌물도 받았겠다, 박 초시의 말만을 신뢰하는 눈치가 명백했다. 개동이 농토를 구입해온 사실을 관에서도 알고 있었다. 그가 남달리 바지런하고 기특하다는 소문도 원근에 왜자한 터였다. 그런데 정작 내막을 알고 봤더니 주인 박 초시에게 바쳐야 할 소작료를 한 톨도 바치지 않고 그것을 모아 농토를 구입한 불한당 같은 놈이라지 않는가. 개동이 소작료를 또박또박 바쳤다면 어찌 그만한 농토를 구입할 수 있었겠는가, 농토를 구입한 것이 바로 소작료를 바치지 않은 증거라고 박 초시가 강변하자 듣는 관원 모두 고개를 주억거렸다. 해마다 소작료를 바쳤다면 두 내외에 새끼 다섯, 먹고 입고 지내자면 어떻게 농토를 살 수 있었겠느냐는 박 초시의 주장이야말로 누가 들어도 그럴듯하다 싶었을 것이다. 그런 박 초시의 주장이 형방의 손을 통해 사또에게로 올라갔다.

사또의 오판

송지(訟紙)를 접한 사또는 쌍방의 주장을 면밀히 검토했다.

사또는 이 고을에 부임한 이래 다른 사안보다 송사에 특별히 더 신경을 써온 터였다. 그 까닭은 다른 데 있지 않았다. 직계 상관인 관찰사 보한이 항상 의식 속에 기둥처럼 버티고 있었기 때문이었다. 자칫 오결(誤決)이라도 할 경우 상소하면 필경 사건이 관찰사 보한의 손에 넘어갈 것이 뻔한데, 어찌 송사를 소홀히 다루겠는가.

관찰사 보한이 어떤 인물인가. 송사에 일가견을 지닌 당대의 이름난 명판관 아닌가. 결코 오판을 눈감아 넘길 위인이 아니었다.

언젠가 자리를 함께한 기회에 사또가 쟁송의 명판결을 어디서 구하느냐고 관찰사 보한에게 은밀히 여쭌 적이 있었다. 그때 관찰사 보한은 허허, 너털웃음 끝에

"전조에 이제현 공께서 지은 『낙옹비설(櫟翁裨說)』이라는 책이 있소. 거기에 보면 경상 안찰부사 손변(孫抃)의 판결 사례가 실려 있는데, 그것이 항상 나를 경계하게 한다오."

하고 흔쾌한 표정으로 말을 이어갔다.

손변 지추(知樞)께서 일찍이 경상도 안찰사로 내려갔을 때 소송을 맡게 되었는데, 손위 누이와 아우가 부모의 재산 상속에 관해 다투는 내용이었다. 아버지가 돌아가실 때 재산을 누이에게만 다 넘기고 아들에게는 검은 갓과 옷, 미투리 한 켤레, 종이 한 권만을 남겼다. 그런 상속 내용을 적은 증서를 가지고 있는 누이가 재산을 분배해달라는 동생의 소청을 순순히 받아들일 까닭이 없었다. 아우의 청이 부당하다는 누이의 주장이 옳게 여겨져 아우는 소송에 번번이 패하고는 했다. 그런데 그 소지를 검토한 손 지추는, 왜 그 아버지가 딸에게 모든 재산을 넘기고 아들에게만 인색하게 아무 재산적 가치가 없는 물건을 남겨주었을까, 그 까닭을 궁금하게 여기고 깊이 숙고하였다. 깊이 궁리하던 손 지추는 마침내 아 그렇군, 하고 무릎을 쳤다. 그리고 그 누이와 아우를 불러들였다. 그들을 눈여겨 잘 살핀 다음 손 지추가 물었다. "아버지가 돌아가실 때 어머니는 어디에 있었느냐?" 아들이 대답하기를 "먼저 돌아가셨습니다" 하고 공손

히 대답했다. "그럼 아버지가 돌아가실 때 너희 나이가 어찌 되었더냐?"고 다시 물었다. "누님은 시집을 갔고, 저는 예닐곱 살 정도 되었습니다" 하는 대답이 돌아왔다. 이를 들은 지추는 잠시 궁리에 잠겨 있었다. 이윽고 누이와 그 아우를 향해 말했다.

"부모의 마음이 어찌 딸과 아들에게 다르겠느냐. 어찌 장성하여 시집간 딸에게는 후하고, 어미도 없는 어린 아들에게는 박했겠느냐. 헤아려보건대, 어린 아들이 의지할 곳은 누님뿐인지라, 만약에 유산을 손위 누이와 동생에게 똑같이 나누어 준다면 동생에 대한 누이의 사랑이 어찌 지극하겠느냐. 혹시 아우를 돌봄이 온전하지 못할 것을 염려한 나머지, 누이에게 전 재산을 다 주고 아들에게는 오직 검은 갓과 옷과 미투리 한 켤레, 종이 한 권만을 남겼을 것이다. 이는 즉, 아들이 장차 장성한 뒤에 이 종이로 소장을 작성하여 검은 갓과 옷을 차려입고 미투리를 신고 관가를 찾아가 고소하면 이 일을 바르게 판단해줄 수령이 있을 것으로 생각하여 그 네 가지 물건만을 아우에게 남겨준 것일 게다. 정말 너희 아버지의 깊은 뜻과 지혜로움이 감복스러울 따름이다."

손 지추의 판결을 들은 누이는 비로소 올바로 깨닫고 아우를 부여안고 엉엉 울며 뉘우쳤다. 그리고 마침내 재산을 반씩 나누어 갖게 되었다.

관찰사 보한은 이야기 끝에 "그래, 손 지추가 어떻게 이런 명판결을 내렸겠소. 보이지 않은 사실을 지혜로써 파악해내는 능력을 발휘했기 때문 아니겠소. 그래서 소관도 이를 두고두고 판결의 귀감으로 삼아온 지 실로 오래라오" 했다.

그 후 사또는 송사를 맡을 때마다 관찰사 보한으로부터 들어 알게 된 손변 지추의 명판결을 상기하고는 했다. 그래, 보이지 않은 사실까지 명철하게 꿰뚫어 보는 눈으로 사리를 판단하고 판결해야 옳은 판결을 내릴 수 있으리라. 이번 송사 또한 보이지 않은 사실까지를 밝혀내 밝게 판결하리라 작정하였다.

개동이 소작을 부친 밭과 논의 토질과 평수를 조사하고, 같은 조건의 토질과 평수에서 거둬들이는 수확의 평균치를 조사했다. 개동이 소작을 부친 밭과 논은 박토로서 그 소출이 빈약했다. 고래실의 반도 거두지 못함은 물론 일반 천둥지기 소출에도 미치지 못하는 다락밭이며 다락논이었다. 그런 다락밭과 다락논의 소출이라면 소작료를 제대로 바치기는커녕 당자의 식구들 입치레하기도 벅찼을 것이었다. 설령 하나도 먹고 입지 않고 그 소출을 다 모은다 해도 어찌 그만한 밭과 논을 살 수 있었겠는가. 아무리 살피고 따져보아도 박 초시의 말에 믿음이 더 실렸다. 밭 스무 마지기에 논 열 마지기라니, 박 초시가 그의 충직함을 믿고 기다린 보람도 없이 혼자 욕심을 채워온 것이 틀림없어 보였다. 사또는 주인 박 초시의 주장을 옳은 것으로 판단하였다. 그리하여 개동은 열다섯 해 동안 바치지 않은 소작료와 그 길미를 대신해 그가 마련한 논과 밭을 모조리 박 초시에게 돌려주라 판결하였다.

너무나 부당하고 터무니없는 판결에 억울하고 분한 나머지 개동은 죽음을 무릅쓰고 강하게 항변했다. 다시 조사하여 사실을 올바로 밝혀달라고 항변했으나 아무도 귀를 기울여주시 않았다. 물증 없는 주장만으로는 판결을 뒤집을 수 없을 뿐만 아니라, 거친 항변에 돌아오는 것은 혹독한 매질뿐이었다. 죽을힘을 다해 마련한 농토를 송두리째 빼앗기게 된 개동은 너무 억울한 나머지 울다 불다 얼결에 감은 눈을 다시 뜨지 못하고 저세상 객이 되고 말았다.

지아비의 억울함을 세상의 누구보다도 더 잘 알고 있던 개동의 아내는, 관아의 문지방이 닳도록 뻔질나게 드나들며 지아비의 억울함을 호소했다. 그러나 미친년 취급을 할 뿐 보잘것없는 하졸배도 그녀의 하소연에 귀를 기울여주지 않았다. 언제 손 지추 같은 현명한 관이 새로 부임한다면 모르려니와 개동의 억울함은 쉽사리 풀 수 있을 것 같지 않았다. 그런 사정이었으므로 개동의 아내는 차선책으로 지아비의 혼을 달래어 저승길이나마 열어주기 위해 없는 중에도 챙겨 굿을 의뢰한 것이었다. 개동의 억울한 사건은 고을 안에 모르는 사람이 없었다.

길베에 반야용선을 띄우고

고풀이 장면부터 선이네의 넋풀이가 한결 애잔했다. 차일 양쪽 기둥에 가로질러 매어놓은 한 필 무명베에 맺혀 있는 열 개의 고를 차례대로 하나하나 풀어가며 개동이 이승에 살 때 당한 억울한 사연을 가락으로 엮어나가는 선이네의 손끝에 지극정성이 실렸다. 구슬픈 진양조로 엮어나가는 사설의 내용에 따라 개동의 아내와 아들딸들이 서로 엉겨 우는 소리가 높아지기도 낮아지기도 했다.

이슬털기거리에서도 사설에 얽섞어 개동의 억울한 사연을 거듭 엮어나갔다. 씻김거리에서도 그것은 되풀이되었다. 선이네가 지성껏 곡진히 달래고 또 달래도 개동은 귀를 기울이지 않고 고개를 절레절레 저으며 서럽고 서럽게 울음소리만 높였다. 억울하고 원통해서 이대로 어찌 떠날 수 있겠느냐고 선이네 허리춤을 잡고 늘어지는 손에 힘을 더 주었다. 그의 손에 힘이 더 완강해지는 것을 생생히 느끼며 선이네는 한결 애절한 목구성으로 정성을 다해 그를 달래고 다독이고 추슬렀다. 선이네의 애절한 목소리를 통해 전해지는 개동의 설움이 옮아온 것인지 솔의 온몸에 설움이 가득 차올라 소리로 넘쳐나는 듯했다. 구경꾼들도 울음바다를 이루었다. 얼마나 억울하고 분하면 죽어서도 이승을 뜨지 못하겠다고 떼를 쓰고 있겠는가.

고인들의 가락도 슬프고 구성졌다. 피리가 한 대목 그의 슬픈 생애를 엮어내고 나면 해금이 자지러지며 그의 억울한 심경을 그대로 그려냈다. 선이네의 시나위가락을 따라 젓대가 한참 가파르게 솟구쳐 올라가 숨이 가쁘면 징이 한 번 텅! 울려 숨을 골랐다. 다시 숨을 고른 젓대가 서른석 자 길베에 망자의 넋을 실은 반야용선[26]을 태워 오르내리는 선이네의 시나위가락은 한동안 개동의 서러운 심정을 여실히 그려나갔다. 그녀의 가슴속에는 무리 지어 똬리를 틀고 앉은 원혼이 구슬픈 노래를 지어 불렀다. 가 닿을 곳 없는 원혼은 줄곧 그녀의 가슴속에 들어와 똬리를 튼다. 구슬픈 노래를

---

26 망자의 넋을 실은 용 모양 배. 길닦음거리에서 저승길을 상징하는 서른세 척 길베 위에 반야용선을 띄워 위아래로 밀며 축원한다.

지어 부를 뿐만 아니라, 저주의 몸짓으로 허친허친 춤을 춘다. 삼지창으로 자기 허벅지를 찌르고, 손에 든 요령으로 머리를 격렬히 때리기도 한다. 그녀의 몸은 이미 한 원혼이 송두리째 다 차지하고 있었고 목소리도 자기 것이 아니었다. 눈빛은 명계의 골짜기를 헤매고, 손은 더 먼 저승을 향해 흔들렸다.

임자가 달라진 그녀의 몸, 그녀의 의지와는 아무런 관계없이 몸이 움직이고, 입을 통해 터져 나오는 긴 탄식도 이미 그녀의 것은 아니었다. 그 긴 탄식은 끝없는 노래가 되어 이어졌다. 그 노래는 고인들의 장구와 젓대와 피리에 너울너울 출렁거렸다. 모닥불에 장작을 더 올려 쌓고 횃불도 새로 갈아 주위는 더욱 청승스럽게 밝아졌다. 하늘보다 더 높은 곳에 있는 명계 어디쯤에 닿도록 높이 걸어 다리를 놓은 길베를 쓰다듬으며 이어지는 구음 시나위는 갈수록 듣는 이의 가슴을 저몄다. 선이네의 시나위가락이 바늘로 뜨듯 솔의 가슴을 한없이 저미며 깊이깊이 새겨졌다.

굿은 매우 성공적으로 끝났다. 굿을 의뢰한 주인의 만족이 그 성패를 재는 잣대라면, 어느 굿보다도 더 성공한 경우였다.

새벽녘, 굿을 배설한 안주인은 지아비 개동과 만났다고 했다. 개동의 아내는 지아비와 뜨겁고 길게 포옹하며 그를 달랬다는 것이다. 남은 식구 걱정은 말고 이제 제발 눈을 감고 편안히 가시라고 다독였다는 것이다. 개동은 생시처럼 아내의 손을 꼭 잡고 그 위에 뜨거운 눈물을 뚝뚝 흘렸다. 아내에 대한 자기 사랑을 거듭거듭 다짐하며, 아이들 잘 돌보고, 저세상에서 만나자고 다짐했다. 개동의 아내는 손등에 떨어진 지아비가 흘린 눈물의 온기를 아직도 느낄 수 있다며 손등을 어루만지기도 했다.

굿 값을 후하게 쳐서 받지는 못했지만, 주인의 만족에 흐뭇해진 선이네는 다른 때보다 한결 밝은 얼굴로 집으로 돌아왔다. 선이네는 집에 당도해 방으로 들어가자, 그길로 바닥에 쓰러졌다. 두 밤 낮을 방바닥에 쓰러진 채 꼼짝도 하지 못했다.

저주굿의 재앙

선이네 집에서 지낸 몇 달 동안 솔은 사람이 살아가는 여러 사정을 전보다 깊이 두루 알게 되었다. 굿판마다 굿을 배설하는 제주가 다르고, 굿의 대상 신이 각기 달랐다. 제주와 대상 신이 달라지면 받아내는 신도 달라지고 비는 이령수도 달라졌다. 그러므로 굿 한 판을 보고 나면 한 사람이 살아낸 온 생애를 두루 알게 되었다. 여러 굿을 통해 여러 삶을 눈여겨 구경하는 동안 솔의 세상 보는 안목이 활짝 열리고 세상에 대한 이해 또한 훨씬 웅숭깊어진 것이다.

그런 가운데 어제 배설한 해원굿은 인간의 탐욕이 부른 재앙의 무서움을 뼈에 아로새기도록 했다.

굿의 대상인 무녀는 저주굿을 배설하러 간 후 돌아오지 않았는데, 그 원혼이 이승을 떠나지 못하고 해코지를 일삼고 다녔다. 저주굿을 배설한 집 안에 난데없이 불이 나기도, 사람이 급살을 맞기도 했다. 그 무녀의 집에도 비슷한 불행이 겹쳐 일어났다. 무녀의 한을 풀어 저승으로 인도해주는 일이 시급했다.

저주굿은 무녀들이 꺼려 잘 배설하지 않았다. 원한은 세상이 허용하는 수단으로 갚아야 하되, 영험을 빌어 갚으려는 것을 신명이 달가워하지 않았기 때문이다. 굿발도 잘 서지 않았다. 그 때문에 그 무녀 역시 딱 잘라 거절했다. 그러나 의뢰해온 마님이 보통이 아니었다. 함자만 대도 원근 사람 다 알 만한, 뜨르르한 부잣집 마나님이었다.

"내가 논 두 마지기 값을 내놓겠네. 고인도 다 물리치고 구경꾼도 들이지 말고 자네와 나 둘만으로 굿을 배설하면 되지 않겠나."

무녀는 그래도 불가하다고 손사래를 쳤다.

"굿이란 크게 외쳐 신명님을 모시고 신명님께 하소연하여 영험을 얻는 것인데, 아무리 마님과 나 두 사람만으로 굿을 배설한다 해도 누가 들어도 듣게 되어 있습니다. 만약 발각되는 날이면 이 목숨은 물론 마님 목숨 또한 붙어 나지 못할 것입니다."

"별걱정 다 하네. 내가 어련히 알아 조처하겠나. 아무도 굿청에 근접하지 못하게 할 것이네."

"다른 사람을 근접치 못하게 하려면, 지키는 종자가 있어야 할 게 아닙니까. 그 사람 귀는 귀가 아닙니까?"

"걱정 말게. 우리 집 종자 중에서도 가장 신임할 만한 놈을 지키게 할 것이네. 그놈도 한자리에 머물러 지키게 하는 것이 아니라, 이리저리 순찰하게 할 터인즉, 그가 자네 사설을 혹여 듣는다 해도 그것이 일매지지 않고 토막말만 어렴풋이 주워들을 터인데, 어찌 내용을 알아차릴 수 있겠나. 다른 걱정 말고 영험 있게 치성이나 잘 드려주게."

논 두어 마지기 값의 높은 행하에 넘어갔다기보다, 마님의 끈질긴 회유를 못 이겨 결국 무녀는 제안을 받아들이고 말았다. 굿을 준비하는 동안 미리 굿 몫의 행하가 무녀의 집에 당도하였다. 마님은 무녀를 뒤꼍 작은 방으로 데리고 가 은밀히 굿에서 다룰 내용을 귀띔하였다. 귀를 기울여 듣고 있던 무녀의 얼굴이 순식간에 파랗게 질렸다. 목이 여남은 개 달렸다면 모르겠거니와 누군들 감히 생념이나 낼 수 있는 일인가.

마님의 주인장께서 금계포란형의 명당을 잡았으니 산소를 이장하면 대운이 들 것이라는 한 지관의 권유에 따라 부모 산소를 면례하였는데 땅임자가 새로 나타나 송사가 벌어졌다. 토지대장상의 임자와 실제 땅임자가 달라 벌어진 송사임에도 불구하고 고을 원의 처결이 주인장의 패소로 낙찰되었다. 송사에서 지고 명당을 잃게 된 집주인은 억울한 나머지 시름시름 앓다가 끝내 저승객이 되고 말았다. 이에 앙심을 품은 그 댁 주인마님께서 원귀로 하여금 고을 원을 징치하여 저승으로 데려가주십사 하고 저주굿을 배설하려는 것이었다.

이야기를 듣는 동안 낯빛이 하얗게 바랜 무녀는 굿을 배설하지 못하겠다고 다시 손사래를 쳤다. 마님이 불같이 쏘아보자 무녀는 뒤로 벌렁 넘어져 사지를 파들파들 떨었다. 입에 게거품을 보글보글 올렸다. 눈을 하얗게 까뒤집더니 까무러쳤다. 그러한 무녀를 싸늘하게 지켜보던 마님은 쯧쯧 혀를 찼다. 저렇게 심약해서야 원, 무당 노릇을 어찌 하누. 무녀의 반응에 개의치 않고 마님은 데리온 마름에게 굿 준비에 소홀함이 없는지 살피도록 하명하였다.

정신이 돌아온 무당은 아직도 겁에 질려 얼굴이 파랬다. 굿을 배설하다가는 모두 험한 꼴을 면치 못할 것이라며 여기서 작파해야 한다고 도리질을 해댔다. 무당이 그렇게 나오리라 예상하고 있던 마님은 그에 대한 대비책을 미리 궁리해둔 터였다. 이쪽의 속내평을 다 털어놓아 그것을 들은 귀를 이 세상에 살려둘 수는 없는 일 아니냐며, 마름을 불러들였다. 이 아낙을 단단히 결박하여 밤을 기다렸다가 메고 올라가 큰 돌을 묶어 저수지 한가운데다 던지라고 분부하였다. 마름은 곧 마님의 분부를 시행하였다.

무녀의 해원굿을 배설하는 동안 선이네의 사설은 구슬프고 애절했다. 아마 무녀의 억울한 죽음이 마치 자기 자신의 일처럼 여겨진 모양이었다.

무녀의 해원굿을 하고 온 선이네는 집에 당도하여 방으로 들어가자 곧 넋을 놓고 쓰러졌다. 혼은 저승으로 날아가고 몸만 가엾게 버려진 듯 숨도 온전히 쉬지 못했다. 자신의 진을 뽑아 굿에 퍼 주고 온 날은 으레 하루 이틀 그렇게 쓰러져 무병을 치렀다. 정신이 비운 빈 몸은 지각이나 인식을 다 떠나 있는 듯했다. 감각이 가장 예민하게 느끼는 추위도 주림도 갈증도 느끼지 못하는 모양이었다. 그런 선이네의 모습에 익숙한 망우는 이불을 덮어 한기를 덜어준다거나 물을 떠다 입술을 축여주는 등 그런 잔신경을 전혀 쓰지 않았다. 아무런 걱정도 하지 않고 그냥 시간만 흐르기를 기다렸다. 시간만 적당히 흐르고 나면 저절로 아무 일 없었다는 듯 태연한 얼굴로 털고 일어나 몸을 추스르는 모습에 이미 익숙해져 있었기 때문이었다.

선이네가 의식을 놓고 쓰러져 있는 동안 집 안은 물속처럼 고요했다. 처마에 둥지를 튼 참새들이 포르륵포르륵 날아오르는 소리가 들릴 뿐, 거미가 실을 뽑아 집을 짓는, 세상에 없는 그런 소리도 들릴 것처럼 고요했다. 모르는 새 봉창이 붉게 물들어 있는 것에 솔은 멈칫 놀랐다. 아마 해가 지고 서녘 하늘이 붉게 타오르고 있는 모양이었다. 해 질 녘 노을 진 건넛산을 바라보는 일은 언제나 힘들었다. 산마루에 걸려 있던 해가 꼴깍 넘어가려는 그 순간 특히 어두운 진홍빛으로 물들 때, 그것을 쳐다보고 있으려면 살이 부르르 떨렸다. 어두운 진홍빛 노을은, 세상에는 서러움만 있을 뿐 기쁨이란 존재하지 않는다고 말하고 있는 것만 같았다. 사람이란 기쁨을 누리는 행복한 존재가 아니라, 슬픔에 시달리며 고통을 겪는 것이 본연이라고 주장하고 있는 듯했다. 세상일은 이별과 한숨과 눈물과 가슴 찢어지는 고통과 결코 이루지 못할 꿈으로 엮어져 있다고 말하고 있었다. 영원히 손에 넣을 수 없는 꿈에 속고 사는 것이 세상살이라고 어두운 진홍빛으로 크게 외쳐 말하고 있었다. 그 때문에 해 질 녘 노을을 쳐다보다 말고 흐르는 눈물을 감당하지 못해 도망친 것이 한두 번이 아니었다.

이노옴, 천벌 받을 노옴!

'……재해보살이로고나 남무여 나야허고나 남무남무여 아미타불…… 하적이야 하적이로고나 새왕산 가시자고 하적이야 저기

오는 시주님네 어디 가는 시주인가 최씨 망제님 극락으로 인도하
자고 오시는 시주 ……에에에헤에이야 어허어허허헤헤이야 살든
집도 하적하고 동네방네 하적하고 새왕산 가시자 하적이야 (제화 좋
네 졸졸시구나 명년 춘삼월에나 한양 놀음이나 가세) 처자 권속 뒤에 두고 친
구분네 하적하고 극락 가시자 하적하네 (제화 좋네 졸졸시구나 명년 춘삼월
에나 한양 놀음이나 가세) 동네방네 잘 있거라 내 고향아 언제 오리 길
이 다른 저승길로 내 돌아간다…… 길 놔라 배 띄워라 새왕 가자
배 띄워라 극락 가자 배 놓아라 갈매기는 어데 가고 배 뜨는 줄 모
르는가 사공은 어데 가 배질할 줄 모르는가 그 배 이름이 무엇인고
반야용선 분명코나 그 뱃사공이 뉘이련가 인노왕 분명하오 팔보
살이 호위하고 인노왕이 노를 저어 장안 바다 건너가서 최씨 망제
신에 성방 술법 받어 환생 극락 가옵시네…….'

　서른석 자 무명베를 안방의 문고리에 묶어 대문에 이르기까지
다리처럼 걸어놓고 그 위에 반야용선을 띄워 이쪽 끝에서 저쪽 끝
까지 오고 가며 망자의 극락으로 가는 길을 닦아주는 대목이 구슬
픔의 절정을 이룬다. 마침, 노을에 온몸을 붉게 태우고 있던 솔의
목구성 또한 어두운 진홍빛으로 타오르고 있다. 개동의 서러움이
전이된 솔의 온몸이 그의 고통을 고스란히 받아들이며 저도 모르
게 애절한 가락을 뽑아 올린다.

　노을의 고통을 치르고 얼마나 시간이 지났을까. 솔은 다른 풍경
속으로 들어가 있는 자신을 느낀다. 하늘을 가로질러가던 구름도
걸음을 멈추고 나무도 동작을 그쳤다. 새도 날개를 접고 미동이 없
고, 불던 바람도 그쳤다. 조금 전 불어온 바람에 떨어지던 나뭇잎

도 허공에 머물러 떠 있다. 정지된 공간이다. 숨을 멈춘 듯 정지된 산속에 작은 움직임이 감지된다. 어디선가 가느다란 선율이 숨죽인 걸음걸이로 다가오고 있다. 선율의 걸음걸이가 좀 더 잰 것 같다. 선율이 분명한 가락으로 발전한다. 귀에 익은 것 같지만 기억이 아슴아슴하다. 저것이 무슨 가락이던가. 의문이 금세 놀라움으로 바뀐다. 자기 슬하의 모든 것의 동작을 멈추게 하고 스스로 뽑아내는 가락, 산이 스스로 노래를 부르고 있는 것이다. 솔은 그것이 고강의 그림임을 가까스로 알아차린다. 고강이 불러다 놓은 산이 노래 부르고 있는 것이다.

몸을 일으켜 그를 찾아 나선다. 어디에 숨어 있는지 고강은 얼른 눈에 보이지 않는다. 어두운 숲 속으로 들어가 목소리를 높여 크게 불러보고, 험준하게 솟아 있는 바위 뒤로 뛰어가 눈을 부릅뜨고 찾아본다. 어두운 숲 속에도, 바위 뒤에도 고강은 없다. 신갈나무 굵은 둥치 뒤에 숨어 있는가. 무성한 칡넝쿨을 헤치고 신갈나무 뒤로 가봐도 역시 보이지 않는다. 바로 옆에 있는 것처럼 귀밑에 그의 숨소리까지 감지되는데 느낌만 그런 것인가, 어디에도 없다. 어디 계세요? 그러지 말고 어서 나와요. 울먹이는 목소리에 못 이겼는지 그가 저 아래쪽에서 모습을 나타내고 손을 흔들고 있다. 허둥지둥 그에게로 달려간 솔은 그의 품속으로 와락 뛰어든다. 손톱을 세워 그의 가슴을 뜯으며 펑펑 눈물을 쏟아놓는다. 그는 부드럽게 솔의 등을 쓰다듬으며 혀와 입술로 눈물을 닦아준다. 오랜 갈증을 이기지 못한 듯 서둘러 그의 가슴을 헤치고 어루만진다. 몸을 애무하는 그의 손길도 마냥 간절하고 자상하다. 긴 입맞춤에 이어 알몸과 알몸이 연리지처럼 서로를 찾아 엉긴다. 마침내 온몸으로 그를 받아들인 몸은 오랜 기다림 끝에 갈증을 풀듯 끝없이 그를 탐한다. 기다림이 얼마나 간절했던지, 그 간절한 소망을 푼 지금의 열락이 얼마나 크게 넘쳐났던지, 두 눈에서는 쉴 새 없이 열락의 눈물이 줄줄 흘러내린다.

"이노옴, 천벌 받을 노옴!"

앙칼진 고함 소리에 소스라치게 놀라 엉겁결에 눈을 떴다.

"내 신딸을 이렇게 망쳐놔!"

부르르 떠는 격한 노성에 놀란 솔은 황겁히 앞섶을 여몄다. 선이네 손에 덜미를 잡힌 망우의 벗은 몸이 보이자 두 눈을 질끈 감았다. 불끈 이를 앙다물었다. 파르르 치를 떨었다. 이런 해괴하고 망측한 일이라니, 자신을 으깨버리고 싶었다. 있는 힘을 다해 혀를 깨물었다.

"죽일 놈. 이게 어디 인두겁을 쓰고 할 짓이냐고!"

망우의 덜미를 끌고 마루로 나가 마당에다 패대기를 치고 안방으로 들어가는 선이네의 뒷모습에 칼바람이 일었다.

참담하고 치욕스러워 죽음밖에 생각나는 것이 없었다. 살을 부르르 떨며 입안 가득 고인 피를 삼켰다. 격분의 눈물이 양 볼을 타고 흘러내려 가슴을 적셨다. 혼몽한 가운데 몸을 일으키고 방을 나왔다. 마당으로 내려간 다음 길을 나서 휘적휘적 걸음을 옮겨놓았다. 앞섶은 헤쳐져 있고 머리도 부스스했다. 신도 걸치지 않은 맨발이었다. 걷고는 있되 감각도 없고 생각도 없었다. 감각과 생각이 비운 몸은 중심 또한 없었다. 방향이 어디인지 헤아리지도 않고 금방이라도 무너질 듯 위태위태한 걸음걸이로 계속 앞으로 나아가기만 했다. 치욕스러운 기억을 떨쳐버리려는 듯 이따금 몸서리를 치며 머리를 절레절레 저었다. 무엇을 쫓아내려는 듯 다급히 손을 휘휘 내젓기도 했다.

이틀 밤낮을 그렇듯 걷고 또 걸었다. 어디선지 물 흐르는 소리가 들리자 비로소 걸음을 멈추었다. 어느 시냇가에 당도해 있었다. 첨벙첨벙 시냇물로 걸어 들어갔다. 살얼음이 끼어 있는 물에 심장이 얼어붙는 것 같았다. 심장이 얼어붙고 온몸의 감각이 사라졌다. 목이 잠기고 머리가 잠겼다. 바닥에서 발이 떨어지고 몸이 가라앉았다. 감각이 사라진 몸을 물에 맡기자 도리어 마음이 편안해졌다. 이대로 가라앉고 말겠거니, 그게 차라리 욕을 씻는 것이겠거니, 이를 악물었다. 그러나 가라앉던 몸이 바닥에 닿자 다시 떠올랐다. 목이 수면으로 떠오른 순간 바닥이 발밑에 닿았다. 수심이 키를 넘지 않았던 것이다. 다시 깊은 물속에 가라앉기를 바라며 깊은 데를 찾아 여기저기 발을 옮겼다. 그러나 키가 감당하지 못할 수심은 종내 찾아지지 않았다. 내 고생이 여기서 끝나지 않으려는 것인가. 새삼스럽게 입술을 깨물며 머리를 거칠게 저었다. 그러기를 한나절쯤 계속했을까, 이윽고 천천히 감각 없는 몸을 씻기 시작했다. 씻은 데를 씻고 또 씻었다. 하루 종일 마냥 씻고 또 씻고 나서도 께름칙한 몸을 어디 바위에라도 부딪쳐 으깨버리고 싶은 충동에 몸을 바르르 떨었다.

집에 돌아가 항아리를 지고 떠나려 하자, 선이네는 대뜸 눈물부터 주르륵 흘렸다.

"내가 죽일 년이다. 방심한 내가 면목이 없구나."

선이네는 길을 나서려는 솔을 만류하지 못했다. 보내려니 아쉬운 정이 가슴 가득 차오르지만, 망우의 지은 죄가 있는데 무슨 말을 어떻게 하며 만류하겠는가. 길양식과 노자를 두둑이 안기며 멀리 마을 밖까지 나와 손을 흔들고 눈물을 훔치며 오래오래 배웅했다.

길에서 만난 노래들

길은 언제나 말이 없었다. 자신을 딛고 지나간 사람들의 사연을 다 꿰뚫어 알고 있지만 속으로 간직할 뿐 겉으로 드러내 말하지는 않았다. 산기슭을 따라 뱀처럼 구불구불 뻗어가다 푸르스름한 이내 속으로 머리를 감추고 있는 아득한 길은 자신을 밟고 지나간 발걸음의 중량과 오랜 시간의 인내를 고스란히 지닌 채 침묵으로 외쳐 말하고 있을 뿐이었다.

길은 아무래도 슬픈 사연을 지닌 사람들을 더 많이 기억하고 있는 얼굴이었다. 기쁨이나 희망에 부푼 사람들은 워낙 몸이 가벼워 아무리 많이 오고 갔다 해도 그 발걸음의 중량을 의식하기 쉽지 않았다. 반면 슬픔과 회한에 싸인 사람들은 그 발걸음이 마냥 무겁고 더디어 기억하지 않으려 해도 그 중량이 또렷이 기억에 새겨져 있었다. 따라서 길에는 웃음과 콧노래의 기억보다 눈물과 한숨의 자취가 훨씬 더 짙게 배어 있는 인상이었다. 그러나 아무리 기다려도 길은 스스로 입을 열어 말하지는 않았다.

삼거리의 조촐한 주막집 봉놋방에서 객과 주모가 이야기를 나누고 있었다.

"뒷방에서 무슨 이상한 소리 못 들었어요?"

땋은 머리를 등 뒤로 치렁치렁 늘어뜨린 떠꺼머리총각이 뒷방 쪽으로 고개를 기울이며 물었다. 아직 상투를 틀지 않은 외양과 차림은 총각인데, 얼굴에는 숨길 수 없이 나이 든 태가 흐르고, 목소리도 중년의 그것처럼 듬직하였다.

"이상한 소리라니, 총각은 노래를 두고도 이상한 소리라 하나?"

곱게 빗질한 머리를 쪽 지고 비녀를 꽂아 뒤에다 고정시킨, 쉰은 실히 넘겼을 주막의 주모가 총각을 보며 눈을 흘겼다.

"내가 왜 노래를 모르겠어요. 거문고를 지고 다니는 놈인데. 세상에 내 귀가 알아먹지 못할 노래니 하는 말이지."

"총각이 알아먹든 못 알아먹든, 사람이 목소리로 가락을 뽑아내면 그것이 노래지, 노래가 뭐 별다른 것인가."

"그래도 저건 노래가 아니에요. 어제도 그제도, 저 방 앞을 지날 때마다 들리던데, 저것은 무슨 넋두리나 하소연이지 노래가 아니에요."

떠꺼머리총각의 말은 확신에 차 있었다.

"원, 별꼴이야. 저 손님이 묵은 지난 닷새 동안 나는 그 앞에 얼씬도 하지 않는데, 총각은 어제도 그제도 저 방 앞을 서성거렸단 말이네?"

주모가 조롱하듯 이죽거리자 무안했던지 총각의 얼굴이 붉어졌다.

"가재는 게 편이라고, 풍각쟁이가 노래에 끌리지 않으면 무엇에 끌리겠어요."

"그래도 부르튼 발이나 추슬러 어서 길이나 나설 일이지, 남의 일에 그렇게 신경을 쓰시나?"

"무엇인가 맺힌 한이나 사연이 있는 것 같아, 자꾸 마음이 쓰이는 걸 어떻게 하겠어요."

"정 그렇다면 내게 이러지 말고 직접 가서 알아보지 그러나."

"안 그래도 그래 볼까 하고 아주머니를 먼저 찾은 것이에요."

바로 그때였다. 마당에 인기척이 났다.

"아주머니 계세요?"

주모가 벌떡 일어나 지게문을 열고 마루로 나갔다.

"얼마를 드리면 될까요?"

"한 열흘쯤 몸조리하겠다더니, 벌써 가려고?"

"발의 물집도 잡혔고 몸도 가볍네요."

"보자, 하루 한 끼에 닷새를 묵었으니, 석 냥만 주세요."

마침 봉노에서 떠꺼머리총각이 마루로 나왔다. 허리춤의 주머니에서 엽전을 꺼내 헤아린 후 주모에게 건네고 있는 남장한 솔의 모습을 바라보며 고개를 갸웃거렸다. 솔은 주모 뒤에 서 있는 그를 쳐다보지도 않고 돌아서 삽짝으로 걸어 나갔다.

"저이야."

주모의 말에 총각은 잠에서 깨어나기라도 한 듯 깜짝 놀랐다.

"노래 부르던?"

"그래."

총각은 급히 마당으로 뛰어 내려갔다.

"솔이!"

삽짝을 향해 크게 외쳐 불렀다.

"솔이!"

이미 길로 나간 솔이 뒤를 힐끗 돌아보았다. 그러나 잘못 들은 것으로 생각했던지 가던 걸음을 내처 계속했다.

"솔이!"

거듭 부르는 소리가 낯익었다. 비로소 걸음을 멈추고 뒤돌아보았다.

"나, 성진이야."

"성진이?"

뜻하지 않았던 곳에서 성진을 만나다니, 이런 공교로운 일이 있나.

"그래, 성진이."

성진이 부랴부랴 달려가 손을 덥석 잡았다. 손이 삭정이처럼 말라 있고 까슬까슬했다. 성진이 얼굴을 찌푸렸다. 그는 솔을 이끌고 주막으로 되돌아갔다.

"그동안 어떻게 지냈어?"

급히 바지저고리 차림의 아래위를 훑어본 성진이 미간을 좁혔다.

"그냥 떠돌아다녔어."

안쓰러워하는 성진의 표정과는 달리 솔의 대답은 담담했다.

"떠돌아다녀? 너 이 꼴이 다 뭐냐? 노래가 아니었으면 널 못 알아볼 뻔했어."

"그나저나 여긴 어쩐 일이야?"

"장악원에 올라가는 길이야."

"장악원에?"

"운보 선생의 천거로, 거기서 거문고를 타게 됐어."

의기양양하여 어깨라도 으쓱 젤 법한데 솔의 자닝스럽고 초췌한 모습 앞에서 차마 그럴 수가 없는 모양이었다.

"축하해. 그동안 치른 고생이 헛되지 않았구나!"

심 전율의 혹독한 꾸중을 묵묵히 견뎌내던 성진의 곰 같은 모습이 떠오르자 저도 모르게 입가에 웃음이 배시시 감돌았다.

"너는?"

성진은 솔이 마루에 걸터앉기를 기다린 후 조심스럽게 물었다. '너는?'이라는 물음 속에는 여러 내용이 함축되어 있다. 왜 비봉 풍류방에서 온다 간다 말 한마디 없이 사라지고 말았느냐는 원망도, 노래는 찾았느냐는 물음도 함께 지니고 있었다. 몰래 숨어 살지라도 고생은 시키지 않겠노라 장담하며 함께 가자고 간곡히 권유하는 자기 마음을 몰라주고 도망쳐버리고 없더니, 지금 네 꼴이 이게 뭐냐는 질책도 함축되어 있었다. 얼마나 혹독하고 몹쓸 고생을 치렀으면 한눈에 알아볼 수 없을 만큼 얼굴이 이토록 상했단 말인가. 야속하고 미웠지만, 코끝이 찡하고 목이 잠겼다.

"두 사람이 아는 사이였네?"

"예, 전에 한 고을에서 같이 지냈어요. 저도 바로 떠나야겠어요."

성진은 주모에게 말하고 방으로 들어가 행장을 챙겨 나왔다.

주막을 나선 지 한 시진이 지나도록 둘은 묵묵히 걸음만 옮겨놓왔다. 마치 싸운 사람들처럼 입을 꾹 다물고 있었다. 둘 다 행선지가 한양 방향이었기 때문에 서두를 것은 없었다. 솔은 무슨 말을 어떻게 하는 것이 현명할까, 주저하며 함구하고 있었고, 성진은 속에서 궁금증이 부글부글 끓어올랐으나 자기 궁금증을 앞세워 따지고 묻는 것이 혹시 솔을 괴롭히는 일이 되지나 않을까 걱정되어 참고 있었다. 고을 교방에서 심 전율로부터 대금과 거문고를 배우며 악사로 지냈을 성진의 일은 묻고 대답을 듣지 않아도 대략 짐작이 가능했다. 그러나 솔의 일은 성진이 쉽게 짐작할 수 있는 것이 아니었다.

"그래, 노래는 찾았어?"

산모퉁이를 돌아 나가 들길로 접어들었다. 들을 건너와 뺨을 스치는 서북풍은 아직도 끝이 매웠다. 삼월로 들어선 지가 언젠데 아직 해토가 되려면 멀었는지 발밑이 얼음처럼 딴딴하였다. 추위가 다 물러가려면 시일이 한참 더 지나야 할 것 같았다.

"아니!"

도리질을 해 보였으나 솔의 얼굴은 밝았다. 웃음도 피어 있었다.

"노래를 찾았는지, 못 찾았는지는 몰라. 하지만 그동안 여러 노래를 만난 것은 사실이야."

"항아리 말대로, 그럼, 길에서 노래를 만나기는 한 모양이군?"

"그래, 세상에는 가는 곳마다 온갖 노래가 다 널려 있었어. 다만 그것이 노래라는 사실을 사람들이 모르거나 인정하지 않아서 그렇지."

솔의 말에 성진은 고개를 외로 꼬았다.

그의 궁금증을 모른 체하며 솔은 웃어 보일 뿐이었다.

그의 궁금증을 풀어줄 수 있으면 좋으련만 그 방법이 묘연했다. 세상에는 노래가 널려 있지만 다만 사람들이 그것을 인식하지 못하고 있다는 사실을 어떻게 하면 쉽게 이해시킬 수 있을까. 조리 있게 설명하자니 요령부득이려니와 요령껏 말한다 해도 쉽사리 알아들을 것 같지도 않았다.

전에 비봉 풍류방에서 조우했을 때, 수준이 높을수록 즐기려는 사람이 적다는 '곡고화과'의 예를 들어가며 항아리가 원한다는 새로운 노래에 대해 세상이 알아주지 않을 것을 두고 성진이 걱정한 것과는 경우가 달라도 많이 달랐다. 그것은 높은 경지의 낯선 노래가 쉽고 친숙한 노래에 비해 사랑을 받기 어려울 것이라는 걱정이 담긴 이야기였다. 그러나 이 경우는 노래의 경지에 관한 것이 아니었다. 노래의 바탕에 관한 것이었다. 성취나 기예에 관한 것이 아니라 그 소재에 관한 것이었다.

절에 가면 독경 소리, 염불 소리를 들을 수 있고, 들에 가면 농부들의 들노래를 들을 수 있었다. 어느 날 담을 넘어 낭랑하게 들려오는 선비의 글 읽는 소리가 어찌 노래 아니라고 할 수 있단 말인가. 가락을 얹어 흥미진진하게 이야기를 엮어나가는 전기수의 구성진 목소리도 또한 노래를 방불했다. 고강이 그린 그림 속의 산도 노래를 부르고 있었고, 어름사니 도일의 시나위조 사설도, 매호씨와 주고받는 재담도, 다 노래로 엮지 못할 바 아니었다. 무엇보다 무녀가 굿판에서 부르는 넋풀이는 노래 아닌 것이 하나도 없었다. 초가망, 손님굿, 제석풀이, 고풀이, 씻김거리, 넋풀이, 희설 등 어느

거리의 넋풀이마다 다 노래로서 모자람이 없었다. 서른석 자 무명 베를 걸어놓고 거기에다 넋을 태운 반야용선을 위아래로 어르며 넋을 달래 극락으로 보내주는 절절한 시나위조 무가는 듣는 이의 간장을 녹였다. 그 시나위조 무가에는 죽은 이의 생애가 고스란히 다 담겨 있었다. 무녀는 망자의 맺힌 한을 진양가락에 얹어 구슬프게 엮어나갔다.

그런 것들을 두고 다 노래라고 말하면 성진은 어떻게 받아들일까. 아마 고개를 외로 꼴 것이다. 그럼 항아리는 어떤 반응을 보일까. 지금까지 길에서 만난 그런 소재들을 잘 녹여 노래로 만들어 불러주면 항아리는 아마 매우 흡족해할 것이다. 물론 세상 사람들의 반응은 성진과 별로 다르지 않을지 몰랐다. 항아리가 흡족해하리라는 확신은 섰지만 세상 사람들로부터 널리 이해를 받거나 사랑을 받을 것 같지는 않았다. 설령 세상 사람들로부터 사랑을 받지 못한다 할지라도 내가 좋아서 부르고 항아리가 반색한다면 그 이상 바랄 것이 무엇이 더 있겠는가. 성진에게 말은 하지 않았으나 그런 믿는 데가 있어 얼굴 가득 웃음을 피워 올렸던 것이다.

자신의 생각을 간추려 그렇게 몇 마디 들려주었다.

"그런가?"

성진은 혼잣소리로 뇌이며 고개를 왼쪽으로 갸웃이 비틀었다.

"세상 사람들은, 일정한 틀 안에 안주하며 평안하기를 바라지. 대신 새로운 것이 등장하면 일단 배척부터 하고 보잖아!"

솔이 찾아 부른 노래가 기존의 인식의 틀을 깨야만 세상에 수용될 수 있을 것이라는 걱정이 그렇게 말로 되어 나왔다.

"그런가?"

"그래서 새로운 시작은 늘 추위에 떨고 눈물을 뿌려야 해. 추위와 서러움을 견뎌내지 못하면 사라져야 하고……."

성진은 아직도 외로 꼰 고개를 바로 하지 않은 상태였다.

"그런가?"

솔의 말을 속으로 궁구하고 있는 듯 성진의 표정이 진지하였다.

"나는 세상이 알아주든 아니든 신경 안 써. 항아리의 주장이 옳았음을 알았거든. 항아리 주장대로 길을 나선 후에야 나는 세상에 널려 있는 수많은 노래들을 만날 수 있었어. 그리고 세상을 섭렵하며 듣고 배운 많은 노래의 필연적 존재 이유를 깨달아 알게 되었어……. 이제 내게는 그 노래들을 정리하고 큰 노래로 만들어 항아리에 담는 일만 남은 셈이야."

솔의 말에 성진의 얼굴에 수심이 어렸다.

비록 얼굴에 웃음을 띠고 자신 있는 표정을 짓고 있지만 솔의 모습이 너무 초췌하고 가련해 보여 미덥지가 않았다. 살랑바람에도 가랑잎처럼 날려 가고 말 것 같은 연약한 모습이 마냥 불안했다. 무엇보다 지금 솔에게 시급한 것은 몸조리이리라. 몸이 필요로 하는 영양분을 섭취하여 기운을 북돋고 정신이 요구하는 휴식으로 긴장도 풀어야 할 것으로 보였다. 몸과 정신이 요구하는 것부터 들어준 다음에 항아리의 요구를 들어주는 것이 순서일 것으로 여겨졌다. 그런데 지금 말하는 것으로 보아 항아리의 요구를 가장 먼저 이행하려는 눈치였다.

"너, 짐 내게 주렴."

"왜?"

"네가 감당하기에는 벅차 보여서."

"안 돼."

완강히 도리질을 해 보였다.

"나는 힘이 넘쳐나지만 너는 힘에 부치잖아."

"힘이 문제가 아냐. 이것은 내 몸의 일부야. 자기 몸을 남에게 맡기는 사람이 어디 있어."

단호한 대꾸에 성진은 그만 입을 다물고 말았다.

그들은 주막을 떠난 지 이틀 만에 한양에 당도했다.

"내 말을 들어. 장악원으로 가자. 거기 가면 네 노래에 관심을 보일 사람이 반드시 있을 거야. 우선 거처를 정하고 정양을 먼저 해야 돼. 너는 지금 너무 쇠약해 있어. 언제 꺼질지 모를 등잔불 같아. 무엇보다 시급한 것이 몸 보양이야. 몸이 성한 다음이라야 무슨 일을 해도 할 수 있을 거 아냐."

한양으로 오는 동안 한시도 성진의 입에서 솔의 건강에 대한 걱정이 떠나지 않았다. 그것은 당연했다. 솔은 조금만 걷고 나면 숨이 차다고 주저앉고는 했다. 자주 머리가 어지럽다고도 했다. 그렇지 않아도 헤어지고 싶지 않은 터에 지치고 연약한 솔을 어찌 혼자 보내겠는가. 장악원에 간다고 거처가 보장되어 있는 것은 아니었다. 그러나 가면 무슨 수가 나려니 생각했다. 데리고 가 돌보고 싶었다. 오는 길에도 몇 번이나 함께 가자고 설득했으나 돌아오는 대답은 늘 똑같았다.

"안 돼. 나는 당장 만날 사람이 있어. 무엇보다 그 사람을 먼저 만나야 해."

이번에도 솔은 같은 대답을 되풀이했다. 머릿속은 고강으로 가
득 차 있었다.

'고강이 초막에서 나를 기다리고 있어!'

문득 그런 터무니없는 생각에 몸을 떨었다. 온몸을 타고 흐르
는 전율을 견디고 나자 그 생각은 곧 믿음으로 확고하게 굳어졌다.
'고강이 기다리고 있다!' 어찌 있을 법한 일이기나 한가. 그러나 그
믿음은 이미 확고했다. 고강의 처소에 가면 노래가 저절로 터져 나
오리라는 기대에 다시 한차례 격렬한 전율이 지나갔다. 노래가 저
절로 터져 나올 수 있는 곳이 고강의 처소가 아닌 어디 다른 곳이
있을 수 있겠는가. 그러나 성진을 상대로 그런 속내 이야기를 밝혀
말할 수는 없었다.

"몸을 먼저 돌봐야 한다니까!"

"사람은 몸으로만 사는 게 아냐."

"억지 부리지 마."

"억지가 아냐. 정신이 허락하지 않으면 몸을 아무리 편하게 해
주어도 편안함을 누리지 못해."

"넌 지나치게 고집이 세서 탈이야!"

"고집이 아냐. 내 믿음이 그래. 만날 사람 먼저 만나고, 할 일 하
고 나서 몸을 생각해도 늦지 않아. 마음이 편안해야 몸도 편안하
지."

"그렇게 힘들어 보이는데 혼자 갈 수 있겠어?"

"이태나 한둔하며 단련한 몸이야. 겉보기에는 연약해 보일지 모

르지만 네가 걱정하는 것보다는 훨씬 강할걸!"

끝내 설득하지 못한 성진은 입술을 질끈 깨물며 아쉬운 표정을 지었다. 왼손 새끼지의 흉터를 오른손으로 만지작거리며 발끝으로 돌부리를 차던 성진이 문득 얼굴을 들었다. 무슨 좋은 생각이라도 떠올랐던지 눈이 반짝 빛났다.

"그렇다면 좋아. 장악원에 당도해야 할 기일이 지났지만 널 데려다주고 가겠어."

"안 돼. 그냥 가."

"네 꼴을 보니 얼마 걷지도 못할 것 같은데, 어찌 이백 리 길을 간다는 것이냐?"

"이백 리가 대수야. 천 리가 넘는 길도 다녀온 나야."

"지난 이틀 길도 보통 사람이면 하루로 넉넉한 길이었잖아. 고집부리지 말고 내게 업혀."

성진이 앞에 털썩 앉더니 등짝을 내밀었다. 넙적한 등짝이 믿음직스러웠다.

"자, 업혀."

"이러지 마. 네 마음은 알겠지만 이건 날 돕는 게 아냐."

"돕고 안 돕고 따질 일 아냐. 어서 업히라니까."

"그만큼 말했는데도 못 알아듣겠어?"

"네가 아무리 싫대도 난 이대로 갈 수 없어."

"내 문제는 몸의 문제가 아니라고 했잖아. 내 몸을 돕겠다는 것은 아무것도 돕지 않는 것과 같이."

"제발 이러지 마. 내 마음 좀 알아줘. 지금 널 어찌 혼자 보낸단 말이냐?"

성진은 울부짖듯 외쳐 말했다.

"왜, 내가 네 마음 모르겠어. 노래를 찾고 나면 꼭 장악원으로 찾아갈게. 지금은 날 놔줘."

성진은 강하게 도리질을 했다. 죽은 다음에 찾아온단 말이냐? 치받쳐 오르는 원망을 간신히 억누른 성진은 벌떡 일어났다. 성큼 솔에게로 다가가 덥석 끌어안았다. 성진의 팔이 솔을 불끈 감았다. 솔의 머리가 성진의 가슴을 깊이 파고들었다. 얼마 동안이나 그러고 있었을까, 이윽고 고개를 든 성진이 가슬가슬한 솔의 얼굴을 쓰다듬었다. 솔은 감고 있던 눈을 더 힘주어 감았다. 성진의 쓰다듬는 손길이 멈추자 비로소 눈을 떴다.

"노래를 찾을 때까지는 혼자 있어야 돼. 혼자 있어야 내 마음이 날개를 펴고 훨훨 날며 자유롭게 노래를 찾아다닐 수 있지."

성진을 올려다보는 솔의 눈에 눈물이 고였다. 꾹 다문 입술, 처연한 얼굴에 자신의 불운한 운명을 순순히 받아들이려 각오한 결연함이 내비쳤다. 찾아 불러야 할 노래가 어떤 것이기에, 몸의 평안을 허락지 않고 고통을 강요하고 있다는 것인가. 평안을 내용으로 한 노래가 아니라 고통을 내용으로 한 노래인가. 평안을 위한 노래가 아니라 고통을 위해 불릴 그런 노래란 말인가. 얼마나 간절하면 이러랴. 하루라도 빨리 노래를 찾고 싶으니 자신을 자유롭게 놓아달라는 눈물 어린 간곡한 부탁 앞에 성진은 비통한 표정을 짓고, 무겁게 고개를 떨어뜨렸다.

이윽고 성진은 어깨에 메고 있던 괴나리봇짐을 풀었다. 안에 들어 있던 물건과 노자를 털어 몽땅 솔에게 건넸다.

"이것은 거절하지 마."

짚신 두어 켤레와 바지저고리 한 벌과 스무 냥이 넘는 돈이었다. 그것을 받아 든 솔은 다시 눈시울을 붉혔다.

"소원을 꼭 이뤄. 그리고 꼭 장악원으로 와야 해."

"알았어, 고마워."

작별 인사를 나눈 후에도 성진은 한동안 잡고 있던 손을 놓지 못했다. 얼마 후 성진은 마지못해 손을 놓고 결연히 몸을 돌렸다. 성진은 장악원으로, 솔은 고강의 초막이 있는 벽운산을 향해 서로 등을 지고 반대 방향으로 걸음을 떼어놓았다. 성진은 그러나 자꾸만 이것이 마지막이 될 것 같은 불길한 예감에 사로잡혀 발걸음이 잘 떼어지지 않았다.

다시 고강의 처소에서

언덕을 넘어가자 저만치 강이 길게 누워 햇빛을 받아 반들거리고 있었다. 다시는 보지 못할 것 같은 예감에 얼핏 뒤돌아보았던 홍인문을 등지고 길을 나선 지 사흘 만이었다. 가까이 다가갈수록 물비늘이 빠르게 움직이며 강은 더욱 눈부시게 반짝였다. 강변의 마른 물풀들도 햇볕에 몸을 흔들며 노래 부르고 있었다. 원앙 두어 쌍도 그들만이 아는 소리로 노래를 부르고 있었다. 저 아래 포구 쪽에는 나그네를 실은 나룻배 두어 척이 가는 듯 마는 듯 떠 있었다.

마른 물풀의 노래를 들으며 강변을 따라 걸어가는 동안 날개를 털며 공중으로 솟구쳐 오르는 잿빛 두루미도 보였다. 물속에 고개를 들이밀고 먹이를 찾던 백로도 반가운 듯 날씬한 몸매를 뽐내며 날개를 활짝 펴고 구름 아래로 비껴 날아갔다. 잿빛 두루미와 백로의 비행 궤적을 무심히 따라가던 시선이 여러 겹의 산 능선에 닿는 순간 숨이 뚝 멎었다. 하나, 둘, 셋, 넷, 다섯, 여섯…… 겹겹이 멀어지며 아득히 펼쳐져 있는 산 능선, 바로 저 능선인가. 그림 한 폭이 머릿속을 가득 채우며 펼쳐졌다. 발소리를 죽이고 입을 꾹 다문 후 귀를 기울였다. 그는 정녕 산이 부르는 노래를 들었으리라. 그러지 않고서야 어찌 노래 부르는 산을 그릴 수 있었겠는가.

얼마 후 가까운 곳에서 한 떼의 물오리가 요란하게 날개를 퍼덕이며 날아올랐다. 물오리가 아니었다면 언제까지라도 거기 한곳에 못 박힌 듯 서 있었을 것이다. 능선을 바라보고 있는 동안 가슴속에 소용돌이치는 노래를 생생히 견디고 있었던 것이다.

이윽고 진터 마을을 지나 인적이 드문 산길로 접어들었다. 고강의 처소가 가까워질수록 마음이 팽팽히 긴장되었다. 떠난 지 세 철, 여름 가을 겨울을 잘 지내기나 했는지. 큰비에 어디 무너진 데는 없는지. 폭설을 감당하지 못할 것 같던 어설픈 지붕은 무탈한지, 혹 사나운 짐승들이 거처로 삼고 있는 것은 아닌지, 생각나는 것마다 걱정 아닌 것이 없었다.

두어 시진 산을 톺아 올라 띳집의 지붕이 보이자 불안감은 더욱 고조되었다. 바라보니 지붕은 풍상을 잘 견뎌낸 듯 그대로였지만 다른 데 탈은 없는지 걱정이 앞섰다. 발에 걸리는 시든 잡초를 헤치며 마당을 가로질러 달려가 방 앞에 다다른 순간 우뚝 걸음을 멈추었다. 심호흡을 한 후, 방문을 열려는 순간 손이 바르르 떨렸다. 가까스로 숨을 고르고 방문을 연 다음 고개를 들이밀었다. 천장 서까래도, 기직자리를 깐 방구들도, 봉창 하나가 빤히 뚫려 있는 벽도 다 온전해 보였다. 터무니없는 일이지만, 비워둔 기간에도 누군가 거처한 것처럼 사람의 체온이 느껴지는 것 같았다. 고강이 늘 여기에 거처했던 것인가.

방으로 들어가 아랫목에 무너지듯 앉았다. 벽에 등을 기대고 앉아 솔은 눈을 감았다. 마음이 편안하게 가라앉았다. 이어 까닭 모르게 눈물이 볼을 타고 흘러내리기 시작했다. 마침내 와야 할 곳에, 당도해야 할 곳에 당도했다는 안도감에 마음이 벅차올랐다. 벅찬 감회에 넋 놓고 얼마나 앉아 있었을까, 누군가 솔을 부르는 것 같아 움찔 놀랐다. 몸을 추스르고 일어난 순간 아, 내 정신 좀 봐, 하고 뒤늦은 깨달음에 이마를 쳤다. 먼저 고강의 산소로 올라가 문안 인사부터 드려야 옳지 않았겠는가.

준비해 간 술과 안주를 들고 솔은 방을 나서 고강의 산소로 올라갔다. 방을 나설 때부터 이미 마음속에 는개가 내리기 시작했다. 는개가 눈앞을 가리는 속에 서둘러 올라간 솔의 눈에 이윽고 무덤이 보였다. 그동안 돌보지 않은 봉분에는 마른 잡초가 수북하게 덮여 있었다. 성급히 뜯어내는 마른 풀잎이 칼날처럼 손바닥을 푹푹 파고들었다. 파인 상처에 피가 흥건했다. 피가 흘러내리는 것에는 아랑곳하지 않고, 다만 눈에 거슬리는 잡초를 제거하는 데만 정신이 온통 팔려 있었다. 손은 피범벅이 되었으나 한결 말쑥해진 봉분이 마음을 안돈시켰다. 준비해 간 술을 따라 조신스럽게 스산한 봉분 위에 뿌려나갔다.

'당신이 닿고자 한 경지, 이루고자 한 뜻을 헤아릴 길 바이없어 종작없이 오로지 헤매기만 한 제 앞에 너설과 가시넝쿨과 빙판이 끝없이 펼쳐졌습니다. 너설에 발바닥이 찢어지고 가시에 손과 얼굴 성한 데 없이 긁히고 빙판에 낙상하여 운신도 용이하지 못한 몸으로 천방지축 헤매다 기진맥진 이제 이렇게 다시 당신 앞으로 돌아왔습니다. 가엾이 여겨 마음을 열고 당신이 가진 모든 것을 제게 베풀어주시기를 간절히 기원드리옵니다.'

어느새 볼이 촉촉이 젖어들었다. 소매로 볼을 훔치고 나니 마음이 한결 편안해졌다. 뗏장을 토닥토닥 다독이며 다시 산소를 돌보고 나자 마음이 안온해지고 새 기운이 솟아나는 듯했다. 그리고 어디서 발원한 것인지 모를 노래가 몸속으로 흘러 들어오는 기운이 오롯했다. 노래로 팽팽하게 부풀어 오르는 느낌이 온몸을 가득 채워왔다. 그가 내게 힘을 주고 있어! 고강의 정기가 내 핏속을 돌고 있어! 온몸에 뜨겁고 충동적인 기운을 생생히 느꼈다.

뗏집으로 내려오자 불현듯 온몸이 오방색으로 물들어가는 듯했다. 청, 백, 적, 흑, 황의 오방색이 갈마들며 몸을 물들이는 낯선 감회와 충동에 사로잡혀 한동안 넋을 놓았다. 이어 온몸이 노래로 가득 차오름과 동시에 마음속에 비단 폭 펼쳐지듯 길 한 가닥이 환하게 펼쳐지며 눈부시게 빛나기 시작했다. 상상에 경계가 있겠는가. 무소불위 자유자재, 어디 마음이 하지 못하는 일이 있고, 마음이 가지 못하는 데가 있겠는가. 그러나 그런 상상과 마음의 경계마저 무너뜨리며 끝 모르게 뻗어 빛나고 있는 새로운 길이 눈앞에 환히 펼쳐진 것이다. 그래, 저것이야! 속으로 크게 외쳐 반겼다. 노래의 길이 오방색의 빛을 뿌리며 환히 모습을 드러냈던 것이다.

노래에 사람이 사는 모습을 구체적으로 그려 담으려면, 이야기 형식을 취해야 하리라! 구성진 목소리로 이야기를 엮어나가던 대우의 모습이 또렷이 뇌리 속에 그려졌다. 그가 엮어내는 이야기는, 장군이나 충신이나 효녀나, 이야기 소재의 모든 인물의 생애를 사실적으로 생생히 펼쳐 보이고는 했었다. 그의 이야기는, 내용의 사실감과 핍진함으로 인해 듣는 이들의 혼을 빼놓는 데 모자람이 없었던 것이다.

이야기를 엮어나가는 대우의 모습에 이어, 죽은 자의 넋을 불러내 그 혼을 달래 극락왕생을 도모하는 선이네의 모습이 오롯이 떠올랐다. 굿판의 사설은 살아생전 겪은 원혼의 서럽고 억울한 사연을 시나위가락에 실어 구구절절이 엮어내며 그 서러움과 억울함을 달래고 어르는 것으로 펼쳐지고는 했다. 씻김을 할 때도, 고를 풀 때도, 길베를 오르내리는 반야용선을 부릴 때도, 원혼의 서럽고 억울한 사연을 애절한 진양조 시나위가락에 실어 조목조목 생생히 엮어나가며 그 원혼을 달래는 한편 신명으로 하여금 그 억울함을 풀어내도록 비손하고는 했었다. 선이네의 시나위가락에 실은 그 생생한 사설에 유족도 울고, 구경꾼도 눈물을 훔치고, 마침내는 원혼도 울부짖으며 서러움을 씻어내고는 했다.

그래 항아리가 말힌, 사람이 살이기는 모습을 담은 노래란 비로 그런 것을 두고 이르는 것이리라. 노래가 스스로 가야 할 길을 밝혀 제시해준 것으로 여긴 나머지 새삼스레 가슴이 두방망이질하기 시작했다. 노래의 길을 온몸으로 받아안은 벅찬 감동에 주체할 수 없을 만큼 줄줄 눈물을 흘리며 솔은 몸을 떨었다.

고강의 생애부터 노래하리라!

하지만 서두를 일이 아니었다. 신중하게 때를 기다리면 필경 노래의 영감이 저절로 찾아와 나를 달뜨게 하리라. 이윽고 해가 지고 어디선가 노을이 타고 있는 저녁 무렵, 가슴이 일렁거리는 새로운 충동이 찾아왔다. 그러나 그 충동은 감각으로 스쳐 지나갈 뿐 안타깝게도 정신의 몸살로까지는 이어지지 않았다.

밤이 되고 검은 새가 하늘을 가로질러 날아가고, 구름을 뚫고 나온 별이 반짝이며 빛나고, 낯익은 소쩍새 울음소리가 들려왔다. 맞은편 산등성이는 하늘에 무늬를 그리며 누워 있다. 굽이굽이 부드러운 만곡을 지으며 흘러 내려간 저 산의 무늬가 그래 고강이 그린 그 '소리 무늬 산'인가. 그믐께 달이 떠오를 리 없지만 어디엔가 달이 떠 있는 것 같다. 마치 달빛이 온 산을 우리고 있는 것 같다. 마음이 은은하게 물결치기 시작했다. 가슴이 출렁거리고, 입에서 넋두리가 흘러나왔다. 그렇게 하려고 한 적도 없고 그렇게 할 준비도 하지 않았지만, 마침내 입에서 노래가 흘러나오기 시작했다. 가슴 속에 넘실거리던 고강의 그림이 노래로 부화하여 입 밖으로 흘러나오기 시작했던 것이다. 조심스럽게 항아리를 꺼내 뚜껑을 열고 그 앞에 앉았다. 오래 닫아두었던 소리의 뚜껑이 열리기라도 하듯 입에서는 고강의 그림과 그의 생애를 내용으로 한 노래가 줄줄이 이어져 나왔다.

그림에 관한 솔의 지식은 노루 꼬리보다 짧았다. 고강이 그림으로 이루고자 했던 높고 지극한 경지와 궁극의 이치를 다 헤아려 알지 못했다. 그림이 사람에게 어떤 정서적 작용을 하고 어떤 정신적 구실을 하는 것인지, 그에 대한 적실한 인식을 갖추지 못했다. 그림이란 그리고자 하는 대상을 다만 화선지 위에다 방불하게 그려놓은 것이려니 여기고 있었을 뿐 그 사람의 영혼을 이 세상에 영원히 존재하게 하려는 간절한 소망의 펼침이라는 사실도 알지 못했다.

지닌 문자 속은 매우 제한적이었다. 학식이 모자라 활용할 수 있는 비유도 보잘것없다. 세상살이의 이치에도 어찌 시야가 넓다 하겠는가. 그러나 그동안 겪은 고생과 깊은 생각이 혼융하여 발휘된 까닭인가, 솔은 사서삼경 제자백가를 섭렵한 선비의 문자를 구사하고, 고사를 빌어 와 구사하는 비유는 문필에 종사하는 조고가(操觚家)의 것을 능가했다. 세상살이의 이치 역시 이순을 넘긴 노인이 아니고서는 결코 생념하지 못했을 웅숭깊은 경지를 구사해냈다. 노래는 애절하고 구수하고 감칠맛 또한 넘쳐났다. 그 때문인지 아무런 사족을 달지 않고 항아리는 묵묵히 노래를 받아 담고 있었다. 조금도 거부의 기색을 보이지 않았다. 항아리의 반응에 도취된 나머지 기력이 소진할 때까지 고강을 주제로 한 노래를 계속 불러나갔다.

모든 의식은 오로지 노래에 관한 것만으로 또렷했다. 이미 부른 대목 가운데 마음에 들지 않는 대목을 돌이켜 기억해내 그것을 다시 고쳐 부르기를 기듭하였다. 밤이 다 지나고, 지쳐 쓰러질 때까지 노래를 계속 이어갔다. '소리무늬 산'의 경지에 이르기까지 그가 버리고자 했던 직전의 그림들, 그 그림들인들 매번 그의 혼이 담기지 않은 것이 하나나 있었을까. 그는 그림을 그릴 때마다 매번 자기 혼신을 거기에 죄다 쏟아 넣었던 것이다. 자신이 지닌 재능, 오로지 그림에 몰두하려는 열정, 아름다움을 성취하고자 하는 정성, 경험적 지각과 인식을 통해 스스로 터득한 이념, 이런 것들을 매번 그림에 부여하기 위해 혼을 불태웠을 것임에 틀림없었다. 그러했음에도 불구하고 그는 다음 작품의 시작은 매번 전작을 부정하는 데서 출발했다. 구극의 경지에 이르기 위해서는 반드시 전작을 부정해야만 했던 것일까. 그렇게 하여 고강은 마침내 자기가 바란 이상을 모두 실현하기는 했던 것일까.

승종은 고강이 새로운 경지를 열었음에 틀림없다고 감탄했었다. 노래에 흠뻑 젖어 있던 어느 순간 새삼스레 고강이 강림하여 온몸을 감싸는 것 같았다. 고강의 혼이 노래에 강림한 것으로 느낀 순간, 그 느낌은 황홀했고 온몸이 그 황홀함에 활활 타올랐다.

몸은 나날이 노래로 승화되어갔다. 대우를 소재로 노래를 엮어나갈 때는 이야기의 혼을 받아 몸을 말려갔고, 도일을 줄거리로 노래를 엮어나갈 때는 도일의 슬픈 내력과 어름사니 조상들의 혼을 불러내 함께 서러움에 울고, 아슬아슬한 고난도의 기예에 이르러서는 고통을 함께 느끼며 숨을 죽이기도 했다.

먹는 것도 자는 것도 다 돌보지 않았다. 밤인지 낮인지 애써 구분도 하지 않았다. 오로지 노래의 열기만을 몸에서 퍼 올리며 몇 날 며칠을 보냈다.

네가 노래를 이루었다!

그러던 어느 날 문득 목이 내려앉고 말았다. 밤낮으로 노래를 계속하자 목에 무리가 온 모양이었다. 한 달여, 잠긴 채 애를 먹인 목이 어느 날 문득 되돌아왔다.

목이 돌아왔으나 전과 다른 목소리에 한동안 뜨악했다. 전에는 노래를 부르면 목소리가 곱다고 했는데, 전에 듣던 고운 목소리가 아니었다. 고운 목소리를 나무 꼬챙이로 긁으면 이런 소리가 되어 나오는 것일까. 아니면 오동나무 속이라도 한 바퀴 휘돌아 나오면 이런 소리가 되는 것일까. 그 낯선 목소리에 한동안 침울했다. 그러나 목소리를 되찾은 것이 얼마나 다행인지 모른다는 깨달음에 겨우 마음을 다독이며 항아리 앞에 다시 앉았다.

묵묵히 도일의 노래를 처음부터 다시 불러 완성시켰다.

이윽고 개동의 차례에 이르렀다. 개동에 이르자 마음이 팽팽히 긴장되고 각오가 달라졌다. 인간 세사 온갖 음양과 고저와 오묘한 굴곡이 속속들이 상기되었다.

개동의 사례는 아무리 슬프게 엮어나가도, 세상에 있는 모든 슬픔을 다 모아 엮어나가도, 그의 서러움과 억울함을 다 그려내기에 부족하리라. 따라서 그의 원혼을 달래고 한을 풀어주는 것 또한 어렵고 힘들리라. 그의 원한은 박 초시와 고을 원에게만 그쳐 있지 않았다. 온 세상의 모든 존재와 하늘도 다 그의 원망의 대상이 되어 있었다. 온 세상을 뒤덮고도 남을 그런 개동이 한을 달래는 길은 다만 길베 위의 반야용선을 밀고 오르내리며 엮어내던 선이네의 시나위조 사설보다 더 맞춤한 것이 달리 없어 보였다. 선이네는 개동의 일생을 구슬프게 엮어냈다. 들릴 듯 말 듯 낮고 낮은 원망조로 느리고 느리게 개동의 한을 엮어나가는 동안 선이네의 눈에서는 마냥 눈물이 줄줄 흘러내렸다. 선이네의 처절한 얼굴과 애달픈 목소리는 마치 가슴을 짓누르고 있던 그녀 자신의 한을 풀어내고 있는 것처럼 보였다.

개동의 일생이 노래의 중심을 이루었다. 그를 중심으로 거기에다 다른 일반 백성들의 서럽고 억울한 사례들을 보태고 엮어 노래를 지어나갔다.

사흘 동안 쉬지 않고 개동의 사연을 엮어 고쳐 부르기를 되풀이했다. 같은 소절을 여러 번 거듭 반복해 불러가며 모자란 데를 채우고 비뚤어진 데를 바루었다. 적실함을 얻기 위해 다른 사람의 사례를 동원하기도, 일반적인 개연성을 염두에 두고 새로 지어서 넣기도 했다. 기억을 살려 도일의 사설을 꾸며 넣기도 하고, 들일을 하며 부르던 농부들의 노랫소리에서도 도움을 받았다. 노스님의 염불 소리도, 담 밖에서 들은 선비의 책 읽는 소리도, 이야기를 엮어나가는 전기수의 구성진 소리도, 참척을 당하고 슬픔을 애써 속으로 다스리는 늙은 어미의 울음소리에서도 다 도움을 받았다. 개동의 노래는 그 당자만의 일이 아니라 다른 억울한 이들의 죽음과 고통스러운 삶을 다 아우르며 승화되어갔다.

그렇듯 열심히 고쳐 부르기를 한 열흘쯤 계속했을까, 이제 처음부터 끝까지 한 대목도 일실이나 오차 없이 똑같이 불러낼 수 있게 되었다. 지금까지 부른 노래를 항아리도 신명을 내며 담아냈다. 개동의 노래를 온전히 불러낼 수 있게 되자 가까스로 이루었다는 자부심이 온몸을 가득 채워왔다. 그 자부심과 느꺼움이 복받쳐 오르자 눈물이 비 오듯 쏟아졌다. 눈물과 함께 얼굴에 웃음이 활짝 피어났다. 그동안 헤쳐 나온 역경들이 상기되는 한편 마침내 이루었다는 자부심이 솔을 사로잡았던 것이다. 이 성취의 흐뭇함을 누가 알겠는가. 몸에 날개가 돋아 하늘 높이 날아오르는 우화등선(羽化登仙)의 이 큰 기쁨과 보람을.

그날 밤, 대나무의 방문을 받았다. 자신의 꽃, 항아리를 하사한 노래하는 대나무가 나타나 솔을 칭송하는 내용의 노래를 바쳤다. 그러던 어느 순간, 대나무가 가릉빈가로 바뀌어 있었다. 가릉빈가는 어깨를 다독이며 서방정토에 솔의 노래를 전하겠다고 약속했다. 그리고 어느 사이 가릉빈가의 자리에 고강이 서 있었다. 언제나 마음속에 생생히 살아 있던 고강의 모습은 광채를 내뿜었다. 그는 주위에 빛을 환하게 뿌리며 나타나 반갑게 손을 부여잡았다. 반가움에 겨운 나머지 금방 두 볼에 주르륵 눈물이 흘러내렸다. 고강은 솔의 볼을 쓰다듬으며 눈물을 닦아주었다. 손길이 깃털처럼 부드럽고, 얼굴에 미소가 은은하였다.

"고생 많았구려. 내가…… 미안하오."

고강의 말이 마치 대나무와 가릉빈가의 목소리처럼 들리기도 했다. 그들 모두가 동시에 한목소리로 말한 것 같기도 했다.

"가르침대로 행하려니 몸은 고되었지만, 정신은 도리어 기쁨으로 가득 차올랐습니다 다만 그 고생을 치르고도 제대로 행하고 이루었는지 알 수 없어, 불안할 따름입니다."

"사람이 할 수 있는 바를 다했는데, 그러고도 불안하다니, 어찌 낭자가 귀하지 않겠소."

대나무의 노랫소리 같기도, 가릉빈가의 다정한 격려 같기도 했다. 다시 생각하니 고강의 목소리 같기도, 녹색 손님의 울림 없는 목소리 같기도 했다.

"저를 위무하고 안심시키려고 일부러 꾸며 그런 말씀을 하시는 줄 알고 있습니다. 여러분께서 제시한 길을 따라 걸으려 노력은 했습니다만, 미치지 못한 것 같아 면목 없습니다."

"너는 마침내 노래를 이루었느니라!"

이번에는 가릉빈가임에 틀림없었다. 가릉빈가의 선언이 몸속을 뜨겁게 관류했다.

"그 고생을 이기고 마침내 노래를 이룬 네가 고맙구나!"

이번에는 녹색 손님이 긴 팔을 뻗어 갸륵하고 미쁘다는 듯 등을 다독였다. 표정 없던 그의 얼굴이 이전과 달랐다. 흐뭇한 표정의 얼굴 가득 웃음이 피어 있었다.

"너는 소임을 훌륭히 마쳤다. 이제부터는 무엇이든 네가 부르고 싶은 대로 다 부르렴. 부르는 것마다 다 노래로서 모자람이 없을 것이다."

녹색 손님은 항아리를 맡은 소임을 훌륭히 수행해냈으므로 이제 항아리의 구속으로부터 벗어나 자유롭게 노래 부를 수 있게 되었다고 선언한 것이었다.

녹색 손님의 말에 응당 뿌듯해하고 보람을 느껴야 하련만 도리어 담담해졌다. 대나무와 가릉빈가와 녹색 손님과 고강으로부터 차례로 노래를 이룬 데 대한 칭찬을 들었으나 정녕 자신이 이루었는지 자신이 없었고 불안감의 중량은 조금도 줄어들지 않았다. 이루었다는 자신감이나 만족감은 없고 다만 부족하고 미타하다는 생각뿐인데, 남의 칭찬이 무슨 소용이란 말인가. 그들의 칭찬은 앞으로 더 갈고 다듬으라는 충고처럼 들릴 뿐이었다.

고강 묘소 참배객들

봄이 이울고 여름으로 접어든 지도 오래였다. 산에는 녹음이 짙었다. 여린 연둣빛이 잔영처럼 남아 있던 오리나무, 산딸나무 잎이 어느새 진초록으로 바뀌었고 갈참나무, 박달나무 따위 키 큰 교목들은 햇볕을 반사하며 진초록 잎을 바람에 흔들고 있었다. 매미들의 노랫소리에 머루, 다래 넝쿨은 연신 춤을 추고 새소리를 들으며 금낭화와 분꽃은 문득 꽃술을 세우고는 했다. 그러나 고강의 무덤은 피폐하고 쓸쓸했다. 봉분의 잔디 사이에 고비와 둥굴레 따위 잡초가 뒤섞여 어지럽고 엉성했다.

고강의 산소에 이른 승종과 대우가 종복들과 함께 무덤을 손질하기 시작했다. 잡초를 뽑고 무너진 흙을 메워 토닥이기도 했다.

무덤 손질을 마친 승종은 무덤 앞에 초석 자리를 깔고 과일, 떡, 전, 생선 등 정 진사 댁에서 준비해 온 음식을 제의에 어긋나지 않게 진설했다 종복들에게 시켜도 될 것을 스스로 초를 켜고 향을 피웠다. 승종과 대우가 차례로 무덤에 술을 뿌린 후 절을 올리고 망자를 뵈었다.

"고강, 자주 찾아보지 못해 미안하네. 작년 여름, 이곳에다 자네를 모셔놓고 이제 처음이네. 용서하시게. 하지만 오늘은 대우까지 대동하지 않았나. 자네가 만나고 싶어 할 것 같아, 동행했네. 그리고 먼저 양해와 용서를 빌고 싶은 것은, 자네 그림을 이번에 내가 다 수습해 들인 것일세. 자네의 뜻이 어떨지 모르지만 내가 욕심을 부려 정 진사가 간직하고 있던 자네 그림을 모두 양도받았네. 자네는 정 진사더러 지난번의 그림을 다 없애라고 당부했다지만 하늘이 무심치 않았던지 정 진사가 자네 몰래 그림을 거의 간직하였다네. 우리 집 대감께서 자네 그림을 위해 큰 재물을 내놓은 것도, 또 정 진사가 자네 그림을 내게 순순히 양도한 것도 다 하늘의 뜻으로 알고 나는 감읍하고 있다네. 자네 그림을 나 혼자만 독점하지는 않을 것이네. 자네 그림이 많은 사람들로부터 사랑을 받을 수 있도록 널리 배려할 것이네. 부디 안심하고 고이 눈감고 평안을 누리시게나."

'고강! 자네가 소싯적 품은 뜻을 넉넉히 이루었음을 오늘 내 눈으로 직접 확인했네. 이번 자네의 작품을 보고 자네가 품은 뜻과 지향하는 바가 옳았음을 알았네. 관직을 얻어 세상을 호령하고 출세하여 부와 명예를 누리는 것도 사내가 뜻 둘 바라 하겠지만, 그러나 다른 사람의 재주가 미친 적 없는 전인미답, 새로운 예도의 경지를 개척하는 일에 그것을 결코 앞세우고 싶지 않네. 부와 명예와 안락함을 도모하지 않고, 자기 살을 깎는 고초와 초인적인 인내심으로 이루어낸 자네 작품은 반드시 이 세상에 아름다움의 한 전범으로 그리고 정신의 길잡이로서 오래오래 빛나리라 나는 확신

하네. 나는 자네가 한없이 부럽다네!'

속으로 생각을 엮어나가던 대우의 눈에 눈물이 비쳤다. 승종과 눈이 마주치자 대우는 겸연쩍게 웃었다.

"고강이 부러워서 그만……."

대우는 그러면서 얼른 손등으로 눈물을 훔쳤다.

"그러게 말일세! 환로에 나서 정승 반열에 오르기도 힘든 일이겠지만, 이런 작품을 얻기란 더 힘든 일 아니겠나. 그리고 정승 반열에 올라 아무리 정과 성을 다 쏟아 선정을 베풀고 인심을 얻는다 해도, 오래오래 세상에 빛남이 어찌 고강의 작품을 당할 수 있겠나."

"벼슬은 이 사람 저 사람 대신 해낼 수 있다 하겠지만, 고강의 작품이야 어디 다른 사람이 그 혼을 제대로 살려 그려낼 수 있다 하겠나."

"그러게 말일세!"

"이 어른을 몰라보고 홀대했던 것이 두고두고 마음 아픕니다."

"정 진사께서는 공연한 걱정입니다. 그림을 없애지 않고 보관한 것만으로도 큰 공덕을 쌓은 것입니다. 아마 고강이 고마워하고 있을 것입니다."

"그렇다면, 얼마나 다행이겠습니까만!"

"아무튼, 가을 겨울 봄 다 보내고, 이렇게 찾아뵙기를 지체하여 미안합니다."

"원 별말씀을, 반드시 약조를 지키리라 믿고 언제까지라도 기다렸을 것입니다. 물건에는 다 임자가 따로 있다 하지 않았습니까."

"그렇게 믿어주셨다니, 고맙습니다."

각기 고강의 살아생전 모습을 회고하며 술을 주고받았다.

사람 살아가는 일이 각기 다르다 하지만 고강처럼 유별날 수 없었다. 그의 삶에는 생활이 배제되어 있었다. 먹는 것과 입는 것 즉, 곡복사신(穀腹絲身)이 유족하고 주거가 안정되어 가족이 단란하게 생활하는 것을 세상은 으뜸 행복으로 치기 마련이었다. 그 행복은 일정한 궤도를 따라 순행하는 일상이 바탕을 이루고 있었다. 일상은 사랑을 키우고 웃음을 낳는 것이다. 일상은 행복이 솟아나는 샘과 같은 것인데, 고강은 한사코 그 일상의 궤도를 벗어나 자기만의 삶을 고집스럽게 도모했으니, 인생의 즐거움이나 복락은 누려보지 못한 것이다. 일상에서는 취할 수 없는 또 다른 행복을 누렸던 것인가. 돌이켜 생각할수록 그의 황량하고 스산스러운 모습이 안타까웠다. 그런 애도의 기분이 술을 자꾸만 당겼다.

얼마나 지났을까, 때마침 옆에서 급작스럽게 숲을 헤치고 뛰쳐나가는 고라니의 서슬에 일제히 화들짝 놀랐다. 승종이 가까스로 자리에서 일어나고, 정 진사와 대우가 차례로 일어나 주섬주섬 주위를 치웠다. 종복들이 차렸던 음식을 다 챙기고 초석 자리를 거둬 짐을 꾸렸다.

낭자의 마지막 모습

"저 집이 아직 그대로 있네그려!"

고강의 산소를 등지고 내리막길을 내려오던 승종이 쓰러져가는 떳집을 바라보며 혼잣말처럼 중얼거렸다.

"저 집이, 그럼 고강이 거처했던 곳인가?"

대우의 눈이 떳집으로 달려가 뜯어 살폈다.

"그래. 저 집에서 운명했다네."

승종으로부터 고강의 마지막 모습을 듣고 얼마나 놀라고 비통해하며 애석해했던가. 승종의 말이 채 떨어지기도 전에 이미 대우의 발길이 떳집을 향해 뚜벅뚜벅 옮겨졌다. 고강이 거처하며 그림을 그리다 운명한 집이라니, 그의 생전 모습이라도 대하듯 대우의 가슴이 두방망이질하기 시작했다. 둘러보니, 지붕에 이은 띠는 아직 그런대로 온전해 보였다. 전면의 바람벽도 무너진 데는 없었다. 지게문도 아귀가 틀어지지 않고 제대로 닫혀 있었다. 부엌은 뒷벽이 반쯤 허물어져 휑했다. 방 안은 어떤 모양인지 궁금해 지게문을 당겨 열었다. 알싸한 흙냄새와 비릿한 낯선 냄새가 코를 찔렀다. 그런데 이게 어찌 된 영문인가, 방 안에 사람이 쪼그리고 엎드려 있었다. 빈집으로 생각했던 대우는 깜짝 놀라 얼른 뒤로 물러났다.

"왜 그러나?"

"사람이 있네."

"사람이 있어?"

승종이 뛰어왔다. 놀란 가슴을 쓸어내린 다음 다시 방문을 열어 안을 살피던 대우의 눈이 휘둥그레졌다. 상체를 구부려 얼굴을 파묻고 있어 누군지 알아볼 수는 없었으나, 안고 있는 항아리가 눈에 익었다. 대우는 급히 방으로 뛰어 들어갔다. 굳이 얼굴을 들어 확

인하지 않아도 엎드려 있는 사람이 누구인지 짐작이 가고도 남음
이 있었다.

"저 낭자가 아직도 여기 있었단 말인가!"

방문 앞에 선 승종이 놀라 외쳤다.

"이 낭자를 아는가?"

"지난여름 고강의 장례를 치르고 난 직후 봤네. 자네가 보냈다
면서 서찰을 내놓데그려."

"그래, 솔이라는 낭자였네."

"내가 고강인 줄 알았다가 고강이 세상을 떠 산소에 모신 사실
을 알고 어찌나 낙담하던지. 우여곡절 끝에 함께 정 진사 댁에 들
렀다가 주막거리에서 헤어져 나는 한양으로 올라가고, 저 낭자는
여기 머물러 노래 연습을 하겠다고 했네. 그런데 여기서 어찌 엄동
설한을 났다는 것인지!"

두 사람이 그런 말을 주고받고 있는 사이에도 낭자는 엎드린 채
꼼짝도 하지 않았다. 승종은 항아리를 안고 엎드려 있는 낭자에게
로 다가가 어깨를 잡았다. 순간 전신에 소름이 쪽 끼쳤다. 앙상한
뼈가 잡힌 것이다. 제풀에 놀라 뒷걸음질 쳤다. 대우를 돌아보며
승종은 고개를 저었다. 그의 표정이 처연하게 뒤틀려졌다.

"세상 뜬 지 오랜 모양일세."

승종의 말에 대우가 놀란 얼굴로 다가가 살폈다. 살은 이미 다
흘러내리고 뼈만 앙상했다.

"고강을 그대로 따라갔네그려!"

고강과 낭자의 마지막 모습이 흡사한 사실에 승종은 가슴이 뭉

클했다. 대우 또한 당혹스러운 상황에 잠시 망연자실했다. 승종과 대우 사이에 잠시 무거운 침묵이 흘렀다.

"고강 옆에 모시세."

이윽고 승종이 침묵을 깼다.

"그러세. 그런데 이 낭자도 고강처럼 이루었을까?"

"그러게 말일세. 그런데 항아리를 안고 있는 것으로 보아 노래를 부르다 세상을 뜬 것 같네!"

"아마, 낭자도 그냥 떠나지는 않았을 걸세. 여기 노래를 담아두었을 걸세."

대우는 낭자에게로 다가가 조심스럽게 항아리를 빼냈다.

승종이 지켜보는 가운데 대우는 항아리를 두 사람 사이에다 놓았다. 전에 낭자가 항아리에서 노래를 저어 올리던 모습을 상기하며 대우는 항아리에 손을 넣어 휘저어 올렸다. 아니나 다를까, 손끝에 노래가 따라 올라왔다.

"……아전을 본 적 있소, 관졸을 본 적 있소, 사또는 더 아니오. 개동이 관아에 잡혀 와보니 저승 차사도 그보다는 나으리라. 눈 한 번 흘겨 뜨니 오금 박히고 고함 소리 한 번에 혼비백산이오. 네가 네 죄를 알렸다. 지은 죄 없지만 죄인이 될 수밖에. 남의 땅 소작 부쳤으면 소작료 바쳐야지, 땅 부쳐 먹고 소작료 내지 않았으니, 그보다 중한 죄가 어디 있나. 그 일갈에 세상이 캄캄할 뿐. 해마다 여름이면 보리 받고 가을이면 쌀 받은 저기 저 박 초시는 왜 벙어리로 가만있나. 억울하오, 억울하오. 소작료 안 냈다니 그런 억지 어디 있소. 죄 있다면 새벽 동틀 때 일 나가 저녁 별 보고 들어오고, 비 오

나 눈 오나 부지런히 농사지은 것밖에 달리 없소. 저기 있는 저 박
초시 소작료 안 받았다니, 내 발명 무슨 소용이라. 하늘이 무심치
않아 밝은 원이 나타나면 시비곡직 가려줄까……."

……그 뒤야 뉘 알쏘냐, 더질더질.

작가의 말

『흥부전』과 『심청전』 버전으로,
우리 전통 미학과 상상력을 형상화해보면 어떨까.
이 시대가 달가워하지 않을 모험심(!)이
십수 년, 등을 아프게 떼밀었다.
실족한들 어떠랴, 가을볕에 말라가는 정정한 뼈.
꽃으로 얼룩진 봄은 저만치 겸연쩍고,
피가 맑은 자족의 가을이 마냥 고맙다.
나무는 잘릴 때 비명을 지르지 않는다.
오래 서서, 운명을 받아들이는 연습을 했기 때문일 터!

눈부신 문화유산 앞에 새삼 옷깃을 여미며,
'나무옆의자' 하 주간과 관계자들에게 깊이 감사드린다.

2017년 가을
유이서

노래항아리

초판 1쇄 인쇄 2017년 10월 20일
초판 1쇄 발행 2017년 10월 27일

지은이 유익서
펴낸이 이수철
주 간 하지순
교 정 고나리
디자인 이다은
마케팅 정범용
관 리 전수연

펴낸곳 나무옆의자
출판등록 제396-2013-000037호
주소 서울시 마포구 성미산로1길 67 다산빌딩 301호
전화 02) 790-6630 팩스 02) 718-5752

페이스북 www.facebook.com/namubench9
인쇄 제본 현문자현 종이 월드페이퍼

ISBN 979-11-6157-018-1 03810